W0367183

L.J. SHEN

DEVIOUS

ROMAN

Traduit de l'anglais (États-Unis) par
TYPHAINE DUCELLIER

Titre original :

RUCKUS

Ce livre est publié avec l'aimable autorisation de Bookcase Literary Agency et Brower Literary & Management.

Les droits de L. J. Shen d'être reconnue comme l'auteure de cet ouvrage ont été déposés par ses soins selon la loi des États-Unis sur le droit d'auteur.

© 2017, Ruckus by L.J. Shen.
© 2018, HarperCollins France pour la traduction française.

Tous droits réservés, y compris le droit de reproduction de tout ou partie de l'ouvrage, sous quelque forme que ce soit.

Toute représentation ou reproduction, par quelque procédé que ce soit, constituerait une contrefaçon sanctionnée par les articles 425 et suivants du Code pénal.

Cette œuvre est une œuvre de fiction. Les noms propres, les personnages, les lieux, les intrigues, sont soit le fruit de l'imagination de l'auteur, soit utilisés dans le cadre d'une œuvre de fiction. Toute ressemblance avec des personnes réelles, vivantes ou décédées, des entreprises, des événements ou des lieux, serait une pure coïncidence.

Le visuel de couverture est reproduit avec l'autorisation de :

Modèle : © BLAKE KALAWART

Réalisation graphique couverture : ALICE NUSSBAUM

Tous droits réservés.

HARPERCOLLINS FRANCE
83-85, boulevard Vincent-Auriol, 75646 PARIS CEDEX 13.

www.harlequin.fr

ISBN 978-2-2803-9038-5 — ISSN 2271-0256

Pour Kristina Lindsey et Sher Mason.

Parce que l'oiseau est peut-être joli,
Mais ce n'est pas pour toi
Que son chant retentit,
Et si tu penses que mon hiver est trop froid,
Quand viendra mon printemps,
Tu ne le mériteras pas.

ERIC HANSON

Prologue

Rosie

Je ferais sans doute mieux de clarifier une chose dès le début. Mon histoire ne se termine pas bien. Elle ne peut pas bien se terminer. Peu importe à quel point mon prince charmant est grand, riche et fascinant.

Le pire, c'est que mon prince charmant était vraiment toutes ces choses. Il était tout ça et bien plus encore.

Le seul petit souci, c'était qu'il n'était pas vraiment à moi. Il était à ma sœur. Mais, avant de me juger, laissez-moi vous expliquer.

Je l'ai vu en premier. Je l'ai désiré en premier. Je l'ai *aimé* en premier.

Sauf que tout ça n'a plus eu aucune importance lorsque Dean « Devious[1] » Cole posa ses lèvres sur celles de ma sœur, sous mes yeux, le jour où Vicious força son casier.

Le truc à propos de ce genre de moments, c'est qu'on ne sait jamais s'ils marquent le début ou la fin. Le cours de la vie cesse et on est obligés de voir la réalité en face. Et la réalité craint, croyez-moi. Je suis bien placée pour le savoir.

« La vie est injuste. »

C'est ce qu'a dit mon père quand, à seize ans, j'ai voulu commencer à sortir avec des garçons. Sa réponse fut sans appel.

1. *Devious* signifie « retors » ou « sournois », « tortueux » en anglais.

— Grand Dieu, non.

Je battis des paupières, agacée.

— Et pourquoi pas ? Millie avait mon âge quand elle a commencé.

Je n'inventais rien. Elle avait seize ans lorsqu'elle était sortie (quatre fois) avec Eric, le fils du facteur, alors qu'on vivait encore en Virginie.

Peine perdue : mon père ricana et agita son index sous mon nez. *Bien essayé.*

— Tu n'es pas ta sœur.

— Qu'est-ce que ça veut dire ?

— Tu sais très bien ce que ça veut dire.

— Non, je ne sais pas.

Si, je savais.

— Ça veut dire que tu as quelque chose qu'elle n'a pas. C'est injuste, mais la vie est injuste.

Là encore, je ne pouvais pas le contredire. Papa disait que j'étais un aimant à mauvais garçons. Je comprenais l'inquiétude qu'il exprimait à demi-mot, d'autant plus que j'avais toujours été sa petite princesse. *Rosie-puce.* La prunelle de ses yeux.

J'étais provocante. Je ne le faisais pas exprès. Parfois, c'était même un handicap. J'avais des cils épais, une cascade de cheveux aux reflets caramel, de longues jambes, la peau pâle et des lèvres si charnues qu'elles prenaient presque tout mon visage. Le reste de mes attributs étaient petits et mûrs, le tout enrobé dans un ruban de satin rouge. Sans parler de l'expression de sirène qui semblait collée à mon visage, peu importait à quel point j'essayais de m'en défaire.

J'attirais l'attention et les regards. Les bons. Les mauvais. Tous les regards.

Il y aurait d'autres garçons. Voilà de quoi j'essayais de me convaincre lorsque les lèvres de Dean et d'Emilia se touchèrent et que mon cœur se brisa dans ma poitrine. Tandis qu'il n'y aurait toujours qu'une seule Millie.

En plus, ma sœur le méritait. Elle méritait ça et elle le méritait *lui*. Je bénéficiais de l'attention de nos parents tous les jours, à longueur de journée. J'avais plein d'amis à l'école, et mes admirateurs faisaient la queue devant chez nous. Tous les yeux étaient fixés sur moi, tandis que personne n'accordait un regard à ma sœur.

Ce n'était pas ma faute mais ça ne m'empêchait pas de me sentir coupable. Ma sœur aînée était devenue le produit de ma maladie et de ma popularité, à savoir une ado solitaire qui se cachait derrière les toiles qu'elle peignait. Une ado discrète et silencieuse qui se servait de ses vêtements excentriques et bizarres pour faire entendre sa voix.

Quand j'y repense, c'était vraiment ce qui pouvait arriver de mieux. Car le premier jour où j'avais remarqué Dean Cole, dans le couloir, entre mon cours de trigo et celui de littérature, j'avais tout de suite compris qu'il était davantage qu'un coup de cœur. Si je l'avais, je ne lâcherais jamais. Et rien que ce constat était un concept dangereux avec lequel je ne pouvais pas me permettre de m'amuser.

Parce que le temps avançait plus vite pour moi. Je n'étais pas née comme les autres.

J'avais une maladie, vous voyez.

Parfois, c'était moi qui l'emportais sur elle.

Parfois, c'était elle qui l'emportait sur moi.

La Rose préférée de tout le monde fanait petit à petit. Sauf qu'aucune fleur ne veut mourir devant un public.

Non, vraiment, c'était mieux comme ça, décidai-je alors que les lèvres de ma sœur étaient sur les siennes et que le regard de Dean était plongé dans le mien et que la réalité devenait ce truc complexe et insoutenable dont je voulais désespérément m'échapper. Sans le pouvoir.

Par conséquent, j'étais au premier rang pour regarder ma sœur et le seul type qui avait fait battre mon cœur plus vite tomber amoureux l'un de l'autre.

Mes pétales tombaient un par un.

Parce que, même si je savais que mon histoire n'aurait pas de fin heureuse pour toujours, je ne pouvais pas m'empêcher de me demander : « Et si elle pouvait avoir une fin heureuse, même si ce n'était que momentané ? »

Dean

L'été de mes dix-sept ans était déjà loin d'être une réussite, mais rien ne m'avait préparé à la putain d'apothéose qui allait le clôturer.

Tous les signes indiquaient une calamité imminente. Je n'arrivais pas à identifier quel chemin me mènerait jusque-là mais, connaissant ma vie, je m'imaginais un uppercut qui m'enverrait tout droit en enfer.

Au bout du compte, tout se résuma à un seul et unique moment d'imprudence, un cliché digne d'un film. Entre quelques Bud Light et quelques joints mal roulés, plusieurs semaines avant la fin de notre année de première.

On était allongés au bord de la piscine haricot de Vicious, en train de boire la bière de son père parce qu'on savait que sous le toit de Baron Spencer Senior, on ne nous dirait rien (on ne nous disait jamais rien ici, de toute façon). Il y avait des filles. Elles étaient défoncées. Il n'y avait pas grand-chose à faire à Todos Santos, en Californie, à l'approche des vacances d'été. La chaleur était caniculaire. L'air était lourd, le soleil aveuglant, l'herbe jaune, et la jeunesse dorée s'ennuyait dans son existence insignifiante et sans problème. Nous étions trop paresseux pour chasser le grand frisson alors on l'attendait étalés sur des bouées en forme de donuts et de flamants roses, ou sur des chaises longues importées d'Italie.

Les parents de Vicious n'étaient pas là (c'était à se demander si ça leur arrivait d'être chez eux) et tout le monde comptait sur moi pour faire office de fournisseur. Comme je n'étais pas du genre à décevoir mon public, j'avais apporté du hasch et de l'herbe, qu'ils avaient tous fumés sans même me dire merci. Et pour ce qui était de me payer, ce n'était même pas la peine d'y penser. Ils croyaient tous que j'étais un sale gosse de riche qui avait autant besoin d'argent que Pamela Anderson avait besoin de nouveaux implants mammaires, ce qui n'était pas tout à fait faux. Et comme je n'étais pas du genre à me prendre la tête pour des trucs sans importance, je laissais couler.

Une des filles, une blondinette qui s'appelait Georgia, exhibait son nouveau Polaroid, que son père lui avait offert lors de leurs dernières vacances à Palm Springs. Elle prenait des photos des garçons (Jaime, Vicious, Trent et moi) tout en se pavanant dans son bikini rouge. Elle prenait chaque photo fraîchement imprimée entre ses dents pour la secouer puis nous la passait de bouche à bouche. Ses seins débordaient de son haut de maillot de bain tel du dentifrice de son tube. J'avais très envie de frotter mon sexe entre ses seins et je savais sans l'ombre d'un doute que j'y parviendrais d'ici la fin de la journée.

— Oh là là, celle-ci va être ca-noooon, dit Georgia en insistant lourdement sur la dernière syllabe. Tu es super sexy, Cole.

Elle appuya sur le déclencheur alors que j'étais en train d'avaler ma dernière gorgée de bière, un joint à la main pendant que j'écrasais ma canette de bière vide sur ma cuisse.

Clic.

La preuve de mes méfaits sortit de la fente de son appareil dans un sifflement provocateur. Elle l'attrapa entre ses lèvres brillantes et se pencha pour me tendre le cliché. Je le pris entre mes dents puis le fourrai dans mon short de bain. Ses yeux suivirent ma main tandis que je tirais sur l'élastique, révélant une ligne de poils partant de mon nombril qui l'invitait à se joindre à la fête. Elle déglutit. Visiblement. Nos regards se croisèrent et un accord tacite passa entre nous. Ensuite, quelqu'un fit une bombe dans la piscine et l'éclaboussa. Elle secoua la tête et éclata de rire avant de passer à son prochain chef-d'œuvre, à savoir Trent Rexroth, mon meilleur ami.

L'idée était de détruire la photo avant de rentrer à la maison. Je blâme l'herbe pour mon oubli. Au final, ma mère trouva la photo. Au final, mon père me fit une des leçons de moral dont il avait le secret et qui semblait toujours ronger mes entrailles comme de l'arsenic. Au final du final, ils m'obligèrent à passer les vacances d'été avec mon foutu oncle, celui que je ne pouvais vraiment pas blairer.

Je savais que ça ne servait à rien de discuter. La dernière chose dont j'avais besoin, c'était de remuer la merde dans laquelle je m'étais fourré et de compromettre mon entrée à Harvard un an avant le bac. J'avais travaillé dur pour ce futur, pour cette vie. Elle était étalée devant moi dans toute sa splendeur faite de richesse, de privilèges, de jets privés, de multipropriétés et de vacances annuelles dans les Hamptons. C'est ça, le truc, avec la vie : quand une bonne chose vous tombe entre les mains, il ne faut pas juste la tenir. Il faut s'y agripper de toutes ses forces, presque jusqu'à la briser.

Encore une leçon que j'ai apprise bien trop tard.

Enfin bref, c'est comme ça que j'ai fini dans un avion direction l'Alabama, pour passer deux mois dans une putain de ferme avant la rentrée en terminale.

Trent, Jaime et Vicious passèrent l'été à boire, fumer et coucher avec des nanas à domicile. Moi, je revins avec un œil au beurre noir, généreusement offert par M. Donald Whittaker, également connu sous le nom de Hibou, après la nuit qui avait changé qui j'étais à tout jamais.

— La vie, c'est comme la justice, avait assené Eli Cole, mon avocat de père, avant que je monte dans l'avion pour Birmingham. Elle est parfois injuste.

Sans. Déconner.

Cet été-là, je fus obligé de lire la Bible de la première à la dernière ligne. Hibou avait dit à mes parents qu'il avait trouvé Dieu et que le catéchisme était vraiment important. Pour le prouver, il me faisait lire la Bible pendant mes pauses déjeuner. Offrir du jambon sur du pain de seigle et m'apprendre l'Ancien Testament étaient sa façon d'être un mec sympa. Le reste du temps, il se comportait comme un véritable enfoiré avec moi.

Whittaker était ouvrier agricole. Enfin, quand il était suffisamment sobre pour être quelque chose. Il me traitait comme sa bonniche. Je ne disais rien, en partie parce que je parvenais à me changer les idées en doigtant la fille de son voisin tous les jours après mes corvées.

La fille du voisin pensait que j'étais une star, simplement parce que je n'avais pas l'accent du Sud et que j'avais une voiture. Je ne voulais surtout pas détruire ses fantasmes, d'autant plus qu'elle semblait plus qu'enthousiaste à l'idée d'être mon étudiante en éducation sexuelle.

Quand Hibou m'enseignait la Bible, je faisais semblant de m'y intéresser, parce que l'alternative consistait à me battre avec lui dans le foin jusqu'à ce que l'un de nous deux tombe dans les pommes. Je pense que mes parents voulaient me rappeler que la vie ne se limitait pas aux voitures hors de prix et aux vacances à la montagne. Hibou et sa femme étaient l'équivalent de *L'ABC de la vie avec un bas salaire*. Je me réveillais donc tous les matins en tentant de me convaincre que deux mois n'étaient rien sur l'échelle de ma foutue vie.

La Bible contenait un paquet d'histoires plus tordues les unes que les autres : inceste, collection de prépuces, Jacob qui se bat contre un ange… Au deuxième livre à peine, je n'en pouvais déjà plus. Néanmoins, une des histoires resta vraiment gravée dans ma mémoire. Et pourtant, je n'avais même pas encore rencontré Rosie LeBlanc.

Genèse 27. Jacob est venu vivre avec son oncle Laban et il est tombé amoureux de Rachel, la plus jeune des deux filles de Laban. Rachel était belle, sauvage, gracieuse et la tentation sexuelle incarnée (c'était la Bible qui le disait, même si c'était formulé de manière légèrement différente).

Laban et Jacob passèrent un accord : Jacob devait travailler pour lui pendant sept ans, puis il pourrait épouser sa fille.

Jacob tint sa parole : il travailla comme un forçat du lever au coucher du soleil. Après sept années, Laban vint enfin trouver Jacob pour lui dire qu'il pouvait épouser sa fille.

Le souci, c'était que… ce n'était pas la main de Rachel qu'il lui donnait. Non, non. Il lui accordait celle de son autre fille, plus âgée. Leah.

Leah était une femme bien. Jacob le savait.

Elle était gentille. Sensible. Généreuse. Un regard doux et un joli petit cul (là encore, je paraphrase. À part la partie sur le regard, ça, c'était vraiment dans la Bible).

Sauf que ce n'était pas Rachel.

Ce n'était pas Rachel, et il voulait Rachel. Il. Avait. Toujours. Voulu. Rachel.

Jacob protesta, se battit, tenta d'insinuer un peu de bon sens dans la tête de son oncle, mais il ne remporta pas la bataille. À l'époque déjà, la vie était comme la justice. Elle était tout sauf juste.

— Travaille sept années de plus et je te laisserai épouser Rachel, promit Laban.

Alors Jacob attendit.

Il l'observa.

Il se mourait de désir.

Ce qui, comme le sait chaque personne dotée d'un demi-cerveau en état de marche, ne fait qu'assouvir votre désespoir pour l'objet de votre obsession.

Les années passèrent. Doucement. Douloureusement.

Pendant ce temps, il était avec Leah.

Il ne souffrait pas. Pas vraiment. Leah était gentille avec lui. C'était une valeur sûre. Elle pouvait porter ses enfants, ce qui (comme il le découvrirait plus tard) était loin d'être aussi évident pour Rachel.

Sauf qu'il savait ce qu'il voulait. Et ce qu'il possédait en avait peut-être l'apparence, l'odeur, et peut-être même le goût, mais ce n'était pas la même chose.

Il lui fallut attendre quatorze ans, mais au bout du compte, Jacob obtint enfin la main de Rachel. À la loyale.

Rachel n'était peut-être pas bénie de Dieu comme l'était Leah, mais justement. C'était ça, le truc.

Rachel n'avait pas besoin d'être bénie.

Elle était aimée.

Et contrairement à la justice et à la vie, l'amour *était* juste.

Et surtout, au final, l'amour suffisait.

Et c'était tout ce qui comptait.

Sept semaines après le début de mon année de terminale, une autre calamité décida de m'exploser à la tronche de manière tout à fait spectaculaire. Son nom était Rosie LeBlanc et ses yeux ressemblaient à deux lacs gelés dans l'Alaska hivernal. *Ce* genre de bleu.

Le destin m'attrapa par les couilles et les tordit violemment à la seconde où elle poussa la porte de la maison des domestiques de Vicious. Elle ressemblait à Millie (en quelque sorte), sauf qu'elle était plus petite, plus mince, avec des lèvres plus charnues, des pommettes plus hautes, et des oreilles pointues de lutin malicieux. Elle ne portait pas de fringues bizarres comme Emilia. Elle était vêtue d'un jean moulant noir déchiré aux genoux, d'un vieux sweat à capuche noir flanqué du logo d'un groupe de musique que je ne connaissais pas, et d'une paire de tongs avec des étoiles de mer. Conçue pour se fondre dans la masse mais destinée à briller comme un putain de phare, comme je le découvrirais plus tard.

À l'instant où nos regards se croisèrent, ses joues se couvrirent d'un rouge pourpre qui gagna sa nuque et son cou. Ça en disait bien assez. C'était la première fois que je la remarquai, mais elle, elle m'avait déjà vu. Elle connaissait mon visage. Elle me fixait et m'observait. Absolument tout le temps.

Elle se ressaisit aussitôt.

— Est-ce qu'on est en train de participer à un duel de regards ?

Il y avait quelque chose dans sa voix éraillée qui sonnait presque faux. Trop basse. Trop rauque. Trop unique. Atypique, comme elle.

— Parce que ça fait vingt-trois secondes que j'ai ouvert la porte et tu ne t'es toujours pas présenté, continua-t-elle. Ah, et aussi, tu as cligné des yeux deux fois.

À la base, j'étais venu ici pour inviter Emilia LeBlanc à sortir. Pour la coincer comme un animal apeuré, sans aucune issue pour se sauver. Jusqu'alors, elle avait refusé de me donner son numéro de portable. Chasseur de nature, j'étais suffisamment patient pour attendre avant de me jeter sur elle, mais ça ne faisait pas de mal de garder un œil sur ma proie de temps en temps. D'ailleurs, pour être honnête, chasser Emilia n'avait pas grand-chose à faire avec Emilia elle-même. L'excitation de la poursuite me donnait toujours des frissons et dans le cas présent, elle représentait un défi qu'aucune autre n'avait incarné. Sauf qu'en frappant à la porte de chez elle, je ne m'étais pas attendu à trouver *ça*.

Ça changeait absolument tout.

Je restai planté là, muet, et lui offris mon sourire aguicheur pour la provoquer, parce qu'elle en faisait autant d'une certaine façon. À cet instant, je songeai que ce n'était peut-être pas moi, le chasseur. Peut-être qu'en l'espace d'une nanoseconde, j'étais devenu Elmer Fudd dans les bois, avec un fusil sans munitions et qui vient de repérer une tigresse en colère.

— Est-ce que ça parle, au moins ?

La tigresse fronça les sourcils et se pencha en avant pour enfoncer sa petite griffe dans ma poitrine. Elle m'avait appelé « ça ».

Pour me ridiculiser. Pour me rabaisser. Pour se foutre de moi.

J'affichai l'expression la plus innocente dont j'étais capable (ce qui était loin d'être facile, compte tenu du fait que j'avais oublié ce qu'était l'innocence avant même qu'on balance mon cordon ombilical à la poubelle). Je serrai imperceptiblement les dents et je secouai la tête.

— Tu ne sais pas parler ?

Elle croisa les bras et s'appuya contre l'encadrement de la porte, les sourcils haussés d'un air sceptique.

Je hochai la tête cette fois, en retenant un grand sourire.

— Tu te fous de moi. Je t'ai vu au lycée, Dean Cole. Les gens t'appellent Devious. Non seulement tu sais parler, mais tu es même incapable de la boucler la plupart du temps.

Doucement, petit lutin. Garde tes forces pour quand je te ferai valser dans mes draps.

Pour comprendre l'étendue de ma surprise, il faut savoir qu'aucune fille ne m'avait jamais parlé comme ça. Pas même Millie. Et pourtant, Millie semblait être la seule fille du lycée insensible à mon charme à l'américaine option « je t'arrache ta culotte avec les dents ». C'était d'ailleurs pour cette raison que je l'avais remarquée au départ.

Mais comme je l'ai déjà dit, les projets changent. Ce n'était pas comme si on était déjà sortis ensemble. Ça faisait plusieurs semaines que je tournais autour de Millie au lycée en me demandant si elle valait la peine que je lui coure après, mais maintenant que je voyais à côté de quoi j'étais passé (à savoir cette petite bombe), le moment était venu de me jeter dans la gueule du loup.

Je lui balançai un autre sourire pervers. Celui qui m'avait valu le surnom de Devious dans les couloirs d'All Saints deux ans plus tôt. Parce que c'était ce que j'étais. J'étais un putain de chaos, tortueux, qui créait l'anarchie partout où il passait. Tout le monde le savait. Les profs, les élèves, le principal Followhill, et même le shérif de la ville.

Quand on avait besoin de drogues, on venait me voir. Quand on voulait organiser une fête digne de ce nom, on venait me voir. Quand on avait envie de prendre son pied, on venait me voir (et pas que me *voir*). Et c'était ce que mon petit sourire narquois, celui que je travaillais depuis mes cinq ans, disait à la face du monde.

« Si c'est corrompu et pervers et fun, alors j'en suis. »

Et cette fille ? Elle avait l'air d'être très fun à corrompre.

Ses yeux se posèrent sur mes lèvres. Lourds de désir. C'était facile de lire dans son regard. Comme avec toutes les lycéennes. Même si celle-ci ne souriait pas autant que les autres. Elle n'offrait pas d'invitation silencieuse au flirt non plus, d'ailleurs.

— Tu parles.

Elle assena ça sur un ton accusateur. Je mordis ma lèvre inférieure puis la relâchai. Doucement. Tout était calculé pour la provoquer.

— Peut-être que je connais quelques mots, au final, lançai-je en avançant vers elle. Tu veux entendre les plus intéressants ?

Mes yeux me suppliaient de glisser le long de son corps mais mon cerveau me disait d'attendre. Je décidai d'écouter Monsieur Cerveau.

J'étais détendu.

J'étais rusé.

Mais pour la première fois depuis des années, je n'avais pas la moindre idée de ce que j'étais en train de faire.

Elle m'adressa un sourire en coin qui me coupa le souffle. Une foule de mots résumée en une seule et unique expression. Son sourire me disait que ma tentative de lui lécher les pompes ne l'impressionnait pas le moins du monde. Qu'elle m'avait remarqué (évidemment) et que je lui plaisais (d'accord) mais que j'allais devoir faire mieux que flirter de manière désinvolte et foireuse pour y arriver. Arriver où ? Je n'en savais rien, mais j'étais plus que prêt pour le voyage.

— Bonne question.

Elle flirtait, sans même s'en rendre compte. Je baissai le menton et me penchai en avant. J'étais grand, imposant et confiant. Et j'étais un aimant à problèmes. Si elle n'était pas déjà au courant, elle était sur le point de l'apprendre.

— Moi, je pense que oui.

Deux minutes plus tôt, j'étais déterminé à inviter sa sœur à sortir. Sa sœur aînée, a priori, car celle-ci avait l'air plus jeune et je l'aurais su si elle avait été en terminale. Sauf que le destin avait voulu que ce soit elle qui ouvre la porte et change mes plans.

Bébé LeBlanc me regarda d'un drôle d'air, comme si elle me mettait au défi de continuer. Alors que j'ouvrais la bouche, Millie apparut dans mon champ de vision. Elle courait vers l'entrée depuis le petit salon comme si elle tentait d'échapper à une zone de combat. Elle tenait un livre agrippé contre sa poitrine et elle avait les yeux rouges et gonflés. Elle avait les yeux fixés sur moi et, l'espace d'un instant, je crus qu'elle allait me fracasser le crâne avec son bouquin (qui avait l'air de peser son poids).

Avec le recul, je regrette qu'elle ne l'ait pas fait. Ça aurait vraiment mieux valu.

Millie poussa le petit lutin sur le côté, à croire qu'elle n'avait même pas vraiment remarqué sa présence. Elle se pressa contre ma poitrine avec une tendresse qui ne lui ressemblait pas et plaqua ses lèvres sur les miennes comme si elle était possédée par le diable.

Merde.

C'était la merde.

Pas à cause du baiser. Le baiser ne posait pas de problème, a priori. Je n'eus pas le temps de l'intégrer, trop obnubilé par le lutin aux oreilles en pointe qui semblait horrifié par ce qu'il voyait. Ses pupilles de bleuet nous fixaient, imprimaient et nous collaient une étiquette que je n'étais pas prêt à accepter.

Qu'est-ce que Millie foutait ? Quelques heures plus tôt, elle faisait encore comme si elle ne me voyait pas dans les couloirs. Elle gagnait du temps, elle prenait de la distance, elle feignait l'indifférence. Et maintenant, elle me collait comme une éruption cutanée après un coup d'un soir douteux.

Je m'écartai doucement de Millie et pris son visage entre mes mains pour qu'elle ne se sente pas rejetée, tout en m'assurant qu'il y avait assez d'espace entre nous pour le petit lutin. La proximité d'Emilia n'était pas la bienvenue, et c'était bien la première fois que ça m'arrivait quand il s'agissait d'une fille aussi canon qu'elle.

— Hé, Mil.

Ma voix s'était départie de son intonation joueuse. Ça ne ressemblait pas à Millie de se comporter comme ça. Il s'était passé quelque chose, et je n'avais pas la moindre idée de ce que ça pouvait être. Mon sang se mit à bouillir dans mes veines. J'inspirai profondément par le nez, déterminé à ne pas péter les plombs.

— Qu'est-ce qui se passe ?

Le vide dans son regard me donnait la nausée. Je pouvais presque entendre son cœur craquer dans sa poitrine. Je lançai une autre œillade à Bébé LeBlanc en me demandant comment j'allais bien pouvoir me sortir de ce merdier. Elle fit un pas en arrière, le regard fixé sur le chef-d'œuvre en péril qui essayait de me prendre dans ses bras. Millie était bouleversée. Je ne pouvais pas la laisser comme ça. Pas à cet instant.

— Vicious, dit la sœur aînée dans un reniflement sonore. Voilà ce qui se passe.

Puis elle montra du doigt le livre de calcul comme s'il s'agissait d'une preuve.

À contrecœur, je reportai mon attention sur Emilia « Millie » LeBlanc.

— Qu'est-ce que ce merdeux a encore fait ?

Je lui arrachai le manuel des mains et le feuilletai, à la recherche de commentaires insultants ou de dessins crasses.

— Il a forcé mon casier et a piqué mes affaires, geignit-elle entre deux reniflements. Et puis il a rempli mon casier d'emballages de préservatifs et de déchets.

Elle s'essuya le nez du revers de sa manche.

Nom de Dieu, mais quel abruti. C'était l'autre raison pour laquelle je voulais sortir avec Millie. Le besoin de protéger les plus faibles m'animait depuis mon plus jeune âge. Disons que c'était mon point faible. Je n'étais pas *vraiment* une raclure, à l'instar de Vicious. Mais je n'étais pas *vraiment* un gentil comme Jaime non plus. J'avais mes propres valeurs morales, et persécuter les plus faibles outrepassait les limites que je me fixais. Et de loin.

Pour ce qui était des plus faibles, Millie était parfaite dans le genre. Elle était terrorisée au bahut et tourmentée par un de mes meilleurs amis. Je devais bien faire. Je *devais*, sauf que je n'en avais absolument pas la moindre *envie.*

— Je m'occupe de lui, assurai-je en essayant de ne pas être cassant. Retourne à l'intérieur.

Et laisse-moi avec ta sœur.

— Ce n'est pas la peine. Je suis juste contente que tu sois là, c'est tout.

Je glissai un regard vers la fille qui était destinée à être la Rachel de mon Jacob, avec tristesse cette fois, parce que je savais que je n'avais pas la moindre chance avec elle. Toutes mes chances s'étaient évaporées à la seconde où sa sœur m'avait embrassé pour se venger de ce connard de Vicious.

— J'ai réfléchi, reprit Millie.

Elle battait des paupières à toute vitesse, trop absorbée par sa crise pour se rendre compte que je lui avais à peine accordé un regard depuis qu'elle était apparue. Elle était trop occupée pour se rendre compte que sa sœur était juste à côté de nous.

— Et je me suis : « Pourquoi pas ? » Alors voilà. J'adorerais sortir avec toi.

Non, elle n'adorerait pas. Ce qu'elle voulait, c'était que je sois son bouclier.

Millie avait besoin d'être sauvée.

Et moi, j'avais besoin de fumer un putain de joint.

Je soupirai et attirai la grande sœur contre moi pour la serrer dans mes bras. Je caressai les mèches de cheveux dans sa nuque, les yeux toujours rivés à Bébé LeBlanc. Ma petite Rachel.

Je vais arranger ça, lui promis-je en mon for intérieur. Mon for intérieur était clairement plus optimiste que moi.

— Tu n'es pas obligé de sortir avec moi pour que je te rende la vie plus facile. Je peux faire ça même en tant qu'ami. Tu n'as qu'un mot à me dire pour que je lui botte le cul, murmurai-je à l'oreille de Millie, mes pupilles toujours fixées sur sa sœur.

Elle secoua la tête et enfouit son visage dans mon cou.

— Non, Dean. Je veux sortir avec toi. Tu es gentil et drôle et compatissant.

Et complètement en admiration devant ta petite sœur.

— J'en doute, Millie. Ça fait des semaines que tu me repousses. Tout ça, c'est à cause de Vic, et on le sait tous les deux. Bois un verre d'eau. Réfléchis. Je lui parlerai demain matin pendant l'entraînement.

— Dean, s'il te plaît.

Sa voix était moins tremblante et plus déterminée. Elle agrippa le tissu de mon T-shirt de créateur dans son poing pour m'attirer plus près d'elle, en même temps qu'elle m'éloignait de mon joli fantasme tout neuf.

— Je suis une grande fille. Je sais ce que je fais. On y va. Tout de suite.

— Oui. Allez-y.

C'était Bébé LeBlanc, qui agitait une main dans notre direction.

— Il faut que je révise et vous m'empêchez de me concentrer. Si je croise Vicious dans la piscine, je le noierai, d'accord Millie ? plaisanta-t-elle en faisant mine de fléchir ses petits bras minces.

Bébé LeBlanc était une élève médiocre qui récoltait des C- à la pelle, mais je ne le savais pas encore à l'époque. Elle ne voulait pas réviser. Elle voulait qu'on sauve sa sœur.

J'emmenai Millie manger une glace, sans me retourner.

J'emmenai Millie alors que j'aurais dû emmener Rosie.

J'emmenai Millie et j'allais tuer Vicious.

1

Rosie

Présent

Qu'est-ce qui te fait te sentir vivante ?
La condensation. Ça me rappelle que je respire encore.

Bon. Je suppose que ça équivalait à me parler toute seule, mais j'avais toujours fait ça. La voix qui posait toujours cette question semblait avoir été implantée dans mon cerveau. Cette voix n'était pas la mienne. C'était une voix d'homme, et pas celle d'un homme que je connaissais, a priori. La voix me rappelait que je respirais encore, ce qui n'était pas forcément quelque chose que je tenais pour acquis. Cette fois, ma réponse flotta dans mon esprit telle une bulle sur le point d'exploser. Je collai mon nez au miroir de l'ascenseur du gratte-ciel tape-à-l'œil dans lequel je vivais et je soufflai par la bouche. Une buée blanche apparut à la surface du miroir et je reculai pour admirer mon œuvre.

Le fait que je respirais encore était un énorme bras d'honneur à ma maladie.

La mucoviscidose. J'essayais toujours de ne pas entrer dans les détails quand quelqu'un me posait la question. Tout ce que les gens avaient besoin de savoir, c'était qu'on m'avait diagnostiquée à l'âge de trois ans. Quand ma sœur Millie m'avait léché le visage et avait dit que j'étais « très salée », ça avait tiré un signal d'alarme, et mes parents m'avaient fait examiner. Les résultats étaient positifs. Oui, c'était une maladie pulmonaire. Oui, ça pouvait se traiter. Non, ça ne pouvait pas se guérir. Oui, ça avait des conséquences plus que lourdes sur ma vie. Je prends des cachets sans arrêt, j'ai trois séances de kiné par semaine, une quantité indéterminée d'inhalateurs, et je mourrai probablement au cours des quinze prochaines années. Et, non, je n'ai pas besoin de votre pitié, alors pas la peine de me regarder comme ça.

Encore engoncée dans ma blouse verte, les cheveux en pétard et les yeux rendus vitreux par le manque de sommeil, je priai secrètement pour que les portes de l'ascenseur se ferment enfin et qu'il m'amène jusqu'au dixième étage. Je voulais me déshabiller, me plonger dans un bon bain chaud puis me vautrer dans mon lit pour me gaver d'épisodes de *Portlandia*. Et je voulais aussi ne pas penser à mon ex, Darren.

Je voulais *vraiment* ne pas penser à lui.

Des cliquetis de talons aiguilles retentirent soudain. Ils se rapprochaient à chaque seconde. Je tournai la tête en direction du hall d'entrée et étouffai une quinte de toux. Les portes de l'ascenseur avaient commencé à se refermer lorsqu'une main de femme avec des ongles rouge écarlate se glissa entre elles à la dernière seconde et les fit se rouvrir, le tout accompagné d'un rire aigu.

Je fronçai les sourcils.

Pas lui. Pas encore.

Sauf que naturellement, c'était lui. Il s'engouffra dans l'ascenseur, précédé d'une horrible odeur d'alcool qui aurait sûrement intoxiqué un éléphant jusqu'à ce que mort s'ensuive. Il était flanqué de deux femmes dans le pur style *Desperate Housewives*. La première était le génie qui avait risqué de se casser le bras pour rattraper l'ascenseur, une rousse façon Jessica Rabbit avec un décolleté qui ne laissait aucune place à l'imagination, et ce même si vous en aviez à revendre. La seconde était une petite brune avec les fesses les plus rondes que j'avais jamais vues et une robe si courte qu'on pouvait sûrement lui faire un frottis sans avoir besoin de la déshabiller.

Et avec elles, il y avait Dean « Devious » Cole.

Grand (la taille parfaite pour une star de cinéma), avec des yeux vert mousse d'une brillance quasi radioactive et d'une profondeur infinie, débraillé, ses cheveux bruns en bataille, et un corps à faire mourir de jalousie Brock O'Hurn. Il était scandaleusement sexy, à tel point que vous étiez obligée de détourner le regard en priant pour que votre culotte soit suffisamment épaisse pour absorber votre excitation. Sérieusement, il était si outrageusement canon qu'il était sans doute illégal dans certains pays ultra-conservateurs. Heureusement pour moi, je savais aussi que M. Cole était un enfoiré de première catégorie, ce qui voulait dire que j'étais presque immunisée contre son charme.

« Presque » étant le mot-clé dans la phrase précédente.

Il était superbe, mais c'était aussi un cas complètement désespéré. Vous savez, ces femmes qui cherchent un mec paumé, beau et vulnérable qu'elles pourraient réparer et soigner ? Dean Cole était le candidat idéal pour elles. Du genre à leur donner des éjaculations nocturnes. Il y avait définitivement quelque chose chez lui. Ça m'attristait que les personnes dans son entourage proche ne voient pas les signaux d'alerte (son goût pour la boisson, les pétards qu'il fumait à outrance et son addiction déchaînée pour tout ce qui alliait péché et amusement). Cela dit, la vie de Dean Cole ne me regardait pas. J'avais bien assez de problèmes comme ça dans la mienne.

En proie à un hoquet incontrôlable, le Hot Hero appuya cinq cents fois sur le bouton qui menait à son penthouse avant de se glisser au milieu de nous. Il avait les yeux fiévreux et sa peau était recouverte d'une fine couche de sueur. Il empestait le brandy.

Son sourire, en revanche, n'empestait pas la joie de vivre.

Un fil barbelé rongé par la rouille se serra autour de mon cœur.

— Bébé LeBlanc.

Son intonation paresseuse fit aussitôt frémir mon bas-ventre et je me raidis. Il m'attrapa par les épaules et me força à pivoter sur moi-même pour lui faire face. Ses deux supercopines me dévisageaient comme si je sortais d'une poubelle. Je plaçai mes paumes sur son torse dur comme du béton pour le repousser.

— Fais attention. On dirait que Jack Daniel vient de jouir dans ta bouche, lâchai-je d'un ton impassible.

Il bascula la tête en arrière et éclata de rire, un vrai sourire aux lèvres cette fois. Visiblement, notre échange l'amusait follement.

— Ah, cette fille…

Il passa un bras autour de mes épaules et me serra contre lui, avant de me montrer de sa main qui tenait une bouteille de bière. Il adressa aux filles un sourire hébété.

— Elle est canon comme pas possible et a un cerveau et une repartie qui feraient de l'ombre à Winston Churchill dans son heure de gloire, s'épancha-t-il.

À voir leur air ahuri, elles pensaient sans doute que Winston Churchill était un personnage de dessin animé. Dean se tourna vers moi, les sourcils froncés.

— Ça veut dire qu'elle pourrait facilement tomber dans la catégorie des pestes condescendantes, sauf que non. Parce qu'elle est gentille, aussi. C'est pour ça qu'elle est infirmière. C'est un crime de cacher ce joli petit cul sous une blouse, LeBlanc.

— Désolée de vous décevoir, Officier Fumeur de Joints, mais je suis bénévole, pas infirmière. Mon vrai boulot, c'est barista, le corrigeai-je en lissant ma blouse.

Je reculai d'un pas pour ne plus être à sa portée et je souris poliment aux deux filles. Je faisais du bénévolat dans l'unité de soins intensifs de néonatalogie trois fois par semaine, à surveiller des couveuses et nettoyer du caca de bébé. Je n'étais pas dotée du même talent artistique que Millie ou de la même chance que les Hot Heroes, mais j'avais mes propres passions (les gens et la musique) et mes aspirations me semblaient tout aussi nobles que leurs professions. Dean avait obtenu un MBA à Harvard et il était abonné au *New York Times*, mais est-ce que ça voulait dire qu'il valait mieux que moi ? Certainement pas. Je travaillais dans un petit café nommé le Black Hole, niché entre la Première Avenue et l'Avenue A. Le salaire était minable, mais l'endroit était génial. J'étais d'avis que la vie était trop courte pour faire quelque chose qui ne nous passionnait pas. *Surtout dans mon cas.*

Jessica Rabbit leva les yeux au ciel. La petite brune haussa ses épaules dénudées et nous tourna le dos pour se consacrer à son portable. Elles devaient se dire que je n'étais qu'une garce amère. Elles avaient raison. C'était *littéralement* ce que j'étais. Mais si on s'en tenait à la littéralité ici, un réveil brutal les attendait. Je connaissais par cœur le rituel de mon voisin (qui, accessoirement, était aussi l'ex de ma sœur).

Demain matin, il leur appellerait un taxi et ne se donnerait même pas la peine de faire semblant d'avoir sauvegardé leur numéro.

Demain matin, il se comporterait comme si elles n'étaient rien d'autre que du bazar qu'il devait ranger.

Demain matin, il serait sobre, avec la gueule de bois, et ingrat.

Parce que c'était un Hot Hero.

Un égocentrique privilégié et déséquilibré de Todos Santos qui pensait que tout lui était dû tandis que lui ne devait rien à personne.

Allez, ascenseur. Qu'est-ce qui peut bien te prendre aussi longtemps ?

— LeBlanc.

Dean avait aboyé, cette fois. Appuyé contre la paroi métallique, il attrapa un joint coincé derrière son oreille puis fouilla la poche de son jean sur mesure à la recherche de son briquet. La bouteille de bière atterrit entre les mains d'une de ses cavalières. Il portait un blazer noir ouvert sur un T-shirt col en V de marque (d'un vert citron qui faisait monstrueusement ressortir ses yeux et lui donnait l'air encore plus bronzé), et des baskets de créateur. Il me donnait envie de trucs débiles. De choses que je n'avais jamais voulues de personne, encore moins d'un homme qui était sorti pendant huit mois avec ma sœur. De choses que je gardais donc soigneusement pour moi. Et pour me venger de ce qu'il déclenchait chez moi, j'essayais d'être aussi méchante que possible avec lui. Dean était comme Batman. Assez fort pour encaisser.

— Demain. Toi. Moi. Brunch dominical. Accepte et je te promets que je mangerai davantage que de la nourriture.

Il baissa le menton, une expression sinistre sur le visage. Avec ce type, les points d'interrogation n'existaient pas. *Sale petit morveux*, songeai-je amèrement sans pouvoir m'en empêcher. *Il va avoir un plan à trois dans moins de cinq minutes et il est là, à draguer la petite sœur de son ex, sous le nez de ses deux copines. Qu'est-ce qu'elles font encore ici ?*

J'ignorai ses avances et décidai de le mettre en garde contre tout autre chose.

— Si tu allumes ce truc dans l'ascenseur, dis-je en montrant son joint du doigt, je jure que je me glisserai dans ton appartement cette nuit pour verser de la cire chaude sur tes chers bijoux de famille.

Jessica Rabbit poussa une petite exclamation outrée. Petite Brune laissa échapper un cri aigu. En même temps, elles seraient en première ligne si je décidais de mettre ma menace à exécution.

— Ça va, calme-toi, assena la brune en agitant la main, visiblement prête à exploser. Franchement, tu fous les jetons.

Je ne lui prêtai pas la moindre attention. Au lieu de ça, je fixai les numéros rouges au-dessus des portes. Ils indiquaient que j'étais de plus en plus proche de mon bain, de mon verre de vin et de *Portlandia.*

Dean ignora les deux filles qu'il était sur le point de se taper et replongea ses yeux vitreux dans les miens.

— Réponds-moi. Brunch ?

Hoquet.

— Ou alors on peut zapper cette partie-là et baiser direct ?

Difficile de résister à un tel romantisme, je sais bien. Malheureusement, de mon côté, c'était toujours non.

Honnêtement, ce n'était pas seulement la façon dont il essayait de me mettre dans son lit qui me refroidissait. C'était aussi son très mauvais timing. Ça ne faisait que trois semaines que Darren avait fait ses cartons et déménagé de l'appartement qu'on avait partagé pendant six mois. On était restés neuf mois ensemble, après une courte amourette avec un fan de métal aux cheveux gras qui répondait au doux prénom de Hal. Dean n'avait pas perdu de temps à essayer d'occuper la place de lot de consolation. Au passage, Dean était aussi mon propriétaire et je ne payais que cent dollars de loyer par mois pour des raisons légales, ce qui n'aidait pas à le rejeter. Il était copropriétaire de mon appart avec Vicious, Jaime et Trent et même si je savais qu'il ne m'expulserait pas (Vicious ne le laisserait jamais faire une chose pareille), je savais aussi que j'avais plutôt intérêt à être prudente.

Cela dit, le fait qu'il puisse me refiler toutes les MST figurant sur Web MD facilitait les choses quand il s'agissait de le rembarrer. Ça les facilitait même beaucoup.

Les numéros grimpaient avec une lenteur infinie.

Troisième.

Quatrième.

Cinquième.

Allez, allez, allez.

Je me rendis alors compte qu'il me dévisageait toujours, dans l'attente d'une réponse.

— Non, lâchai-je platement.

— Pourquoi ?

Un autre hoquet.

— Parce que tu n'es pas mon ami et que je ne t'aime pas.

— Et on peut savoir pourquoi ? insista-t-il en souriant.

Parce que tu m'as brisé le cœur et que je l'ai recollé tout de travers.

— Parce que tu couches à droite et à gauche.

C'était la deuxième raison sur la liste de « Pourquoi je déteste Dean ». Une liste interminable, avec un I majuscule.

Au lieu d'avoir l'air gêné ou blessé, Dean se pencha à nouveau sur moi, calme et serein, et caressa ma joue de son index avec son joint toujours à la main. Il attrapa un cil et le brandit sous mes yeux. Son doigt était si près de mes lèvres que je pouvais voir les courbes de son empreinte digitale.

— Fais un vœu.

Sa voix était comme un ruban de satin qu'il enroulait autour de mon cou et serrait tout doucement.

Je fermai les yeux, me mordis la lèvre inférieure et les rouvris. Je soufflai alors sur le cil au bout de son doigt et le regardai s'envoler et osciller d'avant en arrière comme une plume.

— Tu ne veux pas savoir ce que j'ai fait comme vœu ?

Ma voix était étrangement rauque. Il se pencha vers moi, ses lèvres pressées contre ma joue.

— Ce que tu souhaites n'a pas d'importance, marmonna-t-il. Ce qui compte, c'est ce dont tu as besoin. Et je l'ai, Rosie. Et on sait très bien tous les deux qu'un jour, je te le donnerai. À la pelle.

Je revenais de six heures passées dans un hôpital du centre de

New York, où je m'étais aussitôt précipitée après mon service au café. J'étais fatiguée, j'avais faim, et mes pieds avaient des cloques de la taille d'un œuf. Je n'aurais pas dû avoir cette sensation que des milliers de petits alevins nageaient dans ma poitrine, mais je l'avais. Je l'avais et je détestais ça.

— Brunch, souffla-t-il dans mon visage, m'abreuvant de son haleine chaude et pestilentielle. Ça fait presque un an que tu vis dans mon appartement. Le moment est venu de réévaluer le loyer. Chez moi. Demain matin. Tu as intérêt à te ramener. Ton heure sera la mienne. *Capice ?*

Je déglutis avant de baisser la tête. Lorsque je relevai les yeux, les portes de l'ascenseur s'ouvrirent. Je sortis au pas de charge et courus presque dans le couloir. Je fouillai frénétiquement dans mon sac à dos, à la recherche de mes clés.

De l'espace. J'avais besoin d'espace. De tout l'espace que je pouvais trouver. Tout de suite.

Son rire m'accompagna jusqu'à la porte de mon appartement. Je parie qu'il continua à rire jusqu'au vingtième étage, là où se trouvait sa garçonnière. Là où son voyage s'arrêtait pour la nuit, en compagnie de deux superbes femmes.

Après mon bain, je me servis un verre et je me fis un bon petit dîner équilibré, à base de gâteaux apéro au fromage et d'une sauce orange d'origine inconnue retrouvée au fond de mon frigo. Ensuite, je m'affalai sur le canapé et commençai à zapper d'une chaîne à l'autre. Même si j'avais envie de regarder *Portlandia* parce que ça m'aidait à me sentir un peu plus sophistiquée que ce que mon dîner pouvait laisser croire, je me retrouvai bloquée sans trop savoir comment devant *Ce qui vous attend si vous attendez un enfant.*

L'horreur. Pas seulement parce que le film avait un score de 22 % sur Allô Ciné.

Mais aussi parce que ça me faisait penser à Darren.

Et que penser à Darren me donnait envie de l'appeler et de lui présenter des excuses pour la énième fois.

Je fixai mon portable pendant d'interminables secondes, à tergiverser et à retourner le scénario dans tous les sens dans ma pauvre tête désespérément fatiguée.

Il décrocherait.

Il essaierait de me dire que j'avais fait une terrible erreur.

Qu'il s'en moquait. Il voulait encore de moi de toute façon.

Sauf que c'était faux. Il ne s'en moquait absolument pas.

Et je n'étais pas assez bien.

Pas pour quelqu'un comme lui.

Il y a autre chose que je devrais vous dire : en dépit de ma nature sarcastique et de ma langue bien pendue, j'aboyais beaucoup mais je ne mordais pas. Ça ne m'intéressait pas de gâcher des vies. Je préférais de loin en sauver. C'était pour ça que j'avais renoncé à Darren.

Darren méritait une vie normale, avec une femme normale et suffisamment d'enfants pour constituer une équipe de football. Il méritait de longues vacances et des activités en plein air, à l'extérieur des quatre murs d'un hôpital. Quand il n'y travaillait pas, je veux dire. En résumé : il méritait davantage que ce que je ne pourrais jamais lui offrir.

Je me glissai sous la couette, le dos plaqué contre la tête de lit. Je fixai la porte de ma chambre en priant pour qu'elle s'ouvre et laisse apparaître un homme beau comme un dieu qui me tiendrait chaud pour la nuit.

Dean Cole.

Bon Dieu, je le détestais. Je ne l'avais jamais autant détesté qu'à cet instant. Il ne pouvait pas réévaluer mon loyer. J'étais déjà fauchée comme les blés, et même pire d'après les critères de Manhattan, tandis qu'il gagnait en une journée ce que je gagnais en deux ans. Est-ce que c'était vraiment nécessaire, ou est-ce qu'il voulait juste se venger de moi parce que je ne cédais pas à ses avances ?

Je fermai les yeux et j'imaginai cet idiot de première en train de dévorer Jessica Rabbit, qui chevauchait son visage parfait, pendant que Petite Brune le suçait. Horrifiée, je glissai une main dans ma culotte déjà humide, les sourcils froncés, et je toussai doucement.

Dean Cole était probablement du genre sale et ordurier. Le genre à retourner Jessica Rabbit une seconde après qu'elle a joui et à la pilonner par-derrière en la tirant par les cheveux.

Je glissai mon index en moi, puis mon majeur, à la recherche du fameux point.

Révoltée, j'imaginai Petite Brune en train de se faire attraper par le cou et mettre en position sur le dos. Maintenant qu'il en avait fini avec JR, il la sautait à son tour en lui pinçant les tétons. Fort.

J'arquai le dos, répugnée.

Je grognai, écœurée.

Puis je jouis autour de mes doigts, dégoûtée.

Je détestais absolument tout chez Dean Cole.

Tout… Sauf lui.

2

Dean

S-E-X-E.

C'est à ça que tout se résume, dans le fond.

Le monde entier est construit sur un seul et unique besoin animal. Notre quête pour être plus beau, faire plus de sport, être plus riche, nous lancer à la poursuite de choses dont on n'a même pas besoin (une plus grosse voiture, des abdos mieux dessinés, une promotion, une nouvelle coupe de cheveux, et toutes les conneries qu'on essaie de nous vendre dans les pubs).

Tout ça, c'est… À. Cause. Du. Sexe.

À chaque fois qu'une femme achète un parfum ou un produit de beauté ou une putain de robe.

À chaque fois qu'un homme s'enchaîne à un énorme crédit pour une voiture de sport qui n'est même pas aussi confortable que la voiture coréenne spacieuse qu'il avait la semaine précédente, et qu'il s'injecte des stéroïdes dans le vestiaire d'une salle de sport exiguë…

Ils. Font. Tous. Ça. Pour. Le. Sexe.

Même s'ils ne le savent pas. Même s'ils ne sont pas *d'accord* avec ça. Vous avez acheté ce top et cette jeep et ce nouveau nez pour devenir plus sexy. C'est de la science, mes chéris. Ça ne sert à rien de discuter.

La même chose s'applique à l'art. Certaines de mes chansons préférées parlaient de sexe alors que je ne savais même pas encore que je pouvais faire autre chose avec mon sexe qu'écrire mon nom dans la neige. *Summer of 69* ? Bryan Adams avait neuf ans et c'était clair qu'il chantait sur sa position sexuelle préférée. *I Just Died in Your Arms* de Cutting Crew ? Ça parle d'orgasmes. *Ticket to Ride* des Beatles ? De prostituées. *Come On Eileen*, cette foutue chanson sur laquelle tout le monde dansait dans les mariages ? De contrainte sexuelle.

Le sexe était partout. Et pourquoi ne le serait-il pas ? C'était magnifique, putain. Personnellement, je ne m'en lassais pas. J'étais doué pour ça, aussi. J'ai dit doué ? Oubliez. Surdoué. Voilà qui me décrivait beaucoup mieux. La perfection passe par la répétition.

Et Dieu sait que j'avais beaucoup répété.

Ça me rappelait… Il fallait que je commande à nouveau des préservatifs. Je les faisais fabriquer spécialement par une entreprise appelée DitesLeAvecUneCapote. L'emballage était personnalisé avec mon nom dessus (si certaines filles voulaient le garder en souvenir, j'aurais été cruel de les en priver). Je choisissais les couleurs (j'aimais bien le rouge et le violet, mais le jaune donnait une teinte un peu pâle à mes testicules…). Je sélectionnais même le type de caoutchouc, l'épaisseur (0,0015 millimètre, si vous voulez tout savoir) et le niveau de sensibilité.

— Bonjour, toi, croassa une des filles en se réveillant.

Elle déposa un baiser léger sur ma nuque.

Il me fallait toujours quelques secondes pour me rappeler avec qui j'avais passé la nuit, mais ce matin, c'était encore pire que d'habitude. Certainement parce que j'avais passé la journée de la veille à boire comme si ma mission sur Terre était de liquéfier mon foie jusqu'à le transformer en rhum.

— Tu as bien dormi ? ronronna l'autre.

Je roulai sur le côté en direction de la table de chevet. J'étais en train de lire un texto interminable de mon ami et associé, Vicious. La plupart des gens écrivaient des textos courts qui allaient droit au but. Pas lui. Cet enfoiré avait fait de Siri son esclave et m'envoyait des messages longs comme la Bible. Se réveiller avec un texto de sa part équivalait à se réveiller en se faisant sucer par un requin. Voilà ce que le message disait :

Cher enfoiré,
Ma fiancée m'a fait savoir que sa casse-pieds de sœur risquait d'être en retard au dîner de répétition samedi prochain parce qu'elle essaie d'économiser quelques dollars en prenant un vol avec escale pour venir à Todos Santos.
C'est la demoiselle d'honneur d'Em, ce qui veut dire que sa présence n'est pas une option : sa présence est obligatoire et s'il faut que je la tire par les cheveux jusqu'ici, je le ferai, mais je préférerais éviter. Tu sais ce que je pense de cet endroit. New York est rude avec le corps. Los Angeles est rude avec l'âme. Je n'ai pas d'âme.
En tant qu'ami, je te demande d'aller frapper à la porte de Rosie et de lui fourrer un nouveau billet d'avion dans la main. Demande à Sue de lui réserver une place en première classe à côté de toi et assure-toi qu'elle embarque avec toi vendredi. Attache-la à son putain de siège s'il le faut.
À ce stade, tu es sûrement en train de te demander pourquoi tu devrais me rendre ce service. Considère que c'est un service rendu à Millie, pas à moi.
Elle est stressée.
Elle est inquiète.
Et elle n'a pas besoin d'angoisser à cause de ce genre de connerie.

Si la petite sœur d'Em pense qu'elle peut faire tout ce qui lui chante, elle se trompe.
Fais-lui prendre conscience à quel point elle se plante, parce que chaque jour qu'elle passe à jouer les saintes consciencieuses et économes, ma future femme souffre.
Et on sait tous comment je réagis quand quelque chose qui m'appartient est abîmé.
Que la paix soit avec toi, enfoiré.

V.

Ce n'était pas vraiment de la prose lyrique, mais c'était ça, le style Baron Spencer.

Je m'étirai et sentis un corps chaud grimper sur le mien et se battre contre les draps en soie bleus qui nous séparaient. J'étais enveloppé de tissu luxueux, de peau brûlante et de courbes voluptueuses. La lumière du soleil se déversait par la baie vitrée qui allait du sol au plafond et inondait les cent mètres carrés de mon balcon, un océan d'herbe fraîchement coupée qui donnait sur l'horizon de Manhattan. Des rais de chaleur léchaient ma peau. Un bar bien fourni m'attendait, avec tout ce qu'il fallait pour me faire un bloody mary. Sans parler des ottomanes gris et bleu marine qui me suppliaient de prendre les filles dessus, pour que tout New York profite du spectacle.

En bref : cette matinée était géniale.

Vicious, en revanche, était tout *sauf* génial.

Je m'autorisai donc à me réfugier dans le confort de ces deux créatures (Natasha et Kennedy) et faire ce que Dieu, la nature ou les deux attendaient de moi. Parce que la civilisation et la semence et toutes ces conneries.

Tandis que Kennedy, l'adorable rousse, déposait une pluie de baisers dans mon cou tout en dirigeant sa main vers mon érection matinale, et que Natasha, la petite prof de yoga piquante, m'embrassait avec voracité, j'assimilais les informations à travers les martèlements d'une gueule de bois bien méritée.

Alors comme ça, Millie LeBlanc était stressée par son dîner de répétition… Ça n'avait rien d'étonnant. Elle restait cette sainte-nitouche qui voulait que tout soit parfait et travaillait dur pour que ce soit le cas. C'était un sacré contraste avec l'homme qu'elle s'apprêtait à épouser, et dont le but dans la vie était d'en salir autant que possible en utilisant son humour pince-sans-rire et ses mauvaises manières.

Elle était la personne la plus gentille que je connaisse (ce qui n'était pas nécessairement une bonne chose, soit dit en passant). Il était de loin la plus horrible.

J'imagine que j'étais censé me demander « Et si ? » parce que j'étais sorti avec Millie. Parce que le cerveau humain avait été créé pour combler les trous, et que j'avais vingt-neuf ans, et que Millie avait été ma seule relation sérieuse, les gens pensaient sûrement que c'était mon grand amour perdu.

Sauf que la vérité était à la fois décevante et peu flatteuse (comme toujours).

Millie ne fut jamais un grand amour. Elle me plaisait mais ce n'était pas un amour intense ou une passion contrariée, ou une folie destructrice. Je tenais à elle et je voulais la protéger, mais jamais au point de complètement perdre la tête, comme c'était le cas pour Vicious.

Le fait que j'avais toujours de l'affection pour elle après m'être fait larguer via une lettre de rupture bidon ne faisait que confirmer qu'on n'était pas faits l'un pour l'autre. La vérité, c'était que j'avais été amoureux d'Emilia LeBlanc… Jusqu'à ce que j'arrête de l'être.

Parfois, je me disais que j'avais aimé seulement l'idée que je me faisais d'elle, ou que je ne l'avais jamais aimée du tout. Dans tous les cas, une chose était sûre : je m'étais bien comporté pendant toute la durée de notre relation. J'avais été loyal. Respectueux. Et en échange, elle m'avait bien eu.

À ce jour, je n'avais toujours pas l'impression de connaître réellement mon ex-petite amie. Je connaissais ses traits de caractère, bien sûr. Les conneries qu'on faisait apparaître sur son profil pour un site de rencontre. Des faits froids et impersonnels. Elle était créative, réservée et bien élevée. Mais je n'avais aucune idée de ce qu'étaient ses peurs et ses secrets. De ce qui l'empêchait de dormir la nuit, de ce qui faisait bouillir son sang dans ses veines et de ce qui la faisait frémir.

L'autre aspect de la triste vérité, c'était que je n'avais jamais eu le sentiment de vouloir savoir toutes ces choses à propos de qui que ce soit. À part Rosie LeBlanc. Mais Rosie me détestait. Alors je restais célibataire. Elle finirait bien par changer d'avis. Il le fallait.

En parlant de Rosie... Elle n'acceptait jamais d'argent de la part de Vicious et Millie, à moins qu'il ne s'agisse d'une urgence absolue. Tout le monde le savait, et elle l'avait prouvé un an plus tôt, en meublant mon appartement à 2,3 millions de dollars dans lequel elle vivait avec des ruines de chez Craiglist pour un total de moins de deux cents dollars. Je n'étais pas sûr de parvenir à la convaincre à changer son billet d'avion mais, quand il s'agissait de Rosie, j'étais toujours partant pour essayer.

Bref. J'en oubliais presque le plus important : le sexe.

On frappa à ma porte pile au moment où Kennedy venait de me prendre dans sa bouche, faisant au passage preuve de grandes capacités en matière de profondeur de gorge.

Personne ne pouvait entrer dans le bâtiment sans un code et personne ne m'en avait demandé un récemment, ce qui me mena à une conclusion simple : il devait s'agir de Mlle LeBlanc elle-même.

— Dean !

Depuis le hall d'entrée, sa voix se fraya un chemin sous ma peau et dans la moindre fibre de mon corps, et mon sexe durcit encore plus. Kennedy dut le remarquer car son étreinte autour de mon sexe se desserra, puis je sentis son souffle sur ma cuisse. Natasha, quant à elle, arrêta de m'embrasser. Trois nouveaux coups retentirent. Elles se figèrent toutes les deux.

— Dean, ouvre.

— C'est l'autre tordue ? demanda Natasha en alliant savamment un froncement de sourcils et une moue contrariée.

— Sûrement, oui, répondit sa camarade de jeu.

— Elle me fait flipper.

— Elle est vraiment bizarre.

Comme si j'en avais quelque chose à foutre de leur avis. Comme si Rosie en avait quelque chose à foutre.

Je me levai et enfilai mon bas de jogging noir. Je ne regrettais pas ma partie de jambes en l'air avortée. J'étais bien trop impatient de poser les yeux sur cette petite chose et de découvrir ce qu'elle venait faire ici. Je me frottai les yeux pour en chasser les dernières traces de sommeil et m'ébouriffai les cheveux.

— C'était sympa, dis-je en baisant la main des deux filles avant de me diriger vers la porte d'entrée. On devrait remettre ça à l'occasion.

Il n'y aurait pas d'autre occasion. Jamais. C'était un adieu et elles le savaient toutes les deux. J'avais été clair quand je les avais trouvées la veille au soir dans un bar de Manhattan. Elles étaient en train de sniffer de la coke comme si c'était du sucre en poudre. Il y en avait peut-être bien pour mille dollars, sur la table d'un de ces endroits tape-à-l'œil où j'allais quand j'avais envie d'utiliser mes fameuses capotes customisées. Je m'étais assis au comptoir, j'avais échangé quelques regards aguicheurs avec elles, puis j'avais fait signe au barman de leur servir un verre de ma part. Elles m'avaient ensuite invité à me joindre à elles. Un verre s'était transformé en sept. Je leur avais proposé de s'asseoir sur mon visage. Le scénario commençait à sérieusement manquer d'originalité.

Kennedy fut la première à se lever.

— Waouh, tu es *vraiment* un cas.

Elle ramassa sa robe par terre et la secoua comme si le pauvre morceau de tissu lui avait fait quelque chose.

Sérieusement ? Avant de héler un taxi pour les amener chez moi, j'avais annoncé la couleur, aussi clairement que le foutu ciel d'août : c'était juste un coup d'un soir. Bon sang, entre le fait de les ramasser dans un bar et celui d'utiliser le film *Two Girls, One Cup* comme sujet de conversation, qu'est-ce qui avait bien pu leur faire croire que ce serait davantage que ça ?

Je leur offris un clin d'œil en guise de lot de consolation avant de traverser le couloir éclairé d'une lumière dorée, avec son sol en marbre crème et ses portraits de famille en noir et blanc qui me fusillaient du regard avec leur sourire Émail Diamant.

— Euh, excuse-nous, monsieur l'Enfoiré ? Tu étais un peu en plein milieu de quelque chose, je te signale ! s'exclama Natasha d'une voix aiguë.

J'étais déjà dans l'entrée en train d'ouvrir la porte, attiré comme un aimant à la source de toute ma foutue libido. Bébé LeBlanc. Ce petit lutin aussi beau que dérangé.

Rosie portait un jean et une chemise blanche basique. C'était son interprétation d'un costume sur mesure. Elle avait les cheveux ramenés en un chignon flou, et ses grands yeux me disaient qu'elle était tout sauf impressionnée. Je m'appuyai contre l'encadrement de la porte, un grand sourire aux lèvres.

— Alors, tu as changé d'avis à propos du brunch ?

— Disons plutôt que c'est ton chantage au loyer qui m'a convaincue.

Ses yeux glissèrent de mon visage à mes abdos l'espace d'une seconde, avant de remonter.

Merde. J'avais vraiment fait ça. Mes souvenirs de la nuit dernière étaient embrumés par l'alcool, l'herbe et le sexe.

— Entre, l'invitai-je en faisant un pas de côté.

Elle s'exécuta et passa près de moi en me lançant un sale regard.

— Je pensais que tu aurais au moins fait du café avant de me faire un deuxième anus avec ton augmentation. Vive les bons rapports entre voisins, grommela-t-elle tout en observant mon appartement.

Je croisai les bras sur ma poitrine et humectai ma lèvre inférieure.

— Tu veux de bons rapports entre voisins ? Je peux t'inviter à petit-déjeuner à la pâtisserie d'en bas et t'offrir quelques orgasmes pour le dessert. Et pour ce qui est de te faire un deuxième anus, on peut aussi arranger ça sous la couette.

— Il faut vraiment que tu arrêtes de me draguer, assena-t-elle d'une voix douloureusement indifférente.

Elle passa à côté de l'énorme îlot blanc et gris qui trônait au centre de ma cuisine en inox et nous faisait des clins d'œil. Elle se laissa tomber sur un tabouret et fusilla ma cafetière vide du regard comme si elle avait commis un crime contre l'humanité.

— Et on peut savoir pourquoi ? raillai-je en mettant la machine à café en route.

Pourquoi fallait-il que j'arrête de draguer Rosie LeBlanc ? Maintenant qu'elle avait rompu avec le docteur chiant qui lui faisait office de petit ami, elle était de nouveau sur le marché et je comptais bien jouer avec elle jusqu'à ce qu'elle ait le dos brûlé au troisième degré à force de frotter contre mon tapis.

En fait, ce fut la première chose qui me passa par la tête quand je vis cet enfoiré partir de chez elle. De chez *moi.*

Je vais me faire ton ex-copine avant que ses larmes aient le temps de sécher sur l'oreiller. Et elle va tellement aimer ça qu'elle reviendra en rampant pour en avoir encore.

Pendant ce temps, dans la vraie vie, Rosie accepta avec empressement la tasse de café brûlant que je lui offris en silence. En buvant la première gorgée, elle ferma les yeux et elle gémit. Oui. Elle *gémit.* Nom de Dieu. Je voulais faire de ce bruit ma nouvelle sonnerie de portable. Sauf qu'ensuite, elle rouvrit les yeux et versa un seau d'eau froide sur mon fantasme.

— Parce que tu as déjà trempé ta saucisse dans la purée familiale. Et que, même si tout le monde veut toujours se resservir, c'est une recette secrète et on est à court d'ingrédients.

Je fis un pas vers l'îlot et posai mes avant-bras dessus en lui lançant un regard brûlant.

— J'adore quand tu me parles de sexe et de cuisine.

— Que veux-tu, on est le sucre et tu te contentes toujours de la saccharine.

Ses yeux glissèrent en direction de ma chambre.

Tous les muscles de ma poitrine se contractèrent et je laissai échapper un éclat de rire. Mes bras musclés, mes abdos et mes pectoraux bien dessinés la fascinaient. Ses joues soudainement colorées parlaient pour elle, même si elle ne l'admettrait jamais.

— C'est toi que je veux, dis-je simplement.

Autant me dévoiler. Être franc. Impénitent. Vulnérable, même. Parce que je la voulais vraiment.

Bébé LeBlanc hocha la tête.

— Comme tu voulais ma sœur. Tu comptes sauter toutes les femmes de la famille ? Tu ne veux pas que je t'imprime une copie de notre arbre généalogique, tant que tu y es ?

— Maintenant que tu en parles, ce serait sympa, merci. Même si quelque chose me dit que tu suffirais amplement à m'occuper.

— Ton entêtement te perdra.

Elle toussa légèrement, comme elle le faisait toutes les deux minutes environ, puis elle prit une autre longue gorgée de café.

— Je n'en manque pas, c'est certain. Je ne manque de rien nulle part, d'ailleurs.

Mon sourire s'élargit tandis que je posai les yeux sur mon entrejambe. J'adorais ce genre de rapport de forces, surtout parce que j'étais sûr de gagner. J'obtenais toujours ce que je voulais. Et ce que je voulais était assis devant moi, à attendre mon verdict à propos de son loyer.

Kennedy et Natasha apparurent dans le couloir. Elles étaient colocataires, très pratique pour partager le Uber qui allait les ramener chez elles. J'entendis Natasha dire à l'autre que le chauffeur serait en bas dans trois minutes. Elles avaient raison de diviser les frais. Elles allaient devoir faire attention à leurs dépenses après avoir sniffé l'équivalent d'un mois de loyer hier soir. Tant pis pour elles.

— Salut, les filles, lançai-je en agitant la main.

— Salut, enfoiré.

Kennedy jeta sa chaussure à talon dans ma direction, dans un lancer qui donna au quarterback en moi envie de siffler d'admiration. Je réussis à éviter le projectile en baissant rapidement la tête. La chaussure rouge vola à travers la cuisine et frôla l'épaule de Rosie avant de s'écraser contre le réfrigérateur.

Elle fit un éclat dans l'acier du frigo. Voilà un exploit qui méritait d'être signalé. Aucune femme n'avait réussi à faire ça avant elle.

Complètement indifférente, Rosie reprit une gorgée de café.

— Hum, gémit-elle. Ce que c'est bon.

Elle ne parlait pas du café. Elle parlait d'assister aux dommages collatéraux générés par mon incapacité à me contrôler en matière de sexe. Mais j'étais trop captivé par ses petits gémissements pour lui en vouloir.

C'est parti, Rosie LeBlanc. Je vais te tirer par les cheveux vers le côté obscur et tu ne t'en rendras même pas compte.

— Arrêtons de tourner autour du pot, ma chérie. Tu prends l'avion pour Todos Santos avec moi vendredi.

Je pris une mesure de lactosérum dans la boîte et mélangeai la poudre avec du lait écrémé. On n'obtenait pas un corps comme le mien en mangeant des saloperies à longueur de journée. Je travaillais dur. Peu importait le prix. À la salle de sport pour avoir un physique parfait, au bureau pour être un homme d'affaires parfait, chez mes parents pour être le fils parfait… Tout était calculé et mérité. Je ne prenais pas de raccourcis. Je n'optais pas pour la facilité. C'était comme ça que je fonctionnais depuis aussi longtemps que je m'en souvenais. Je n'avais jamais connu autre chose. À leurs yeux (Rosie, sa sœur, mes amis), j'étais ce petit veinard merdeux qui était né avec une cuillère en argent enfoncée tellement profondément dans la bouche que je n'avais jamais eu à lever le petit doigt ou à travailler. Je ne les contredisais pas. Ça ne faisait pas de mal d'être sous-estimé.

Rosie se tortilla sur son tabouret. Elle n'allait pas me laisser gagner la bataille aussi facilement. Pour une fille malade, elle était sacrément fougueuse.

— Millie m'a déjà demandé de changer mon billet. Le vol direct coûte deux cents dollars de plus. C'est juste la répétition, sérieux. Ce n'est pas comme si j'allais rater le mariage.

Le mariage avait lieu le dimanche suivant, mais la plupart des invités (y compris Jaime, Trent et moi-même) arrivaient à Todos Santos le vendredi pour y passer une semaine et demie et s'incruster au dîner de répétition et participer à l'enterrement de vie de jeune fille/garçon, avant d'assister au mariage lui-même. Une espèce de grande escapade incontrôlable, en quelque sorte. On était un petit groupe très uni. Trop uni. Dès qu'on pouvait passer un peu de temps ensemble, on sautait sur l'occasion. Rosie était fauchée par choix : sa sœur s'apprêtait à épouser un des hommes les plus riches d'Amérique. C'était une des qualités que j'appréciais chez Bébé LeBlanc : elle n'était pas du genre à vivre aux crochets de qui que ce soit. Certes, elle vivait presque gratuitement dans l'appartement et ne payait pas ses médicaments mais elle travaillait dur pour tout le reste. *Et* elle trouvait encore le temps de changer des couches sales et d'accueillir les familles et les visiteurs dans un hôpital pour enfants plusieurs fois par semaine. C'était la fille idéale, mais je n'avais pas besoin qu'on me le rappelle.

— Tu es la demoiselle d'honneur.

Je me tournai vers elle et m'appuyai contre le plan de travail. Ses yeux étaient fixés sur mon biceps tandis que j'agitais rapidement le shaker. Elle s'humecta les lèvres et secoua la tête, sans doute pour se débarrasser de l'image de moi en train de lui donner la fessée avec ce même bras musclé.

— Je comprends l'importance de mon rôle et je suis parfaitement capable de marcher en ligne droite dans des chaussures inconfortables pendant deux minutes en portant sa robe. Tu es bien conscient que c'est tout ce que j'ai à faire, n'est-ce pas ?

— Et l'enterrement de vie de jeune fille ?

Je frottai mes abdos dénudés pour tenter de la faire gémir ou humecter ses lèvres à nouveau. Sans succès. Je pris une gorgée de boisson aromatisée aux cookies et au caramel, qui n'avait absolument pas le goût de cookies ni de caramel mais plutôt un arrière-goût pourri.

— Quoi, l'enterrement de vie de jeune fille ? demanda-t-elle d'un air de défi, le regard dur.

— Qui s'occupe d'organiser celui de Millie ? Ça ne devrait pas être la responsabilité de la demoiselle d'honneur, ça aussi ?

— Je gère, et ça va être mortel. Pourquoi ? Tu organises l'enterrement de vie de garçon de Vicious ? s'enquit-elle avec surprise.

Elle se pencha en avant, et son soutien-gorge pressa ses petits seins fermes l'un contre l'autre. Je grognai imperceptiblement en sentant mon sexe gonfler dans mon pantalon.

Vu de l'extérieur, on aurait pu croire qu'on avait une tonne de problèmes, Vicious et moi, alors qu'en vérité un lien d'amitié très fort nous unissait. C'était différent du lien fraternel que le reste des mecs partageait, mais c'était du solide.

— Oui. Jaime me donne un coup de main. On passe le week-end à Las Vegas.

— Très classe.

Son sourire était d'une condescendance sans pareille.

— On a été tentés de n'en avoir rien à foutre et de ne pas se pointer au dîner de répétition, mais tu nous as piqué l'idée. Qu'est-ce qui t'arrive ? Tu es jalouse que ta sœur se marie ?

Elle pivota sur son tabouret et quand je vis l'expression sur son visage, quelque chose se serra dans ma poitrine. Elle était pâle comme une morte. *Bien joué, abruti.*

— La ferme, Devious. Je me demande simplement si ce que j'ai prévu est assez bien. J'étais partie sur une sorte de soirée pyjama. Avec une playlist spéciale, enfin, ce genre de truc.

L'incertitude se lisait dans ses yeux bleus, comme si elle demandait mon avis. Ça ne lui ressemblait pas. D'habitude, Rosie était pleine d'assurance. Je me sentais d'autant plus minable d'être la cause de ses doutes.

— Une soirée pyjama, tu dis ?

Je passai à côté d'elle pour pouvoir effleurer sa taille du bout des doigts. *Par accident, bien sûr.*

— Millie est du genre sobre et tranquille. Je ne vois pas pourquoi ça ne lui plairait pas.

— Je vais te dire pourquoi. Parce que *tu* organises l'EVG de Vicious à *Vegas*. Maintenant, il faut que je change mes plans.

Tout en se plaignant, elle se servit une autre tasse de café sans demander la permission.

— Tu veux être une gentille sœur ? Commence par accepter le foutu billet que je vais t'acheter.

Elle soupira bruyamment.

— La réponse est non. Tu ne comprends pas, c'est ça ? Il faut que je le dise dans une autre langue ? Je ne parle pas l'enfoiré couramment mais je peux essayer.

— Vicious ne plaisante vraiment pas. Il n'hésitera pas à venir lui-même te chercher pour te traîner là-bas s'il le faut. Je suis le moindre mal, Bébé LeBlanc. Tu viens avec moi, insistai-je.

Non pas qu'aucun des deux méritât que je leur rende service, mais j'étais content pour Vicious et Millie. Et j'étais encore plus content de passer une semaine avec Bébé LeBlanc. J'étais fou de ses petites fesses depuis des années. Le moment était venu de les revendiquer.

Rosie détourna le regard et croisa les bras comme une gamine entêtée.

— Non.

— Si, répondis-je exactement sur le même ton. Et tu ferais mieux de faire ton sac tout de suite, parce que l'avion décolle vendredi matin et on a une semaine chargée qui nous attend.

Elle cligna des yeux, sans répondre.

— Je te propose un marché.

Je me penchai en avant, les coudes sur le plan de travail. Elle m'imita. Elle ne le savait pas mais alignés, comme on l'était, on avait l'air de deux corps sculptés. Faits l'un pour l'autre. Ce qu'elle ne savait pas non plus, c'était qu'on allait tester ma théorie et voir si on était accordés. Bientôt. Très bientôt.

— Je t'emmène dans l'antre du diable, parce que tu es obligée de venir, mais je suis aussi d'astreinte si tu as besoin de moi. Tu n'as qu'un coup de fil à passer. Penses-y. C'est un bon moyen d'apprendre à mieux nous connaître, offris-je en même temps qu'un sourire plein de fossettes.

Et accessoirement, je savais à quel point Vicious pouvait être impossible.

— Je n'ai pas envie d'apprendre à te connaître. J'en sais déjà assez sur toi, et tout ce que je sais me déplaît. Si on n'est pas là pour parler de mon loyer, dis-le-moi et je m'en vais.

Qu'est-ce qu'elle était têtue, bordel. Je fis comme si je n'avais rien entendu.

— Viens à Todos Santos avec moi.

Pourquoi est-ce que son entêtement m'excitait ? Peut-être parce que la plupart des femmes avaient tendance à agir différemment devant moi. Elles étaient agréables, obligeantes, séductrices. Trois choses dont on ne pouvait pas qualifier Bébé LeBlanc en ma présence.

— Laisse tomber, grommela-t-elle en glissant à bas du tabouret.

— Rosie…

Elle leva les yeux au ciel.

— *Dean*, répondit-elle en imitant mon ton menaçant. Dis-moi le nouveau montant du loyer d'ici la fin du mois, s'il te plaît, que je puisse prendre les arrangements nécessaires au cas où je ne peux pas me permettre de garder l'appartement.

Elle se dirigea vers la sortie et claqua la porte derrière elle avant de me laisser une chance de lui dire que son loyer resterait inchangé si elle acceptait de m'accompagner.

Pas grave. À partir du moment où les choses se passaient comme je voulais, j'avais de la patience à revendre.

Bébé LeBlanc allait finir par céder.

Les aiguilles de l'horloge de sa vie avançaient plus vite que celles des autres, et j'en avais assez de la laisser perdre son temps.

3

Rosie

Qu'est-ce qui te fait te sentir vivante ?

Prendre un bus dont je ne connais pas le plan de route. Rentrer à la maison par le chemin le plus long. Sentir mes sens s'éveiller face à l'environnement nouveau qui m'entoure.

— Ça sent encore la playlist qui déchire, chica, fit remarquer ma meilleure amie le mercredi suivant.

Je venais de connecter ma clé USB à l'ordinateur du Black Hole et de lancer la première chanson. J'avais préparé une playlist de huit heures avec la crème de la crème, comme à chaque fois que je travaillais au café. Les gens traversaient New York pour écouter mes playlists. Ils disaient que je leur apportais Williamsburg dans le confort de leur cocon à Manhattan. Depuis la pop électrique française au punk anarchiste en passant par le rock anglais, ma musique était comme un pot de miel qui attirait les abeilles, tout ça en leur faisant payer cinq dollars pour un petit *latte*.

Paye. Ton. Succès.

— Merci, ma chérie.

Je lui fis un clin d'œil et me mis en devoir de nettoyer le comptoir pour la centième fois depuis que j'étais arrivée ce matin. Même si j'étais considérée comme inapte à 100 % à cause de ma maladie, j'avais choisi de travailler. La productivité était ma planche de salut, parce que quand on a *mon* genre de maladie, toute votre vie d'adulte se passe en conditionnelle, alors autant se rendre utile.

— Comment va ton voisin ? me demanda Ella.

Les sourcils froncés, elle avait les coudes sur le comptoir et tapait du pied au rythme de *I'm Shipping Up to Boston* de Dropkick Murphys.

— Toujours méga riche ?

— Toujours. Ah, et toujours méga stupide, aussi.

Je regrettais qu'Ella, mon amie blonde, superbe et au corps de top model ait rencontré Dean le mois dernier. Ça n'avait duré que quelques secondes et il n'avait sans doute pas remarqué son existence étant donné qu'on était dans l'ascenseur, qu'il m'avait demandé si je voulais venir, que j'avais demandé où, et qu'il m'avait répondu sur sa langue. Elle, en revanche… Elle l'avait bien remarqué. Et quand elle avait découvert qu'il était P-DG de l'énorme société d'investissement Fiscal Heights Holdings en plus d'être beau mec, elle s'était complètement enflammée. Depuis, elle n'arrêtait pas de me gonfler avec lui.

— On s'en fout, de ça.

Elle balaya mon observation d'un revers de main, ignorant au passage une table de clients au fond du café. Ils lui avaient fait signe de leur apporter l'addition il y a un siècle mais ils auraient pu danser le « Copacabana » sur la table qu'elle n'aurait rien vu. Elle était aussi formidable en tant que femme qu'incompétente en tant que serveuse. J'imprimai leur addition et je la leur apportai, ainsi qu'une part gratuite de cake au citron, avant de retourner auprès d'Ella, qui ne se rendait toujours compte de rien. Même si je n'étais que la barista et que ça ne faisait techniquement pas partie de mon travail, je passais mon temps à la couvrir.

— *Tu* t'en fous mais *moi*, non. Enfin bref, il essaie de me convaincre de partir pour Todos Santos avec lui vendredi au lieu de samedi. Je ne veux pas.

Je mordillai ma lèvre inférieure tout en pensant à mes parents. Jusque-là, je n'avais pas parlé à Ella de ma conversation avec Dean. Elle était partie voir sa famille dans le Nebraska toute la semaine et venait juste de revenir. La dernière chose que je voulais, c'était gâcher ses vacances avec mes petites histoires sans importance.

— Qu'est-ce que c'est que ces conneries ? Hors de question.

Elle agita l'index tout en survolant de son regard noisette deux jeunes clients qui venaient d'entrer dans le café et s'attendaient naïvement à ce qu'elle leur accorde une miette d'attention.

— Tes parents sont insupportables et ta mère est sans arrêt sur ton dos. D'ailleurs, ils ne savent toujours pas que tu as rompu avec Darren, si ?

Non.

Et, en plus de mes parents, je devrais aussi me coltiner Vicious et Dean, deux des personnes que j'aimais le moins sur cette terre. La semaine allait être compliquée. Je changeai de sujet en faisant l'impasse sur l'auto-apitoiement dans lequel j'étais méchamment tentée de me réfugier.

— Au fait, il faut que je change mes projets pour l'EVJF de ma sœur. La nouvelle version doit être dingue, avec une touche de paillettes.

J'ouvris un des bocaux remplis de cookies aux pépites de chocolat qui trônaient sur le comptoir derrière nous et pris deux biscuits que je fourrai dans ma bouche.

— Des idées ?

Ne dis pas Vegas, ne dis pas Vegas, ne dis pas Vegas.

— Deux mots : Las Vegas.

Elle mima la lumière d'un spot imaginaire avec sa main.

— Fais la tournée trash de la ville du péché. Strip-teaseurs.

Boisson. Un concert de Britney Spears. En gros, tous les plaisirs coupables que tu peux imaginer.

Je grognai et laissai tomber ma tête contre le comptoir dans un bruit sourd.

— D'autres idées ? tentai-je en haussant les sourcils.

Elle avait davantage de chances de réussir à m'attirer dans une cave pleine de vampires affamés que de me convaincre de passer sciemment du temps dans la même ville que les Hot Heroes de Todos Santos, également connus sous le nom de « meilleurs amis du futur marié ». Et plus particulièrement Dean Cole. Ses avances constantes et ses sous-entendus déplacés me tapaient sur les nerfs.

— Honnêtement, c'est ta meilleure option, chica. Autrement, tu peux donner dans le cliché habituel : une fête avec déco sur le thème du gode (sauf que tu n'as pas envie de faire ça parce que ça craint) ou un week-end à Cabo. Et maintenant, tu arrêtes. Fini les glucides pour la demoiselle d'honneur, dit-elle en secouant la tête et en plaçant la main sur le couvercle du bocal alors que j'étais sur le point de prendre un autre cookie. Et souviens-toi : tu ne peux pas être une Annie.

Je fronçai les sourcils sans comprendre.

— Une Annie ?

— Oui. Tu sais, comme dans *Mes Meilleures Amies*. Ne laisse pas les autres demoiselles d'honneur de Millie te voler la vedette. Autrement, ça te poursuivra toute ta vie.

J'en doutais fortement. Millie n'avait pas beaucoup d'amies et j'étais sa seule demoiselle d'honneur. Autrement dit, elle n'avait pas un gros niveau d'exigence à la base. Heureusement pour moi.

— Merci du tuyau, dis-je avec un petit reniflement méprisant.

— Ne le dis à personne. Sérieusement. À seize ans, j'ai juré que je ne regarderais plus jamais de comédies romantiques à cause d'un pari. Je pense que je suis toujours censée m'y tenir, mais il est possible que j'aie fait une petite exception. Ou mille.

Je ris. Avec Ella, c'était impossible de ne pas rire.

— Sérieusement, Rosie. Vegas serait parfait. Ne pense pas à ce que toi, tu veux. Pense à ce que voudrait Millie. C'est sa semaine. Et ça s'applique aussi à la proposition de ton *sex-symbol* de voisin d'arriver plus tôt à Todos Santos.

Je détestais quand Ella avait raison.

Je regardai l'heure sur l'écran de mon portable. Je devais promener le chien de mon voisin dans une demi-heure, et le métro était toujours bondé à cette période de l'année. Il contenait assez de touristes pour peupler un pays de taille moyenne.

— Vin et sushi ce soir ? proposai-je.

— Pour moi, ce sera sashimi. Cet été, je la joue bombe squelettique.

Elle passa ses mains sur son corps pour suivre le contour de courbes qui n'existaient pas avant de lever un pouce en signe d'approbation. Puis elle fronça les sourcils et se figea.

— Qui est-ce que tu invites à l'EVJF, d'ailleurs ? On ne peut pas dire que ta sœur est du genre hyper sociable.

C'était l'euphémisme de l'année. À l'exception de sa copine de lycée, Sydney, qui vivait toujours à Todos Santos, et d'une autre fille appelée Gladys, qu'elle avait rencontrée à Los Angeles et qui l'avait aidée à monter sa galerie, elle n'avait pas vraiment d'amies. Je secouai la tête pendant que j'arrangeais les tasses à café sur le comptoir pour m'occuper.

— Madame essaie de s'inviter l'air de rien. On aura vraiment tout vu. Le monde va mal, je vous dis.

— Dis donc, ma chère, si notre monde te déplaît tant que ça, tu peux toujours déménager sur une autre planète. En attendant…

Elle brandit le poing en l'air.

— On va à Vegas ! Tape-m'en cinq ?

— Tape-m'en cinq *et* pouce en l'air ? Non, merci. Je pense que j'ai déjà eu ma dose de *craignitude* pour la journée, la taquinai-je.

— Est-ce que ton voisin sexy y sera aussi ? À Vegas, je veux dire. Il a l'air d'être du genre à organiser une soirée de malade.

— Oui, grognai-je.

En disant ça, je me rendis compte que je n'étais pas seulement agacée à l'idée d'avoir Dean dans les pattes.

J'étais excitée, aussi.

Juste un petit peu, mais suffisamment pour que mon estomac fasse ce truc. Ce foutu petit saut périlleux.

Ça aurait dû me mettre la puce à l'oreille. Ça aurait dû être le premier signal d'alarme. Parce que tout le monde le savait bien : après le saut périlleux, il y avait la chute.

— Rien à foutre, Colton. On va lui coller un procès aux fesses plus vite qu'une diarrhée après un repas dans le resto de Broadway avec le buffet à volonté. Comme ça, on s'assure qu'il ne peut pas acheter davantage d'actions jusqu'à ce qu'on en sache davantage. C'est clair ? Colton ? Colton ! Bordel.

Et merde.

Sa voix atteignit mes oreilles une seconde trop tard. Je n'eus pas le temps d'appuyer sur le bouton de fermeture des portes de l'ascenseur qu'il glissait déjà son bras (celui qui tenait son portable) pour les faire se rouvrir.

Dean entra dans la cabine. Il portait un costume trois-pièces bleu marine et un sourire satisfait flottait sur ses lèvres. Il desserra sa cravate en soie.

— LeBlanc, murmura-t-il d'un air charmeur en coupant la communication.

Je l'ignorai et gardai les yeux fixés sur les numéros des étages, au-dessus de ma tête.

Il arriva derrière moi et pressa son corps contre le mien. Sa bouche était tout contre mon oreille.

— Est-ce que tes tétons durcissent toujours quand quelqu'un entre dans l'ascenseur ? Ou alors c'est juste avec moi ?

Re-merde.

Je baissai les yeux sur mon top noir et me rappelai soudain avec horreur que je ne portais qu'un soutien-gorge triangle sans rembourrage sous mon haut ce matin-là.

Il lâcha un ricanement moqueur.

— Je plaisantais, mais je suis content de savoir que tu avais une raison de t'inquiéter.

Enfoiré.

— Qu'est-ce que tu veux ? grognai-je.

— Toi, dans mon lit, qui joues avec mes parties pendant que je suce tes tétons jusqu'à ce qu'ils saignent. Tu peux peut-être me branler, aussi. Enfin, ce serait juste l'entrée, bien sûr. Le plat principal est bien meilleur, mais il faut que tu goûtes par toi-même.

Re-re-merde. Maintenant, je mouillais, par-dessus le marché.

La sonnerie de l'ascenseur retentit et je me précipitai à l'extérieur de la cabine. J'ouvris ma porte avec fracas, balançai mes clés dans le saladier que ma mère avait fabriqué dans son cours de poterie (et qui était censé représenter une figurine égyptienne mais qui ressemblait davantage à un singe au bord du suicide), et fis valser mes tongs contre le mur. Pieds nus, je gagnai la cuisine, ouvris le frigo et m'emparai de la bouteille de jus d'orange, dont je bus deux grosses gorgées au goulot. Ce ne fut que quand je m'essuyai la bouche avec mon avant-bras que je me rendis compte que Dean était dans ma cuisine. Et qu'il me fixait avec les yeux verts les plus perçants que j'avais jamais vus de ma vie.

— Réévaluation du loyer, annonça-t-il en faisant claquer ses lèvres. Avant de monter sur tes grands chevaux, écoute-moi. Je vais te faire une offre que tu ne pourras pas refuser.

— Ça sent le futur procès pour harcèlement sexuel. Contente-toi de me dire le prix.

Un sourire plein d'assurance flottait sur ses lèvres. Son portable vibra. Il fronça les sourcils en regardant l'écran mais ne décrocha pas et releva les yeux vers moi.

— Ce ne sera pas du harcèlement si tu joues le jeu.

Je me dirigeai vers l'évier et me lavai les mains pour gagner du temps.

— C'est le moment de faire ton sac pour Todos Santos, *Rosie-puce*.

Entendre dans sa bouche le surnom que me donnait mon père me fit frissonner. Et pas dans le bon sens.

— Ah bon ? Parce que je prends l'avion samedi soir. C'est ce que dit mon billet.

— Pas celui que tu vas utiliser.

Il s'adossa au rebord de l'évier et entreprit de me déshabiller du regard, vêtement par vêtement. Son téléphone cessa de vibrer, mais un autre appel arriva aussitôt. L'écran s'illumina mais, une fois de plus, il ne répondit pas.

— Ce n'est plus samedi soir, mais très tôt vendredi matin. Demain, donc.

— Je ne viens pas avec toi.

Il gloussa et secoua la tête comme si j'étais un chiot trop mignon et un peu idiot.

— Tu paries ?

— Si tu veux, répondis-je dans un haussement d'épaules. Mais je préfère qu'on parie de l'argent. Tu n'en manques pas.

— Non, ni de quoi que ce soit d'autre. Je pensais qu'on s'était déjà mis d'accord là-dessus.

Il s'écarta de l'évier. Il était suffisamment près pour que je puisse le sentir, mais assez loin pour que je ne puisse pas le toucher. Pas trop près mais assez pour qu'un frisson parcoure mon échine.

Même après toutes ces années, il avait encore cet effet sur moi. J'avais toujours ce sentiment que je n'étais pas entièrement responsable de mes paroles ou de mes actes. Que je ne contrôlais pas ce que j'avais envie de lui dire. Ou de *faire* avec lui. Debout derrière moi, il écarta une mèche de cheveux de ma nuque. Aussitôt, ma peau à cet endroit me brûla et me chatouilla.

Il se pencha et murmura à mon oreille :

— Un appartement comme celui-ci se loue huit mille dollars par mois. Tu m'en paies cent. Est-ce qu'il faut que j'aligne le loyer avec le reste du marché new-yorkais, mademoiselle LeBlanc ?

Son ton n'était pas le moins du monde menaçant. Ça ne voulait pas dire qu'il plaisantait pour autant. Simplement, Dean « Devious » Cole était un enfoiré d'une autre espèce que Baron « Vicious » Spencer. Il vous entubait avec un sourire poli aux lèvres. Il était un peu comme le Joker : dans son mélange d'assurance, d'impudence, d'allure et d'argent, il y avait aussi une pointe de folie. Suffisamment forte pour vous faire sentir qu'il parlait très sérieusement.

Il vivait sur la brèche, pleinement, dangereusement, constamment prêt à se jeter dans le vide.

J'avalai difficilement ma salive. Mon cœur battait si vite que j'avais l'impression qu'il allait jaillir de ma cage thoracique. L'excitation me submergeait, aussi répugnante qu'addictive. J'avais toujours gardé mes distances avec tous les Dean Cole du monde. J'étais le Petit Chaperon rouge qui avait jeté un coup d'œil au loup, avait dit « Ça ne vaut pas le coup » et avait tourné les talons avant de prendre ses jambes à son cou.

En y réfléchissant, c'était Dean lui-même qui m'avait appris cette leçon.

Darren était davantage mon style. D'une beauté timide et réservée. Étudiant en médecine, je l'avais rencontré au Black Hole, un jour où il était en train d'acheter un thé vert.

Avec Dean si proche, je ne savais pas quoi faire de mes dix doigts. C'était comme si on avait collé mes mains au bout de mes bras à la super glu. Elles étaient lourdes, étrangères à mon corps. Je savais ce qui mettrait un terme à ça : le toucher. Mais ce n'était pas une option.

— Fais. Ton. Putain. De. Sac.

Sa voix était dure, et quelque chose me disait que ce n'était pas le seul truc dur chez lui à cet instant.

— Si Vicious doit venir te chercher à New York, il va me pourrir la vie. Et tu vois, Bébé LeBlanc, j'aime que ma vie soit simple. Sans problème ni complication.

Il enroula une mèche de mes cheveux autour de son index. Un éclat de désir brillait dans ses pupilles. Sa caresse à peine perceptible envoyait des frissons dans ma nuque et mon dos, tandis que le reste de mon corps semblait être parcouru d'une décharge électrique.

Qu'est-ce qui se passe, et pourquoi je ne fais rien pour l'empêcher ?

— Ce qui veut dire pas de petite amie, pas d'associé louche, et pas de mauvais rapports de voisinage. En ce moment, tu es une complication. Je déteste avoir à faire ça mais si je dois choisir entre t'énerver toi ou énerver cet enfoiré, pas la peine de te dire ce que je choisirai.

— Je te déteste tellement, marmonnai-je.

Mes poumons sifflèrent, me rappelant qu'il fallait sérieusement que ma fréquence cardiaque ralentisse. Être si proche de Dean faisait le même effet que ce pincement dans le ventre quand on était sur des montagnes russes. Il pressa son corps contre le mien et je sentis son sourire sur ma peau, juste sous mon oreille. À cet endroit sensuel entre votre libido et votre âme.

— Vicious pense que les meilleurs coups sont avec les gens qu'on déteste. Ça te dit de tester sa théorie ?

Je fis un pas de côté pour briser le contact physique entre nous.

— Ça te dit de crever la bouche ouverte ?

Néanmoins, ça ne servait à rien de lui résister. Il mettrait sa menace à exécution et le pire, c'était que je ne pouvais rien faire pour l'en empêcher. Je savais que j'avais tort. Je savais que je ferais mieux d'accepter ce foutu billet d'avion sans discuter. Une expression sombre passa sur son visage. Quelque chose qui était toujours là mais que je semblais être la seule à remarquer.

— Cette conversation n'est pas terminée.

Il me montra du doigt avec la main qui tenait son portable, avant de déverrouiller son écran. *Pas trop tôt.* C'était la troisième fois que la personne appelait.

— Je reviens dans une seconde.

Il disparut dans le couloir et je restai plantée là, à me demander quoi faire.

— Bonjour, mademoiselle la croqueuse de diamant, que puis-je faire pour vous ? Si mes souvenirs sont bons, je t'avais dit de ne plus m'appeler.

Il marqua une pause brève avant de reprendre la parole.

— Mais justement, ma chère Nina. Tu n'as pas le pouvoir de claquer des doigts pour me faire revenir en rampant. Je ne suis pas là pour te sauver. Tu récoltes ce que tu as semé. Maintenant, démerde-toi. Ce n'est pas ma guerre. Pas ma bataille. Ce n'est pas mon. Putain. De. Problème.

Je ne l'avais jamais entendu parler d'une voix aussi amère.

Il avait l'air tellement en colère, tellement hargneux, tellement différent de celui qu'il était d'habitude, que je me surpris à faire la grimace. L'entendre ainsi faisait naître une émotion inconnue en moi, que je n'avais jamais associée à Devious auparavant : la peur.

Dean ne se mettait jamais en colère. Il ne se départait jamais de son calme. C'était le moins tempétueux des quatre Hot Heroes. C'était très rare de le voir énervé et je pense que je ne l'avais jamais entendu élever la voix, à part sur un terrain de foot. Même lorsqu'il avait crié sur Colton avant de monter dans l'ascenseur, il était bêcheur. Ça l'amusait.

Tant pis si la curiosité était un vilain défaut. Je pressai mon oreille contre le mur pour écouter sa conversation à son insu.

— Non, je ne vais pas venir à Birmingham.

Birmingham ? Comme Birmingham, Alabama ? J'avais toujours cru tout connaître de la vie de Dean, ou presque. Visiblement, il avait davantage de squelettes dans le placard que Jeffrey Dahmer[1].

— Rien que le fait que je sois en train de t'écouter en ce moment même, je trouve ça complètement tordu. Ta proposition est offensante dans le meilleur des cas, et carrément folle dans le pire. Tu as eu des années pour faire amende honorable. Des années pour me laisser le voir. Mais maintenant, c'est trop tard. Je ne suis pas intéressé. Sérieusement, Nina, efface mon numéro et fais-nous économiser du temps et de l'argent, à toi comme à moi.

Il inspira profondément et raccrocha. L'instant d'après, le bruit d'un poing s'écrasant contre le mur qui nous séparait me fit sursauter. J'en avais les oreilles qui sifflaient, ce qui était mérité après avoir écouté aux portes. Je regagnai précipitamment l'autre côté de l'îlot central.

Ce n'était pas évident de faire semblant de m'affairer dans la cuisine. Je pouvais sentir la colère émaner de lui depuis la pièce voisine. J'ouvris le réfrigérateur pour prendre quelques légumes, puis je m'emparai d'un couteau pour préparer une salade. La haute silhouette de Dean se matérialisa en périphérie de mon champ de vision. Il avait son portable à la main et le serrait comme s'il voulait

1. Tueur en série américain.

le réduire en miettes. Il parut d'abord un peu surpris de me voir, comme s'il avait oublié que j'étais là, mais l'instant d'après il se détendit. Son éternel sourire prétentieux était de nouveau accroché à son visage, comme s'il venait de redresser un tableau de travers sur un mur. Il desserra encore plus sa cravate et se dirigea vers moi.

— Un coup d'un soir qui a mal tourné ? m'enquis-je tout en coupant un concombre en fines rondelles.

— On peut dire ça, grommela-t-il en ébouriffant ses cheveux déjà en bataille. Où est-ce qu'on en était déjà ?

— Tu étais en train de me faire du chantage.

— Ah oui, c'est vrai. Vendredi matin. Valise. Vêtements. Meilleure humeur. Quoique, tout bien réfléchi, reste de cette humeur-là. J'aime bien ton trop-plein d'énergie. Tu as juste besoin de le dépenser dans quelque chose qui en vaut la peine. Et j'ai l'endroit parfait pour ça.

Il fit un clin d'œil et ajouta :

— Mon putain de pieu.

Comme si j'avais besoin d'une confirmation.

4

Dean

Qu'est-ce que c'est que vingt mille dollars ?

Est-ce que c'est beaucoup d'argent ? Une somme raisonnable ? Un si petit montant que c'est l'équivalent de rien du tout ? Tout dépend à qui on pose la question. Pour moi, vingt mille dollars représentaient à peine de l'argent de poche. Ça n'avait aucune incidence sur ma vie. Contrairement à la croyance populaire, ce n'était pas parce que papa-maman gonflaient mon compte en banque. Les gens pensaient que j'étais un gosse de riche et je ne les contredisais pas parce que franchement… qu'est-ce qu'on en avait à foutre ?

La réalité, c'était que mes parents m'avaient envoyé à Harvard et qu'ils avaient avancé l'argent pour mon investissement de départ dans Fiscal Heights Holdings, la société que j'avais fondée avec trois de mes meilleurs amis, Trent, Jaime et Vicious. Ils m'avaient aussi énormément soutenu sur le plan psychologique. En revanche, je ne devais qu'à moi-même le fait d'avoir désormais plus de fric que j'aurais pu en dépenser à l'âge tendre de vingt-neuf ans.

À moi-même et à ma jugeote.

À moi-même et à ma force de persuasion.

À moi-même et à mon don pour les chiffres.

Par conséquent, le manque d'argent n'était clairement pas la raison pour laquelle je trouvais ça tellement difficile d'appuyer sur le bouton « Valider la transaction » et de *lui* transférer vingt mille dollars.

Je ne voulais pas que Nina ait cet argent. Je ne voulais pas qu'elle soit heureuse. Alors quoi ? Est-ce que je voulais qu'elle échoue ? Qu'elle reste pauvre, perdue et dépressive ? Est-ce que je voulais me venger parce qu'elle s'était comportée comme la pire des salopes avec moi ?

Et si c'était le cas, est-ce que ça faisait de moi une mauvaise personne ? Je ne pensais pas l'être. Bien sûr, j'étais perturbé et instable. Alors est-ce que j'aimerais que ma future fille sorte avec quelqu'un comme moi ? Certainement pas. Je pouvais repérer les mecs dans mon genre à des kilomètres. Mais je n'étais pas *foncièrement* diabolique non plus. Je le savais parce que j'avais grandi avec Vicious et que lui l'était. On ne sortait pas du même moule. J'aidais les personnes âgées à traverser la rue, je portais leurs sacs de courses jusqu'à leur voiture même si ça me faisait arriver en retard à une réunion importante. Je n'induisais jamais mes coups d'un soir en erreur. J'étais poli (pas seulement par obligation mais aussi de nature), je votais, je mettais toujours mon clignotant, je ne blessais jamais, *jamais* les gens intentionnellement, et ça faisait cinq ans que je sponsorisais un enfant africain. On s'écrivait même des lettres de temps en temps. (Kanembiri et moi étions tous les deux d'accord pour dire que Scarlett Johansson était un vrai canon et que l'équipe de Manchester United craignait grave. Car, pour certaines choses, il existait tout simplement un consensus international.)

Par conséquent, pouvais-je honnêtement dire que j'étais une mauvaise personne ? Non.

J'adorais les gens. J'adorais encore plus coucher avec les gens. J'étais le plus sociable et le plus ouvert de tous mes amis. Et c'était précisément pour ça que cette situation me déplaisait autant.

Moi. En train de fixer l'écran de mon MacBook depuis vingt minutes. L'index en suspens au-dessus du pavé tactile. *Allez, putain, vas-y,* me suppliait l'enfoiré en moi. *Qu'est-ce que tu en as à foutre ? Tu es toujours riche. Elle est toujours pauvre. Elle sera* toujours *malheureuse, peu importe où elle va.*

Un petit coup frappé à la porte interrompit mes réflexions et Sue entra sans y avoir été invitée. Pour sa défense, elle avait frappé, mais c'était quand même limite de sa part. Mon assistante était impolie, vindicative et carrément désagréable dès que l'opportunité se présentait, et ce depuis qu'elle m'avait surpris en train de sauter une autre nana dans nos bureaux de Los Angeles. Peu importe qu'on ait juste eu une aventure de très courte durée. Est-ce que j'avais eu tort de coucher avec mon assistante ? Probablement. Est-ce que je l'avais prévenue dès le début qu'elle avait davantage de chances de me convertir à la Scientologie que de me convaincre de m'engager dans une relation ? Oui, un nombre incalculable de fois, et ce avant même notre première partie de jambes en l'air. Est-ce qu'elle avait dit qu'elle « comprenait tout à fait, et qu'elle était exactement dans le même état d'esprit » ? Vous pensez bien que oui. Sauf que rien de tout ça n'eut plus d'importance quand un baiser entraîna un coup de reins, qui entraîna un gémissement, qui poussa une pseudo-actrice en devenir de Los Feliz à crier mon nom si fort que les vigiles défoncèrent presque la porte du bureau pour s'assurer qu'elle allait bien.

Ça faisait presque un an que Sue m'avait « surpris » en train de ne pas la tromper, et les choses avaient empiré de mois en mois depuis mon infidélité illusoire. Je me serais débarrassé depuis longtemps de n'importe quelle autre fille, mais Sue bénéficiait d'un contrat spécial que j'avais rédigé moi-même (sans avoir aucune connaissance en droit, merci de poser la question), dans une situation très particulière où elle m'avait gratifié d'une gorge profonde, et qui faisait que je ne pouvais pas la renvoyer. Par ailleurs, elle refusait de démissionner, ce que je comprenais aisément. Elle était grassement payée, pour des horaires plutôt raisonnables par rapport à d'autres sociétés financières new-yorkaises.

Sauf qu'elle était insupportable. Comme maintenant, quand elle s'engouffrait dans mon bureau, avec sa jupe crayon, ses talons aiguilles, sa frange blond platine coiffée au millimètre et son visage en biais. J'avais de la chance que mon bureau soit vitré (à l'exception de la porte en bois noir). Autrement, elle aurait sans doute déjà essayé de me couper les couilles et de les enfoncer dans ma gorge pour que je m'étouffe avec.

— Bonjour, monsieur Cole.

Ses lèvres carmin remuaient à peine tandis qu'elle faisait glisser son index sur son iPad, qu'elle fixait attentivement. Je fermai la fenêtre de mon compte en banque. Je voulais encore réfléchir avant d'effectuer le virement à mon ennemie jurée. Elle pouvait bien attendre. Elle ne s'était pas privée de *me* faire attendre, après tout. Pendant des années.

— Bonjour, Sue.

Je me laissai aller contre le dossier de mon fauteuil et entrelaçai mes doigts. Je refusai de jouer à ce jeu idiot qui consistait à l'appeler par son nom de famille (Mlle Pearson), parce que j'étais accessible et amical avec mes employés. De plus, même pour moi, ça faisait un peu trop film porno d'appeler quelqu'un par son nom de famille alors que j'avais mis mon pénis dans son vagin.

— Comment allez-vous aujourd'hui ? m'enquis-je.

— Bien. Et vous ?

— Si j'allais mieux, j'aurais peur d'exploser de joie.

Mon sourire était aussi éclatant que mon ton était sec. Est-ce que j'étais heureux ? Malheureux ? Est-ce que j'étais simplement trop défoncé pour faire la différence entre les deux ? Allez savoir. Ce que je savais avec certitude, c'était que j'avais besoin d'un verre, voire trois. Comme après chaque fois que j'avais eu Nina au téléphone.

Sue se planta au milieu de la pièce, face à mon bureau en verre, à mon fauteuil de bureau en cuir et à l'immense peinture derrière moi qui représentait une ancienne mappemonde.

Dans les codes.

Coûteux.

Riche.

Comme l'image que je renvoyais à la face du monde.

Ce bureau était une carapace, de même que mon apparence.

Ce bureau ne me représentait pas. De même que mon apparence.

— Bien…

Elle souffla avant d'écrire quelque chose sur son iPad de luxe avec son stylet de luxe. Mademoiselle détestait tout ce qui était commun.

— Vous avez une réservation au Breakfast Club à midi pour déjeuner avec Cynthia Hollyfield. N'oubliez pas votre conférence Skype avec MM. Rexroth, Spencer et Followhill à 14 heures. Vos vêtements seront de retour du pressing dans l'après-midi.

J'étais en train de parcourir distraitement les pages d'un compte rendu pour un client avec qui j'avais rendez-vous quand elle releva brusquement la tête.

— Concernant votre e-mail à propos de la réservation d'un billet supplémentaire pour Todos Santos au nom de Rose LeBlanc, confirmez-vous qu'elle voyagera avec vous en première classe demain matin ?

Elle haussa ses sourcils parfaitement épilés. Évidemment, la vraie question était « Est-ce que tu la sautes ? » et la vraie réponse à cette question (à laquelle je répondis par deux longs battements de cils) était « Qu'est-ce que ça peut te foutre ? »

— Je confirme, dis-je en fixant sans le voir un paragraphe qui parlait de la possibilité d'une autre fusion.

La climatisation vrombissait dans le bureau, des chauffeurs de taxi klaxonnaient quarante-six étages plus bas, on entendait le bruit des claviers d'ordinateur dans les box alentour. Les yeux de la petite Sue étaient rivés sur moi, mais sa bataille était perdue d'avance. Elle ne pouvait pas lire en moi. J'étais le seul à savoir ce que mes regards sous-entendaient et j'avais depuis longtemps décidé de ne pas *me* livrer au reste du monde.

— Très bien.

Elle plaça son iPad sous son bras, tourna les talons et se dirigea vers la porte. J'observai ses petites fesses onduler au rythme de ses Louboutin, conscient qu'elle ne s'arrêterait pas là. Elle savait que Rosie était la petite sœur d'Emilia LeBlanc, mais elle n'avait jamais eu le plaisir de rencontrer le petit lutin qu'était ma voisine. Néanmoins, Sue savait pertinemment que je n'étais pas du genre à jouer les baby-sitters pour les petits frères et sœurs des autres, à moins d'y avoir un intérêt quelconque. De plus, Mlle LeBlanc était parfaitement capable de réserver un billet d'avion toute seule, ce qui devait conduire Sue à une seule et unique (et correcte) conclusion : je voulais Rosie LeBlanc. Bien plus que je n'avais jamais voulu Sue Pearson.

Certes, ce ne serait pas non plus la première fois que je m'incrustais à la fête de quelqu'un avec une idée derrière la tête et dans le caleçon. J'étais célèbre pour emmener mes rencards à des endroits totalement inadaptés. Sue savait que j'avais déjà traîné une fille à l'hôpital alors que j'étais à Chicago pour féliciter mon meilleur ami Trent à la naissance de sa fille, Luna. Quand Jaime Followhill avait épousé sa femme, Melody Greene, qui était aussi mon ancienne prof d'anglais, je m'étais pointé à son mariage avec deux parfaites inconnues que j'avais ramassées dans un bar. La fête de départ à la retraite de mon père, avant qu'il ne décide de revenir dans la vie active ? J'y étais arrivé avec deux de ses stagiaires, ni plus ni moins. Il n'y avait donc rien de surprenant à ce que je voyage avec une femme, mais ce qui devait surprendre Sue, c'était que je partais pour plus d'une semaine. Et passer neuf jours avec la même femme ? C'était une première absolue.

En revanche, elle ignorait que Rosie et moi n'allions pas séjourner sous le même toit.

Elle ignorait que Rosie me détestait, et qu'elle avait une excellente raison pour ça. À chaque fois que Bébé LeBlanc me voyait, elle voyait une cause perdue, un fumeur de joints qui était arrivé là où il était parce que son papa était un avocat célèbre, et que j'étais un Cole, et que les Cole faisaient don d'assez d'argent à Harvard pour nourrir plus de la moitié de l'Afrique, ce qui signifiait que mon avenir avait été tout tracé avant même que je sache épeler le mot « nanti ».

Sue ne savait pas que Rosie LeBlanc était la seule femme dans ma vie qui m'ignorait, et elle savait encore moins qu'ironiquement Rosie LeBlanc était la seule femme qui m'intéressait.

Et Sue n'avait pas besoin de savoir tout ça, parce que ça ne regardait que moi, de même que tout ce qui concernait ma vie privée.

À cet instant, Sue se retourna, me toisa de sous ses (faux) cils et pinça les lèvres.

Puis elle fit quelque chose d'impensable : elle inspira profondément, mais *sans* clore la scène par un de ses innombrables soupirs.

— Est-ce que je peux faire autre chose pour vous aujourd'hui, monsieur Cole ? Je ne me sens pas très bien.

— Ce sera tout. Prenez le reste de la journée et rentrez vous reposer. Vous le méritez.

Elle hocha la tête.

Je hochai la tête.

Je n'étais pas une mauvaise personne, la preuve : je permettais à mon assistante de me laisser en plan, tout ça pour me donner je ne sais quelle leçon inutile.

Je retournai sur mon MacBook et finalisai la transaction destinée à *lui* envoyer vingt mille dollars.

Ça aurait dû m'aider à me sentir mieux.

Ce ne fut pas le cas.

Le lendemain matin fut la copie conforme du matin où Bébé LeBlanc était venue chez moi tirée à quatre épingles (du moins d'après ses critères). Ce qui voulait dire que je me réveillai auprès d'une inconnue, avec une gueule de bois infernale que je décidai de dompter en fumant un énorme pétard sur ma terrasse tout en sirotant un bloody mary. Si tôt le matin, j'aurais pu prendre un virgin. Mais je ne donnais plus là-dedans. La dernière vierge avec qui j'avais couché m'avait entubé avant de disparaître, et elle était maintenant sur le point d'épouser un de mes meilleurs amis.

Mais je digresse.

Ce n'était sans doute pas l'idée du siècle que de m'arrêter à 6 heures du mat, dans une épicerie d'un coin mal famé de New York, sur la route de l'aéroport, pour acheter une bouteille de Dieu sait quoi, ni de la finir avant même que le pauvre chauffeur de taxi n'arrive à destination.

Je savais que c'était minable, mais je ne pouvais pas m'empêcher de boire et de fumer avant de monter dans l'avion.

« Va te faire foutre, Nina, grommelai-je pendant tout le trajet comme si c'était un mantra yogique à la con. Va te faire foutre, va te faire foutre, va te faire foutre. »

Je traversai le terminal en titubant, et aussi en espérant très fort que Bébé LeBlanc avait fait bon usage du billet d'avion et du taxi que j'avais fait réserver pour elle et qu'elle était déjà dans l'avion.

Toutes les chances étaient de mon côté. Je l'avais menacée et elle ne savait pas que j'étais incapable, en toute conscience, d'augmenter son loyer de ne serait-ce qu'un dollar. J'avais toujours eu un faible pour elle, et plus elle me détestait, plus j'avais envie de lui montrer qu'on était destinés à être ensemble. Que je croyais à ces conneries selon lesquelles deux personnes étaient faites l'une pour l'autre, tout simplement parce qu'on l'était, elle et moi.

J'étais en retard, ce qui eut pour effet de retarder l'avion. Mlle Grincheuse ne répondait pas à mes appels, et j'avais l'impression de sentir une corde se resserrer autour de mon cou. Je n'avais qu'une envie : arriver à Todos Santos, déposer Rosie chez sa sœur et m'écrouler sur le lit de ma chambre d'enfant. Dans un coin de ma tête, je savais que j'avais envie d'autre chose dans la vie. Autre chose que boire comme un trou et fumer comme un pompier. Je voulais me débarrasser des mauvaises choses qui me hantaient. Je voulais l'inviter à sortir au lieu de l'inviter à me chevaucher, parce qu'en réalité tous les trucs salaces que je lui balançais n'étaient qu'une stratégie de défense au cas où elle dirait non.

Parce que personne ne me disait jamais non.

Elle était la seule à faire de la résistance, et si elle devait me rejeter, je préférais qu'elle rejette mon pénis plutôt que mon cœur.

L'hôtesse de l'air me guida jusqu'à mon siège, puis ma tête cogna doucement contre l'appuie-tête, déclenchant une douleur aiguë qui semblait indiquer que mon cerveau venait d'exploser. Je fermai les yeux.

Je les rouvris en faisant la grimace et en me massant les tempes, au son de sa voix fatiguée et essoufflée. Je crus d'abord qu'elle allait m'engueuler d'être en retard, d'avoir retardé l'avion et même de respirer. Sauf que non.

— Tiens. Deux Advil et de l'eau, annonça-t-elle en déposant quelque chose dans ma main. Je vais demander du lait à l'hôtesse après le décollage. Tu me refais le même plan foireux au retour et je peux t'assurer que chaque femme que tu ramèneras dans l'immeuble saura que ton pénis est encore plus poisseux que les toilettes publiques du métro.

Je tournai la tête pour lui faire face.

— Mon pénis a l'air de beaucoup t'intéresser, Bébé LeBlanc. D'abord, tu voulais verser de la cire chaude dessus, et maintenant tu veux m'empêcher de m'en servir. Peut-être que tu devrais le rencontrer et voir si vous pouvez être amis, tous les deux. Je suis sûr que vous vous entendriez bien.

— Non, merci. Je préfère littéralement manger du vomi.

— *Littéralement ?* Ça m'étonnerait. À moins d'avoir un goût très particulier pour le vomi.

Rosie avait toujours été odieuse avec moi. Elle ne me faisait pas confiance et je ne pouvais pas lui en vouloir, d'autant plus que je ne lui faisais pas vraiment confiance, moi non plus. Mais à cet instant, son expression était aussi sincère que catégorique. Bon, d'accord, et magnifique aussi. Ses joues étaient de la couleur des pêches mûres, des taches de rousseur décoraient son petit nez, et ses yeux plus bleus que bleu étaient plongés dans les miens. Elle avait deux cents nuances différentes de châtain et de blond dans les cheveux, le tout gracieusement offert par Mère Nature. Elle était l'incarnation par excellence d'une nymphe. Tout chez elle était si incroyablement doux et velouté que c'était impossible de deviner qu'elle était malade.

J'avalai les pilules et de l'eau dans un grognement au moment où l'avion commençait à prendre de la vitesse.

— Tu as besoin d'aide ? demanda-t-elle sur un ton neutre.

Elle parlait de l'alcool. De la drogue. Du bordel général qu'était ma vie. J'étais un quasi-alcoolique très performant qui fumait comme si la défonce était un sport olympique. Mais personne ne se plaignait car je décrochais des contrats, je faisais affluer l'argent et j'assurais au lit.

— En fait, oui. J'aurais besoin que tu me foutes la paix jusqu'à ce qu'on arrive à San Diego. Tu penses que tu peux faire ça ?

Merde, quel enfoiré tu fais.

La dernière chose dont je me souvienne avant de m'écrouler est la respiration irrégulière de Rosie.

— Comme tu voudras, murmura-t-elle. Je vais te laisser tranquille parce que quelque chose me dit que tu as eu une semaine de merde. Si tu as envie d'en parler, je suis là.

J'avais envie de tout lui dire.

Je ne voulais pas qu'elle sache quoi que ce soit.

Elle m'embrouillait et, en ce moment, elle était la complication dont j'avais parlé quand je lui avais dit que j'optais toujours pour la simplicité. Je fermai les yeux et je tentai de dormir. Quand l'obscurité arriva, elle n'était pas seule.

Nina l'accompagnait.

5

Rosie

Onze ans plus tôt

Qu'est-ce qui te fait te sentir vivante ?

Regarder mon reflet bleuté sur la surface froide et lisse de l'eau de la piscine. Plonger dans un espace plus silencieux sans même avoir à tremper un orteil dans l'eau.

Une dangereuse alchimie.

C'était ça, notre plus gros problème.

Et c'était pour ça que je m'arrangeais pour ne jamais être à la maison quand Dean venait voir ma sœur. Ce n'était pas très compliqué. Millie aimait la routine. Sa chambre était bien rangée, ses cahiers impeccables, son écriture parfaite, ses notes excellentes. Et comme pour le reste de ses activités, elle allouait un temps imparti bien spécifique lorsqu'il s'agissait de traîner avec son petit ami parfait. Ils se voyaient les mardis et jeudis après les cours (parce que Dean avait entraînement de foot ces matins-là) et les week-ends, à l'extérieur du manoir des Spencer, parce que Millie ne supportait pas Vicious et vice versa.

Ce n'était pas comme si j'étais du genre à rester allongée sur mon lit, à pleurer comme une madeleine en écoutant Miranda Lambert chanter à quel point elle détestait les hommes. J'étais la fauteuse de trouble qui avait des notes moyennes et adorais s'amuser. Je me tenais occupée avec mes amis et mes activités extrascolaires. Je me faisais percer le nez et le nombril. J'envoyais des candidatures pour des petits boulots, j'économisais pour m'acheter un nouveau vélo, et je me baignais nue dans l'océan près d'une plage déserte avec mes amis quand le temps le permettait, autrement dit toujours. Les joies de la vie en Cali du Sud.

En fait, je fis tout un tas de choses cet automne-là. Et je m'appliquai à ce qu'aucune d'elles ne consiste à coucher avec le petit ami sexy à mourir de ma sœur.

Pour être honnête, être sous le même toit qu'eux me donnait envie de rentrer en moi-même jusqu'à disparaître. Ils faisaient des bruits. Je détestais ces bruits. C'étaient les pires bruits qui pouvaient exister.

Respirations entrecoupées, soupirs, gloussements, baisers sonores… Le fait de pouvoir les entendre à travers la porte close de Millie ne faisait que creuser le trou béant dans ma poitrine. En dépit de mes défauts, j'avais toujours été une fille sensible et je n'avais pas besoin de ce genre de négativité dans ma vie. Alors j'évitais d'être présente.

Si je devais choisir le moment qui m'avait fait prendre cette résolution (à savoir être aussi loin de Dean Cole que possible, même quand Millie était dans la même pièce que nous), je choisirais l'incident à la piscine.

C'était un jeudi et Millie était en retard. Elle avait dû s'arrêter à la station-service sur la route de la maison pour regonfler les pneus de son vélo. J'étais sur le point de quitter la maison des domestiques où on vivait sur le terrain du manoir des Spencer. Tout dans cette rencontre donnait l'impression d'être sorti d'un film. J'ouvris la porte pile au moment où Dean s'apprêtait à frapper. Nos regards se croisèrent et je dus serrer les dents pour retenir le sourire que j'étais fermement décidée à dissimuler, consciente qu'il était susceptible de me fendre le visage en deux.

Dean était la tentation incarnée. Et je ne parle pas seulement du fait qu'il était superbe dans son blouson bleu royal et avec son air de mauvais garçon capable d'embraser votre petite culotte. Son odeur, un mélange de lessive et de *sexe hors de prix*, sa haute taille et sa carrure, tout ça me transformait en une petite chose sans défense. Chaque fois qu'il était dans les parages, l'attirance désespérée que je ressentais pour lui semblait empester l'atmosphère.

— Salut.

Naturellement, ma foutue voix tremblait.

— Salut.

On se dévorait des yeux, une fois de plus. Mauvaise idée. Ce n'était pas la première fois, et je me sentais toujours coupable quand ça arrivait. Si ses yeux avaient été des mains, elles auraient sans doute été autour de ma taille, après avoir baissé la capuche de mon sweat noir Dead Kennedys pour mieux voir mon visage. Les miennes auraient agrippé ses cheveux aux reflets châtains, et nos corps auraient été collés l'un contre l'autre comme deux pages d'un livre neuf.

— Millie n'est pas encore arrivée mais tu peux entrer.

Je fis un pas de côté et ouvris la porte en grand.

— J'allais partir. Elle devrait être là d'une minute à l'autre.

— Où est-ce que tu vas ? demanda-t-il en appuyant son bras contre l'encadrement de la porte, m'empêchant de sortir.

Je croisai les bras sur ma poitrine.

— Désolée, je crois bien que je n'ai pas reçu le mémo. Depuis quand ça te regarde ?

— Peut-être que le mémo s'est perdu en route.

Il fit un pas en avant, me forçant à reculer. Bon sang, j'étais tellement troublée que je n'arrivais même pas à le regarder en face. Heureusement que ma tête arrivait au niveau de ses pectoraux.

— Parce que je peux te dire que tu me regardes, Bébé LeBlanc.

Soudain, je ne pouvais plus respirer. C'était comme si mon cœur était venu se loger dans ma gorge.

— Et on sait tous les deux que ça ne sert à rien de faire comme si on n'était pas conscients que je t'ai à l'œil.

Je tirai sur ma capuche pour couvrir mon visage cramoisi.

D'habitude, il était l'insolence personnifiée. Le cliché par excellence du rebelle grande gueule typique des Hot Heroes. Leurs sujets et leurs larbins adoraient ça et en redemandaient toujours. Peut-être que c'était moi qui étais bizarre de n'en avoir rien à faire de ce genre de chose, mais je n'avais jamais saisi le délire autocratique et la vibration « adulte » que les Hot Heroes dégageaient. Une des raisons pour lesquelles j'avais remarqué Dean à la base était qu'il ne se prenait pas trop au sérieux : il ne se la jouait pas aussi ténébreux et prétentieux que les autres. Depuis qu'il avait commencé à sortir avec Millie (ce qui était relativement récent), il essayait toujours de discuter avec moi. La première fois, ç'avait été pour m'assurer qu'il ne la touchait pas. Quand je lui avais dit qu'il *devait* la toucher, justement, il s'était mis dans une colère noire. Désormais, il sortait avec elle *et* il se comportait comme tel. Il l'embrassait (je les avais encore entendus l'autre jour… le cauchemar), même si ses yeux étaient fixés sur moi. Toujours.

— Je, euh…

Les rouages rouillés de mon cerveau avaient toutes les peines du monde à se mettre en route pour lui offrir un mensonge potable. Mon alibi était solide car je *devais* aller quelque part. Simplement, je n'en parlais pas avec les gens, et encore moins avec les gens du lycée, et certainement pas avec le mec pour qui j'avais un énorme coup de cœur. Sauf que Dean n'était pas du genre à lâcher le morceau facilement. Il fallait que je dise quelque chose, n'importe quoi. Alors j'optai pour la vérité.

— J'ai rendez-vous chez le médecin.

Je trouvai enfin le courage de lever les yeux vers lui. Il semblait calme et serein. Il fourra ses mains dans ses poches.

— Quelque chose ne va pas ?

Oui. Ma putain de vie.

Je ramenai nerveusement une mèche de cheveux derrière mon oreille, sous ma capuche.

— Non, rien. Parfois, il faut juste que je…

… *la boucle,* chuchota la voix dans ma tête. Ce n'était pas mon truc de me sentir faible et vulnérable.

— Que tu… ?

Il baissa la tête pour me regarder dans les yeux. C'était vraiment dommage que l'alchimie ne soit pas un sentiment contrôlable. Parce qu'à cet instant, j'avais carrément la sensation d'être enchaînée à lui. La façon qu'il avait de me fixer comme si j'étais le centre du monde me dérangeait. Me flattait. Me *possédait.* J'avais intérêt à trouver quelque chose à dire pour qu'il me fiche la paix, et fissa.

J'avais des séances de kiné toutes les semaines. Parfois, c'était moi qui allais à la clinique. Parfois, une infirmière venait à la maison. Et même si Millie ne disait pas un mot sur ma maladie à son petit ami, je savais que, s'il restait avec elle, il finirait par être au courant. Alors tant pis si la vérité était gênante.

— Que je me fasse masser la poitrine.

Il fallait que je dégage mes voies respiratoires de tout le mucus qui s'y accumulait. Mais ce n'était pas le genre de détails que j'avais envie de partager avec lui. Je haussai les épaules et enfonçai mes poings serrés dans mes poches.

— Il faut bien faire des sacrifices pour rester sexy, qu'est-ce que tu veux.

Mes yeux étaient dissimulés par ma capuche mais ça ne suffisait pas. Rien ne suffisait quand il était à côté de moi. Même avec trois couches de vêtements, j'aurais quand même eu l'impression d'être toute nue.

Je l'écartai de mon chemin d'un coup d'épaule et me dirigeai vers l'entrée principale du manoir. Il y avait une allée dallée qui menait jusqu'au portail mais je préférais emprunter le chemin le plus long et longer l'énorme piscine de Vicious entourée de la pelouse du même vert que les yeux de Dean. Pour marcher sur le bord. *Pour me sentir vivante.*

J'entendis les pas de Dean derrière moi. Je n'avais même pas besoin de me retourner pour savoir qu'il arborait ce sourire qui me mettait en colère pour une raison que je ne m'expliquais pas.

— Un massage de la poitrine ? Un tas de mecs adoreraient te donner un coup de main.

— Merci pour cette remarque super glauque, Dean.

— Je ne vois pas en quoi c'est glauque de faire remarquer que des mecs aimeraient te toucher les seins.

— Sûrement le fait que c'est le mec de ma sœur qui me le fait remarquer ? Excuse-moi mais c'est légèrement déplacé. Et quand je dis légèrement, je veux dire totalement.

— Je n'ai jamais dit que je voulais le faire moi-même. Pourquoi tu dois faire ça, de toute façon ? Tu t'es fait refaire les seins ou quoi ?

Je m'arrêtai au bord de la piscine (là où c'était le plus profond), je pivotai sur moi-même et je soutins son regard d'une façon bien trop intime à mon goût. On était face à face. Corps à corps. Le vent était frais mais agréable. Je fis un pas en arrière. Là où on était, Vicious aurait pu nous voir depuis la fenêtre de sa chambre. La dernière chose que je voulais, c'était lui donner davantage de munitions contre Millie. Hors de question qu'il lui dise qu'il m'avait vue en train de discuter avec son petit ami. Je devais m'assurer qu'elle était protégée, quoi qu'il arrive.

— Je suis malade.

Les mots sortirent de ma bouche sans que j'aie le temps de les retenir. Le regard de Dean s'assombrit et un masque suspicieux et incrédule recouvrit son visage.

— Qu'est-ce que tu as ?

Il avait l'air confus, ennuyé et autre chose… Blessé ? Allez savoir.

— La mucoviscidose. C'est une maladie des poumons.

— Ça se soigne ?

Sa voix était dure, ses sourcils froncés. J'avais presque l'impression qu'il m'accusait de quelque chose.

— Non, dis-je en sentant le rouge me monter aux joues. Je suis née avec cette maladie. Je mourrai avec elle. Sûrement à cause d'elle aussi. Jeune, probablement. Mes parents sont porteurs du gène tous les deux.

— Millie n'est pas malade, elle.

Et c'était reparti. Il croyait quoi, que je lui mentais ? Si j'étais du genre à mentir, j'aurais plutôt essayé de faire croire que j'avais un super pouvoir ou le QI d'Einstein. Je ricanai de manière tout sauf gracieuse.

— Millie a de la chance.

C'était vrai. Sur bien des plans.

— Ce n'est pas parce que les deux parents sont porteurs du gène que tous leurs enfants ont la maladie, expliquai-je. Appelle ça la roulette russe de la nature. Là, c'est moi qui ai ramassé la balle. Voilà pour le scoop du jour. Je peux y aller, maintenant ?

Avec n'importe quel autre mec, j'aurais tourné les talons et je serais partie. *Facile.* Mais avec Dean « Devious » Cole, rien n'était facile. Je voulais étirer au maximum la moindre seconde que je passais seule avec lui, sans vraiment savoir pourquoi. C'était étrange, déchirant et excitant d'être près de lui, et à chaque fois, une fois qu'il était parti, je me détestais pour le moindre de mes mots, le moindre de mes gestes et la moindre de mes respirations.

— Rosie.

Je relevai la tête. Avant d'avoir le temps de comprendre ce qui arrivait, je sentis ses mains autour de ma taille et voltigeai avant d'atterrir dans la piscine. Je n'eus pas le temps de me préparer à la chute. Littéralement ou figurativement. Je tombai à plat dans l'eau, aussi douloureusement que si je m'étais étalée contre du béton. Je battis des bras pour regagner la surface, le souffle coupé. Ce fut seulement lorsque j'inspirai que je pris conscience de la température glaciale de l'eau. J'ouvris les yeux et tout mon corps se mit à trembler violemment. Le temps que ma vision s'ajuste, j'entendis un énorme « plouf » à côté de moi. Dean s'était jeté à l'eau, lui aussi.

Mon cœur cognait comme un fou contre ma cage thoracique. Il semblait vouloir s'échapper par n'importe quel moyen. Dean me rejoignit et plaqua mon corps contre le mur bleu du bassin. Aussitôt, je me mis à lui balancer des coups de poing aussi rageurs que frénétiques. Ce n'était pas le genre de petites tapes rigolotes qu'une fille donnait à un garçon pour flirter ou lui signifier de ne pas s'approcher. Plutôt le genre « je m'agrippe à sa poitrine avec mes ongles en espérant le faire saigner ».

Puis je commençai à pleurer.

Ça non plus, ça n'était pas du tout dans les habitudes de votre humble servante. Je n'avais jamais pleuré devant un étranger et je considérais tout le monde comme un étranger, à l'exception de Millie et de nos parents. Et pourtant, j'étais là, à mélanger mes larmes chaudes et salées avec l'eau froide et douce de la piscine.

« La vie est injuste. »

— Qu'est-ce qui ne va pas, chez toi ? hurlai-je en continuant à frapper son torse de coups de poing.

Il avait retiré sa veste avant de plonger. Seuls son T-shirt noir et mon sweat trempé servaient de barrière entre nous. Sa peau était chaude en dépit de l'eau glacée et j'avais envie de la sentir encore, encore plus. Il en avait envie, lui aussi. Tout son corps le disait. Le chantait. Le criait. Notre absence de paroles rendait notre langage corporel encore plus éloquent. *Dangereuse alchimie,* disait-il. *Sauve-toi en courant, Rosie.*

— Tes poumons fonctionnent très bien, dit-il avec colère.

Son visage était à quelques centimètres du mien. Il emprisonna mes poignets et me plaqua brutalement contre le mur de la piscine. À quoi il jouait ? Vicious pouvait nous voir. Millie pouvait nous voir. Si elle passait le portail à cet instant, qu'est-ce qu'elle dirait en trouvant sa sœur et son petit copain ensemble dans la piscine ? Corps contre corps, âme contre âme ?

— Tu vas bien, bordel !

Qui essayait-il de convaincre ? Moi ? Ou lui-même ?

Et qu'est-ce que ça pouvait bien lui faire de toute façon ?

Je me forçai à me calmer. Il fallait que je le ramène à la raison. Il devait me laisser partir avant qu'on se fasse surprendre en train de… En train de je ne sais pas quoi.

Je dégageai mes poignets et plaçai mes paumes à plat sur sa poitrine. Il inspira profondément et ferma les yeux. Des gouttes d'eau perlaient au bout de ses cils. Tout chez lui était à vif, trempé et délicieux. Au fond de moi, je savais que ce qui se passait était monumental. Jamais je ne partagerais avec un autre ce qu'on était en train de partager à cet instant. Que je le veuille ou non.

— Dean, commençai-je aussi calmement que possible.

— Rosie, contra-t-il.

— Je suis malade, répétai-je.

— Ne dis pas ça. Tu n'es pas malade. C'est juste un putain de problème de santé.

Je secouai la tête, le visage trempé d'eau et de larmes.

— Ce n'est pas juste un problème. Je vais mourir vraiment jeune. Autour de la trentaine ou de la quarantaine. Peut-être la cinquantaine, si j'ai de la chance.

— La ferme, pesta-t-il à travers ses dents serrées.

Il donna un coup de poing dans le mur derrière moi. Je tremblais toujours comme une feuille, et pas seulement à cause du froid.

— Arrête de raconter des conneries ! éructa-t-il.

Il fallait que je trouve une autre tactique. Et vite.

— Écoute, tu ne peux pas faire ça, d'accord ? On peut être amis, dis-je (je mentais, car je savais que c'était impossible à ce stade). Mais tu ne peux pas me balancer dans des piscines en plein automne, premièrement parce que je suis *vraiment* malade, et aussi parce que même si je n'étais pas sujette aux pneumonies à répétition, ce n'est pas marrant de se faire jeter dans de l'eau glacée. Et puis c'est injuste pour Millie. Tu ne peux pas traiter sa sœur comme ça. Comme si tu…

— Comme si je quoi ?

Un éclat de défi brillait dans ses pupilles.

Comme si tu voulais être avec moi.

Est ce que c'est le cas ?

Mes hormones étaient en pleine rébellion et mes principes se dissolvaient les uns après les autres. Mon corps était intégralement recouvert de chair de poule. Il posa sa main sur ma joue et me força à relever la tête pour le regarder.

— Comme si je quoi, bordel, Rosie ?

— Comme si tu voulais être avec moi, lâchai-je tout bas.

— C'est le cas, répondit-il. Peut-être que le moment est venu de jouer aux chaises musicales. On ne peut pas dire que ta sœur tient beaucoup à moi, Bébé LeBlanc.

C'était réciproque. Il tenait à ce qu'elle aille bien, mais il ne tenait pas *à* elle. Ce qui le rendait encore plus attirant, car on avait le même objectif : protéger la personne que j'aimais de toutes mes forces.

Sauf que, dans le même temps, l'amertume me rongeait à chaque fois que je voyais le gâchis qu'était leur relation. Quand je remarquais comment ma sœur suivait Vicious du regard quand il était dans le coin. Quand Dean et moi nous fixions depuis des coins opposés d'une pièce. J'avais envie d'attraper ma sœur par les épaules et de la secouer comme un prunier. De lui dire d'arrêter ses conneries et de se mettre avec la personne qui faisait vraiment battre son cœur. Mais je n'étais vraiment pas en mesure de lui demander quoi que ce soit : nos parents nous avaient arrachées à notre maison de Fairfax en Virginie pour qu'on vienne s'installer en Californie afin que je bénéficie d'un meilleur suivi médical. Depuis, j'avais des amis et une vie sociale et elle n'avait rien, à cause de cette décision justement. Alors je la laissais avoir les deux : le corps de Dean et le cœur de Vicious.

— Si tu ne me lâches pas, je vais attraper une infection pulmonaire, *Dean*.

L'avertissement contenu dans son nom ne lui échappa pas, tout comme mes dents qui claquaient. Il me laissa le repousser, s'éloigna de quelques brasses et me regarda escalader le bord de la piscine, empêtrée dans mes vêtements gorgés d'eau qui pesaient une tonne.

Je ne regardai pas derrière moi. J'avais trop peur qu'il lise l'euphorie et le désir qui brûlaient dans mes yeux, ou qu'il remarque mes joues rouges, en contraste avec le reste de mon corps qui avait viré au bleu.

Je l'aperçus qui nageait jusqu'au bord dans la périphérie de mon champ de vision. Il posa ses avant-bras sur le carrelage mouillé et appuya son menton sur ses poings.

— C'est toxique. Il faut qu'on arrête ce bordel avant que ça n'aille plus loin, murmura-t-il sans doute davantage pour lui-même que pour moi.

Je retirai mon sweat et le balançai sur une chaise longue.

— Plus loin que quoi ? Plus loin qu'embrasser ma sœur à pleine bouche et jouer à frotti-frotta avec elle tout en me draguant quand elle a le dos tourné ? demandai-je d'une voix tremblante.

— Rosie…

Je laissai échapper un rire aigu. *Rosie, mon cul.* Il était avec ma sœur. Certes, je l'avais poussé à se mettre avec elle, mais ça ne voulait pas dire que j'étais moins amère pour autant.

— Ne retourne pas la situation contre moi. C'est toi qui m'as dit d'être avec elle. C'est *toi* qui m'as dit de la toucher. Qu'est-ce que je suis censé faire ? L'ignorer ?

Je détestais qu'il ait raison, et je détestais qu'une remarque aussi logique me fasse me *sentir* si illogique.

— Ça n'arrivera jamais, dis-je en faisant aller mon index entre lui et moi. Tu sors avec Emilia, Dean. On ne peut pas être ensemble.

— Et on peut savoir qui dit ça ?

— Moi. La société. La logique. La culture. Et tous les putains de romans et de films d'amour que j'ai consommés dans ma vie.

— Hum… Et moi, je pense que ça n'a pas de sens, répliqua-t-il avec un sourire malicieux.

— Au contraire. Juliette n'avait pas une grande sœur appelée Julie que Roméo a testée en premier avant de décider que la petite sœur était la bonne.

— Et Juliette ne s'est jamais confrontée à ses foutus sentiments, et tu fais pareil ! cria-t-il en tapant du poing sur le rebord. Depuis quand tu te comportes comme une lâche ?

Il sortit de la piscine à une vitesse telle que j'eus l'impression de voir une illusion optique. Il me rejoignit et se planta devant moi, hargneux.

— Depuis quand tu en as quelque chose à foutre de ce que les gens pensent ? Je me suis trompé à ton sujet. Si tu me tournes le dos, je pense que je vais vraiment tenter le coup avec Millie.

Ça ressemblait à une menace.

— Parce que tu fais quoi, en ce moment ?

Ce n'était pas sa faute. Au moment où il m'avait remarquée, elle avait tout juste décidé qu'elle voulait sortir avec lui et il s'était retrouvé coincé. De plus, la vie de ma sœur était devenue radicalement plus agréable grâce à lui. Finie, l'époque où elle retrouvait son casier rempli de détritus et où les gens murmuraient « poubelle » sur son passage.

— Je t'attends, répondit-il.

On soupira tous les deux tandis que la pluie commençait à tomber doucement.

Je lui adressai un sourire mielleux. Jamais ça ne m'avait autant coûté de montrer mes dents et mes fossettes à quelqu'un.

— Eh bien, tu as le feu vert pour tomber amoureux de ma sœur. Je l'ai dit et je le répète : il ne se passera jamais rien entre nous.

Millie apparut cinq secondes plus tard. On lui raconta que j'étais tombée dans la piscine et qu'il avait sauté pour m'aider. J'étais toute rouge, la piscine n'était pas très profonde et j'étais une excellente nageuse. Mais on aurait pu lui dire n'importe quoi que ça n'aurait rien changé : les yeux de Millie regardaient ailleurs (tout comme son cœur) et quelque chose me disait que, même si elle nous avait surpris avec le pantalon sur les chevilles, ça n'aurait pas eu d'importance.

Je n'arrivai jamais à mon rendez-vous ce jour-là.

En revanche, j'attrapai une pneumonie qui me valut un petit voyage aux urgences et quatre jours à l'hôpital. Je ratai deux examens importants et je dus passer des heures avec une veste vibrante sur le dos.

Le jeudi suivant, en rentrant à la maison après avoir évité Dean et Emilia, je trouvai un livre sur mon oreiller, avec un petit mot. *The Bronze Horseman* en édition de poche. Le Post-It jaune disait :

J'emmerde la société.
J'emmerde la logique.
J'emmerde la culture.
J'emmerde ta maladie.
Et tu sais quoi ? Toi aussi, je t'emmerde.
Voilà un bouquin qui raconte comment ça peut marcher entre des gens comme nous. Lis-le.

Dean.

Le lendemain, je glissai le bouquin dans la fente du casier de Dean avec un petit mot.

Rends-la heureuse. Je te tuerai si jamais tu t'avises de lui faire du mal.
La fiction est magique. La réalité fait mal.

Rosie.

On n'aborda plus jamais le sujet jusqu'à ce que Millie fugue.

Mais j'achetai mon propre exemplaire de *The Bronze Horseman.*

Je le lus.

Je le mémorisai.

Je le récitai.

Sans jamais, jamais l'oublier.

Dean

Onze ans plus tôt

Au final, on faisait plutôt un beau couple avec Millie. Avant qu'elle ne foute tout en l'air, je veux dire.

Je ne mettais pas d'étiquette sur ce qu'on était ou non. Est-ce que c'était de l'amour ? Sûrement pas, mais je tenais à elle et j'aimais passer du temps avec elle. Le seul problème, c'était que je préférais passer du temps avec sa sœur. Mais ça posait de moins en moins de soucis étant donné que Bébé LeBlanc prenait ses distances. Même si elle ne le disait pas de façon explicite, je savais qu'elle m'évitait. Elle rendait les choses plus simples.

Contrairement à Vicious.

Célèbre pour foutre le bordel partout où il passait, il fit ce qu'on attendait de lui, à savoir essayer de se venger de moi d'un tas de façons pour me punir de sortir avec Emilia LeBlanc. Malheureusement pour cet enfoiré, je n'étais pas une marionnette comme le reste de ses petits admirateurs. On se battait (physiquement aussi bien que verbalement) presque toutes les semaines, mais je refusais de me séparer de Millie. Parce que je savais que ça l'exposerait à lui et je ne voulais pas qu'il la touche. Il la harcelait, il se moquait d'elle, il la détestait. Il avait eu tout le temps de l'inviter à sortir. Mais maintenant, elle voulait être avec moi. Rosie l'avait poussée dans mes bras.

Et ce que je voulais, encore plus que faire plaisir à Millie, c'était faire plaisir à Rosie.

Finalement, Vicious trouva un moyen de fissurer mon armure. De toute évidence, cette saloperie était solide mais pas invincible.

Il organisa une fête chez lui. On était en train de se calmer après avoir failli nous battre en début de soirée. Jusque-là, rien d'extraordinaire. Ce qui fut extraordinaire, en revanche, ce fut la manière dont il me rendit la monnaie de ma pièce.

J'étais dans sa cuisine en quête d'une bouteille d'eau après avoir avalé un Xanax pour me détendre un peu. Même si j'étais complètement soûl, je voulais trouver Millie pour voir si elle allait bien. La dernière fois que je l'avais croisée, elle était en train de courir vers la maison des domestiques, en colère à cause de Vicious.

Après m'être frayé un chemin entre la masse transpirante des invités, je constatai qu'il n'y avait plus d'eau dans le frigo des Spencer. La cuisine était une pièce sombre et colossale qui aurait été davantage à sa place à Buckingham Palace. Il y avait des gens absolument partout. Un couple était en train de se peloter contre l'évier, un groupe prenait des shots autour de l'îlot central, des filles sniffaient à même le plan de travail de la Ritalin que j'avais apportée ce soir-là. Je poussai deux filles et ouvris la porte du garde-manger pour aller chercher de l'eau.

Lorsque j'allumai la lumière, je me figeai sur place.

Vicious était là. Penché au-dessus de Rosie comme une ombre sur le point de l'engloutir. Leurs lèvres se touchaient. J'avais envie de les arracher l'un à l'autre et de réduire le corps de Vicious en lambeaux, organe par organe.

Ils s'embrassaient. Elle avait les yeux fermés. Pas lui. Il leva le bras et me fit un doigt. Je pouvais voir son sourire narquois tandis qu'il l'attrapait par la taille de son autre main pour attirer son corps contre le sien. Il n'y avait pas de passion. Pas de désir. C'était froid, clinique et dénué de sentiment. Elle méritait tellement mieux que ça.

Comme qui, enfoiré ? Comme toi ?

— Qu'est-ce que c'est que ce bordel ?

Mes dents écrasaient chaque mot qui sortait de ma bouche. Elle sursauta en entendant ma voix et plaça une main sur son cœur, surprise.

— Enlève tes mains de là avant que je les casse.

Vicious tourna la tête vers moi, une de ses mains toujours dans les cheveux de Rosie, et il me sourit.

— Oblige-moi.

Voilà une invitation que j'étais heureux d'accepter. Je l'attrapai par le col et l'envoyai valser contre une pile de caisses de bouteilles de champagne. J'étais plus grand, plus fort, et beaucoup plus impressionnant que lui. Sa tête s'écrasa contre une des caisses. Il me poussa. Je le poussai encore plus fort.

— Dean ! cria Rosie.

Si j'analysais la situation de manière rationnelle, j'étais tout à fait capable d'admettre qu'elle ne m'appartenait pas. Je l'admettais, mais je ne le *comprenais* pas.

— À quoi tu joues ? hurlai-je à quelques centimètres du visage de Vicious.

Un peu plus tôt, c'était lui qui avait failli me botter le cul. On inversait constamment les rôles. Et la raison était simple. Personne ne le disait à voix haute, mais c'était clair : chacun de nous était avec la mauvaise sœur.

Il plissa les yeux et s'humecta la lèvre inférieure, gonflée d'avoir embrassé Rosie.

— Je fais ce que toi, tu aimerais faire. Je fourre ma langue dans la bouche de Rosie LeBlanc. Elle a bon goût.

Il me donna une tape presque amicale dans le dos.

— Un mélange de chewing-gum aux fruits, de 7UP et de la fille que tu n'auras jamais.

Je le fis valser à travers la pièce et il atterrit sur un énorme sac de riz. J'avais envie de le tuer et je suis sûr que c'est ce que j'aurais essayé de faire si Rosie ne m'avait pas poussé de toutes ses forces quasi inexistantes jusqu'à me plaquer contre le mur opposé.

— Arrête, bon sang. Tu es dans un état déplorable. Va-t'en.

— C'est n'importe quoi ! criai-je. Il ne te plaît même pas !

— Aucune importance. Je fais ce que je veux.

— Et qu'est-ce que tu veux ? Me briser le cœur, c'est ça ?

Merde. J'avais dit ça à voix haute ?

C'était moi qui lui faisais du mal. Je baissai la tête, les yeux brûlants. Une partie de moi était contente de partir bientôt pour l'université. Cette ville était un festival de ragots et de drames qui ne demandaient qu'à tout faire exploser. Je n'avais pas envie de rester là pour assister au désastre.

— Oui, murmura-t-elle.

Son expression était euphorique et coupable à la fois et elle avait l'air aussi soûl que moi. Je relevai la tête pour affronter son regard.

— Je ne pense pas que tu veuilles me faire du mal. Je pense que Vicious veut m'en faire, et tu joues le jeu parce que tu es ivre. Laisse-moi te ramener chez toi.

— Non, merci, répondit-elle en détournant les yeux.

— Justement, ça tombe bien que tu dises ça, parce que je pense qu'il est grand temps que *tu* ramasses ton merdier et que tu dégages de chez moi, Cole.

Je me tournai vers Vicious. Il venait de porter un joint à ses lèvres. Un joint que *je* lui avais donné. *Enfoiré.*

— Pour ta gouverne, si tu t'avises de la toucher à nouveau, je m'assurerai que tu n'aies plus de lèvres pour embrasser qui que ce soit.

Je tournai les talons et quittai la pièce. J'éteignis la lumière en sortant, juste pour le plaisir de les emmerder.

Un pas. Puis un autre. Puis encore un autre. Sortir de la maison de Vicious me prit une éternité. Au fond de moi, je ressentais le besoin de faire quelque chose, mais je ne savais pas quoi. Je voulais rompre avec Millie, mais ça ne ferait sans doute aucune différence. Rosie refuserait toujours de sortir avec moi, et elle risquait même de me détester encore plus d'avoir largué sa sœur. Sans parler du fait que Vicious sauterait sur l'occasion pour faire de la vie de Millie un enfer.

À ce moment-là, j'étais loin d'imaginer à quel point tout partirait en vrille. Après la fête, Vicious se vanta pendant un mois, à raconter à tout le monde que Rosie lui courait après. Il fit croire à Jaime et Trent qu'elle voulait être avec lui alors qu'en réalité, elle le suppliait seulement de ne rien dire à sa sœur. Elle ne savait pas que Millie était déjà au courant. Moi si, parce qu'elle m'avait dit à travers un torrent de larmes (cette relation était vraiment une putain de blague) qu'elle avait peur que sa sœur souffre.

Rosie ne s'en doutait pas, mais sa petite aventure dans l'arrière-cuisine de Vicious me poussa dans un gouffre sans fond et encore plus loin dans les abîmes du vice.

Ce soir-là, j'étais trop soûl pour conduire alors j'appelai un taxi.

Une fois chez moi, je rampai jusqu'à ma chambre.

Je verrouillai la porte.

Je sortis une bouteille de Jack Daniel's du tiroir de ma table de nuit.

Et je fis à la bouteille ce que j'aurais aimé faire à Vicious.

Je l'achevai.

6

Dean

En sortant de l'aéroport, on trouva rapidement un taxi. J'ouvris le coffre et balançai nos deux valises à l'intérieur. À ce stade, j'étais relativement sobre. Par « relativement sobre », je veux dire que je pouvais distinguer les visages, les couleurs et les formes. Ça suffisait pour mes parents, alors Rosie allait devoir s'en contenter, elle aussi.

Je tournai la tête vers elle afin de la regarder vraiment pour la première fois depuis que j'étais monté dans l'avion. J'avais dormi pendant tout le vol. Ça n'avait pas grande importance, de toute façon : Bébé LeBlanc ne m'aurait pas adressé la parole même si j'avais été la seule personne capable de lui répondre sur toute la planète Terre.

Mais ça, c'était avant. Maintenant, elle avait l'air d'avoir tout un tas de choses à me dire.

Je claquai le coffre et m'adossai contre la voiture. Le foutu chauffeur était à l'intérieur, au téléphone avec sa femme, et il parlait à un volume sonore digne d'un spectacle de Broadway. Je croisai les bras sur ma poitrine et j'attendis qu'elle déverse sa colère divine sur moi.

— Est-ce qu'il faut que je rende visite à maman Cole pour lui expliquer que son fils a un problème avec l'alcool ?

Elle fronça les sourcils et agrémenta sa question d'une petite toux. C'était adorable. Bébé LeBlanc ne connaissait même pas ma mère, alors, pour ce qui était d'avoir le pouvoir ou l'autorité de lui parler… Je tirai sur sa queue-de-cheval en passant à côté d'elle pour ouvrir la portière arrière, et je l'invitai à grimper d'un geste du menton. Elle s'exécuta et je contournai le véhicule pour monter de l'autre côté.

— Ma consommation d'alcool n'est pas un problème. C'est quand je ne bois pas que ça commence à être le bordel.

Je fis exprès d'enfoncer les genoux dans le siège du chauffeur. J'étais trop grand pour cette voiture et cet enfoiré le méritait, de toute façon. Il n'avait clairement pas l'intention de la boucler. C'était à peine s'il avait pris une respiration pour nous demander où on allait.

Rosie sortit son baume à lèvres de son sac, en mit une petite quantité au bout de son doigt et tapota sa bouche. Une odeur sucrée de barbe à papa envahit l'habitacle. J'avais envie de lécher le gloss sur son doigt et de fourrer sa main dans son pantalon pour la regarder se doigter avec ma salive. Elle était en train de me parler et je n'avais pas la moindre idée de ce qu'elle pouvait bien me raconter. Je battis des paupières pour un temps soit peu me concentrer.

— Je n'en reviens pas de ce que je m'apprête à dire, mais je m'inquiète pour toi, Dean.

— Ça alors, c'est marrant. Moi aussi, je m'inquiète pour moi.

Je me passai une main dans les cheveux, parce que je savais qu'elle serrait les cuisses quand elle me voyait faire ça.

— J'ai peur que tu n'arrives pas à me résister encore très longtemps.

— Tu profites beaucoup trop de la vie.

Comme d'habitude, elle ignora totalement ma remarque. C'était quelque chose que j'adorais chez elle. Elle ne mordait jamais à l'hameçon. Mais ça n'allait pas tarder à se produire. Elle finirait par succomber à la pression que j'exerçais sur elle depuis qu'elle avait rompu avec Docteur Tête de Nœud. Parce que le mot « abandonner » ne figurait pas dans mon vocabulaire. Quand je voulais quelque chose, je l'obtenais. Et je la voulais. Plus que tout.

— Et toi, tu n'en profites pas du tout, rétorquai-je. Tu sais, le régulateur de vitesse que tu utilises pour rythmer ta vie ? Dodo, boulot, bénévolat, dodo, boulot, bénévolat ? Je vais bientôt y mettre un terme.

Elle tourna la tête vers moi et déglutit. Je regardai droit devant moi, pour lui laisser le temps de se rappeler qu'elle aimait ce qu'elle voyait. Pour l'attirer dans mes filets. En attendant qu'elle soit coincée et que je puisse dévorer ma proie.

Le trajet jusqu'à Todos Santos prenait quarante minutes. Je m'installai donc aussi confortablement que possible sur la banquette et je lui déclarai mes intentions. Ça me paraissait normal de l'informer.

— Histoire que tu sois au courant, Bébé LeBlanc, je vais bientôt te baiser, annonçai-je platement.

Je m'en foutais pas mal qu'elle soit bouche bée et que ses yeux semblaient sur le point de sortir de leurs orbites. Je me foutais aussi pas mal du fait que le chauffeur avait arrêté de parler et qu'il était à présent en train de nous dévisager avec une curiosité non dissimulée dans le rétroviseur.

— Ça ne sera peut-être pas cette semaine, peut-être même pas ce mois-ci, mais ça arrivera. Et quand ça se sera produit, tu devras affronter tes peurs et dire à ta sainte sœur qu'on est ensemble, autrement, je m'en chargerai moi-même. Parce qu'une fois qu'on aura couché ensemble, plus personne ne te suffira. Jamais. Alors voilà, tu es prévenue, tu es la bienvenue pour te servir de mon pénis quand tu veux, à n'importe quel moment. Je nous vois comme un truc à long terme, toi et moi, alors c'est important pour moi de te rendre heureuse.

— C'est noté, monsieur le mégalo.

— Content qu'on ait réglé ça, mademoiselle Dans Mon Pieu Incessamment Sous Peu.

Rosie

Qu'est-ce qui te fait te sentir vivante ?

Les odeurs familières. Celles de mes draps, de parfum, des premières respirations du matin. Celle de ma peau quand les premiers rayons du soleil me font transpirer. L'odeur de la maison.

Il me donnait toujours l'impression qu'il jouait avec moi. Et pas parce qu'il voulait coucher avec moi. J'étais la reine des relations à court terme. C'était ce qui arrivait quand on savait qu'on ne pouvait pas avoir plus. Tout comme Dean, je ne donnais pas dans les relations sérieuses.

Il était l'ex de ma sœur et mon premier amour. Deux constats qui n'auraient jamais dû être liés. Et qui n'auraient même pas dû figurer dans la même phrase.

Et pourtant, c'était la triste vérité.

Ma loyauté envers ma sœur (qui avait cumulé deux boulots différents pour nous aider financièrement et me permettre de vivre à New York, loin des griffes étouffantes de nos parents) était plus forte que mon besoin de sentir la chaleur du corps de Dean Cole. Dans tous les cas, même sans Millie, je m'imposais des règles strictes quand il s'agissait de sortir avec quelqu'un, et un homme comme Dean volerait forcément mon cœur. D'ailleurs, en réalité, il y avait un petit morceau de mon cœur qu'il ne m'avait toujours pas rendu.

Une femme de ménage sans âge ouvrit la porte du manoir de

Vicious et Millie et m'invita à entrer. J'allai dans une des nombreuses salles de bains du premier pour me rafraîchir et m'adresser un petit discours d'encouragement devant le miroir.

Tu gères. Tu es une adulte. Tu es aux commandes. Ne les laisse pas te traiter comme un bébé.

Puis je me dirigeai vers l'atelier de la villa italienne que ma sœur et son futur mari avaient achetée récemment pour signaler ma présence.

Je traversai des couloirs dorés, je passai sous des arches et des grands chandeliers, je dépassai la chambre de bonne (Millie et Vicious avaient l'amabilité de laisser leur employée de maison dormir sous le même toit, une politesse dont ma famille n'avait jamais bénéficié lorsque mes parents travaillaient pour les Spencer) avant d'atteindre enfin l'atelier. Je scannai la pièce immense et enfonçai mes doigts froids dans le dossier du sofa de style victorien recouvert d'un riche tissu en soie. La seule raison qui faisait que personne ne m'avait encore remarquée était que la maison faisait la taille du Louvre.

Ma sœur et moi étions des personnes modestes. On nous avait élevées en nous apprenant à nous réjouir de choses simples, non matérielles. Néanmoins, même moi, je devais avouer que vivre dans un endroit pareil devait vous rendre violemment joyeux. C'était aéré, beau et romantique.

Exactement comme Emilia.

Je pivotai lentement sur moi-même pour prendre la mesure de toute la pièce. Jusqu'à récemment, Millie, Vicious et mes parents vivaient encore tous à Los Angeles, dans le même duplex luxueux. Quand Vicious et Millie avaient décidé de faire leur nid dans le havre de paix qu'était Todos Santos et qu'ils avaient acheté cette maison, mes parents avaient sauté sur l'occasion de rester près de leur fille aînée. Ils avaient donc leur propre chambre. Enfin, quand je dis chambre… Ils avaient aussi une salle de bains, un salon, et j'avais entendu dire qu'il y avait deux cuisines. Autant dire qu'il y avait assez de place pour qu'ils vivent tous ici sans se marcher dessus.

J'adorais ma vie à New York. La saleté de la ville, la fumée qui s'échappait des égouts, la diversité des visages. J'adorais mon indépendance. C'était aussi vital que l'air dans mes poumons. Et je savais à quel point la vie avec mes parents pouvait être étouffante. Mais je mentirais en disant que je n'avais pas la sensation qu'on m'enfonçait un poignard dans le cœur face à ce spectacle.

— Te voilà enfin !

La voix enthousiaste de ma sœur me fit pivoter sur moi-même. Je m'appuyai contre le canapé et lui souris à m'en décrocher la mâchoire.

Elle avait l'air différente. Dans le bon sens. Elle n'était plus rachitique, elle n'avait plus de cernes sous les yeux, et ses cheveux rose-violet tombaient en cascades épaisses sur ses épaules. Elle portait une robe blanche trapèze avec un imprimé cerise, en association avec des sandales à lanières bleues qui n'iraient sur personne, à moins de s'appeler Emilia LeBlanc.

Je me jetai sur elle pour la serrer dans mes bras et on faillit perdre l'équilibre.

— Oh ! Rosie. Si tu savais comme tu m'as manqué ! Pire que s'il me manquait un membre. C'est bizarre, tu ne trouves pas ?

Elle s'écarta un instant pour me dévisager et me caressa la joue. Le diamant rose à son annulaire brillait tellement que la lumière reflétée par la pierre rare de vingt et un carats m'aveugla momentanément.

J'aurais dû être jalouse.

Jalouse de ses fiançailles, de sa maison, de son fiancé *et* de sa proximité avec nos parents. Jalouse de sa *santé.* Jalouse parce qu'elle avait tout et que je n'avais rien.

Mais, villa italienne huppée ou pas, elle méritait tout ça. Et non, ce n'était pas bizarre que je lui aie manqué comme s'il lui manquait un membre, parce qu'elle m'avait manqué comme s'il m'avait manqué un poumon. La peste m'avait rendue accro dès la naissance. Elle avait le don de prendre soin de moi sans me donner l'impression d'être un fardeau. Un domaine dans lequel notre mère n'avait jamais excellé.

Millie sourit et m'attrapa par les épaules pour se livrer à son petit examen habituel.

— Tu as l'air un peu trop en forme, me plaignis-je en retroussant le nez. Je déteste quand tu mets la barre trop haut. Tu fais tout le temps ça.

Elle me pinça en riant.

— Où est ton petit ami ? Je pensais qu'il viendrait avec toi.

Évidemment, Millie parlait de Darren, mais pour une raison qui échappait à tout sens commun, l'image de Dean se matérialisa dans mon esprit et je rougis. Je n'avais pas pris la peine de prévenir ma famille que Darren et moi avions rompu. Millie avait bien assez à faire avec le mariage sans que je rajoute une rupture par-dessus le marché. J'avais prévu de le leur dire lors de ma première soirée à la maison, même si j'avais adoré trouver une bonne excuse pour retarder l'inévitable. Je préférais encore me faire blanchir les dents par un garagiste qu'annoncer la nouvelle à mes parents.

— J'avais envie de passer du temps en famille.

J'accompagnai ma réponse d'un grand sourire et elle haussa les sourcils. Ça suffisait à me faire comprendre qu'elle savait que je lui racontais des salades. Elle lissa mes cheveux châtains du plat de la main.

— Je n'arrive toujours pas à croire que tu aies un petit copain, s'émerveilla-t-elle. Je pensais que tu ne te poserais jamais.

— Je vieillis, qu'est-ce que tu veux. Vingt-huit ans, c'est comme soixante-cinq ans en âge mucoviscidose. On en reparlera au dîner.

Quand je vous briserai le cœur en vous annonçant que Darren ne fait plus partie du paysage.

Elle me poussa vers le couloir en riant.

— Maman t'attend. Elle est dans la cuisine en train de préparer un ragoût.

Mon plat préféré.

Une vague de chaleur déferla en moi.

Elle s'en était souvenue.

Mes parents ne nous réservaient pas du tout le même traitement, à Millie et à moi. Ils respectaient ma sœur, ils l'admiraient et ils lui demandaient son avis, tandis que de mon côté, j'étais couvée, étouffée, et traitée comme un œuf craquelé dont la coquille risquait de se briser à tout moment. Néanmoins, mon père était un milliard de fois moins pénible que ma mère. Au moins, il adorait mon humour narquois et m'encourageait dans ma quête d'indépendance new-yorkaise. Ma mère était trop occupée à s'inquiéter pour ma santé. Par conséquent, elle n'avait pas le temps d'apprendre réellement à me connaître et de tomber amoureuse de la personne que j'étais. Elle était toujours en mode « maman ourse », sans prendre un instant pour vraiment connaître son ourson.

Pour elle, j'étais l'enfant malade de service, la punk, la sale gamine. L'écervelée qui risquait sa vie pour travailler dans un stupide café à New York au lieu de vivre près de sa famille. La fille qui ne parvenait pas à se poser avec un gentil garçon.

Parce que Vicious était un si *gentil garçon.*

C'était la deuxième raison pour laquelle je n'avais pas dit à ma famille que j'avais rompu avec Darren. En apprenant que je sortais avec un médecin, ils avaient été moins sur mon dos après le départ de Millie pour Los Angeles. Il fallait reconnaître que c'était en partie ce qui avait fait le charme de Darren : sa capacité (même s'il l'ignorait) à empêcher mes parents de me marteler que je devais revenir en Californie et vivre sous leur toit comme une enfant bulle triste et seule au monde.

Je n'étais pas une enfant bulle. J'étais un lutin expert en musique qui préparait un café de dingue, lisait le magazine *Vice*, faisait rire les mères anxieuses de bébés prématurés, et était toujours partante pour faire la fête. J'étais une personne à part entière. Avec des traits de caractère et des idées.

Mais à Todos Santos, je ne me sentais jamais comme ça.

— Papa est là ? demandai-je tout en jouant avec les cheveux électriques de Millie sur le chemin de la cuisine.

— Il est parti en ville avec Vic, répondit-elle en me poussant pour me faire accélérer le pas. J'avais besoin de quelques trucs chez Walgreens. Ils ne vont pas tarder à revenir.

Une odeur succulente de légumes, de cannelle et de viande flottait dans l'air.

Dans la cuisine, les retrouvailles décevantes avec ma mère me rappelèrent pourquoi j'avais fait mon sac pour aller vivre à l'autre bout du pays à peine mon bac obtenu. Elle me serra dans ses bras, me tapota les joues et me demanda quand Darren arrivait. J'avais l'impression d'être un lot de consolation.

J'ouvris la bouche, prête à tout lui balancer, mais ma mère m'interrompit avant que j'aie le temps d'en placer une en me disant qu'elle était fière de moi. Qu'elle était tellement contente que j'aie « enfin trouvé un homme respectable » avec qui me poser.

Vas-y, dis-le. Personne d'autre n'est assez noble pour faire autant de sacrifices pour une fille malade.

— J'imagine qu'il doit être affreusement occupé. J'espère que tu ne lui en tiens pas rigueur, Rosie. C'est déjà formidable qu'il puisse venir.

Elle me tapota la joue un peu trop fort. Sa lourde poitrine montait et descendait au rythme de ses respirations. Ma mère était une armoire à glace. Elle avait de grands yeux, de grandes mains, de grands tout. Aussi loin que je me souvienne, sa peau avait toujours été recouverte d'une fine couche de transpiration. J'adorais la sentir coller à la mienne quand je lui faisais un câlin.

— En fait…

Je m'éclaircis la gorge. *Autant être débarrassée tout de suite. Il vaut mieux arracher le pansement d'un coup sec.*

— Le truc, c'est que…

— J'ai hâte de faire la connaissance de ce garçon, interrompit-elle. J'ai même acheté une nouvelle robe. C'est important de faire bonne impression.

Elle agita son index sous mon nez.

— J'ai un bon pressentiment avec lui, Rosie. Ça fait un moment que vous vivez ensemble maintenant, et il connaît ta situation concernant…

Je savais très bien concernant *quoi*. Depuis que j'avais parlé à ma famille de la fameuse situation un an plus tôt, peu avant le départ de Millie, ils avaient commencé à me traiter comme un vieux chien plein d'arthrose à la vessie défaillante.

Darren était censé arriver le week-end du mariage. Au moment de prendre ses billets, il pensait qu'on profiterait de l'occasion pour annoncer à ma famille qu'on était les prochains sur la liste.

Il s'était trompé.

Le fait que ma mère se soit acheté une nouvelle robe pour leur rencontre signifiait une chose : elle était surexcitée (car son style habituel n'était vraiment pas du genre à impressionner Carrie Bradshaw). Je la laissai patauger dans son bonheur factice. La bombe pouvait bien attendre avant d'exploser. Pour le moment, j'étais trop fatiguée par le manque de sommeil et le décalage horaire.

Vivre à New York signifiait que c'était moi qui décidais quelles informations je partageais avec ma famille. Ma sœur et mes parents n'avaient aucun moyen d'apprendre que j'avais rompu avec mon petit ami. Personne n'était au courant.

À part Dean Cole.

Je pris note dans ma tête de lui envoyer un message plus tard pour lui dire de fermer son clapet.

— Alors, Rosie, comment ça va, le travail ? demanda ma mère au milieu des bruits typiques d'une cuisine.

Armée de ses maniques à fleurs, elle sortit le ragoût du four. L'odeur du bœuf, des oignons et des nouilles embaumait la pièce. Mes narines étaient au paradis et mon estomac gargouillait. Millie s'humecta les lèvres en fixant le plat comme si c'était Jamie Dornan en personne. En temps normal, elle n'était pas fan de ragoût mais peut-être qu'elle s'était enfin rendu compte à quel point elle avait tort. Les ragoûts de notre mère étaient la huitième merveille du monde. J'étais sur le point de répondre à sa question quand elle m'interrompit. *Encore.*

— Tu as faim, ma chérie ? Assieds-toi. Je te sers tout de suite.

Elle tapota gentiment le dos de ma sœur et je serrai les dents en attendant de voir si elle me reposerait sa question. Si elle en avait vraiment quelque chose à foutre de mon travail.

Elle servit une assiette à Millie, en s'agitant dans tous les sens, pendant que je restais plantée là, les bras croisés, à observer la scène. Charlene LeBlanc était une beauté du Sud de la vieille école, de la pointe des pieds à la racine des cheveux. Cuisiner pour les gens (et particulièrement pour ses enfants) était profondément ancré dans son ADN. Mais là, il y avait autre chose. La précipitation avec laquelle elle servait Millie n'était pas normale, à croire que ma sœur était empotée ou qu'elle avait perdu toutes ses dents.

— Rosie, tu en veux ?

Elle me regarda par-dessus son épaule tout en ouvrant le réfrigérateur pour s'emparer d'un pichet de son fameux thé glacé maison. Des morceaux de pêche flottaient à la surface et je me mis presque à en baver d'envie.

Je voulais du ragoût, et je voulais du thé, mais à ma grande surprise, je m'entendis répondre :

— Non, merci.

Ma mère s'approcha de Millie et dégagea une mèche de cheveux lavande de son front.

— Le ragoût te plaît ? Je sais que c'est ton plat préféré.

Millie hocha la tête tout en prenant une autre bouchée. J'eus l'impression que mes entrailles étaient en train de se tordre dans tous les sens.

J'ouvris le frigo comme si j'étais chez moi (non pas que ma mère m'ait fait me sentir particulièrement la bienvenue) et j'attrapai une bière dans une des portes. Naturellement, c'était un frigo à double porte, à peu près aussi grand que notre ancien appartement de Sunnyside.

— En réalité, le plat préféré de Millie, c'est ton sandwich au porc effiloché. C'est moi qui aime le ragoût au bœuf et aux nouilles.

Je décapsulai ma bière et en bus une longue gorgée. Il était encore tôt pour boire de l'alcool mais après tout, il était 17 heures quelque part dans le monde. Je ne savais pas où, mais j'aurais adoré y être.

La plus grande surprise se lisait sur les visages de ma mère et de ma sœur. Millie avait encore la bouche pleine. J'aurais préféré qu'elle fasse passer son ragoût avec le thé glacé que j'aimais tant (Millie n'avait jamais aimé ça. Elle préférait le Coca). Ça m'aurait évité de lire la confusion dans son regard.

— Désolée, dis-je en balayant ma précédente remarque d'un geste de la main. Le vol a été long et agité, sans parler du fait que Dean Cole était mon compagnon de voyage. Je pense que je vais emmener ma mauvaise humeur faire un tour à l'étage, si ça ne vous dérange pas.

Millie se leva.

— Je vais te montrer ta chambre, offrit-elle. Tu vas voir, je l'ai vraiment bien décorée depuis la dernière fois. J'ai même acheté des posters de tes groupes préférés et je les ai accrochés au mur. Donne-moi ta valise.

Aussitôt, je me sentis affreusement coupable d'avoir orchestré cette petite scène juste pour énerver ma mère.

— Hors de question, intervint cette dernière d'un ton qui n'admettait pas la réplique (et me tapa violemment sur les nerfs). Je me charge de la valise. Je vous retrouve en haut.

Je suivis Millie dans l'escalier, la tête basse sous le poids de la honte. Le silence était assourdissant. Tout le monde allait bien, avant mon arrivée. Je savais que j'avais tendance à les stresser (avec ma maladie, mon comportement et mon existence en général). C'était exactement pour ça que je n'avais pas voulu arriver une semaine avant le mariage. Nouvelle tactique : faire profil bas et ne pas me mettre dans leurs pattes pour le reste de mon séjour.

— On peut savoir ce qui se passe avec maman ? Elle se comporte comme si tu étais une gamine de deux ans qui ne sait pas manger toute seule, dis-je à ma sœur histoire de faire la conversation.

— Il ne se passe rien du tout, répondit-elle d'une voix chantante. Tu la connais. Elle adore nous nourrir, nous couver et s'inquiéter.

— Je sais, mais ça ne l'a jamais dérangée que tu portes mes affaires, insistai-je.

Ma sœur rit. Mais son rire sonnait faux.

— Elle me traite comme si j'étais en sucre depuis que je suis fiancée. Elle veut juste que tout soit parfait, c'est tout. Ce n'est pas terrible pour une future mariée de se retrouver avec une balafre sur le front ou le bras dans le plâtre.

Je changeai de sujet, principalement parce que j'étais trop fatiguée pour creuser, et aussi parce que j'avais assez de problèmes comme ça. Je devais procéder à des changements de dernière minute pour son enterrement de vie de jeune fille et je devais encore annoncer le scoop « Darren » pendant le dîner.

— Je suis vraiment heureuse que tu sois là, dit Millie en caressant mon bras. Je sais que tu es occupée et que tu as ta vie à New York. Je veux que tu saches que j'apprécie énormément que tu sois venue si tôt. Tu n'imagines pas à quel point, Rosie-puce.

On discuta encore un peu puis elle repartit dans la cuisine. À la seconde où je me retrouvai seule, je me laissai tomber sur le lit queen size recouvert de je ne sais combien de coussins moelleux et j'écrivis un message à Dean. C'était la première fois de ma vie que je lui en envoyais un.

Rosie
Mes parents et ma sœur ne savent pas que j'ai cassé avec Darren. Ne leur dis rien, stp. Je leur en parle ce soir.

Il ne fallut que quelques secondes pour que la réponse me parvienne.

Dean
Merde. Il va falloir que j'annule la conférence de presse que j'avais organisée. Ça va si mal que ça là-bas ?

Ça me fit plaisir qu'on me pose enfin une question. Surtout en sachant qu'il attendait vraiment une réponse.

Rosie
Les frasques habituelles des LeBlanc. Et toi ?

Dean

Je suis en train de démolir un sandwich pendant que ma mère me raconte les derniers potins sur la réglementation des pelouses. Le rêve. Appelle-moi si tu as besoin que je vole à ton secours.

Rosie

Tu n'es pas mon Superman.

Dean

Je suis tout ce que tu veux que je sois.

Rosie

C'est tellement tarte que tu me donnes faim.

Dean

C'est marrant que tu dises ça. J'étais pile en train de penser qu'une certaine partie de ton corps était sans doute bien plus délicieuse que mon sandwich.

Je ricanai avant de laisser tomber ma tête sur l'oreiller. Je fermai les yeux. Le sommeil vint, et moi je jouis, à plusieurs reprises. Dans mes rêves. Mon partenaire à l'écran ? Dean « Devious » Cole.

Et merde.

7

Dean

J'étais un petit con pourri gâté.

Je le savais, je le reconnaissais et ça ne me posait aucun problème.

À la minute où j'arrivai à la maison, mes parents se jetèrent sur moi comme si j'étais Dieu en personne. C'était le cas à leurs yeux. J'avais grandi persuadé que mon anus était le centre de l'Univers, que j'étais fait d'or pur et d'orgasmes à la chaîne. C'était ce que mes parents surprotecteurs m'avaient mis dans la tête et j'avais fini par devenir comme ça. Ils en avaient fait autant avec mes petites sœurs et elles s'illustraient autant que moi. Keeley faisait des études de médecine dans le Maryland et Payton était prof adjointe à l'université de Berkeley tout en travaillant sur sa thèse, qui parlait d'un sujet aussi impressionnant que peu mémorable.

Qu'est-ce que vous voulez que je vous dise ? Papa et maman Cole avaient des enfants aussi exceptionnellement beaux que brillants.

Si on oubliait ma dépendance à l'alcool et à l'herbe (il fallait bien que je trouve des moyens d'oublier l'existence de Nina), j'étais la perfection incarnée.

Le P-DG parfait.

Le businessman parfait.

Le fils parfait.

L'amant parfait.

J'aurais pu continuer la liste encore longtemps, mais quel intérêt ? Je gérais aussi la maîtrise de mon temps à la perfection.

— Ton sandwich, mon chéri. Avec la moutarde du marché comme tu aimes.

Helen, ma mère, déposa un baiser sur mon front avant de s'asseoir près de moi autour de la table de la cuisine. Eli, mon père, prit place en face de moi, un fier sourire aux lèvres.

On parla boulot, politique et ragots de voisinage pendant un moment. Puis ma mère baissa les yeux et se mit à jouer avec le collier de perles qu'elle portait par-dessus son gilet jaune citron.

— Mon chéri, j'ai quelque chose à te dire, mais tu dois me promettre de ne pas te mettre en colère.

Naturellement, ça suffit à me mettre en rogne.

Je posai mon sandwich pour l'observer. Elle semblait un peu plus stressée à chaque seconde.

— Nous avons été en contact avec Nina récemment.

Elle lissa nerveusement le tissu de son gilet. Ça n'aurait pas dû m'étonner que Nina appelle ma mère, et pourtant, j'étais surpris. Mon père retira ses lunettes et se pinça les ailes du nez.

— Tu ne peux pas lui tourner le dos comme ça, Dean. Il faut vraiment que nous en discutions, intervint-il.

— Il n'y a rien à en dire. C'est mon problème, pas le vôtre. Qu'est-ce qu'elle voulait ?

— Elle m'a demandé de te convaincre d'accepter de la voir, expliqua ma mère avec un regard suppliant.

— Cette connasse est complètement folle.

— Surveille ton langage, me réprimanda mon père comme si j'avais quatre ans.

Il me faisait rire. J'aurais bien aimé le voir gérer quelqu'un comme Nina. Il avait récolté Helen Cole. Une femme formidable qui le soutenait et qui était *humaine*. C'était facile de juger. Gérer des merdes et des complications, en revanche, ça l'était moins.

Je me laissai aller contre le dossier de ma chaise.

— Et donc ? Vas-y, Helen. Dis-le.

Ma mère fit la grimace. Elle détestait quand je l'appelais par son prénom.

Tu es vraiment un enfoiré de première, Devious.

— Il faut que je lui laisse une chance, c'est ça ? Elle a le droit de s'expliquer ? « *Le moment est venu que tu le rencontres. Pense aux liens que vous pourriez créer.* » Vas-y, je connais la chanson par cœur mais je suis toujours ravi de l'entendre.

— Tu es injuste de mettre ça sur le dos de ta mère, dit mon père en plaçant sa main par-dessus celle de Helen.

— Et en quoi c'est juste pour *moi* ?

— Il faudra bien que tu l'affrontes à un moment ou à un autre, argua ma mère.

— Tu m'excuseras de ne pas être de cet avis. Je ne veux plus jamais la voir. Essaie de me convaincre du contraire, je te regarde.

— Il faut que nous réglions cette situation. Ce n'est pas comme ça que nous nous comportons chez les Cole, lâcha mon père de son célèbre ton autoritaire.

Eli Cole le Tout-Puissant était la définition même d'un homme bien. Il voulait toujours faire les choses correctement.

— Tu sais pourquoi elle t'appelle. Le moment est venu d'écouter ce qu'elle a à te dire.

— Si elle veut que je le rencontre, ce sera avec joie, mais pas pour de l'argent.

— Ça pourrait s'arranger, dit-il en frottant sa barbe avec la branche de ses lunettes.

Il ne savait pas de quoi il parlait. Il était hors de question que je traîne Nina en justice et que je m'engage dans une bataille judiciaire de plusieurs années.

Je me levai et me penchai sur la table.

— Vous m'aimez ?

— Bien sûr, répondit aussitôt mon père.

— Dans ce cas, croyez-moi quand je vous dis qu'il vaut mieux que je ne le rencontre pas. Je ne suis pas prêt à affronter ça actuellement. Alors respectez ma décision et laissez tomber.

Je me sentais comme une sous-merde, sûrement parce que je venais de me comporter comme telle. J'allai dans ma chambre à l'étage pour prendre une douche. Mon téléphone bipa. Je n'avais pas envie de parler à qui que ce soit mais je jetai quand même un coup d'œil à l'écran.

Rosie
J'ai besoin que tu viennes me chercher. Pas de voiture + le pire dîner de ma vie = grosse cata. Aux grands maux, les grands remèdes.

J'ouvris si grand la bouche que je faillis me fracturer la mâchoire. Puis je ris. C'était parti.

Dean
Je serai là dans dix minutes.

Rosie
Promets-moi de ne pas me draguer.

Dean
Oui. Mais non.

Je lui donnai quelques secondes pour imprimer ça avant de lui envoyer un autre message.

Dean
Je vais venir. Je vais voir. Je vais vaincre. Et après, je viendrai encore.

Rosie
Je n'arrive pas à croire que je suis désespérée au point de vouloir te supporter. Promets-moi au moins de ne le dire à personne.

Dean
Si ça te fait plaisir.

Comme si quelqu'un en avait quelque chose à foutre. À ce stade, Rosie et moi étions deux francs-tireurs au sein d'un groupe bien défini. Vicious et Millie étaient sur le point de se marier. Jaime et Melody étaient mariés avec un enfant. Même Trent le bad boy se prenait pour un grand garçon dans son rôle de père de famille moderne en partageant la garde de sa fille Luna avec Val, la mère de la petite. Tout le monde s'était posé et jouait à l'adulte responsable.

Tout le monde sauf nous.

Elle était la petite sœur à la langue bien pendue qui était dans tous les mauvais coups, et j'étais l'alcoolique fumeur de joints dont la relation la plus sérieuse était celle que j'entretenais avec mon dealer. Alors tout le monde s'en foutait qu'elle me chevauche pour passer le temps, tant qu'on restait discrets et qu'on ne tachait pas sa robe de demoiselle d'honneur ou mon costume de témoin.

Mais Bébé LeBlanc ne s'en rendait pas compte, parce qu'elle était trop occupée à protéger les précieux sentiments de sa sœur bien-aimée. Des sentiments qui n'existaient même pas. Je fourrai mon portable dans ma poche arrière et me dirigeai vers mon armoire pour enfiler un T-shirt propre. Quand j'attrapai mes clés sur ma table de nuit, mon téléphone bipa une nouvelle fois.

Rosie
Tu as de l'herbe avec toi ?

Je tentai de réprimer un rire, sans succès.

Dean
Et tes poumons ? Ils n'étaient pas cassés ou un truc comme ça ?

Rosie
Contente-toi de ramener ta came, petit comique.

Lui donner satisfaction était la seule option. Rosie voulait tester mes limites. Elle ne savait donc pas que je n'en avais aucune ? Eh bien, c'était une leçon qu'elle n'allait pas tarder à retenir.

Ça allait être drôle.

Rosie

Qu'est-ce qui te fait te sentir vivante ?

Jouer avec un feu différent. Faire des erreurs. Les reconnaître. Me *reconnaître. Prendre ce que je veux et prétendre que ça m'appartient. Même si je sais que c'est impossible.*

***

On devrait torturer les prisonniers de guerre en les envoyant chez mes parents. C'était la conclusion à laquelle j'étais arrivée après avoir passé huit heures en compagnie de papa et maman.

J'étais une dure à cuire. Vivre avec une maladie chronique et mortelle vous rendait plus résistant. Un peu comme la base de vernis transparent que personne ne voit. Alors autant dire que ça me prit par surprise quand je constatai que j'étais au bord des larmes.

Comme je n'avais pas de voiture, je me retrouvai assise sur les marches du perron du manoir à attendre que Dean vienne me chercher, la tête entre les genoux.

Je repassais les événements du dîner en boucle dans ma tête et les larmes continuaient de menacer de couler. On était tous assis autour de la table, servis par le personnel de Vicious, à nous gaver de vin blanc et d'huîtres de Coffin Bay venues d'*Australie* (apparemment, les huîtres américaines ne faisaient plus l'affaire maintenant que mes parents étaient riches par association) tout en discutant des derniers détails concernant l'organisation du mariage.

Tout était plus ou moins tolérable… Jusqu'à ce que ça ne le soit plus.

— Bon, je pense que le moment est venu d'arrêter de tourner autour du pot.

Mon père posa son verre de vin sur la table et riva son regard au mien.

— Quand est-ce que tu prévois de revenir ici, Rosie ? On était ravis de te soutenir quand tu as voulu explorer New York. Tu étais jeune et tu avais besoin d'aventure, mais il est temps de passer à autre chose à présent. Tu n'es plus une enfant et ta sœur n'est plus là pour te tenir la main.

— Papa, Rosie est une grande fille. Tu ne peux pas lui dire ce qu'elle a à faire, interféra Millie.

Sa voix douce eut l'effet d'un baume apaisant sur mes nerfs sérieu-

sement à vif. Notre mère soupira au milieu des bruits de couverts qui s'entrechoquaient. Je m'humectai les lèvres, trop surprise pour trouver quoi que ce soit à dire.

— Vous êtes tout le temps sur son dos, papa. Rosie est une adulte.

— Elle n'est pas comme toi, ma chérie. Elle a toujours été un peu casse-cou. On aime notre Rosie-puce comme elle est mais les choses changent. Chaque année qui passe la rend un peu plus faible.

— Elle est malade ! brailla ma mère.

Je sursautai. Elle venait de passer de la première à la cinquième en un temps record. Elle attrapa sa serviette pour se tapoter le nez puis les yeux.

— Regarde-la, insista-t-elle en me montrant du doigt. Elle n'a que la peau sur les os. Tu ne vois pas comme elle est maigre ?

Millie poussa un soupir désolé et lança à ma mère un regard agacé.

— Elle a toujours été mince.

— Trop mince.

— À t'écouter, maman, tout le monde est trop mince. Le chat de la famille ressemblait à un raton laveur parce que tu lui donnais trop à manger.

Ils avaient dû se séparer du chat en question quand ils avaient découvert que j'avais la mucoviscidose. C'était vraiment une joie de tous les instants de faire partie de ma famille. Je reniflai avec agacement. Je détestais que Vicious assiste à la scène.

— Ne vous gênez pas, faites comme si je n'étais pas là, surtout. Je ne voudrais pas vous interrompre pendant que vous discutez de mon avenir.

— On t'achète un billet pour rentrer à la maison. Tu devrais passer davantage de temps avec nous, au lieu de traîner dans une grande ville à chercher les ennuis.

À son intonation, j'aurais presque pu croire que ma mère frôlait la crise d'angoisse.

— Je reste à New York.

— Paul, geignit-elle. Dis-lui.

— *Oui, papa, dis-je en souriant. Dis-moi.*

Paul LeBlanc n'allait pas me trahir. Je pouvais toujours compter sur lui pour calmer ma mère quand elle allait trop loin. Millie aussi essayait toujours de me protéger, mais elle n'avait pas le même genre d'autorité sur notre mère.

Le regard de mon père alternait entre ma mère et moi.

— *Je suis désolée, Rosie-puce, lâcha-t-il en secouant la tête.*

Je crus d'abord qu'il s'excusait au nom de sa femme. Je n'allais pas être déçue. Il se tortilla sur son siège avant de reprendre la parole.

— *Mais ta mère a raison. Moi aussi, je m'inquiète de te savoir là-bas. Enfin, peut-être qu'on devrait tenir compte du fait que tu as Darren, maintenant. Il a l'air de bien s'occuper de toi, tu ne trouves pas, Charlene ?*

Ton père n'est pas un enfoiré misogyne, *tentai-je de me convaincre en mon for intérieur.* Même s'il vient juste de se comporter comme tel.

— *Justement…*

Je toussai pour m'éclaircir la gorge. J'avais les mains moites et le cœur qui cognait à un rythme irrégulier dans ma poitrine. Si quelqu'un pouvait me faire le plaisir de poignarder ce crétin.

— *Darren et moi avons rompu.*

— *Quoi ?*

Mon père se leva d'un bond et tapa du plat de la main sur la table. Il avait l'air aussi choqué par mon annonce que je l'étais par sa réaction. Avait-il oublié que ma vie sentimentale ne regardait que moi ? Je fronçai les sourcils. Ma sœur plaça sa main sur celle de ma mère, dans une prière silencieuse pour la faire taire. Quand je relevai les yeux, je me rendis compte qu'elle pleurait si fort que tout son corps tremblait.

— *Elle n'a plus personne là-bas. Plus personne. Et elle est en train de dépérir. De mourir.*

Décidément, ma famille adorait les mélodrames.

Les yeux de mon père lançaient des éclairs qui menaçaient de m'électrocuter à mort d'un instant à l'autre.

— Il a quitté l'appartement il y a quelques semaines.

Je gardai un ton aussi neutre que possible tout en lissant la serviette de table que je n'avais même pas encore utilisée.

— Il voulait se marier. Il m'a fait sa demande. Il avait même acheté une bague. Mais comme vous le savez, ça ne m'intéresse pas de me marier, encore moins compte tenu des dernières complications.

Ils savaient tous pertinemment ce que le Dr Hasting (la spécialiste que Vicious avait engagée) m'avait dit l'an dernier après m'avoir fait passer des tests.

— Il s'en remettra.

Je me retrouvais à les réconforter alors que ça aurait dû être le contraire. J'aurais vraiment tout vu.

— Et moi aussi. Il mérite une autre vie que ça.

Un silence de plomb s'abattit sur notre petit groupe. Le genre de silence qui vous glaçait le sang et vous rongeait les os. Je retins mon souffle, prête à recevoir une gifle qui m'enverrait valser à l'autre bout de la salle à manger.

Vicious se pencha sur Emilia et joua avec une mèche de ses cheveux.

— On ferait mieux de s'éclipser. On dirait que tes parents et ta sœur ont un tas de choses à se dire.

Millie me lança un regard interrogateur depuis l'autre côté de la table et je secouai la tête.

— C'est notre seul repas en famille avant le dîner de répétition. Personne ne va nulle part.

Ma mère pleurait de plus en plus fort tout en continuant à répéter que son bébé était en train de mourir. Grosse soirée chez les LeBlanc. Restez avec nous, la fête continue.

— Maman, je ne suis pas en train de mourir, dis-je avec un petit rire embarrassé. Je prends bien soin de moi, je t'assure.

— Nom de Dieu, Rose, arrête avec tes foutaises ! cria mon père en tapant de nouveau du poing sur la table.

Il ne m'appelait plus Rosie-puce. Il pointa un index accusateur vers moi, le visage déformé par une grimace de dégoût.

— Tu parles de nos moments en famille comme si tu en avais quelque chose à cirer de ta sœur ! C'était ta chance de lui permettre enfin de ne plus s'occuper de toi. Ta chance de ne plus être un fardeau pour ta mère et moi. Et, comme à ton habitude, tu as tout foutu en l'air.

Je laissai tomber ma fourchette par terre. Je sentais mes narines frémir dans un mélange de surprise et de rage. Je n'en croyais pas mes oreilles. Mon père ne m'avait jamais parlé de cette façon auparavant. Il ne m'avait presque jamais rien refusé, sauf quand j'avais voulu un poney, et encore, uniquement parce qu'il n'en avait pas les moyens. À l'exception du poney et de ma requête de sortir avec des garçons, il m'avait toujours dit oui.

C'était lui qui avait dit à ma mère de me laisser aller à New York. Il m'avait même offert mon aller simple.

C'était lui qui m'avait encouragée à aller au bout de mes rêves, même si ça m'emmenait dans la direction opposée de celle qu'il aurait aimé me voir prendre.

De mes deux parents, il était celui qui me croyait capable de réussir. Capable de vivre ma vie comme une personne normale.

Et à présent, je découvrais qu'il m'avait menti pendant toutes ces années.

— Je ne demande à personne autour de cette table de s'occuper de mes problèmes de santé, lâchai-je entre mes dents serrées. J'habite à l'autre bout du pays, bon sang ! Qu'est-ce que c'est que ce délire ?

— Il faut que tu reviennes. Tu dois *revenir, tu n'es pas bien, renifla ma mère.*

Elle balança sa serviette de table dans son assiette, qui débordait encore de nourriture.

— Ta sœur s'est saignée aux quatre veines pour que tu puisses vivre à New York. Avant qu'elle ne quitte la ville, elle s'est arrangée pour te

trouver un appartement de premier choix que tu n'as même pas à payer et elle a même réglé les frais de scolarité de ton école d'infirmière. Et comment tu la remercies de toutes ces bontés ? En préparant des cafés !

Ce fut mon tour de taper du poing sur la table. Et, bon sang, ça faisait mal.

— Et depuis quand tu considères qu'il y a des sous-métiers ? Tu as travaillé comme cuisinière pendant quarante ans !

— Je n'avais pas le choix ! cria ma mère.

— Et moi non plus ! J'ai arrêté l'école d'infirmière parce que le Dr Hasting m'y a obligée !

Elle se leva et quitta la pièce comme une furie. Je restai là, bouche bée.

Mon père, Vicious et Emilia me dévisageaient. Les hommes avec déception, ma sœur avec pitié. Mes yeux se remplirent de larmes qui semblaient me supplier de les laisser couler. Je ne pleurais jamais et je détestais montrer la moindre marque de faiblesse. Surtout quand tout ce que je faisais dans la vie avait pour but de prouver à ma famille que je pouvais réussir toute seule. Que je n'avais pas besoin d'aide. Que même si mes pétales tombaient, j'étais encore en fleur.

— Rosie…, dit Millie doucement. Laisse un peu de temps à maman.

— Arrête de défendre ta sœur, ordonna mon père en se passant une main sur le visage.

Chaque syllabe qui sortait de sa bouche me faisait l'effet d'une gifle. Il plissa les yeux, le regard fixé sur le balcon derrière moi. Il n'était même pas capable de me regarder.

— Tu es en train de tuer ta mère, et de te tuer toi-même. Ton copain était médecin. Un homme qui aurait pu te donner tout ce dont tu as besoin.

— Il est pédiatre. C'est plutôt comme la moitié d'un médecin. Il est aussi docteur que Ross Geller.

Oui, je tirais mes références culturelles d'épisodes de *Friends*. Et alors ?

Mon père n'eut pas l'air de trouver ça drôle. Il ignora carrément ma remarque et ramassa avec des gestes lents son portable et le paquet de tabac qu'il chiquait toujours après le dîner. Prêt à quitter la table, lui aussi.

— Tu as rompu avec lui parce que tu es égoïste. Parce que rester impliquait de prendre des responsabilités, ma chérie. Parce que tu ne t'investis jamais dans quoi que ce soit. C'est pour ça que tu as lâché l'école d'infirmière, que tu vis dans un appartement dont tu n'as pas à payer le loyer, et que tu travailles comme serveuse à vingt-huit ans.

Il prit une profonde inspiration et ferma les yeux un instant comme s'il avait besoin de forces pour finir sa tirade.

— Ta sœur se marie dans une semaine et on est tous là à se faire un sang d'encre pour toi, une fois de plus. Ta mère n'a pas besoin de temps. Elle a besoin que sa fille soit en bonne santé.

Je me levai d'un bond. Tout mon corps tremblait sous l'effet de la colère. Je n'avais personne. Personne à part Millie. Personne ne m'appréciait pour la personne que j'étais vraiment, sans me coller l'étiquette « malade » et « faible » sur le front.

— Et qu'est-ce qui est arrivé à « Fais ce que tu as envie de faire », papa ? Qu'est-ce qui est arrivé à « Tu peux tout faire tant que tu en as la volonté » ?

Il secoua la tête. Mon père était un homme de petite taille, avec un corps fin et musclé. Mais à cet instant, il me semblait imposant et immense.

— Tu avais dix-huit ans quand tu es partie, Rosie. Tu en as vingt-huit à présent. À cet âge-là, la plupart des gens veulent se poser et fonder une famille. Comment as-tu pu en quitter un qui non seulement était prêt à sacrifier ces choses pour être avec toi, mais qui en plus était réellement en mesure de s'occuper de toi ?

Il se tourna vers ma sœur, qui le regardait avec la bouche grande ouverte.

— Il faut bien que quelqu'un le lui dise. Elle ne peut pas se permettre de faire la difficile.

Et là-dessus, il quitta la pièce à son tour.

— Bon, je pense que le moment est venu pour moi de partir et de te laisser ramasser les morceaux, grommela Vicious d'un air sombre.

Il déposa un baiser sur le front de Millie et emboîta le pas de mon père. Les portes se refermèrent derrière lui dans un claquement sourd qui fit bondir mon cœur dans ma poitrine.

Ma sœur avait les yeux fixés sur son assiette et elle se frottait le dessus des cuisses, comme elle le faisait toujours quand elle était nerveuse. Sa jolie robe montait et descendait le long de ses jambes.

— Je suis tellement désolée, se contenta-t-elle de dire.

Au moins, elle ne me servit pas les conneries et les mensonges habituels que les gens offraient aux autres pour les consoler dans ces moments-là.

— Papa ne m'a jamais parlé comme ça, dis-je d'une voix étranglée.

J'avais besoin de mon inhalateur. J'avais besoin de mes parents. J'avais besoin d'un câlin. Le regard de Millie croisa le mien. La douleur se lisait dans ses yeux. Elle aussi pensait que j'étais une cause perdue. Simplement, elle ne voulait pas me pousser dans mes retranchements comme eux l'avaient fait.

Maintenant qu'on était seules, des larmes se mirent à rouler sur mes joues.

— Ils t'aiment, lâcha-t-elle.

— Et moi aussi, je les aime, rétorquai-je.

Elle se leva et lissa l'avant de sa robe.

— Je sais que c'est la dernière chose que tu as envie d'entendre, mais il faut que tu envisages de rentrer. J'ai besoin de ma sœur près de moi, Rosie-puce. Tu me manques tellement… Et puis papa et maman sont morts d'inquiétude.

Je posai mes mains sur mes cuisses et lui lançai un regard appuyé.

— À cause de ma santé ou de leur conscience ? Depuis quand tu es au courant de tout ça ? Depuis quand est-ce que tu sais que papa *pense que je ne suis qu'une petite idiote et que maman se comporte comme si j'étais dans le couloir de la mort ?*

— Rosie…

— Quoi, toi aussi tu penses que je ne suis pas une affaire ?

Je ris à travers mes larmes comme une hystérique. J'étais en train de devenir complètement folle.

— Toi aussi, tu penses que Darren m'a rendu un énorme service en restant avec moi parce que oh, je suis teeellement malade ?

— Bien sûr que tu es une affaire ! s'exclama-t-elle.

Tu parles.

Je ne l'étais sûrement pas autant qu'elle, en tout cas. Le besoin de lui prouver qu'elle avait tort brûlait en moi comme un incendie qui dévorait tout sur son passage.

— Laisse-moi seule, s'il te plaît.

J'appuyai mes bras sur la table et j'enfouis mon visage entre eux.

Elle m'obéit sans discuter.

Je fermai les yeux et laissai ma tristesse m'emporter le long d'une rivière d'auto-apitoiement. Je me cognai la tête sur la nappe blanche immaculée trois fois.

Merde.

Merde.

Merde.

Bienvenue à Todos Santos, Rosie.

8

Rosie

Qu'est-ce qui te fait te sentir vivante ?

Courir pieds nus. Sentir les branches me fouetter le visage, la poitrine, les pieds. Me faire mal. Avoir mal. Tenter ma chance.

Dean vint me chercher au volant d'un vieux pick-up rouge version longue. Je n'avais pas la moindre idée d'où il avait dégoté un truc pareil mais à ce stade, j'aurais été prête à grimper dans une fourgonnette pleine d'inconnus cagoulés m'offrant des bonbons suspects. J'étais prête à tout tant que ça me permettait de m'éloigner d'ici.

Je ne prévoyais pas de me défouler ce soir, du moins en théorie. Je voulais simplement m'accorder quelques moments paisibles et respirer tranquillement sans être critiquée.

À la minute où Dean s'arrêta devant le portail du manoir, je le rejoignis à grandes enjambées. Je grimpai d'un bond sur le siège passager et attachai ma ceinture.

Je ne ressemblais à rien dans ma jupe en jean et mon T-shirt blanc large (le T-shirt de l'Association des pédiatres que Darren avait eu à une convention un peu plus tôt cette année), et à ma coiffure, on devinait facilement le vol de cinq heures et la sieste agitée que j'avais enchaînés.

— Démarre, ordonnai-je en regardant droit devant moi.

Je ne savais pas encore très bien comment Dean « Queutard » Cole était devenu mon sauveur, ni ce que ça disait de ma situation. Je ne voulais pas le regarder et prendre le risque de lui dévoiler ce que renfermait mon regard, car s'il se révélait capable de décrypter ces sentiments, alors il verrait tout. Toute l'affreuse vérité.

Il ne me demanda pas où on allait. Simplement, il sortit une bouteille de Jim Beam et dit :

— Baisse ta vitre. Je vais mettre de la musique.

Pour une fois, j'étais contente qu'il soit limite alcoolique. Je m'emparai de la bouteille à la seconde où elle apparut dans mon champ de vision.

— Santé, dis-je en levant la bouteille avant de prendre une généreuse gorgée.

On tourna dans Todos Santos pendant une heure. On traversa Liberty Park, on longea All Saints High et aussi la marina et ses lumières qui attiraient les touristes du monde entier. Le vent chargé d'iode me fouettait le visage et m'apportait un peu de réconfort. Je continuai à boire, bercée par la radio pirate qui diffusait des chansons d'amour tristes en espagnol. Je ne comprenais pas le moindre mot de ce qu'elles racontaient mais elles m'émouvaient quand même. Pendant le trajet, je tentais de réguler les battements de mon cœur et de me convaincre que tout allait bien.

J'avais bu la moitié de la bouteille, mais ce n'était pas pour ça que je voyais flou ou que mes doigts tremblaient tandis que je les refermais autour du goulot du Jim Beam. Non. J'étais en colère.

« Tu ne peux pas te permettre de faire la difficile. »

« C'était ta chance et tu as tout foutu par terre. »

Qu'ils aillent se faire foutre. Avec une perche de trois mètres de long, par exemple.

Dean ne disait pas un mot. Il me laissait l'espace dont j'avais évidemment besoin et conduisait sans but à travers la ville, tout en ayant l'air ridiculement sexy. Parmi les quatre Hot Heroes, il était probablement le seul à avoir une quelconque intelligence émotionnelle. Non pas que ça sautât aux yeux lorsqu'on lui parlait ou qu'on le regardait. Dean Cole avait parfait son numéro de l'adorable drogué au point d'en faire un art. Il ne laissait jamais personne voir ce qui se trouvait sous la surface. Ce qui me faisait penser…

— Tu as de l'herbe ?

Il avait les yeux fixés sur la route, et un éclat doré à son poignet attira mon regard. Combien sa montre pouvait-elle bien coûter ? À vue de nez, sans doute plus que l'ensemble de ce que je possédais. Il tapota le volant d'une main tout en jouant avec ses cheveux soyeux de l'autre.

— Tu portes une culotte ?

— Bien sûr, répondis-je avec un petit ricanement méprisant. Question stupide, réponse évidente.

— Dans ce cas, pourquoi tu me demandes si j'ai de l'herbe ? J'en ai toujours sur moi. C'est un indispensable, comme ta petite culotte.

Je levai les yeux au ciel par réflexe.

— Hilarant.

— On dirait bien, parce que c'est la première fois que je te vois sourire depuis ce matin, et c'est grâce à *moi.*

J'étais vraiment en train de sourire ? Merde. Peut-être bien.

Il se gara en haut d'une colline qui dominait Todos Santos. La petite ville de Cali du Sud était nichée dans une vallée entre deux montagnes. Ce petit réservoir offrait une vue parfaite sur les lumières de la ville. Les grandes piscines bleues des manoirs adjacents brillaient dans la nuit d'un noir d'encre, de même que les réverbères qui illuminaient la marina.

Le réservoir était désert, à l'exception de quelques ados qui jouaient au basket sans nous prêter la moindre attention.

— D'où vient ce truc ? demandai-je en me tournant vers lui.

J'accompagnai ma question d'un geste de l'index autour du pick-up. Si mes souvenirs étaient bons, la famille de Dean possédait une quantité infinie de Volvo. La marque parfaite pour la famille parfaite.

Il humecta sa lèvre inférieure et me dévisagea avec ses yeux couleur émeraude.

— De chez mon oncle en Alabama. C'est le seul cadeau qu'il m'ait jamais fait. Je ne sais même pas vraiment pourquoi je l'ai gardé. Je savais que tu voulais être discrète alors je suis venu dans un véhicule que Vicious ne reconnaîtrait pas.

Je ne pus m'empêcher de ricaner.

— Tu as conservé un pick-up délabré juste au cas où tu en aurais besoin un jour ? Qui êtes-vous, Dean Cole, et la CIA est-elle au courant de vos activités ?

Il bascula la tête en arrière, entrelaça ses doigts dans sa nuque et rit.

— Ferme-la.

Vraisemblablement, j'étais l'une d'entre elles. Une de ces filles dont j'avais pitié. Une de ces filles qui laissaient l'apparence de Dean, ses muscles et son statut leur retourner le cerveau et la petite culotte. J'avais l'impression qu'il venait d'attraper mon cœur et de le broyer dans son poing.

— Très bien, monsieur le mafieux.

— Ne te plains pas, ça fait une éternité que je n'ai pas trimballé un cadavre là-dedans.

— Vraiment ? Vu la puanteur qui règne, j'aurais cru.

Un hoquet m'interrompit. C'était officiel : j'étais soûle.

— C'est là que tu déflorais tes petites copines quand tu étais au lycée ?

— Non. Je suis un enfoiré mais un enfoiré sentimental. Je ne salirais jamais ce bébé avec un coup sans importance.

— Tu es plein de surprises, Dean Cole.

— Et tu es sur le point d'être pleine de moi, Rosie LeBlanc.

*
* *

L'herbe était humide à cause des arroseurs automatiques mais je marchais quand même pieds nus. Je ressentais avec plaisir la fraîcheur de la pelouse en contraste avec la chaleur insupportable typique des mois d'août en Cali du Sud. Arrivée au banc qui dominait la colline, je m'assis et admirai le paysage. Une couverture d'étoiles brillantes était étendue au-dessus de nos têtes, qui me rappelait à quel point on était minuscules devant la grandeur de l'Univers. Ce qui était bien à Todos Santos, c'était qu'il n'y avait ni industrialisation ni pollution. C'était une des raisons qui avaient poussé mes parents à venir travailler ici quand j'étais ado. Un environnement comme celui-ci était tout indiqué avec mon problème de mucus. Pour mes poumons, c'était idéal.

Dean sortit deux canettes de bière de l'arrière du pick-up (je ne demandai même pas ce qu'elles faisaient là) et en ouvrit une qu'il me tendit. Puis il ouvrit la sienne et se laissa tomber juste à côté de moi. Si près que la pointe de ses cheveux en pagaille jouait avec les miens. Il sentait l'homme, l'herbe et le parfum.

— Tu sais que chaque étoile que tu vois dans le ciel la nuit est plus grande et plus brillante que le soleil ?

Je ricanai.

— Quoi ? N'importe quoi. Le soleil est énorme !

Dean me regarda, l'air aussi sérieux qu'une crise cardiaque. À cet instant, je pris conscience de ce que j'avais laissé entrer dans mon cœur. De ce à quoi j'avais ouvert la porte de bonne grâce. C'était comme se jeter du haut d'une falaise avec les yeux grands ouverts, les bras écartés et un sourire aux lèvres. *C'est tragique*, pensai-je. J'avais oublié ce que ça faisait de *vraiment* passer du temps avec Devious. J'avais oublié le chaos qu'il générait en moi.

— Le soleil est juste une étoile naine jaune, Bébé LeBlanc,

expliqua-t-il d'un ton bien plus neutre que son regard. On la glorifie parce qu'on est habitués à elle et que c'est la plus proche. La plupart des gens aiment le plus près et le plus familier.

Il ne parlait plus des étoiles, et on le savait tous les deux.

Ses connaissances en matière d'astronomie me surprenaient. Peut-être parce que je voulais le réduire au statut de fumeur de joints qui se foutait de tout ce qui ne concernait pas le foot, les femmes et les chiffres.

Il leva les hanches pour sortir un joint de sa poche arrière et le glissa entre ses lèvres en forme de cœur. La flamme du briquet illumina les traits de son visage d'adonis. Il prit une bouffée puis me le passa.

Pendant un instant, il garda le joint entre ses doigts, hésitant. J'attendis qu'il le reprenne. Qu'il m'engueule. Qu'il me dise que j'étais folle de fumer. Mais il ne fit rien de tout ça.

Il me laissait décider par moi-même.

Il me faisait me sentir adulte.

Je pris le joint en m'autorisant un petit sourire dans le secret de l'obscurité. Tout le monde me traitait comme si j'étais en sucre. Seul Dean faisait des choses qui étaient susceptibles de me faire du mal. Je pris une bouffée. J'inspirai. J'expirai. Je survécus. Dans mon monde, c'était une vraie victoire.

Bon, bien sûr, je toussai comme un vieux tuberculeux sur le point de cracher un poumon, voire les deux. Dean me regarda en coin avec un sourire aux lèvres.

— La prochaine fois que tu veux être stone, préviens-moi, je te ferai un *space cake*, plutôt.

J'ignorai sa remarque et observai le ciel. Ça faisait du bien de ne pas penser à ma famille pendant une seconde. Même si c'était en compagnie de l'homme que je considérais en quelque sorte comme mon ennemi juré.

— J'ai entendu dire que le soleil se rapproche un peu plus de nous chaque année, dis-je en décrivant un cercle avec mon index en direction du ciel.

Je lui repassai le joint, qu'il attrapa tandis qu'il buvait une gorgée de bière. Ses gestes étaient légers, insouciants. L'espace d'un instant, on aurait pu le prendre pour un adolescent.

L'adolescent que j'ai aimé à une époque.

— On estime que le soleil est âgé de quatre milliards d'années et demie, et qu'il va encore vivre pendant sept milliards d'années. Ensuite, il gonflera sûrement jusqu'à devenir une étoile rouge géante qui s'effondrera sur elle-même et se transformera en naine blanche. Je pense pouvoir affirmer sans me tromper que, quand ça arrivera, ma tronche de fumeur de joint et ton adorable minois ne seront plus là pour assister à ce bordel.

Il tapota le sommet de ma tête comme si j'étais une petite fille délicate.

— À moins que tu aies prévu de traîner encore dans le coin d'ici là. Tu ferais une petite vieille canon, même âgée de quelques milliards d'années.

Je ris si fort qu'un écho se fit entendre dans le ciel.

— Autant dire que je ne serai plus là.

Il haussa les épaules et me passa le joint.

— Aucun de nous ne sera là.

Un courant électrique me parcourut quand nos doigts s'effleurèrent et ma peau me picota. J'ignorai la sensation. *Certes, mais mon heure sonnera sûrement bien avant la tienne.*

Combien d'années me restait-il ? Vingt ? Dix ? *Moins ?* C'était le souci avec la mucoviscidose. Ce n'était pas aussi immédiat qu'un cancer ou qu'une maladie neurodégénérative. J'avais encore du temps. Simplement, j'en avais moins que tous les autres.

Peut-être que c'était l'alcool, ou l'herbe, ou la vie en général, mais ça recommença. La conscience de la mort (sa réalité implacable) m'agrippa et une panique incontrôlable se déversa dans mes veines en quantité alarmante. Je me figeai. J'arrêtai de respirer (pas par choix) alors que des images de mon corps en train de se décomposer au fond d'un cercueil assaillaient mon esprit.

Après plusieurs années, ça arrivait *encore*. Mon ancienne psy m'avait dit un jour que c'était complètement normal, compte tenu de ma situation. Ça faisait longtemps que j'avais ce genre de crises d'angoisse. Depuis que j'avais dix ans et que le concept de la mort avait commencé à avoir du sens. Ça avait coïncidé avec l'époque où j'avais compris que je ne mourrais pas de vieillesse.

J'étais donc en train de faire une crise d'angoisse alors que j'étais en compagnie de Mister Relax. Il n'avait aucun moyen de le savoir, parce que ces crises ne s'exprimaient pas de manière évidente. Je recommençai à respirer normalement au bout de quelques secondes. La seule chose qui me gênait encore sur le plan physique était cette espèce de vague de chaleur qui semblait m'avoir frappée en pleine face, ainsi que les battements désordonnés de mon cœur.

À l'époque où je voyais ma psy (mes parents m'avaient emmenée chez une spécialiste des adolescents atteints de maladies mortelles), on avait essayé de trouver l'origine de mon problème. Tout le monde est mal à l'aise à l'idée de mourir, mais je faisais partie de ces rares adolescents qui passaient des nuits entières à imaginer leur corps en train d'être incinéré au lieu de dormir gentiment. Ma psy était douée, je devais le reconnaître. Elle m'avait demandé si je me rappelais avoir été un fœtus. J'avais répondu non. Elle m'avait ensuite demandé si j'avais des souvenirs de l'époque où je n'étais pas en vie. J'avais répondu non.

— C'est exactement ça, la mort, Rosie. Tu ne te souviendras pas que c'est arrivé. Alors, d'une certaine façon, c'est un peu comme si tu vivais éternellement.

Le plus souvent, quand je faisais une crise, je tentais de repenser à cette discussion. Mais généralement, ce qui m'aidait, c'était simplement d'être distraite par autre chose. Alors je secouai la tête, me tournai vers le visage paisible de Dean et demandai :

— Qu'est-ce que tu sais d'autre sur les étoiles ? Et épargne-moi le passage rigolo où elles explosent et où tout le monde meurt.

Il écarta une mèche qui me tombait dans les yeux et la glissa derrière mon oreille.

— Au moment où le soleil explosera, personne ne sera là pour le voir. Enfin, personne à part les Kardashian. Ils sont partout, ces enfoirés.

Je lui donnai une tape sur l'épaule, espiègle sans toutefois vouloir l'être.

— Ne t'aventure pas sur ce terrain, Cole. Regarder *Les Sœurs Kardashian à Miami* est mon péché mignon.

— Quelle tristesse. Surtout quand le voisin du dessus peut te prendre n'importe où dans son penthouse. *Ça*, c'est un péché qui en vaut la peine.

— Concentre-toi, grognai-je.

Il éteignit le joint contre le banc et le balança dans une poubelle juste à côté de nous. Puis il rit, de son rire cent pour cent authentique face auquel aucune fille n'avait la moindre chance. C'était agréable de sentir sa voix contre ma peau. Dans l'air. Partout.

— J'ai un système de classement dans ma tête. Si tu en parles à qui que ce soit, je nierai, je ne t'adresserai plus jamais la parole et je dirai à tout le monde que tu as une hépatite et que tu as largué Docteur Tête de Nœud parce qu'il t'a refilé une mycose.

Il appuya une main contre le dossier en bois derrière nous et se tourna vers moi.

— Arrête, c'est comme si tu me suppliais de te balancer.

Je pinçai les lèvres pour m'empêcher de continuer à lui adresser des sourires charmeurs à la pelle.

Dean termina sa bière, puis il termina la mienne et lâcha un rot théâtral avant de passer aux aveux :

— Je suis un geek de l'astronomie. J'étiquette les gens en fonction de la partie du système solaire dans laquelle ils seraient susceptibles de se trouver. Par exemple, Trent est Jupiter parce qu'il est énorme. Vicious est Arcturus, rouge et tout le temps en colère. Je pourrais continuer mais quelque chose me dit que je vais le regretter.

Nos bras étaient collés l'un à l'autre et notre sueur commençait à se mélanger, mais aucun de nous n'esquissait un geste pour rompre le contact. Il scruta mon visage, attendant le moment où j'allais éclater de rire. En voyant que je ne le faisais pas, il reprit prudemment :

— C'est plus facile de mettre les gens dans des boîtes concrètes, tu comprends ?

Devious l'idiot. Le fumeur de joints. Le queutard fêtard.

S'il avait su à quel point.

— Et moi, je suis quel genre d'étoile ?

Je parlais fort. J'étais ivre. J'étais excitée. J'étais complètement à l'ouest.

Il me répondit dans la seconde, ce qui me fit dire qu'il avait déjà dû y réfléchir avant.

— Tu es Sirius.

— Sirius ?

— Oui.

Il se tortilla et frotta une barbe inexistante sur sa mâchoire. Je tentai d'ignorer le fait qu'il me regardait avec autre chose que du désir pur dans les yeux. Mais c'était de plus en plus difficile à chaque seconde.

— Contrairement à la croyance populaire, les étoiles ne scintillent pas. Les scientifiques se sont mis d'accord pour dire qu'il n'y a qu'une étoile qui scintille. Elle brille d'ailleurs tellement que parfois les gens la prennent pour un OVNI. Elle n'est pas énorme mais elle se distingue des autres. C'est Sirius, et c'est toi aussi. Tu brilles, Bébé LeBlanc. Tu brilles tellement que parfois je ne vois plus rien d'autre.

Je ne savais pas ce que j'avais dans la tête. Rien du tout, peut-être. Mais à cet instant, je me sentis pleine de courage. Si courageuse que l'honnêteté prit le contrôle de ma bouche avant que la raison n'ait le temps de l'en empêcher.

— Je veux que tu me fasses oublier, Dean. Juste pour une seule putain de nuit, bafouillai-je, le regard dans le vide. Je veux oublier cette foutue ville, mes foutus parents, et…

Je laissai échapper un énorme soupir. *Et la mort.*

Il se tourna entièrement vers moi et posa sa main sur ma joue. Aussitôt, il grogna, comme si le simple fait de me toucher le frustrait encore plus.

— Hé. Regarde-moi.

Pas digne.

Pas suffisante.

Pas aussi bien que Millie.

— Tu es l'ex de ma sœur, bafouillai-je.

Je n'étais pas en train de protester, plutôt en train de tenter de me raisonner moi-même pour retrouver un semblant de sens commun et faire marche arrière.

— On a été ensemble une seconde à peine ! répliqua-t-il.

— Tu l'as dépucelée.

— Elle a déguerpi, lança-t-il entre ses dents serrées. Elle s'est barrée sans même me faire l'honneur d'un coup de téléphone. Elle n'a jamais été à moi. Et c'est pour ça que je n'ai jamais été à elle. Entre autres raisons.

— Elle m'a raconté qu'une fois tu lui avais demandé de ne jamais te quitter.

Je déglutis, les mains coincées sous mes fesses tandis que je fixais le bout de mes tongs.

— Je ne veux pas que *qui que ce soit* me quitte.

Silence. Puis il reprit la parole :

— Je ne veux pas te faire oublier. Je veux te faire te souvenir. Et c'est ce que je suis sur le point de faire, Rosie.

Il respira profondément contre ma peau.

— Je m'apprête à réécrire les pages de notre putain d'histoire, ma belle.

Sa bouche s'écrasa contre la mienne et il glissa ses doigts dans mes cheveux. Je m'agrippai à son col avec mes poings serrés et l'attirai à moi. Je m'allongeai sur le banc, les jambes écartées pour lui. Ses lèvres étaient brûlantes, humides, parfaites, et elles n'hésitaient pas. Elles ne demandaient pas la permission. Elles prenaient. Elles exigeaient avidement. Mon corps tout entier vibrait d'extase. Il referma son poing autour de mes cheveux et glissa sa main libre entre nous pour attraper un de mes seins et le serrer.

Sa langue envahit ma bouche dans une conquête sans merci. Elle annihilait toutes les protestations qui se formaient au bout de la mienne. Est-ce que j'étais si ivre que ça, ou est-ce que c'était lui qui était vraiment doué ? Sa main descendit davantage. Il releva ma jupe et caressa le tissu de ma culotte. La friction qu'il exerçait me fit gémir contre ses lèvres et je perdis le peu de self-control qui me restait.

Tout était brûlant.

Mon visage.

Ma peau.

Mes terminaisons nerveuses.

Même mon cœur semblait être en proie à un incendie.

— Bon sang, tu es trempée, dit-il en pinçant doucement mon clitoris à travers le tissu.

J'enfonçai mes ongles dans son T-shirt et j'arquai le dos, suppliante.

Je n'avais jamais rien connu de tel. Nos langues se faisaient la guerre (la sienne gagnait), nos mains étaient désespérées et on se frottait l'un à l'autre comme si on essayait de faire démarrer un feu entre deux silex.

Je savais qu'on ne tarderait pas à y parvenir. *Dangereuse alchimie.* Nos corps vibraient à l'unisson comme le faisaient certaines âmes. À la perfection. Sentir sa peau sur la mienne me donnait l'impression d'être embrasée jusque dans les coins les plus reculés de mon corps.

— Baise-moi, grognai-je au milieu de notre baiser formidablement obscène.

Comble de l'ironie, en entendant ma requête, il cessa de m'embrasser et fronça les sourcils.

— Tu es ivre à quel point ?

Il me dévisagea. Il était parfaitement sobre. En même temps, il n'avait bu qu'une seule bière. Pour lui, ça équivalait à une tisane.

— Pas ivre au point de ne pas savoir ce que je suis en train de faire, répondis-je.

— C'est exactement ce qu'une personne ivre dirait, argua-t-il.

Je glissai une main entre nous et la posai sur la bosse qui s'était formée au niveau de sa braguette avant de la frotter de haut en bas. *Dur comme du bois.*

— S'il te plaît.

Il ferma les yeux et posa son front contre le mien tout en inspirant profondément. Il était en train d'essayer de se battre. De garder son calme. C'était ce que j'aurais dû faire, moi aussi. Mais pour une fois, j'en avais assez de me battre.

— Si on couche ensemble, c'est parce que tu en as envie, pas à cause d'une vengeance familiale à la con.

— Oui, acquiesçai-je d'un souffle. J'en ai envie.

Il se leva, me tendit la main et m'emmena jusqu'au pick-up rouge dans lequel il n'avait jamais sauté personne auparavant.

C'était le plus long voyage que j'avais jamais fait, mais il en valait sérieusement la peine.

Dans l'habitacle, Dean allongea le siège conducteur, s'installa dessus et tapota son torse musclé.

— Viens ici, ordonna-t-il.

Son ton n'était ni espiègle ni sexy. Il était sérieux et grave. C'était le chauffeur le plus attirant que j'avais jamais rencontré. J'obéis : je lui grimpai dessus et je me hissai jusqu'à son visage. J'avais encore ma culotte, et mes paupières semblaient peser cinq kilos chacune mais je savais ce que je faisais.

Dean écarta ma culotte, m'attrapa par la taille et me fit descendre sur sa langue. Il l'enfonça en moi d'un mouvement rapide et soudain qui me fit crier de plaisir autant que de surprise. Je l'attrapai par les cheveux et arquai le dos.

— Baise ma langue, Bébé LeBlanc. Vas-y.

Je m'exécutai aussitôt. Je pouvais sentir sa bouche chaude sur moi, son pouce qui décrivait des cercles à la fois lents et paresseux sur mon clitoris tandis qu'il agrippait mes fesses de sa main libre pour dicter le rythme auquel j'ondulais au-dessus de son visage. Il poussait le genre de gémissements satisfaits dont j'aurais toujours pu rêver avec Darren. À croire que c'était son idée du paradis. À croire que ce qu'on faisait était *bien*.

Après quelques minutes à peine, je me contractai autour de sa langue. Mes cuisses tremblaient, de même que le moindre muscle en moi, agités par un orgasme renversant qui me faisait l'effet d'un tremblement de terre. Je laissai basculer ma tête en arrière et criai son nom, les yeux fermés.

Avant d'avoir le temps de les rouvrir, il m'attrapa et inversa les rôles. À présent, j'étais allongée sur le siège et il était au-dessus de moi, son genou entre mes jambes écartées. Il défit sa ceinture. Son T-shirt remontait, dévoilant les abdominaux parfaits sur lesquels j'avais essayé de ne pas baver l'autre jour. Bon sang, son corps était vraiment un chef-d'œuvre. À tel point que je lui en voulais.

— Prépare-toi à crier mon nom, dit-il en me lançant un regard dur.

J'écartai davantage les cuisses. Il s'empara d'un préservatif dans la poche arrière de son jean et en déchira l'emballage avec ses dents. Il l'enfila puis il agrippa mon T-shirt et se mit à tirer sur le tissu. Si fort que le coton finit par me rentrer dans la peau.

Aïe.

Il continua, jusqu'à l'arracher carrément.

Qu'est-ce qu'il fout ?

Il se pencha sur moi, plaça une de mes jambes sur son épaule et me pénétra sans autre forme de procès. Il serrait les dents avec force et ses yeux brillaient d'un désir animal. Je m'agrippai à ses triceps contractés tout en gémissant de plaisir. Un plaisir si grand que je ne pouvais pas le contenir dans mon petit corps. Je le laissai me prendre comme un animal et atteindre mon point G encore et encore tandis qu'il m'assaillait comme si sa mission sur Terre était de me casser en deux.

— Qu'est-ce que je suis en train de te faire ?

Il avait l'air menaçant, presque diabolique. Je posai les yeux sur son sexe (*euh, la capote est violette ou je rêve ?*) qui allait et venait en moi, sur ses hanches qui cognaient furieusement contre les miennes à chaque fois qu'il me pénétrait. Je distinguais parfaitement les lignes de ses abdos sous cet angle. Il y avait quelque chose de dangereux dans ce qu'on était en train de faire. L'Américain typique au charme fou et au teint frais qu'était Dean avait un côté obscur, et il était en train de me laisser l'apercevoir.

— Tu es…

Je n'arrivai pas à finir ma phrase. Il me tira les cheveux pour me signifier qu'il attendait une réponse. Ça faisait mal et en même temps, c'était incroyablement sexy.

— Dis-le, Bébé LeBlanc.

— Tu es en train de me baiser.

— Pas qu'un peu, oui. Ça te plaît ?

— Ou… Oui.

— Je vais trop profond ?

— N… Non.

— Je suis trop brusque ?

— N… Non.

— Tant mieux. Parce que je suis sur le point de l'être.

Il glissa une main derrière mon dos et me fit faire volte-face. Il me fit me mettre à genoux et, pendant un instant, je ne le sentis plus en moi. Quand il me pénétra à nouveau, je m'affalai à plat ventre. Il me souleva pour trouver l'angle parfait pour m'assaillir sans merci avec son sexe imposant.

Je fermai les yeux à nouveau en sentant un autre orgasme monter en moi. Des frissons semblaient parcourir mon corps, depuis ma boîte crânienne jusqu'au bout de ma colonne vertébrale. Dean « Devious » Cole était un dieu du sexe. Ça n'aurait pas dû me surprendre. Il avait raison : ce qu'on partageait n'était pas normal. C'était dingue.

Délicieusement dingue.

— Ne jouis pas tout de suite.

Il me donna un énième coup de reins et je mordis le cuir du siège pour étouffer un énième cri.

— Je ne peux pas me retenir, dis-je à bout de souffle.

J'enfonçai mes ongles dans le siège. Il me faisait l'amour comme s'il essayait de me tuer. Et, d'une certaine façon, c'était ce qu'il était en train de faire. Il était en train de tuer la moindre possibilité de prendre mon pied avec quelqu'un d'autre que lui à l'avenir.

— Tu as besoin de ma permission pour jouir, LeBlanc. Demande-la-moi.

Au fond de moi, je savais que c'était de la folie. Ivre ou pas, je savais encore distinguer le bien du mal. Néanmoins, j'obéis, parce que j'aimais me dire que l'espace d'un moment je n'étais pas la petite peste qui le détestait et lui n'était pas le mec que je ne pourrais jamais avoir.

— S'il te plaît, laisse-moi jouir.

— Lâche-toi, ma belle.

Je m'enfonçai plus profondément dans le siège et gémis tandis qu'un autre tsunami déferlait en moi. Je vis des étoiles. Des étoiles que Dean avait accrochées devant mes yeux et qui scintillaient mille fois plus que celles qui peuplaient le ciel.

Il me retourna à nouveau. Il continua à aller et venir en moi quelques instants, les yeux mi-clos et le visage si inexpressif qu'il en était presque effrayant. Puis il se retira, ôta le préservatif et jouit sur mon ventre et mon soutien-gorge.

Je le dévisageai en me demandant si j'étais ravie, dégoûtée ou trop satisfaite pour faire la différence entre les deux.

Il attrapa mon T-shirt déchiré qui traînait sur le siège derrière nous, le roula en boule et s'en servit pour m'essuyer.

— Tu peux dire adieu à ton T-shirt et à tout ce que les autres mecs avant moi ont pu t'offrir, à l'exception de ton père. Est-ce que c'est clair ?

Je fixai son visage. Il était mon Soleil, ma Lune et tous les corps célestes qui peuplaient l'Univers.

— Tu es affreusement possessif, me plaignis-je en le fusillant du regard.

— C'est parce que tu es affreusement à moi.

— Et qu'est-ce qui peut bien te faire croire ça ? Le fait qu'on a couché ensemble ?

Je feignis un rire, mais il n'y avait absolument rien de drôle dans ce qu'il venait de dire. Ou dans ce qu'on venait de faire.

— Non.

Il plaça sa main sur le côté gauche de ma poitrine, sur mon cœur.

— Ce truc, là ? Il bat pour moi. Tu le sais. Je le sais. Continue à mentir, Rosie. Je finirai bien par te faire cracher le morceau. D'une façon ou d'une autre.

9

Dean

Tout en moi vibrait sur le trajet de retour vers le manoir de Vicious. Bébé LeBlanc s'était endormie. Je pouvais encore sentir l'odeur de son sexe sur mes doigts, et celle de son shampoing à la noix de coco sur mon T-shirt. Visiblement, ça me retournait le cerveau parce que je me retrouvai à faire quatre fois le tour du pâté de maisons à 3 heures du mat, incapable de me résoudre à lui dire au revoir.

Tu es grave dans la merde, enfoiré, me réprimandait la raison. *Tu n'as pas besoin de ça. Tu prends un risque en t'impliquant. Il faut que tu règles l'histoire avec Nina et que tu arrêtes de boire.*

Mais il n'y avait aucune place pour la logique dans mon esprit. Il était entièrement occupé par tout ce qui concernait Rose LeBlanc. Je n'en avais rien à foutre qu'elle soit malade et qu'elle traîne un paquet de casseroles. Elle portait mon blouson de l'équipe de foot du lycée, celui qui avait traîné pendant dix ans sur la banquette arrière jusqu'à ce que je le retrouve en sortant le pick-up du garage. Le T-shirt de Docteur Tête de Nœud était à sa place : dans une poubelle au milieu de nulle part.

Je me garai devant l'entrée principale du manoir sans savoir quoi faire. Elle ronflait si fort qu'on aurait pu croire que je transportais un grizzly. Je n'avais pas la force de la réveiller.

Finalement, je pris son corps frêle dans mes bras et la portai jusqu'à l'intérieur de la maison. Elle serrait ses tongs entre ses doigts tandis que je parcourais l'étage à la recherche de sa chambre. J'ouvris plusieurs portes jusqu'à tomber sur la sienne. Elle était facile à reconnaître : les murs étaient recouverts de posters des Strokes.

Je la mis au lit et la bordai dans ses couvertures comme un bébé, puis je déposai un baiser sur le bout de son nez.

— Au fait, murmurai-je à ma Belle au bois dormant. Je trouve les tongs repoussantes personnellement, mais j'ai quand même envie de te remettre un coup.

Elle bâilla, s'étira et marmonna :

— Et moi, je *te* trouve repoussant personnellement, *précisément* parce que *tout le monde* t'a mis un coup.

— Bienvenue au club, chérie. On a des T-shirts.

— Tant mieux, parce que tu as déchiré le mien.

Mon sexe se dressa dans mon pantalon en entendant sa repartie, mais ça devrait attendre.

— Exact. Je ne veux plus jamais te voir porter quoi que ce soit ayant appartenu à cet enfoiré, lâchai-je d'une voix rauque.

Je dus me retenir de ne pas cracher son nom. Comment il s'appelait, de toute façon ? Declan ? Darren ? Pas d'importance. Elle n'avait plus aucune raison de le prononcer.

— Au secours.

Elle me tourna le dos et se pelotonna sous les couvertures.

— Je suis bien contente de ne pas avoir à te croiser jusqu'au dîner de répétition.

— Ne te réjouis pas trop vite.

J'écartai ses cheveux de son visage. À mon contact, sa peau se couvrit de chair de poule.

— Et pourquoi ça ?

Apparemment, Bébé LeBlanc était douée pour tenir de longues conversations à moitié endormie.

Je me penchai sur elle et pressai ma bouche contre la sienne. Je caressai sa lèvre inférieure du bout de ma langue avant de l'aspirer longuement et intensément entre mes lèvres. Le genre de baiser paresseux et provocateur qui vous faisait fantasmer pendant une semaine en attendant le prochain.

— Parce que j'ai décidé pas plus tard que maintenant que j'emménage au manoir pour passer du temps avec toi, chuchotai-je.

Je marchai jusqu'à la porte, éteignis les lumières et souris dans l'obscurité bleutée de la nuit.

— Surprise, Bébé LeBlanc. À partir d'aujourd'hui, on n'est pas juste voisins. On est colocataires.

Cette nuit-là, je rentrai chez mes parents, je m'emparai de la valise que je n'avais même pas eu le temps de défaire et j'amenai mes affaires chez Vicious. S'il m'interrogeait, je lui dirais que mes parents faisaient des travaux. De toute façon, il y avait peu de chances qu'il fasse le moindre commentaire, étant donné qu'il n'en avait jamais rien à foutre de rien.

C'était mieux comme ça. Mes parents n'avaient pas arrêté de me gaver avec Nina au cours des derniers mois et j'en avais marre d'avoir toujours la même discussion. De plus, je me fichais qu'ils aient autant envie que je *le* rencontre.

Tout ce qui m'intéressait, c'était ma prochaine et dernière conquête. *Elle.*

Le lendemain matin, j'allai chercher Trent à l'aéroport de San Diego. Cette fois, je laissai le pick-up rouge au garage et lui préférai la Volvo XC90 de mon père. Je n'utilisais presque jamais le pick-up de toute façon ; je l'avais fait uniquement parce que Rosie m'avait demandé de garder le secret quant à notre petite escapade de la veille et je ne voulais pas prendre de risques. Pour le moment, tout ce que je souhaitais, c'était l'apaiser.

Si Vicious avait aperçu le pick-up la veille et qu'il me voyait le conduire aujourd'hui, il commencerait à me poser des questions juste pour le plaisir de m'emmerder.

Et une fois qu'il aurait les réponses, on serait bons pour une baston. Non pas que ça me dérangeât particulièrement. Pour moi, lui coller quelques pains équivalait à une séance de méditation. Néanmoins, je préférais éviter les drames si c'était possible. Vicious, en revanche, était le genre d'enfoiré qui adorait en faire des tonnes et transformer un petit rien du tout en un bordel sans nom.

Je me garai en double file devant les arrivées et je baissai mes Ray-Ban pour mieux voir le groupe d'hôtesses de l'air en uniforme bleu qui traversait la route devant moi. Comme si elles pouvaient sentir mon regard, deux d'entre elles tournèrent la tête vers moi et me sourirent. Je leur souris en retour puis je baissai la tête pour consulter l'écran de mon portable.

Jaime
On atterrit à SD dans quatre heures avec les filles. On se voit de l'autre côté, enfoiré.

Vicious
Bonjour, Capitaine MST. J'espère que tu es assez sobre pour lire ça. N'oublie pas d'aller chercher Trent aujourd'hui. Je t'ai envoyé un e-mail avec le plan de table. Appelle-moi quand tu as terminé.

Trent
Relève la tête, on dirait que tu es en train de te branler.

Je relevai la tête en riant et j'aperçus mon meilleur ami qui passait les portes coulissantes de l'aéroport. Dire que Trent Rexroth était beau mec équivalait à dire que le cyanure n'était pas très bon pour la santé. Il faisait tourner les têtes, des femmes comme des hommes. Aucun de nous n'était désagréable à regarder, mais il n'y avait qu'un seul enfoiré qui volait toujours la vedette. Il se dirigea droit vers ma voiture, avec son mètre quatre-vingt-quinze, sa tête d'aristocrate, et toute sa gloire d'ancien quarterback gaulé comme un dieu grec. Toutes les femmes présentes dans le périmètre marquèrent un temps d'arrêt, puis un autre, comme pour s'assurer que ce type était bel et bien un être humain. Quand il grimpa dans mon SUV, deux filles prirent même une photo avec leur portable. Elles le confondaient sûrement avec ce type de la pub. Vous savez, le métis avec les yeux bleus perdus dans le vague pour Calvin Klein.

Trent me donna une tape dans le dos, signe international pour dire « Ça fait plaisir de te voir, mec », et mit sa ceinture.

— Est-ce que c'est moi qui deviens vieux, ou elles qui deviennent moins attirantes ?

Il fit un geste du menton en direction d'un autre harem d'hôtesses de l'air, affublées d'un uniforme rouge, cette fois.

Je décidai de rester fidèle à ma réputation de queutard, même si je n'étais pas trop d'humeur non plus.

— C'est toi qui vieillis. Le moment est peut-être venu de prendre du Viagra.

— Le moment est peut-être venu de fermer ta queule.

Il me lança un regard peu amène puis ouvrit la boîte à gants pour s'emparer du joint que j'avais rangé là pour lui.

— Attends qu'on ait quitté l'aéroport.

Je démarrai et il m'obéit, le nez sur son portable pour consulter ses e-mails en attendant.

— Comment va Luna ? demandai-je en regardant dans le rétro.

Sa fille avait presque un an maintenant. Les bébés n'avaient jamais vraiment été mon truc (je n'avais aucune envie d'en faire un, même si j'adorais m'entraîner) mais Luna avait des petites cuisses potelées comme des croissants, un sourire à croquer, et elle tapait dans les mains et faisait une petite danse bizarre à chaque fois qu'elle me voyait sur Skype. Tout était adorable chez elle. *À part sa mère.*

— Elle va bien, dit Trent après un long silence.

Il regardait par la fenêtre, les sourcils froncés. Trent était une vieille âme. Il n'était pas fait pour le mode de vie qu'on menait. Les femmes, l'argent, l'herbe… Tout ça ne l'amusait pas tellement. Les deux seules choses qu'il aimait vraiment étaient le football (une passion qu'il avait dû abandonner de nombreuses années plus tôt, après une série de blessures pendant notre année de terminale) et sa fille.

Je lui donnai un coup de poing dans l'épaule.

— Mon cul. Je ne te crois pas. Qu'est-ce qui se passe ?

On sortit de l'aéroport et je m'engageai sur l'autoroute déserte. Il était midi, on était samedi, et personne ne se rendait à Todos Santos à moins d'avoir prévu de cambrioler un manoir. Trent avait allumé le joint mais son regard restait éteint.

— Luna se porte comme un charme, insista-t-il.

Je sentais très bien l'énorme « mais » qu'il laissait en suspens.

— Et ?

— Et ce n'est pas le cas de Val, lâcha-t-il d'un air impassible.

Je haussai les sourcils.

Petit résumé : Val était la strip-teaseuse brésilienne avec qui Trent avait couché un soir et qui s'était retrouvée enceinte. Elle était toxico (cocaïne), mais Trent jurait qu'elle était en voie de rétablissement depuis qu'il lui avait payé une cure de désintox qui lui avait coûté les yeux de la tête. Ils n'étaient pas en couple mais ils se partageaient la garde de la petite.

— Elle a recommencé à se droguer ?

— Pas que je sache. Elle est juste… *bizarre.*

— Et en quoi c'est différent de d'habitude ?

J'appuyai sur l'accélérateur, la tête ailleurs.

Rosie avait l'air vraiment mal quand j'étais passé la chercher la veille. Je ne savais pas trop si c'était à cause de Vicious ou du reste de la famille, mais j'aurais parié sur la deuxième option. À part moi, elle était la seule personne que je connaisse qui n'en avait rien foutre des délires égotiques de Vicious et de sa bêtise en général. La voir dans cet état avait remué quelque chose en moi. Ce qui s'était passé entre nous m'avait complètement retourné le cerveau. C'était sans doute ma meilleure partie de jambes en l'air depuis… Merde, depuis *toujours* ? C'était impossible. Néanmoins, j'étais certain de deux choses :

Rosie le regrettait sans doute amèrement à cet instant ;

On allait remettre ça, rapidement, et cette fois, je m'assurerais qu'elle soit sobre.

Trent se tourna vers moi.

— Ça craint, de penser que Val n'aime pas sincèrement notre fille ?

Silence.

— Arrête de délirer, finis-je par répondre.

J'attrapai une balle en mousse sur la console centrale et la lui jetai en riant, même si mon rire sonnait faux.

— Elle ne passe jamais de temps avec elle, reprit-il. Quand Luna n'est pas avec moi, elle est avec la baby-sitter. Je ne dis pas qu'elle ne fait pas d'efforts. Elle essaie. Mais je pense que Luna la rend vraiment malheureuse. Val est habituée au monde de la nuit. Avant ça, elle frottait ses fesses contre une barre verticale pour gagner sa vie. Son réveil sonnait à 14 heures et elle ne se levait pas avant 15 heures. Elle pense que c'est chiant d'être mère.

— Elle trouve aussi que le vol de sperme est une manière acceptable de gagner sa vie, grognai-je en me passant la main dans les cheveux.

Elle était manipulatrice, en effet, et sournoise, c'était certain, et louche comme pas possible, mais au-delà de ce qui devait trouver sa source dans ses problèmes relationnels avec son papa, j'aurais eu tendance à dire qu'elle était plutôt normale. Trent exagérait sûrement. Il mettait la barre beaucoup trop haut quand il s'agissait de l'éducation de sa fille. Il emmenait Luna aux bébés nageurs et l'avait fait participer à des ateliers Gymboree avant même qu'elle ne sache marcher à quatre pattes. Val allait finir par changer d'attitude. C'était une fille forte et Luna ne tarderait pas à sortir de la phase où elle alternait uniquement entre pleurer et chier dans ses couches.

— Je ne sais pas, mec. C'est juste que…

Il haussa les épaules et prit une bouffée sans cesser de regarder par sa fenêtre.

— Parfois, j'ai l'impression qu'il va y avoir un problème et que je ne peux rien faire pour l'empêcher.

— Peut-être parce que c'est le cas. Et peut-être parce qu'effectivement, tu ne peux rien y faire. Ça s'appelle la réalité.

— La réalité, c'est de la merde.

— Il paraît, oui. Il faut que tu lâches du lest et que tu t'assures que *toi*, tu fais ce qu'il faut.

Alors qu'on dépassa le panneau vert qui accueillait les visiteurs à Todos Santos, je tentai de me convaincre de la même chose : lâcher du lest et faire ce qu'il faut.

Avec Nina.

Avec Rosie.

Avec tout.

DEAN
Quoi de neuf, marmotte, pas trop mal au crâne ?

Elle avait lu le message, mais elle ne répondait pas. Elle était probablement en train d'écrire puis d'effacer ce qu'elle venait de dire. Entre obsession, débat, haine de soi, haine de *moi*. Pas grave. Ça faisait partie du processus. Enfin, au bout d'une heure, elle finit par répondre. Un seul putain de mot.

Rosie
Si.

Je fixai le mot, incapable de détacher mon regard de l'écran de mon portable. C'était la première fois de ma vie qu'une fille répondait à un de mes textos avec un seul mot. Cette nana était un vrai centre de redressement pour égocentriques. J'étais en train de taper une réponse quand un autre message me parvint.

Rosie
Je suis désolée. Je suis tellement désolée de ce qui s'est passé. Je n'arrive pas à me regarder dans la glace. Je n'arrive pas à sortir de ma chambre parce que je suis incapable d'affronter Millie. Quel genre de sœur je suis ? S'il te plaît, faisons comme s'il ne s'était rien passé.

Dean
D'accord.

Rosie
D'accord ?

Dean
Si c'est ce que tu veux te dire en attendant qu'on s'envoie de nouveau en l'air, je ne vais pas briser tes illusions. Je pense qu'on devrait aller déjeuner au In-N-Out. Je sens

que le dîner de répétition va être chiant à mourir. Qu'est-ce que tu en dis ?

Rosie
J'en dis qu'apparemment, tu ne sais pas lire. J'ai dit qu'on ne pouvait JAMAIS recommencer.

Dean
J'ai parlé de manger un burger, pas de s'envoyer en l'air sur une terrasse avec une vue romantique sur l'océan Pacifique.

Dean
(Mais si ça te dit, je suis partant quand tu veux.)

Rosie
Non.

Dean
J'amène de l'herbe.

Rosie
NON.

Dean
J'amène mon pénis.

Rosie
Et on peut savoir en quoi ça va nous aider ?

Dean
Après la nuit dernière, je pense que tu connais la réponse à cette question ;

> Rosie
> Hors de question, Devious. Aujourd'hui, tu fais cavalier seul. Oublie ce qui s'est passé. Moi, je sais que c'est ce que je vais faire.

Je souris et relus son dernier message. Elle allait revenir ventre à terre (et j'allais la reprendre dans cette position) en moins de temps qu'il n'en fallait pour le dire.

Après avoir déposé Trent à la nouvelle maison de ses parents, je restai un peu avec Trisha et Darius Rexroth pour prendre de leurs nouvelles. Ils étaient comme ma deuxième famille. Ensuite, j'allai directement à la salle de sport du country club dont mes (vrais) parents étaient membres, pour transpirer un peu. Cogner dans un sac de frappe et courir sur un tapis de course me permit de me calmer. Un peu, du moins.

À la fin de ma séance, je me dirigeai vers le sauna et m'assis sur un banc en bois, le dos contre le mur.

Il faut que tu arrêtes de boire, enfoiré.

Il fallait que j'arrête de faire tout un tas de trucs toxiques, mais quel intérêt après tout ? À quoi bon ne pas se taper trois femmes à la fois, ou ne pas boire jusqu'à perdre connaissance, ou ne pas fumer tous les matins et tous les soirs pour calmer mes nerfs ?

Je n'étais pas malheureux pour autant. J'aimais mon travail. C'était agréable de gagner de l'argent. Et ça l'était encore plus de le dépenser dans des conneries dont je n'avais pas besoin. J'avais aussi une famille formidable que je voulais voir beaucoup plus souvent. Mais les intervalles entre les coups de fil de ma famille, de mes amis et les longues heures que je passais au bureau étaient vides, alors je les remplissais de femmes, d'alcool et d'herbe, tout en poursuivant sans relâche la seule fille dont j'aurais mieux fait de ne pas m'approcher.

— Dean ? Dean Cole ?

Le type qui venait d'entrer dans le sauna me disait quelque chose. Je battis des paupières pour y voir plus clair à travers ma gueule de bois (gracieusement offerte par les quatre gins que j'avais descendus après m'être installé chez Vicious la veille au soir). Je finis par le reconnaître. Matt Burton. On était ensemble au lycée et il était dans l'équipe de foot avec moi. Tout sauf un grand joueur (ce titre était réservé à Trent et moi) mais il était quand même populaire. Il avait pris du ventre. Ça n'avait rien d'étonnant, tout le monde n'était pas un enfoiré vaniteux comme moi. Il perdait ses cheveux aussi. On se tapa dans la main, parce que se prendre dans les bras alors qu'il n'y avait que deux serviettes entre son pénis et le mien aurait été inacceptable. Il se laissa tomber à côté de moi.

— Tu as l'air en forme, dit-il en soupirant.

— Tu as l'air heureux.

Son rire confirma mon impression. Il leva la main gauche et l'agita d'un air triomphal. Il portait une alliance à l'annulaire gauche.

— Je le suis. Je suis marié et j'ai deux filles. Et toi ?

— Tu me connais, répondis-je en haussant une épaule.

Mais apparemment, non, car il restait là sans rien dire, dans l'attente d'une réponse.

— J'étudie encore les différentes options qui s'offrent à moi.

— En Californie ?

Son bourrelet dépassait par-dessus sa serviette. Je baissais les yeux pour regarder mon propre ventre. Mes abdos touchaient à peine le tissu en éponge blanc. Ma peau bronzée collait mes tablettes comme une groupie de l'équipe des Patriots après le Super Bowl. Peut-être que ça rendait Matt heureux de s'empiffrer de tacos. Ce qui me rendait heureux, moi, c'était de m'empiffrer de nanas. Les deux se ressemblaient, mais les nanas étaient moins caloriques. Et puis, on avait toujours de la place pour en reprendre.

— Non, à New York. Et toi ?

Je posais la question uniquement par politesse, car en réalité je n'en avais rien à foutre. Matt était sympa, mais je savais ce qui arrivait à tous mes anciens coéquipiers et tous mes copains de fac qui se mariaient. Ils grossissaient, ils devenaient chiants et étrangement satisfaits de leurs rituels quotidiens ennuyeux. Non, merci.

— Je suis resté ici. J'ai acheté une maison juste à l'entrée de Todos Santos, dans un lotissement qui monte en cote. J'ai obtenu un diplôme de comptable et je viens d'être promu associé dans l'entreprise de mon père.

Bla-bla-bla.

— C'est génial.

Je me levai. J'avais l'impression d'être un peu dans les vapes. Le moment était vraiment venu de me calmer sur la quantité de merdes que je faisais ingérer à mon corps.

— Désolé mais il faut que j'y aille. C'était sympa de te voir, dis-je avant de tourner les talons.

— Dean.

Je sentis sa main sur mon épaule. *Qu'est-ce que sa putain de main faisait sur mon épaule ?* Je me retournai et vis qu'il s'était levé, lui aussi. On se dévisagea mutuellement. Pas comme des amis. Pas comme des ennemis. Pas comme quoi que ce soit. J'avais envie de m'en aller.

— Est-ce que tu vas bien ?

Si j'avais dû choisir une question encore plus énervante que celle-ci, ça aurait été « Est-ce que tu peux te retirer pour jouir ? Je n'avale pas. » Mais « Est-ce que tu vas bien ? » arrivait en deuxième position, ça ne faisait aucun doute.

— Oui.

Je m'abstins de demander pourquoi. Je me foutais de savoir la raison pour laquelle il posait la question.

Il m'offrit un sourire embarrassé et retira sa main de mon épaule.

— Tu sais, j'ai toujours cru que tu te marierais avec LeBlanc. Il y avait cette étincelle entre vous.

Je laissai échapper un petit rire. Pas aigri, juste amusé.

— Qui ? Millie ?

Il secoua la tête, les sourcils froncés.

— Non. L'autre. Celle qui venait toujours aux matches avec ses copines et qui te dévorait des yeux. C'était un sacré canon. Enfin, un canon qui n'écartait pas les cuisses. De toute façon, elle avait l'air d'avoir un peu trop une grande gueule.

Rosie.

Toujours aussi canon.

Entendre quelqu'un d'autre le dire réveilla l'enfoiré jaloux qui sommeillait en moi. J'eus aussitôt envie de lui coller mon poing à la figure. Peut-être que c'était parce que je pouvais encore sentir la bouche de Rosie sur mon épaule, son sexe brûlant sur mes lèvres, et ses gémissements qui glissaient sur ma peau. Dans tous les cas, ça suffit à me faire plaquer Matt contre le mur et à lui murmurer sur un ton assassin :

— Tu sais quoi, Matt ? La prochaine fois que tu parles de Rosie LeBlanc en ces termes, assure-toi que je ne suis pas dans le coin. Parce que, si je t'entends, je te botterai le cul à tel point que tu ne seras plus en état de voir à quoi elle ressemble désormais. Au fait, elle continue à être plus belle que toutes les femmes qui accepteront jamais de te toucher, et tu as raison, Einstein, un jour, elle sera ma femme. Salut.

10

Rosie

Qu'est-ce qui te fait te sentir vivante ?

Les regrets. Car les regrets nous rappellent que notre vie pèse dans la balance. Parfois, elle est plus lourde. Parfois, elle est plus légère.

Chère mémoire sélective,
J'ai vraiment besoin de toi.
Bien à toi,
Une fille désespérément stupide.

Assise sur mon lit avec ma veste vibrante sur le dos, je fixais les murs recouverts de posters tout en me repassant les événements de la nuit dernière seconde par seconde.

Débile, débile, débile.

C'était moi qui étais débile. Pas Dean. Dean s'était simplement contenté de prendre ce que je lui avais bêtement offert sous l'influence de l'alcool. Bon sang, il avait été la voix de la raison (voilà une phrase que je n'aurais jamais cru prononcer de ma vie, même dans ma tête) qui m'avait demandé si j'étais trop soûle. Dean, qui avait été gentil au point de me border dans mes couvertures.

Vous savez que vous touchez le fond quand M. Queutard des Grands Soirs est votre chevalier servant en armure Brook Brothers.

Ç'avait été un moment de faiblesse et ça ne se reproduirait pas. Ce soir, j'allais me tenir à carreau pendant le dîner de répétition. Millie n'avait qu'une demoiselle d'honneur (votre servante) et je n'allais pas tout foutre en l'air. Pas après tout ce qu'elle avait fait pour moi.

En plus, pour autant que je sache, on n'avait jamais couché ensemble, Dean et moi. Et ça n'avait certainement pas été la meilleure partie de jambes en l'air de ma vie (tellement obscène et excitante que je n'avais même pas de point de comparaison). Si un arbre tombait dans la forêt mais qu'il n'y avait personne pour l'entendre, c'était comme s'il ne faisait pas de bruit, pas vrai ?

Autrement dit, ce que Millie ne savait pas ne pouvait pas lui faire du mal. Alors je n'allais rien lui dire, et Dean non plus.

Un coup frappé à la porte me força à appuyer sur le bouton « Pause » alors que je me repassais la scène où Dean avait plaqué sa langue brûlante contre mon sexe avant de me mordre le clito. *Ça n'est jamais arrivé*, me rappelai-je. Je me redressai et écartai mes cheveux de mon visage.

— C'est ouvert.

Millie entra avec un plateau rempli de bonnes choses à manger. Et un sourire d'excuses aux lèvres. Elle se sentait sans doute coupable après ce qui s'était passé la veille. Je lui souris à mon tour et ouvris le tiroir de ma table de nuit.

— Petit déjeuner, annonça-t-elle.

— Dessert, annonçai-je sur le même ton.

Être une mordue de musique avait ses avantages. Millie était passionnée de punk et de musique alternative, elle aussi, mais contrairement à moi, elle n'avait pas le temps de dénicher les petits groupes indie qui montaient et tentaient de se faire connaître. Elle n'avait pas le temps de les faire sortir de leur tanière pour les chasser. Alors, quand je venais la voir, je m'assurais d'avoir toujours un tas de démos à lui faire découvrir.

J'agitai une clé USB Beetlejuice sous son nez.

— Attends d'avoir entendu la voix de Zack Wade. Il est aussi doué pour jouer de la guitare que pour jouer avec tes hormones.

Elle plaça le plateau recouvert de pancakes, de sirop d'érable et de café sur ma table de nuit en grommelant :

— Mes hormones vont très bien.

Elle se mordit la lèvre inférieure. En la regardant de plus près, je vis qu'elle avait les yeux injectés de sang et les cheveux en pagaille.

— Tu es sûre que ça va ?

Je me levai pour la serrer dans mes bras. Je portais encore la veste vibrante et il y avait un tube géant entre nous mais on était habituées.

Millie se laissa aller contre moi, molle comme une poupée de chiffon. Il valait mieux pour Vicious qu'il n'ait rien à voir là-dedans. Pour sa défense, je devais reconnaître que depuis qu'ils s'étaient mis ensemble, il s'était toujours comporté de manière irréprochable avec Millie. Dommage qu'il se conduise comme le dernier des enfoirés avec le reste du monde.

Elle balaya ma question d'un geste de la main et se redressa.

— Oui ! J'ai dû manger un truc qui ne passe pas, ou alors c'est juste le stress du mariage. Vicious m'emmène chez le médecin dans pas longtemps. Il est déjà 10 heures et tu n'es toujours pas sortie de ta chambre. Je suis venue voir si *toi*, tu allais bien.

Je n'allais pas bien. J'étais le contraire de bien. *J'étais juste trop occupée à fantasmer sur ton ex. Encore quelques secondes et je glissais une main dans ma culotte.*

— Je suis désolée.

Je la serrai à nouveau contre moi et posai mon menton sur son épaule.

— J'ai profité du fait d'être en vacances. Normalement, j'ouvre le café à 6 h 30 et je ne me couche jamais avant 10 ou 11 heures du soir.

— Tu fais toujours du bénévolat avec les bébés ?

Elle retroussa le nez et je baissai les yeux, en attendant qu'elle me fasse une nouvelle fois la leçon.

— Il faut que tu arrêtes, dit-elle doucement.

— Ce n'est pas près d'arriver.

— Tu te fais du mal. Pourquoi est-ce que tu fais ça ?

Parce que je ne pouvais pas être bénévole ailleurs. Tous les autres endroits (hôpitaux, cliniques, hospices) étaient pleins de gens malades, et mon système immunitaire était aussi fragile que mon cœur quand il s'agissait d'un certain Hot Hero.

— Crois-moi, je ne suis pas une sainte. Si je n'aimais pas ça, je ne le ferais pas. Et toi ? Hâte d'être à la répétition de ce soir ?

Mon changement de sujet la fit soupirer. Elle se laissa tomber sur les coussins. Je me rassis mais je ne m'allongeai pas pour regarder le plafond comme elle. Je ne pouvais pas avec ma veste.

— Oui. Enfin, je crois. Mais ce que j'attends vraiment avec impatience, c'est l'enterrement de vie de jeune fille. Ça va nous faire du bien de passer du temps ensemble.

Millie et moi avions été séparées seulement pendant mon année de terminale, avant que je ne prenne l'avion pour New York pour la rejoindre. Alors forcément, après avoir vécu ensemble pendant des années, ça changeait de vivre chacune à l'autre bout du pays.

— Tu veux que je t'accompagne chez le médecin ? proposai-je en lui caressant les cheveux. Je peux aller te chercher du café, garder ta voiture si tu ne trouves pas de place de parking. Être ta bonniche.

— Pas la peine.

Elle détourna le regard et posa ses mains sur ses cuisses, mais elle ne les frotta pas.

Je n'étais pas stupide. Les symptômes ne trompaient personne.

Elle était malade le matin, elle avait passé toute la journée de la veille dans le cirage, et notre mère ne la laissait rien soulever. N'empêche, avant d'être une ancienne étudiante en école d'infirmière et un être humain avec un cerveau fonctionnel, j'étais une sœur. Une sœur qui savait que sa sœur ne lui cacherait pas une nouvelle pareille.

Parce que je ne voulais rien de plus au monde que voir Millie heureuse.

Et je savais qu'un bébé rendrait Millie très, très heureuse.

— Tu me caches quelque chose ? demandai-je d'une voix aussi neutre que possible.

— Tout va bien, dit-elle d'un ton un peu sec.

Elle me caressa le bras, comme elle le faisait toujours pour me calmer.

— Ça ne répond pas à ma question.

— Et pourtant, c'est la réponse que je te donne.

Elle s'éclaircit la gorge.

— Sois sympa, Rosie-puce. Je me marie dans quelques jours. J'ai bien le droit d'être un peu à côté de mes pompes.

Elle n'avait pas tort. J'éteignis la machine qui était attachée à la veste puis suivis le rituel habituel qui consistait à tout plier et tout ranger. Après ça, on discuta encore un peu, notamment des préparatifs du mariage et du fait que sous certains angles je ressemblais un peu à Emma Stone (c'était elle qui le disait… pas moi).

— Bonne chance pour ton rendez-vous, dis-je quand j'entendis Vicious l'appeler depuis le rez-de-chaussée.

Elle me sourit et sortit de ma chambre. Le plateau était toujours à côté de mon lit et je savais qu'il resterait intact jusqu'à ce que je le rapporte à la cuisine. J'avais perdu l'appétit la veille au soir et je ne le retrouverais sans doute jamais.

Je me laissai retomber sur mon lit et je fermai les yeux, en tentant d'ignorer le marteau piqueur dans ma tête et la voix de ma mère qui criait à mon père d'aller au supermarché pour acheter des Twinkies à Millie.

Ils ne m'avaient pas parlé de la matinée et, étant donné que Millie n'avait pas abordé le sujet, j'en déduisais que j'étais toujours en disgrâce. La vérité, c'était que ça ne me dérangeait pas d'y demeurer pour le reste de mon séjour.

Je n'allais pas m'excuser pour qui j'étais. Ni pour ce que je voulais être.

Indépendante et libre.

11

Dean

J'étais en train de répondre à des e-mails et de gérer des conneries administratives quand Vicious me rejoignit sur le balcon et se laissa tomber sur le canapé en face de celui où j'étais assis. À en juger par le sourire éclatant de petit morveux qui illuminait son visage, soit quelqu'un était mort, soit il avait une nouvelle qui allait me retourner le cerveau, à défaut de le faire exploser. Il ne faisait pas exprès d'être un enfoiré. Je pense qu'il était né comme ça, tout simplement.

Heureusement que je pouvais me réfugier sur la terrasse pour travailler, parce que j'étais incapable de me concentrer ailleurs. J'avais vu la mère de Rosie frapper deux fois à sa porte et geindre pour qu'elle fasse ceci ou cela. Rosie lui avait à peine répondu. J'avais aussi entendu leur père se plaindre à Millie dans le couloir et lui dire qu'elle n'avait qu'à acheter un billet d'avion à sa sœur et prendre sa décision à sa place.

— Son irresponsabilité finira par lui coûter la vie, l'avais-je entendu déclarer.

— Je commence à avoir des cheveux blancs à cause d'elle. Tu te rends compte ? avait ajouté leur mère.

Bande d'enfoirés.

— Salut, connard, me lança Vicious.

— Bonjour, enfoiré.

J'attrapai le joint qui était calé derrière mon oreille et je l'allumai en regardant Vicious comme s'il avait pissé dans un des quatre bols de soupe sur la table, sans que je sache vraiment lequel. Je me méfiais toujours de lui. Et réciproquement.

— Le partage, c'est la vie, dit-il en hochant le menton en direction du joint.

Je le lui tendis en crachant la fumée de la bouffée que je venais de prendre.

— On peut savoir ce que tu fais réellement ici ? J'ai vu Eli en ville ce matin en conduisant Em à son rendez-vous chez le médecin. Tes parents ne sont pas en train de faire des travaux.

Je posai mon MacBook sur la table basse et me laissai aller contre le dossier du canapé. Je jouai quelques instants avec mon Zippo pendant que je réfléchissais à sa question. Finalement, je décidai d'annoncer la couleur sans prendre de gants.

— Je prends Bébé LeBlanc en chasse.

— J'espère pour toi que tu parles de Rosie et pas de mon futur enfant.

— Au secours.

Je levai les yeux au ciel et me penchai pour lui reprendre le joint.

— Et après, les gens disent que c'est *moi* qui suis tordu.

— En tout cas, ce n'est pas trop tôt. On peut savoir pourquoi tu as attendu aussi longtemps ?

Vicious souriait. Il n'était pas fâché. Il n'était même pas étonné. À ma grande surprise, il n'était même pas contre.

Je haussai les épaules.

— Je ne savais pas qu'elle était à New York. Et quand je l'ai su et qu'elle a emménagé dans l'appartement, elle avait un copain. Elle est célibataire à présent. Pas pour longtemps.

Vicious haussa les sourcils, sceptique. Il n'en avait rien à foutre que je me lance à la poursuite de Rosie. Ça lui paraissait logique. Et pourquoi ça ne l'aurait pas été ? En revanche, sa future femme aurait sans doute un avis différent sur la question.

Millie et moi étions courtois l'un avec l'autre mais elle ne me faisait pas confiance. Ce qui était ironique, compte tenu de *notre* passif.

— Ça ne va pas plaire à Emilia.

— Ça ne m'a pas plu quand Emilia a commencé à s'envoyer un de mes meilleurs amis, mais je m'en suis remis. Assez rapidement, d'ailleurs, si je puis me permettre.

— Fais attention à ce que tu dis, répliqua Vicious avec un regard assassin avant de sourire. Tu m'as pris dix pour cent de la société.

— Et je te les ai redonnés, dis-je en souriant à mon tour.

— En échange d'un sacré paquet de fric.

— Que tu as. Tu es milliardaire. On sait tous les deux que tu as payé parce que j'avais besoin de te faire payer. Tu pourrais te torcher avec deux fois plus d'argent que ce que tu m'as versé et tu ne te rendrais même pas compte du trou dans ton compte en banque. C'était une leçon. Tu n'as rien appris ?

— Si, répondit-il en me regardant d'un sale œil. J'ai appris que tu étais un enfoiré au même titre que moi, sauf que tu le dissimules beaucoup mieux. Millie pense que tu es un aimant à problèmes.

Ce fut mon tour de lui servir mon sourire façon « Je n'en ai rien à foutre. » Je n'allais même pas essayer de me défendre. À quoi bon ?

— Et j'ai tendance à être du même avis, ajouta-t-il en s'emparant du joint.

Je portai ma main à ma poitrine et agrippai mon T-shirt Armani orange en grimaçant.

— Arrête, tu me brises le cœur. Enfin, je survivrai, j'imagine.

— Ta survie dépend strictement de la façon dont ton histoire va se goupiller avec Rosie. Si tu l'utilises, que tu foires, et que *tu* lui brises le cœur, il faudra que je choisisse mon camp.

Je savais quel camp il choisirait. Vicious et moi étions réellement bons amis. On s'appelait tout le temps, on rigolait bien ensemble... Mais on ne se faisait pas entièrement confiance. C'était comme ça. Il n'y avait jamais eu la moindre compétition entre Jaime et Trent, ou Trent et moi, ou Vicious et Jaime. Mais il y avait toujours eu une guerre silencieuse et sanglante entre Vicious et moi.

Et je savais pertinemment pourquoi je nourrissais des sentiments négatifs envers lui : parce que je me retrouvais en lui et que je détestais ça.

La cruauté.

La frustration.

La brutalité qui se cachait sous le sourire éclatant et les costumes hors de prix.

— Tu me menaces ? Comme c'est mignon.

Je pris une dernière bouffée sur le joint avant de l'écraser dans le cendrier qui trônait au centre de la table basse.

— Je ne suis pas une petite sudiste innocente, Vic. Tu ne me fais pas peur.

Il se leva.

— Tu n'as pas intérêt à merder.

Je savais ce que sa phrase sous-entendait : *mais j'assure tes arrières.*

Je m'ébouriffai les cheveux.

— Tu n'as pas merdé avec Millie.

Merci, mon pote.

— Ça n'est pas passé loin.

Ne fais pas les mêmes erreurs que moi.

— Je suis plus malin que toi.

Ça ne risque pas.

— J'espère bien.

Alors qu'est-ce que tu attends ? Vas-y.

Dean
Qu'est-ce que tu fais ?

Rosie
Je trie des démos. J'écoute de la musique. J'essaie de ne pas me jeter du balcon. Et toi ?

Dean
On déjeune au In-N-Out ? On peut aller à la plage avant la répétition. Traîner, se détendre.

Rosie
Tu m'as déjà posé la question. La réponse est toujours non.

Dean
Pourquoi ?

Rosie
À cause de ce qui s'est passé hier soir.

Dean
Qu'est-ce qui s'est passé hier soir ?

Rosie
Je suis si peu mémorable que ça ?

Dean
Tu as dit que tu voulais que j'oublie. Mais c'était un mensonge, pas vrai ?

La vérité, c'était que Bébé LeBlanc ne savait pas ce qu'elle voulait. Elle se sentait coupable et, en même temps, elle était en manque.

Ça avait toujours été comme ça, sauf que cette fois j'allais la pousser dans ses derniers retranchements sans relâche jusqu'à ce qu'elle tombe de son trône d'hypocrite moralisatrice.

Rosie
Arrête de m'écrire.

Dean
J'ai vu ta mère qui se dirigeait vers ta chambre. Elle va encore te prendre la tête si tu restes là. Viens avec moi. Je ne te toucherai pas, promis.

Rosie
Qu'est-ce que tu as à y gagner ?

Dean
Toi.

Simple. Honnête. *Vrai.*

J'avais voulu être avec elle depuis que Millie était partie. Sans doute même avant ça. Bon, OK, *incontestablement* avant ça. Mais j'avais attendu. J'étais resté à ma place. Moi aussi, je pouvais être patient. Comme Jacob.

Elle ne répondit pas tout de suite. Autrement dit, elle réfléchissait. Elle avait envie de me voir. C'était une semaine difficile pour elle. Je décidai d'en remettre une petite couche, gentiment.

Dean
Je veux en savoir plus sur ce que tu écoutes comme musique. Et toi, tu veux dégager d'ici. On sera rentrés à temps pour le dîner.

Rosie
Dean…

Dean
Pas touche.

Rosie
Bon. D'accord.

La vie était faite de petites victoires.

J'étais sur le point d'aller la chercher dans sa chambre quand mon portable s'alluma. *Nina*. Je savais pourquoi elle appelait et j'étais tenté de lui répondre. Elle avait quelque chose qui m'appartenait et que je voulais, mais le prix à payer pour l'obtenir était beaucoup trop élevé. Et je ne parlais pas de l'argent, même si elle demandait un paquet. Non, je parlais de sa *liberté*.

Je lui avais tout donné. Mon temps. Mon cœur. Ma dévotion. Et elle avait tout balancé.

J'étais du genre « Dupe-moi une fois, honte à toi, dupe-moi deux fois, tu peux crever la bouche ouverte. » Je ne croyais pas aux secondes chances, sauf quand il s'agissait de Rosie. C'était pour ça que je l'avais laissée partir et je m'étais contenté de maintenir notre relation vaguement en vie.

Je n'aurais pas dû avoir autant envie de répondre au téléphone et de mettre un terme à tout ça.

Mettre fin à tous les points d'interrogations, à l'horrible questionnement sans fin, au brouillard et à l'inconnu.

Je n'aurais pas dû. Et pourtant…

12

Rosie

Onze ans plus tôt

Qu'est-ce qui te fait te sentir vivante ?

Ma famille. Leurs imperfections. Leur amour inconditionnel. Leur inquiétude perpétuelle. Leur dévouement à une cause perdue : moi.

La nuit précédant le départ de Millie pour New York avait ressemblé à toutes les autres nuits. On avait dormi dans le même lit, même si on avait chacune notre chambre. Les pieds appuyés contre le mur, les yeux fixés au plafond tandis qu'on serrait un oreiller ou qu'on se serrait l'une l'autre. C'était notre position de prédilection. Parfois, on se mettait sur mon lit. Parfois, on se mettait sur le sien. Je détestais le fait que j'adorais dormir dans son lit parce que ça sentait comme lui. Son odeur était partout.

Sur ses draps. Sur son bureau. Dans mon âme.

Cette fois, on était dans ma chambre. Les étoiles qui brillaient dans le noir nous couvaient du regard. J'avais toujours adoré les étoiles. Elles me rappelaient à quel point mes problèmes étaient minuscules à l'échelle de l'Univers.

— J'ai couché avec Dean, murmura-t-elle en prenant ma main dans la sienne.

Je me raidis et fermai les yeux. *Pense aux étoiles.*

Tout s'arrêta. Mes poumons étaient en feu, mon corps me faisait mal et des larmes me brûlaient les yeux. Toute la pièce s'obscurcit tandis que ma respiration devenait irrégulière. Ma sœur n'était pas au courant. Elle qui était pourtant si perspicace, qui savait tout sur moi, sur mon corps, sur mon état de santé, mes amis, mes goûts musicaux, elle n'avait pas la moindre idée de l'effet que me faisait son petit ami. Rien qu'en entendant son nom, mon rythme cardiaque s'emballait. Mon estomac se nouait et des vagues de chaleur me submergeaient les unes après les autres. Mais elle était trop aveuglée par ses propres sentiments pour se rendre compte des miens.

Je me forçai à lui sourire.

— C'était bien ?

Je la détestais. Je le détestais. Mais surtout, je *me* détestais.

Elle haussa les épaules.

— C'était une erreur.

— Tu crois ?

— Je ne crois pas. Je *sais.*

Par chance, on continuait à fixer le plafond au lieu de se regarder l'une l'autre.

— Notre relation est une erreur, de toute façon. Je pense qu'il est avec moi parce qu'il essaie de me protéger de Vicious. Il ne comprend pas que ça ne fait que mettre de l'eau sur le feu.

— Et toi ? parvins-je à demander en dépit de l'envie de pleurer qui me nouait la gorge.

— Moi…

Son étreinte autour de ma main se resserra.

— J'aime bien Dean. Tout le monde l'aime bien. Il est génial. Mais je ne…

Ne l'aime pas. Pas comme moi.

— On essaie de faire en sorte que ça marche entre nous, sauf qu'il manque quelque chose. *La magie.* Il dit qu'il est investi à cent pour cent. Et il se comporte comme tel, aussi. Mais il ne m'a jamais demandé mon avis concernant Harvard, par exemple. Je ne lui en veux pas… N'empêche qu'il s'y est présenté, inscrit et qu'il a organisé son truc sans moi. Enfin bref… Ça ne fait rien. Ce n'est pas comme si j'avais envie de partir avec lui. Rosie ?

— Oui ?

— C'est quoi, ton rêve ?

Je clignai des paupières sans répondre. Je continuais à me battre pour empêcher les larmes de couler, et pas seulement parce qu'elle avait perdu sa virginité avec le mec que j'aimais. Je répondis après plusieurs secondes passées à tenter de réguler les battements de mon cœur.

— Je n'en ai pas.

— Pourquoi ?

— À quoi ça servirait ? Je n'aurai pas le temps de le réaliser.

Au lieu de me contredire, Millie se tourna vers moi, me caressa la joue et tenta une approche différente :

— Et si le temps n'était pas un problème ?

— Dans ce cas… Je pense que j'aimerais bien être mère. Bien sûr, je veux être indépendante financièrement. Devenir infirmière ou graphiste, un truc comme ça. Mais ce que je veux vraiment, c'est prendre soin de quelqu'un et l'aimer de façon inconditionnelle. Et naturellement, j'aimerais faire ça dans un endroit cool.

— Je pense que tu ferais une maman géniale. Où est-ce que tu vivrais ?

— New York ? répondis-je d'un air songeur.

Elle sourit. Je ne savais pas qu'elle partait là-bas. Je ne savais même pas qu'elle partait, tout court.

— Oui. La Grosse Pomme. Ça me semble être le bon endroit pour disparaître.

Elle sourit à nouveau dans l'obscurité.

— Alors c'est là que je t'emmènerai.

Dean

Onze ans plus tôt

Je tapai dans la main de Matt Burton après le match, puis j'entrepris de retirer la boue de mes chaussures. La saison de football s'était achevée plusieurs mois auparavant et on avait été diplômés une semaine plus tôt. Néanmoins, on jouait encore des matches amicaux dans les villes voisines de temps en temps, surtout contre d'autres écoles privées qui faisaient partie de la ligue de football hors de prix à laquelle All Saints High s'inscrivait chaque année.

On avait gagné. Avec Trent qui était condamné à nous regarder jouer depuis le banc de touche (son plâtre était jaune, vieux et puait la mort), c'était à moi qu'incombait la tâche de guider les Saints de All Saints High contre les Rangers de St. John. Ils nous menaient de vingt-cinq points. Revenir au score était impossible. Jusqu'à ce qu'on y arrive et qu'on marque dix-neuf points en plus dans le dernier quart. On s'était qualifiés pour tout. On jouait comme des dieux, et en tant que premier quarterback qui jouait son tout dernier match pour son lycée, je n'avais pas manqué de remarquer que l'absence de Vicious sur le terrain (il était en vacances à Hawaï) ne faisait pas la moindre différence.

Non seulement on n'avait pas besoin de lui, mais je me rendais aussi compte que son sale caractère et ses encouragements pourris nous déconcentraient.

Il avait joué le match de flag précédent à Monterey. Et on avait perdu.

— J'adore les mêlées, dit Burton en me tapant dans le dos.

Je lui donnai une tape dans le dos à mon tour. Jaime s'approcha de moi, ses cheveux blonds collés à son front par la sueur qui faisait couler les peintures de guerre sur son visage.

— Super lancer, me dit-il.

Il frotta les traits noirs sur ma joue comme s'il était ma foutue petite amie.

— Super tout, mec. C'est de moi qu'on parle.

J'embrassai mes biceps avec le plus grand sérieux, mais il savait que je plaisantais. Il me donna un coup dans le ventre et rit tandis qu'on rejoignait notre coach sous la pluie. Vingt minutes plus tard, on était dans les vestiaires pour prendre une douche avant de rentrer à Todos Santos. On allait passer la nuit dans le bus, mais les neuf heures de route n'étaient pas grand-chose comparées à l'heure de gloire qu'on venait de vivre.

Après m'être douché, je sortis des vêtements propres de mon sac de sport. Un bout de papier coincé entre mes affaires tomba par terre. Je l'attrapai avant qu'il ne soit mouillé et reconnus aussitôt l'écriture de ma copine. Est-ce qu'elle m'avait écrit une lettre pour me souhaiter bonne chance ? C'était bien le style de Millie. Elle était tellement adorable que c'était trop, parfois. Je commençai à lire, un petit sourire aux lèvres.

Dean,
Je n'ai jamais rien fait d'aussi difficile. Je ne sais même pas par où commencer. Je veux que tu saches une chose avant de continuer à lire : ce n'est pas ta faute. Je tiens tellement à toi. Tu m'as donné ce que personne d'autre ici ne m'avait jamais donné : la sécurité, le respect, le temps, et l'amour.

Mon sourire s'effaça, remplacé par un froncement de sourcils.

Ça ne ressemblait pas à un petit mot d'encouragement. On aurait plutôt dit un mot d'*adieu*. Quelqu'un me tapa dans le dos en passant derrière moi. Un autre coéquipier cria dans mes oreilles. Je les remarquai à peine.

Il faut que je parte. Crois-moi, quand je dis qu'il le faut, je n'exagère pas. Il s'est passé quelque chose que je ne peux pas défaire. Et étant donné que je veux par-dessus tout éviter de te compliquer la vie, je préfère partir. N'essaie pas de me retrouver. Ça ne fera qu'aggraver les choses. Je veux que tu réalises tes rêves et que tu vives ta vie.
Je ne mérite pas ta loyauté, Dean. Je ne l'ai jamais méritée.

Je pris une grande inspiration avant de lire le dernier paragraphe.

Tu es la personne la plus vivante que je connaisse. C'est dur de partir loin de toi, mais ça serait encore plus dur de rester à Todos Santos. J'espère que tu comprends et qu'avec le temps tu trouveras même le courage de me pardonner.
J'ai rencontré quelqu'un d'autre.
Avec tout mon amour,

Millie

Dean

Onze ans plus tôt

Qu'est-ce que je fabriquais ici à frapper à leur porte ? Et surtout, quelle sœur j'espérais trouver de l'autre côté ? Millie ou Rosie ?

Je connaissais la réponse, en réalité. Mais l'admettre me donnait l'impression d'être le dernier des abrutis.

C'était fini entre Millie et moi et c'était mieux comme ça. Je savais à quoi ressemblait le véritable amour. Je l'avais vu entre Jaime et Mel, notre prof de littérature. C'était comme s'asperger mutuellement d'essence avant de brûler ensemble. C'était comme danser avec la folie dans le noir tout en étant ébloui par sa lumière. C'était comme avoir désespérément besoin d'oxygène alors qu'on en avait déjà plein les poumons.

Ce n'était pas *ça*, l'amour.

Maintenant qu'elle était partie, mes pensées dérivaient sans cesse vers sa sœur. Le pire, c'était que je n'étais pas fâché contre Emilia. J'étais plutôt un poil frustré. Et…

Ne dis pas soulagé. Ne le pense même pas, idiot.

Et pourtant… Je l'étais, bordel.

Charlene LeBlanc ouvrit la porte. Elle ne tenta même pas de cacher qu'elle avait attendu que je me pointe sur son perron à 7 heures un dimanche matin. Ou qu'elle avait passé des heures à pleurer, à en juger par sa tête.

— Est-ce que je peux voir votre fille ?

Involontairement, je n'utilisai pas de prénom parce que je voulais que ce soit le destin qui décide. À part les fois où je la croisais au lycée en train de tortiller des fesses dans sa jupe en jean tout en donnant des leçons aux gens sur l'histoire du punk rock britannique, ça faisait des mois que je n'avais pas vraiment vu Rosie. J'étais tout le temps avec Millie, même si, apparemment, celle-ci ne m'avait jamais vraiment vu en fait.

— Elle est partie.

Sa mère se tapota le nez avec un mouchoir qui avait sérieusement besoin d'un remplaçant.

— Elle ne répond pas à mes appels. Qu'est-ce qui s'est passé ? Vous vous êtes disputés ?

Je secouai la tête. La dernière fois que j'avais parlé à Millie, on prévoyait d'aller au cinéma. On n'avait pas couché ensemble depuis la première fois, quand on avait fêté ses dix-huit ans. Je pense qu'on ne le sentait pas ni l'un ni l'autre, mais ça ne servait à rien de l'admettre à voix haute. J'allais partir pour Harvard dans quelques semaines.

— Non, madame. Je suis aussi étonné que vous.

Elle m'invita à entrer. Je passai en revue avec elle toutes les fois où j'avais vu Millie au cours du dernier mois, à l'exception du moment où je l'avais déflorée. Je tenais à ma vie. Charlene avait l'air folle d'inquiétude et au bord de la crise cardiaque. Son mari ne tarda pas à nous rejoindre et il me posa davantage de questions, comme s'il essayait de m'arracher des aveux que je ne devais à personne.

Enfin, après une demi-heure, Rosie émergea de sa chambre. C'était à elle que je voulais parler. Si quelqu'un avait des réponses, ou même des bribes d'informations, c'était bien elle.

— Je peux te parler une minute ? demandai-je en me levant de ma chaise.

Elle était mal réveillée et elle portait un simple débardeur des New Yorks Dolls trop grand qui dévoilait ses jolies jambes, interminables. Je détournai le regard pour éviter de bander malencontreusement devant ses parents.

— Tu me retrouves au bord de la piscine ?

Elle acquiesça, trop étonnée et endormie pour protester. Quelques minutes plus tard, elle me rejoignit, avec rien d'autre que son foutu débardeur et une paire de tongs. J'admirais sa dévotion aux tongs, même si j'avais envie de les brûler à chaque fois que j'entendais le claquement du plastique. Je me levai de la chaise longue où j'étais assis et me mis à faire les cent pas, les mains croisées dans la nuque.

— Où est-ce qu'elle est ?

Rosie baissa les yeux sans répondre.

— D'accord. Tu n'es pas obligée de me le dire. Mais est-ce que tu sais où elle est ?

— Oui. Elle m'a envoyé un texto tout à l'heure.

— Est-ce qu'elle est en sécurité ? demandai-je d'une voix étranglée.

J'étais inquiet pour Millie mais je me faisais aussi du souci pour Rosie. Elle était extrêmement attachée à sa grande sœur. De mon côté, je savais que je ne mettrais pas longtemps à me remettre de la rupture. C'était surtout mon ego qui souffrait, dans cette histoire.

— Elle est en sécurité, confirma Rosie en se lissant les cheveux.

— Est-ce que tu sais pourquoi elle est partie ?

— J'ai ma petite idée.

— Et qu'est-ce que tu attends pour m'en faire part ? Un carton d'invitation ?

Elle secoua la tête.

— Je suis désolée, Dean, dit-elle gentiment sans me tenir rigueur de mon ton désagréable. Je sais que je te mets dans une situation horrible mais je ne peux rien te dire. Je refuse de trahir sa confiance.

Il y eut un bref silence, puis nos bras se trouvèrent et on se serra avec l'énergie du désespoir. Comme si on essayait de se purger de la vérité et des mensonges et de tout ce qui nous séparait. Mais de mon côté, notre étreinte voulait aussi dire bien plus.

Je ne veux pas que tu meures.

Je ne veux pas arrêter de te voir après mon départ à la fac.

Je suis tombé amoureux de toi à la minute où tu m'as ouvert la porte, et maintenant j'ai aussi mal que si tu m'étais passée dessus avec un camion, et je n'ai pas la moindre idée de comment mettre de l'ordre dans tout ce bordel.

Plusieurs minutes passèrent avant qu'on ne s'écarte enfin l'un de l'autre. Quand je la regardai, je vis que son visage était baigné de larmes. Je savais que c'était rare. Au lycée, elle donnait l'image d'une peste féroce et personne n'aurait jamais osé lui marcher sur les pieds.

— Merci, lui dis-je.

Pour l'étreinte. Et peut-être même pour les larmes.

Elle me caressa doucement le torse.

— Tu mérites quelqu'un qui soit à toi et à toi seul. Pas à quelqu'un d'autre.

— Rosie, lançai-je alors qu'elle avait déjà repris le chemin de la maison des domestiques.

Ça ressemblait à un au revoir, et je n'en voulais pas. Il fallait que je trouve un moyen de la faire rester. Elle tourna la tête pour me regarder par-dessus son épaule.

— Donne-moi de tes nouvelles.

Elle sourit.

— C'est exactement ce qu'on ne doit pas faire. Se donner des nouvelles.

13

Rosie

Qu'est-ce qui te fait te sentir vivante ?

Chanter comme si personne ne m'écoutait. Danser comme si personne ne me regardait. Manger comme si les calories n'existaient pas.

— Ça s'appelle maytchup parce que c'est un mélange entre mayo et ketchup, expliquai-je à Dean.

On était assis sur le capot de sa Volvo, en train de manger un In-N-Out face à l'océan, sur une colline où personne ne pouvait me crier à quel point je les décevais. J'utilisai une frite pour mélanger la mayo et le ketchup et en faire une sauce orange puis je mordis dedans avec gourmandise. Dean prit une bouchée de son hamburger (il n'avait pas commandé de frites) et se tourna vers moi. J'avais évité de le regarder pendant tout le trajet. Je ne pouvais pas voir ses yeux sans me rappeler à quel point son regard m'avait fascinée pendant qu'il me prenait comme une bête. Je ne pouvais pas regarder ses lèvres sans me rappeler comment elles avaient aspiré avidement mon clitoris. Et bien sûr, je pouvais encore sentir son sperme chaud sur mes côtes, même s'il l'avait nettoyé avec le T-shirt de mon ex et que j'avais pris une douche après que Millie eut quitté ma chambre ce matin.

— Je n'arrive toujours pas à croire que tu ne m'aies pas laissé acheter une bière, se plaignit-il.

Il reprit une bouchée de hamburger en fixant l'océan.

— Quand je suis dans le coin, tu as interdiction de consommer de l'alcool ou de fumer des joints, assenai-je.

Je ne me laissai pas perturber par ses sourcils froncés. J'étais trop occupée à balancer mes pieds dans le vide et à profiter de la caresse de la brise estivale sur ma peau.

— Tu crains.

— Arrête, tu vas me faire pleurer. À défaut d'autre chose, ricanai-je.

Mon rire mourut dans ma gorge quand je me rendis compte que je ne pouvais plus faire ce genre de plaisanterie. Il releva le nez de son burger, l'air sombre et sérieux.

— Je ne m'en ferais pas pour ça, si j'étais toi. Je pensais que tu avais compris que quand je voulais te faire un truc, je trouvais un moyen d'y parvenir.

Et merde. J'étais trempée.

Il y avait quelque chose dans l'air. Un courant électrique qui rebondissait entre nous. On aurait dû aborder tout un tas de sujets et parler de plein de choses mais je n'en avais pas la moindre envie. Je voulais juste survivre à mon séjour ici.

Après avoir mangé, je connectai une clé USB à son MacBook pour lui faire écouter certains de mes groupes préférés. Whitney, Animal Collective, Big Ups, et les Chromatics. Ça avait l'air de lui plaire mais on ne pouvait jamais vraiment être sûr avec Dean Cole, car tout avait toujours l'air de lui plaire.

— Tu te souviens de ce qu'on écoutait quand on était au lycée ? demanda-t-il soudain, le visage illuminé par un grand sourire radieux.

Je plissai le nez en tentant d'avoir l'air blasé, alors qu'en réalité j'étais sur un petit nuage.

— Tu veux dire la musique que *tu* écoutais. Je la tolérais uniquement quand j'y étais vraiment obligée.

— Arrête de mentir, chérie. Tu aimais la pop et le R&B, comme tout le monde.

— J'ai des goûts musicaux éclectiques, protestai-je.

Je savais très bien à quoi il faisait référence, néanmoins : à moi en tenue légère, qui tortillais des fesses sur du Jennifer Lopez lors des soirées chez Vicious, même si j'étais obsédée par les groupes indie des années 1990.

Il sauta à bas du capot et débarrassa les restes de notre déjeuner.

— Ne bouge pas. Tu t'apprêtes à voyager dans le temps.

Je ne bougeai pas. Je l'observai tandis qu'il se dirigeait vers la poubelle la plus proche pour jeter nos déchets. Ses muscles étaient proéminents sous son T-shirt blanc et son pantalon sur mesure. Mes yeux s'attardèrent sur ses biceps avant de descendre au niveau de ses fesses. Naturellement, il se retourna à ce moment-là.

Il sourit.

Me fit un clin d'œil.

Puis articula silencieusement « Grillée ».

Je détournai le regard tout en me sentant rougir furieusement. Il avait raison, bien sûr. J'avais envie de coucher à nouveau avec lui et j'étais incapable de penser à autre chose qu'à son corps plaqué contre le mien. Il reprit place près de moi, attrapa son MacBook et lança *Naughty Girl* de Beyoncé avant de se tourner vers moi.

— Tu te rappelles ? s'enquit-il en riant. La toute première cuite de Bébé LeBlanc.

Je couvris mon visage de mes mains tandis que le souvenir de moi en train de danser sur la table basse de Vicious me revenait à la mémoire. J'étais tellement ivre que je m'étais dit que c'était une super idée de rejoindre mes copines pom-pom girls sur leur perchoir. Sauf qu'elles savaient ce qu'elles faisaient, *elles*. Tandis que *moi*, je donnais l'impression de chasser un millier de mouches imaginaires. Au final, j'avais essayé d'imiter leurs mouvements et échoué misérablement, sans manquer de leur donner des coups à droite à gauche, jusqu'à ce que Vicious demande :

— Je peux savoir ce que la petite sœur LeBlanc est en train de foutre ? Elle fait une crise d'épilepsie sur ma table ou quoi ? Faites-la descendre de là avant qu'elle blesse quelqu'un.

Dans la seconde qui avait suivi, je m'étais retrouvée sur l'épaule de Dean, qui avait commencé à tourner sur lui-même jusqu'à ce que je lui hurle de me poser.

— Ce n'était pas facile de se faire une place en tant qu'élève de seconde qui débarquait de Virginie. J'ai dû faire des sacrifices, figure-toi. Tu te souviens de ça ?

Je lui piquai l'ordinateur pour lancer une autre vidéo. *Roses* d'Outkast. Dean éclata de rire.

— Vas-y, l'encourageai-je.

C'était *lui* qui avait dansé, cette fois-là. Et pas qu'un peu. Il avait repris toute la chorégraphie de la vidéo à une autre fête chez Vicious, après avoir perdu un pari. Ç'avait été tellement hilarant que, onze ans plus tard, je m'en souvenais comme si c'était hier. Je pouvais encore sentir les odeurs d'alcool et d'hormones qui flottaient dans l'air ce soir-là.

— Dean, s'il te plaît, insistai-je en joignant les mains. Parmi tous les neurones que tu as grillés à force de fumer de l'herbe et de mater du porno, je suis sûre qu'il t'en reste assez pour te souvenir de la chorégraphie.

— Puisque c'est demandé si gentiment…

Il sauta à bas du capot.

— Remets-la au début, ordonna-t-il en faisant semblant de se mettre du gel dans les cheveux et de se regarder dans un miroir invisible.

C'était tellement surréaliste que je ne pus m'empêcher de glousser comme une collégienne, ce qui eut pour effet de le faire sourire encore plus.

J'appuyai sur « Lecture » et je regardai Dean danser avec l'océan qui scintillait derrière lui. Il se souvenait quasiment de tout, du moment où il glissait sur les genoux au début du morceau jusqu'aux derniers pas. Il dansait avec l'air le plus sérieux du monde et j'avais mal au ventre à force de rire. À la fin de la chanson, il me rejoignit et reprit l'ordinateur.

— À mon tour.

Je vérifiai l'heure sur mon portable. Il était presque 16 heures. Je n'arrivais pas à croire qu'il était déjà si tard. Je n'avais pas vu les heures défiler. *Dangereuse alchimie.* Les mots continuaient à résonner dans ma tête. *Fais attention, Rosie.*

— D'accord, mais après celle-ci, il faut qu'on y aille. Il est tard et on doit se préparer pour la répétition.

— C'est bon. On sera pile à l'heure pour Princesse Sainte et Prince Enfoiré, ne t'en fais pas, répondit-il sans quitter l'écran des yeux.

En entendant les premières notes de *Drops of Jupiter* de Train retentir, mon sourire s'évanouit.

— Je ne me rappelle pas avoir écouté cette chanson avec toi.

Je déglutis avec peine. Il vint se planter entre mes jambes. Il était pile à la bonne hauteur pour que je m'enroule autour de lui mais je ne le fis pas, même si mes yeux étaient désespérément rivés à ses lèvres. Un souffle nous séparait d'un baiser. Comme d'habitude.

— C'est parce qu'on ne l'a jamais fait. *Toi*, en revanche, tu l'as écoutée un jour alors que tu pensais être seule à la maison. J'étais passé rendre un cahier à Millie. La chanson m'est restée dans la tête après parce que je n'arrêtais pas de me demander ce que tu cherchais. Je n'arrivais pas à te cerner, Rosie. Ça me tuait quand je voyais d'autres mecs te draguer. Parce que même sans savoir de quoi tu avais besoin, j'avais peur que tu le trouves chez eux.

J'avais honte de l'avouer, mais c'était réciproque. À chaque fois qu'il snobait Millie ou qu'il annulait un de leurs rendez-vous, mon cœur faisait un bond dans ma poitrine. *Ce n'est pas la bonne*, osais-je en mon for intérieur. *La bonne, c'est moi.*

— Tu n'avais aucun droit d'être jaloux, dis-je en fixant le bout de mes tongs.

Il secoua la tête.

— Je n'ai jamais dit le contraire. Toi non plus, tu n'avais aucun droit d'être jalouse. Et pourtant, on en est là.

On en était là, oui.

Je m'écartai rapidement au cas où il aurait la bonne idée d'essayer de m'embrasser. Je montai en voiture, attachai ma ceinture et pliai les jambes. J'enfouis la tête entre les genoux en priant pour que Dean ne sache pas lire dans les pensées. On n'échangea pas un mot sur le trajet du retour. En voyant qu'il n'avait pas essayé de recoucher avec moi, j'en venais à me demander si Dean n'était pas un homme de parole, au bout du compte.

Quand il s'arrêta devant le manoir et qu'on sortit tous les deux de la voiture, je rompis le silence.

— Je pense qu'on devrait arrêter ça.

— Et moi, je pense qu'on devrait continuer, répliqua-t-il d'un ton à la fois sec et déterminé.

— On joue un jeu dangereux, murmurai-je.

Il ouvrit la porte d'entrée pour moi en souriant.

— Ça tombe bien. Je suis le meilleur putain de joueur au monde.

Vêtue de la robe longue que Millie m'avait offerte pour le dîner de répétition, j'étais assise bien sagement, en essayant de rester jolie et silencieuse. J'étais coincée entre ma mère et mon père, qui avaient sorti leurs tenues de gala, eux aussi. Le dîner de répétition avait été programmé plusieurs jours avant le mariage car la moitié des invités étaient aussi conviés à un autre mariage la veille de celui de ma sœur. Todos Santos était une petite ville et naturellement, il fallait que tout le monde soit présent. C'était crucial de sauver les apparences.

L'endroit qui devait accueillir le mariage de Vicious et Millie était un vignoble qui avait traversé une sérieuse crise identitaire. L'extérieur était décoré dans un style hawaïen, avec des palmiers, du gazon luxuriant et des arrangements floraux colorés un peu partout. La salle à manger faisait la taille d'une salle de bal, avec des fontaines, des cygnes et d'autres trucs qui lui donnaient l'air d'un croisement entre le paradis et un film Disney. Quant au reste de la décoration, on se serait cru en Europe au XVIe siècle. La table à manger était une antiquité de style Renaissance, sous des chandeliers de la taille d'un char d'assaut.

Ma mère était une fois de plus en train de me prendre la tête au sujet de New York. Elle en était arrivée au stade où elle menaçait de demander à Vicious d'arrêter de m'aider à payer mes frais médicaux. Ça faisait longtemps que je n'avais pas eu autant envie de brûler mon soutien-gorge et de défiler dans les rues.

Mon père, quant à lui, s'extasiait devant Millie, sans doute pour me mettre mal à l'aise. Il n'avait de cesse de répéter à quel point c'était une fille attentionnée. Aussi subtil qu'un éléphant avec quatre grammes d'alcool dans chaque œil, donc.

Ma sœur et Vicious étaient assis côte à côte, main dans la main. Il ne cessait de lui frotter le dos, comme s'il essayait de la consoler. Elle avait le teint légèrement verdâtre et l'air sérieusement malade. Peut-être que c'était le stress. J'aurais été sur les nerfs, moi aussi, si j'avais été sur le point de me marier avec l'engeance de Satan.

N'empêche. Peut-être que c'était juste à cause de la trahison de mon père, mais je ne pouvais pas m'empêcher de soupçonner ma sœur.

Si elle était vraiment enceinte, ça voulait dire que tout le monde dans son entourage immédiat était au courant.

Tout le monde sauf moi.

Dean débarqua avec dix minutes de retard, accompagné de Jaime et de sa famille (sa femme Melody et leur fille, Daria) ainsi que de Trent Rexroth. Malgré tous mes efforts, mes yeux restèrent un instant scotchés à Dean avant que je ne daigne regarder aussi les autres. Trent avait le nez collé à son portable. Dean scanna la pièce (pour me repérer, supposai-je et espérai-je bêtement). Quand il me trouva enfin, mon cœur s'arrêta de battre.

Je détournai aussitôt les yeux.

Il se tourna pour saluer un homme que je ne connaissais pas.

Le charme était rompu.

Une hôtesse l'accompagna jusqu'à sa place, en lui souriant un peu trop à mon goût. Naturellement, elle jeta un coup d'œil à sa main gauche à la recherche d'une alliance.

Étant donné que Dean était assis en bout de table, je devais me concentrer pour ne pas tourner sans arrêt la tête dans sa direction. Heureusement, Gladys et Sydney étaient en face de moi, et Sydney était déterminée à me raconter absolument tout ce qui s'était passé à Todos Santos depuis que Millie et moi étions parties. Ensuite, ce fut au tour de Gladys de nous abreuver d'anecdotes sur L.A. On avait déjà dégusté deux hors d'œuvre et une entrée quand l'organisatrice du mariage nous indiqua que c'était l'heure des toasts.

Mon père ouvrit les festivités. Il leva son verre et évoqua à quel point Millie et Vicious étaient un couple merveilleux. Il se garda bien de mentionner qu'il n'avait pas pu encadrer son futur beau-fils jusqu'à ce que celui-ci passe la bague au doigt de sa fille. Une bague avec un diamant de la taille de son manoir, ce qui ne gâchait rien.

Ce fut ensuite au tour de Vicious de porter un toast, suivi par son premier témoin (Jaime), qui porta un toast en l'honneur de la mariée. Lorsque vint mon tour, je me levai et souris, les doigts si mortellement serrés autour de ma flûte de champagne que mes jointures étaient d'une blancheur presque transparente.

— Ne nous fais pas honte, glissa ma mère entre ses dents avec un sourire crispé.

Mon propre sourire resta intact mais quelque chose se brisa en moi. Un autre pétale se détacha de mon cœur. Les yeux de Millie brillaient tandis qu'elle me regardait et mon rythme cardiaque s'accéléra.

Qu'ils aillent tous se faire foutre. Je fais ça pour Millie et je ne vais pas la décevoir.

— Ceux d'entre vous qui me connaissent savent que je suis fan absolue de ma sœur. Elle est mon roc, mon âme sœur, et la raison qui fait que je suis là aujourd'hui, en vie et en bonne santé. Quand son cœur bat pour quelqu'un, le mien s'aligne sur le même rythme et en fait autant. Baron, s'il y a bien une chose que je dois reconnaître, c'est que tu la rends heureuse. Elle est resplendissante.

Je scannai son visage en quête d'une réaction. Rien. Peut-être que ma sœur n'était pas enceinte. Peut-être que j'étais en train de devenir folle.

— Certaines amours sont anciennes et solides, d'autres sont jeunes et frénétiques. Votre amour est tout ça à la fois, et c'est ce qui fait que les sentiments que vous éprouvez l'un pour l'autre dépassent tout. Y compris le passé.

Je me rendis soudain compte que moi aussi, je voulais effacer mon passé avec un bel avenir. Je déglutis péniblement.

— Je vous souhaite joie, liberté, bonne santé et richesse, même si je pense que vous êtes tranquilles de ce côté-là…

Tout le monde éclata de rire. Quelques personnes applaudirent, même. Je retins désespérément une quinte de toux avant de reprendre la parole.

— Je porte un toast à deux de mes personnes préférées. À ma sœur, que j'aime plus que tout au monde, et à l'homme qui passe sa vie à la rendre heureuse. Baron et Millie, vous n'avez pas besoin de mes conseils pour que votre couple fonctionne. Je pense que vous vous en sortez parfaitement bien sans moi. Alors je vous souhaite simplement d'obtenir tout ce que vous désirez, et plus encore. Maintenant, videz vos verres, c'est l'heure de faire la fête.

Je bus une gorgée de champagne tout en cherchant Dean du regard pour me rassurer. Les gens applaudissaient mais c'était lui que je voulais impressionner. Il porta sa coupe à sa bouche en me fixant et je secouai imperceptiblement la tête. *Pas d'alcool.*

Il posa son verre et humecta sa lèvre inférieure. Ses yeux disaient « OK pour ne pas boire, mais on baise, alors. »

J'allais prendre soin de lui.

Cette pensée était aussi irrationnelle que l'idée elle-même. Pourquoi est-ce que je voudrais prendre soin de lui ? Et pourquoi me laisserait-il faire ? Mais en même temps, je ne pouvais pas le regarder se détruire la santé comme ça sans réagir. Parce que je savais vraiment ce que ça signifiait d'être en bonne santé.

Quand je me rassis, ma mère passa un bras autour de mes épaules et me serra contre elle. Je lui rendis immédiatement son étreinte, bien décidée à redevenir la personne joyeuse que j'étais d'habitude, quand elle murmura à mon oreille :

— Merci de ne pas avoir tout gâché, ma puce. On était inquiets, avec ton père.

Je m'affalai contre le dossier de ma chaise, pâle et la gorge sèche. Mon portable vibra pour m'indiquer que j'avais un message. Je l'attrapai comme s'il s'agissait d'une bouée de sauvetage.

Dean
J'ai besoin de t'embrasser encore.

Rosie
Tu ne peux pas.

Dean
Je ne pense qu'à ça.

J'avais envie de lui crier que, moi aussi, je ne pensais qu'à ça.

Rosie
On joue ? Dis-moi un truc intéressant. Un truc sur les étoiles.

Dean
La planète Mars est couverte de rouille, et bientôt ta poitrine sera couverte de mon sperme. Dis-moi un truc sur la musique.

Rosie
Slash a passé une audition pour le groupe Poison mais il a finalement refusé d'en faire partie parce qu'ils voulaient qu'il se maquille.

Dean
C'est de la merde, ton jeu. J'ai toujours envie de t'embrasser.

Bon sang. Mon pauvre cœur. Il n'était pas équipé pour gérer un mec comme lui.

Je levai les yeux pour le regarder. Son portable était posé près de lui sur la table et il était en train de discuter avec une belle brune.

Je savais bien qu'il avait le droit de faire ce qu'il voulait avec qui il voulait, et pourtant mon cœur se serra dans ma poitrine.

Je détournai le regard, même si mes yeux s'entêtaient à essayer de traîner dans sa direction. La répétition se déroulait sans accroc jusque-là. J'avais juste envie que ça se termine pour que je puisse rentrer à la maison, de préférence dans un coin du manoir où mes parents ne pouvaient pas me trouver.

C'était au tour de Trent de porter un toast. À croire que tous les habitants de Californie du Sud devaient souhaiter quelque chose aux heureux tourtereaux. Je me demandai si c'était dû au fait que Vicious n'avait pas de parents pour lui porter un toast. Son père était mort un peu plus d'un an auparavant et il n'était plus en contact avec sa belle-mère. Au moins, le discours me donnait une excuse pour laisser mes yeux vagabonder en direction de Dean et de la brune mystère. Ils avaient arrêté de discuter. Mon portable vibra à côté de mon assiette.

Dean
Si des regards pouvaient tuer, ma pauvre voisine serait morte depuis longtemps. Ce n'est pas une blague. Toi et moi. C'est parti. On peut prendre le chemin le plus long et le plus frustrant, mais tu seras punie pour ça (au lit). Ou alors on peut choisir l'option sans douleur. Tu choisis.

Je ne répondis pas. Une fois de plus. Je reportai mon attention sur Trent Rexroth, qui lâcha un petit sourire avant de se lancer dans son discours. Il était en plein milieu d'une phrase quand son téléphone sonna. Il lut le message qu'il venait de recevoir et fronça les sourcils.

Sa flûte de champagne lui échappa mais il parvint à la rattraper. Il avait de sacrés réflexes (rien d'étonnant quand on le connaissait).

Il posa son verre sur la table, son téléphone toujours dans l'autre main, puis il tourna les talons et se précipita vers la sortie.

Dean le suivit aussitôt, et l'instant d'après Jaime et Vicious avaient disparu à leur tour.

Des murmures commencèrent à parcourir l'assemblée. Mon père essaya d'apaiser les choses en criant plus fort que nécessaire que tout le monde devait rester calme.

Intéressant, comme approche.

J'envoyai un texto à Dean.

Rosie
Qu'est-ce qui se passe ?

Pas de réponse.

La panique m'envahit et les pires scénarios se mirent à défiler dans ma tête. Est-ce que quelque chose était arrivé à la fille de Trent ?

Ma mère devait lire dans mes pensées car elle me donna un petit coup de coude.

— Va voir ce qui se passe. Ta sœur s'inquiète. Je ne veux pas que sa soirée soit gâchée.

Je me levai et sortis en courant à petites foulées. Je n'avais pas particulièrement envie de me lancer à leur recherche, mais j'avais encore moins envie de me disputer avec ma mère. Et puis, de toute façon, quelqu'un devait bien s'assurer que tout allait bien.

À l'extérieur, une allée blanche avait été mise en place pour le week-end, ainsi qu'un jardin tropical au milieu des deux vignobles. Bien sûr, des chutes d'eau artificielles venaient compléter ce tableau pittoresque.

Trent Rexroth était assis là, sur l'escalier qui menait à la salle de bal. Il était blanc comme un linge et agité de tremblements, à des années-lumière du Trent fort et calme que je connaissais. À savoir, une coquille vide d'ancienne star du football reconvertie en sex-symbol millionnaire autodidacte. Il avait les yeux brillants de larmes, le visage enfoui dans les mains et il ne cessait de répéter la même chose :

— Elle ne peut pas me faire ça, bordel.

— Qu'est-ce que tu fiches ici ? me demanda Vicious en me voyant. Retourne à l'intérieur.

Il avait une main dans le dos de Trent et se tenait accroupi près de Dean et Jaime.

— Je t'interdis de lui parler comme ça, lâcha Dean entre ses dents avec bien plus d'agressivité que nécessaire.

Je ne bougeai pas d'un millimètre.

— Millie s'inquiète. Je suis venue m'assurer que tout allait bien.

— Rien ne va, répondit Jaime.

Il faisait les cent pas et la rage irradiait de tout son être. Néanmoins, il s'abstint de partager davantage d'informations. Dean se redressa, me rejoignit et m'attrapa par le bras pour m'entraîner dans le couloir vide qui menait à la salle de bal.

— Mes parents m'ont envoyée me renseigner, me justifiai-je.

Je me sentis rougir. Qui était cette pauvre petite fille et qu'avait-elle fait de la femme que j'étais encore quelques instants plus tôt ? Je voulais redevenir cette version de moi-même. Elle ne se serait jamais laissé faire par Vicious.

— Ignore cet abruti, tu n'as rien fait de mal.

Il me caressa le bras de haut en bas et ma peau se couvrit de chair de poule.

— Dis à Millie que tout va bien.

Je haussai les sourcils, la tête penchée sur le côté.

— C'est vrai ?

— Non, admit-il.

Il avait l'air si fragile à cet instant que je n'étais même pas sûre d'avoir le vrai Dean en face de moi. D'habitude, il était paré d'une confiance en soi que lui et ses amis exhibaient comme on aurait exhibé une carte American Express Black.

— Qu'est-ce qui se passe ? demandai-je en m'approchant de lui sans même m'en rendre compte.

— Val est partie, dit-il en se tirant les cheveux si fort que j'eus peur que son cuir chevelu lui reste dans la main. Elle s'est barrée, Rosie. La baby-sitter a trouvé Luna toute seule, dans un appartement vide. Sans vêtements, sans chaussures et sans sa mère. Assise dans une couche qui débordait, et pleurant à gorge déployée. Va savoir depuis combien de temps elle n'avait pas mangé. Elle a tellement pleuré qu'elle a fini avec une extinction de voix. La baby-sitter l'a emmenée à l'hôpital pour la faire examiner. Trent prend l'avion dans une heure pour aller la chercher et la ramener ici.

— Mon Dieu…

Je plaquai une main sur ma bouche.

Dean était rouge. Pendant une seconde, je crus qu'il allait ajouter quelque chose, ou peut-être même pleurer. Rien de plus qu'une seule larme solitaire perlant à ses cils, comme prête à se jeter d'une falaise. Mais rien de tout ça ne se produisit. Il se redressa, les épaules carrées, et remit son halo de confiance en place avant de s'éclaircir la gorge.

— Franchement ? C'est mieux comme ça, finit-il par lâcher.

J'en tombai mentalement à la renverse. *Quoi ?*

— Tout le monde n'est pas fait pour être parent, continua-t-il. Tant mieux pour Luna. Ça aurait été pire si Val était partie alors qu'elle avait six ou sept ans. Tandis que là, je te parie qu'elle ne lui en voudra même pas en grandissant.

Je le regardai (je le regardai vraiment), pour tenter de lire ce qui était réellement inscrit sur son visage, mais c'était le fouillis. Il y avait trop de sentiments, trop de regrets, trop de tout, rassemblés dans une seule expression torturée.

— Pas la peine de me regarder comme ça, Rosie. Crois-moi. Luna n'a pas besoin de Val.

— D'accord.

J'attirai sa tête dans le creux de mon épaule, prise d'un besoin irrépressible d'absorber la douleur qui le submergeait.

— Ça va aller, Dean.

— C'est mieux pour elle, répéta-t-il d'une voix étranglée.

J'aurais voulu le débarrasser de tout ce qu'il ressentait à cet instant. Ça ne ressemblait pas à Dean Cole. Si l'alcool, l'herbe et les coups d'un soir ne lui allaient pas, la tristesse lui allait encore moins.

Il n'était pas Sirius.

Il était la Terre.

Il était l'oxygène.

Il était *tout.*

Je le serrai contre moi jusqu'à ce que le moindre espace vide entre nous disparaisse. Nos corps se mêlaient l'un à l'autre, ses battements de cœur contre ma peau, son nez dans mes cheveux, ses mains autour de ma taille. On était encore plus proches qu'on ne l'avait été dans son pick-up rouge.

Dean ne laissait jamais couler de larmes mais ça ne voulait pas dire qu'il ne pleurait pas. Là, il pleurait, et je pleurais avec lui. Pour Luna, qui n'avait qu'un an et traversait déjà une expérience plus traumatisante que toutes celles que la plupart des gens vivaient au cours de leur vie. Pour Trent qui, d'une certaine façon, avait toujours été obligé de grandir plus vite que les autres et s'était toujours ramassé des tuiles. Et je pleurais pour moi, car je venais de prendre conscience qu'en dépit de tous mes efforts, une partie de moi appartenait déjà à Dean. Je n'avais jamais cessé d'aimer Dean

Cole. Pas une seconde. Je m'étais simplement convaincue que ça n'avait plus d'importance.

Jusqu'à ce que ça en reprenne.

Jusqu'à maintenant.

14

Dean

De la tristesse naît la vie. C'était ce que mon père disait toujours.

Ce soir-là, je dormis dans la chambre de Rosie.

On ne coucha pas ensemble. On ne se caressa pas. On ne s'embrassa même pas.

Mais nos jambes étaient entrelacées et nos peaux se touchaient et ça me semblait plus réel que tout ce que j'avais pu vivre dans n'importe quel autre lit. Le matin, je dus m'esquiver pour sauter dans un taxi direction l'aéroport, mais je lui laissai un petit mot.

Toi et moi, c'est parti.
Bien à toi,
Ton Alexandre.

Je vécus le vol jusqu'à Vegas dans une sorte de brouillard.

J'étais sobre et conscient la veille (lors de la journée que j'avais passée avec Rosie), et même si ça m'avait semblé bizarre, j'avais aussi trouvé ça… agréable. Je n'avais plus besoin de drogue pour planer. Il me suffisait de l'imaginer habillée comme une strip-teaseuse, en train de m'attacher à mon lit avant de s'asseoir sur mon visage jusqu'à ce que je ne puisse plus respirer et jusqu'à ce qu'elle ne sente plus son clitoris. Sauf que, quand Trent a reçu ce fameux message, mon monde s'est écroulé.

La trahison de Val me retournait l'estomac. Ça, et aussi ce qu'avait dit Trent en apprenant la nouvelle.

— Elle ne reverra jamais son enfant, à moins de s'engager à être un parent d'abord. J'en ai assez de ses conneries.

Même si j'avais du mal à l'admettre, il avait raison. C'était impossible d'élever un gosse à moitié. Ce n'était pas comme tirer un coup paresseux un dimanche matin. Soit vous donniez tout, soit vous ne donniez rien. Quoi que ce soit d'entre deux mettait un bordel sans nom dans la tête de l'enfant. Il fallait que je garde ça à l'esprit. Plus que jamais.

Trent prit l'avion pour Chicago afin de récupérer Luna. Ses parents les attendaient à Todos Santos et allaient les aider à se réveiller de ce cauchemar. Avec Jaime, on voulut immédiatement reporter l'enterrement de vie de garçon mais Trent nous menaça d'en venir aux mains si on ne s'en tenait pas au plan de base, à savoir : aller à Vegas. Ses raisons ?

1. Il devait se rendre à Chicago pour autoriser la sortie de l'hôpital de sa fille, où elle était sous la surveillance d'une baby-sitter complètement flippée. Ce n'était donc pas comme s'il allait flâner en attendant qu'on vienne lui tenir la main.

2. Vicious ne se marierait qu'une fois (compte tenu de son sale caractère et de son côté « Allez tous vous faire foutre », on savait tous qu'il ne trouverait pas d'autre Millie pour le supporter).

3. #$%% VTCF#$^$^&@3. Val avait abandonné leur fille et il n'avait pas le temps de s'occuper de nos problèmes de riches Occidentaux, de toute façon.

Par ce dimanche d'août, le Strip était noir de monde, entre touristes, filles soûles à demi nues, chrétiens radicaux armés d'un micro qui essayaient de ramener tous les pécheurs vers la lumière…

Après avoir déposé nos sacs dans notre suite présidentielle, Vicious envoya valser ses chaussures Richelieu en cuir et dit :

— J'adore ma future femme mais j'espère vraiment qu'on ne va pas croiser ses copines trop souvent pendant le week-end. J'ai autant envie de voir sa petite sœur que de me prendre une balle en pleine tête.

— Comment ça ? demandai-je alors que je retirai ma Rolex et ma chemise Versace.

Je me dirigeai vers une des salles de bains. J'avais besoin de vomir et de prendre une douche pour me sentir à nouveau comme un être humain. Nina n'avait pas arrêté de m'appeler pendant le vol (cinquante ? soixante fois ? J'avais arrêté de compter) et avait laissé plusieurs messages vocaux que je n'avais pas pris la peine d'écouter.

Tout ce merdier avec Trent m'avait rappelé à quel point il fallait que je garde mes distances avec elle *et* avec lui, malgré la curiosité qui me dévorait. Ce n'était pas juste, et même si mon père avait raison (« la vie est injuste »), c'était moi qui décidais sur ce coup-là, et ma décision était de ne jamais les voir, ni lui ni elle.

Et c'était sans appel.

— Elles viennent à Las Vegas aussi. Rosie a changé ses plans à la dernière minute. Elles sont dans le même hôtel que nous.

Je fis volte-face pour le regarder.

— Bébé LeBlanc est dans la Ville du péché ?

Vicious m'adressa un sourire malicieux, assorti d'un regard aussi perçant que froid.

— Elle y sera dans deux heures. Elles prenaient le vol qui décollait après le nôtre. Pourquoi ? On peut savoir ce que tu comptes faire ?

— Tout ce qu'elle voudra bien m'autoriser à faire, dis-je en retirant également mes chaussures.

— Dis à Rosie d'en parler à Emilia d'abord.

Il me lança un paquet mou de Marlboro qu'on utilisait pour les joints et fit exprès de manquer sa cible.

— Je sais qu'Em n'en a absolument rien à foutre de toi, mais je ne veux pas qu'elle ait l'impression d'avoir été trahie par sa sœur.

Jaime émergea d'une des salles de bains avant que j'aie le temps d'informer Vicious que je n'avais aucun compte à leur rendre, ni à lui ni à Millie.

— Trent va être un peu retourné après ça, dit Jaime dans un soupir en ramassant le paquet de Marlboro.

— Sans déconner.

Vicious tourna les talons et quitta la pièce, sans doute pour prendre une douche lui aussi. Jaime me donna un coup d'épaule tandis qu'il ouvrait une bouteille d'eau.

— Vicious sait que tu sautes la sœur de sa fiancée ?

— Comment tu as deviné, Sherlock ?

Je lui piquai les cigarettes et envoyai un message à mon contact à Las Vegas pour le prévenir que je voulais de l'herbe dans les meilleurs délais. Même si je ne comptais pas fumer de mon côté, c'était injuste de priver Jaime et Vicious de leur passe-temps préféré.

Jaime se laissa tomber sur un des accoudoirs de l'élégant canapé blanc.

— Ce n'est pas bien compliqué. Tu as passé tout le dîner de répétition à la mater comme un malade quand tu croyais que personne ne faisait attention. C'était subtil, ce qui veut dire que tu en as quelque chose à faire de ce qu'elle pense de toi. Mais moi, je t'ai vu, même si tu essayais d'être discret. Tu voulais la pencher sur la table et la prendre comme une brute avec son visage écrasé dans l'assiette de son voisin de table.

Merci, Jaime. Voilà une bien belle image que je garderais en mémoire pour les jours où je manquerais cruellement d'inspiration au moment de me branler.

Jaime pencha la tête sur le côté et haussa les sourcils.

— Elle en vaut la peine, au moins ?

Je lui donnai une tape sur l'épaule. Il était vraiment adorable.

— Elle vaut toutes les peines du monde.

— Tant mieux pour toi, mec. Ça fait un moment que je ne t'ai pas vu t'intéresser à autre chose qu'au boulot ou à l'alcool, dit-il avec un sourire. Mais il faut quand même qu'on parle des complications potentielles. La dernière fois que vous vous êtes disputés avec Vicious, vous avez mis Fiscal Heights Holdings en danger au passage. Je ne laisserai pas ça se reproduire.

Je me retins de le corriger. Je ne m'étais pas « disputé avec Vicious », il s'était mis en couple avec mon ex sans me le dire après nous avoir séparés quand on était ados. Bref.

Je me contentai de battre des paupières, pour lui montrer que j'écoutais vaguement. Je me contrôlais toujours et la société n'avait *jamais* souffert de mes problèmes personnels. Et surtout, personne, sans la moindre exception, ne s'interposerait entre moi et ce que je voulais.

Je ressortis mon portable de ma poche, pour lui envoyer un texto à *elle*, cette fois.

DEAN
Tu seras dans quelle chambre ?

ROSIE
Dans une chambre où tu n'es pas le bienvenu. Il faut que ça reste platonique.

Ça ressemblait à un « non ». C'était comme accepter de regarder un cheesecake absolument délicieux sans jamais le manger.

Personnellement, je comptais bien en manger encore, et encore, et *encore*. J'allais me gaver jusqu'à être malade à en crever.

DEAN
Tu es trop chou. On a déjà établi que c'était parti, toi et moi. Maintenant, tu me punis pour être sorti avec ta sœur. Je me trompe ?

Elle ne répondit pas. Bien sûr. Elle avait envie de moi. Et plus encore. Elle avait envie de moi tout entier (pas juste de mon corps), et c'était réciproque. Ce qu'on avait partagé la veille n'arrivait pas avec des Kennedy ou des Natasha. Ça n'était même pas arrivé avec Emilia. Rosie et moi étions connectés par un fusible invisible. Même quand je sortais avec sa sœur. Même quand elle avait un copain et que je vivais dix étages au-dessus et que je sautais tout ce qui bougeait pour établir un nouveau record du monde. Je mourais d'impatience qu'on explose. Vu les étincelles qui jaillissaient déjà, imaginez le feu d'artifice. Elle pouvait dire ce qu'elle voulait, je savais qu'elle le sentait, elle aussi.

DEAN
Je vais te bouffer, Bébé LB.

ROSIE
DEAN. Change de sujet. Une anecdote sur l'astronomie ?

DEAN
La Voie lactée tourne rapidement à une vitesse d'environ 100 millions de kilomètres par heure, et je ne vais pas tarder à t'arroser avec mon lait. Une anecdote sur la musique ?

Rosie
Les battements de notre cœur se synchronisent avec le rythme de la musique qu'on écoute. Dean Cole n'a pas tort quant à sa théorie concernant ma sœur. Il va devoir se donner du mal s'il veut remettre ça.

Je fermai le fil de notre conversation et en commençai un nouveau avec Sydney, une des amies de Millie avec qui j'étais au lycée. Je lui demandai de me donner tous les détails : à quelle heure elles arrivaient à l'hôtel, quel était leur programme… Je lui dis de n'en parler à personne et qu'on préparait une surprise pour Millie.

Alors qu'en réalité, c'était pour Rosie que j'en préparais une.

J'allais manger mon gâteau, et le garder.

Impossible ? Admirez l'artiste.

Dieu bénisse Sydney Jenesaispasquoi.

Si j'avais son numéro, c'était uniquement parce que Millie avait lancé une conversation de groupe avec les gens qui assistaient au dîner de répétition. Je n'avais jamais vraiment fait attention à elle quand on était au lycée, mais à Las Vegas elle devint rapidement une de mes personnes préférées. Surtout parce qu'elle me balança où les filles seraient ce soir-là. Étant donné que Vicious ne voulait pas de strip-teaseuses (il avait toujours détesté les gens, et encore plus les gens qui essayaient de le toucher. De plus, c'était un enfoiré, certes, mais un enfoiré fidèle), on avait prévu d'aller dans un restaurant chic avant de squatter le casino jusqu'au petit matin.

Je m'étais donc dit qu'on pouvait s'incruster dans la boîte où les filles prévoyaient de se rendre après le spectacle de Britney Spears. Ce n'était pas le truc où les danseurs passaient leur temps à se grimper dessus ? Auquel cas, merci de préparer la libido de ma copine pour notre escapade de fin de soirée, Mlle Spears.

Rosie avait sorti l'artillerie lourde et elle enchaînait victoire sur victoire. Pendant que, de notre côté, les hommes buvaient et fumaient dans la suite présidentielle tout en parlant de Trent, avec du mauvais porno en fond sonore comme si on avait encore seize ans, Rosie avait embarqué les filles pour une expédition faite de cupcakes, d'une visite d'un salon de tatouage célèbre, d'une fête dans des jacuzzis, et d'un spectacle.

Comment je savais tout ça ? Grâce à Sydney Jenemesouviens-pasdesonputaindenomdefamille, qui me tenait au courant du programme heure par heure, convaincue que la future mariée allait recevoir une agréable surprise. C'était le cas : j'allais emmener son futur mari avec moi. Mais mes motivations étaient purement égoïstes. Tout ce qui m'intéressait, c'était conquérir sa petite sœur.

— Tu devrais probablement prévenir Vic avant qu'il ne pète un plomb, me conseilla Jaime alors que je sortais de la douche.

Il était en train de repasser le col de sa chemise devant un immense miroir qui allait du sol au plafond. Je ris et laissai tomber ma serviette pour enfiler un boxer. Jaime m'avait vu nu tellement de fois qu'il aurait sûrement pu reconnaître mon pénis au milieu d'une centaine d'autres suspects lors d'une séance d'identification. Après des années de vestiaire, on était plus qu'à l'aise les uns avec les autres. Trop, peut-être.

Je décidai de jouer l'idiot.

— Le prévenir de quoi ?

Vicious était déjà au courant mais j'adorais me payer la tête de mes amis.

— Tu parles du contrat avec Erickson et Estavez ?

On avait un projet en cours avec deux géants du génie civil qui étaient sur le point de fusionner. Avec tout ce qu'il avait déjà à gérer avec le mariage, Vicious n'avait pas été réellement impliqué. Parmi nous quatre, Jaime et moi étions sûrement ceux qui travaillaient le plus dur. Jaime parce que c'était un parano hyper responsable qui voulait que tout soit absolument parfait. Moi, parce que je n'avais pas d'enfants ou d'autres responsabilités. Par conséquent, me noyer dans les chiffres et organiser des conférences téléphoniques avec l'Asie et l'Australie en plein milieu de la nuit étaient des sacrifices qui ne me posaient pas le moindre problème.

— Il est en train de rédiger le contrat Erickson-Estavez en ce moment même. Et tu sais très bien de quoi je parle. Ou plus précisément de *qui* je parle.

— Il sait, et ça ne le dérange pas. Note que, quand bien même ça le dérangerait, c'est ma vie, et ce sont mes affaires, lui rappelai-je en enfilant ma chemise bleu marine. Accessoirement, aux dernières nouvelles, c'est lui qui a essayé de me piquer ma copine alors qu'on était encore ensemble, notamment en l'embrassant. Et histoire d'être vraiment le dernier des enfoirés, il a aussi embrassé Rosie. Alors à moins qu'il ne fourre sa langue dans la bouche de ma mère, on peut dire qu'il a plus ou moins déshonoré toutes les femmes qui aient jamais compté à mes yeux.

À l'exception de mes sœurs. Quoique… Keeley m'avait avoué un soir où elle était soûle que Vicious et elle s'étaient embrassés tandis qu'on était au lycée. À l'époque, mes principes faisaient que j'hésitais encore à tenter de conquérir Rosie. Son aveu m'avait définitivement donné le coup de pouce dont j'avais besoin.

Mon petit discours eut au moins le mérite de clouer le bec de Jaime. Rosie était à moi. Depuis ses orteils jusqu'à la racine de ses cheveux, la moindre cellule de son être m'appartenait. Et le plus beau, c'était que personne n'avait absolument rien à dire là-dessus, à l'exception de Rosie elle-même.

— Voilà l'adresse de la boîte.

Je balançai mon portable ouvert sur l'appli Yelp à Jaime, qui l'attrapa au vol.

— Appelle la réception pour qu'ils envoient la limousine, je vais m'assurer que Vic est prêt.

— Dean.

Jaime m'attrapa par le poignet alors que j'étais sur le point de quitter la pièce.

— Bébé, ronronnai-je en approchant mon visage du sien. Je sais que je suis irrésistible mais je suis sûr que Mel est plus flexible, avec son passé de danseuse étoile.

Jaime plissa les yeux et repoussa mon poignet comme s'il était sale.

— Bon sang, tu peux arrêter d'être glauque ne serait-ce que deux secondes ? Écoute, je sais que je suis la dernière personne au monde en position de te faire la leçon sur ta vie sentimentale.

Je me mis à rire.

— Parce que tu t'es tapé ma prof de lettres quand on avait dix-huit ans, que tu l'as épousée, mise enceinte et que tu as bien failli faire faire une crise cardiaque à ta mère au passage ? Oui, je confirme. Ni toi ni Vicious n'avez à me dire ce que j'ai à faire.

— Mais…

Il éleva la voix et je me tus. J'avais presque oublié à quel point Jaime Followhill pouvait être autoritaire.

— Je te préviens, Dean, si c'est juste un autre coup d'un soir et que tu fais foirer notre dynamique, que ce soit parmi notre groupe d'amis ou dans nos familles, juste pour tremper ta…

— Ce n'est pas un coup d'un soir, l'interrompis-je.

Je dus faire un effort pour me rappeler que Jaime avait de bonnes raisons de dire ça. Dans le groupe, j'étais celui qui passait son temps à courir après les femmes, alors je n'aurais pas dû être étonné. Néanmoins, je n'étais pas aveugle comme avait pu l'être Vicious. Ça faisait des années que j'étais conscient de ce qui se trouvait sous mon nez. Depuis la première fois que j'avais posé les yeux sur elle, j'avais voulu être avec Rosie.

Je ne m'étais jamais donné autant de mal pour séduire quelqu'un et avec Rosie, je ne l'avais même pas décidé. C'était un peu comme la carrière de Jimmy Fallon. C'était arrivé avant que quelqu'un puisse l'empêcher.

— Quelles sont tes intentions ? me demanda Jaime en soutenant mon regard.

Il était aussi sérieux qu'un croque-mort un jour d'enterrement. *Quelles sont mes intentions ?* Il parlait vraiment comme un lord anglais à la con depuis qu'il vivait à Londres. J'aurais dû me foutre de lui et ne même pas répondre, mais une partie de moi voulait qu'ils (lui et tous les autres) arrêtent de parler de moi comme si j'avais un problème pathologique et que je comptais continuer à sauter tout ce qui bougeait jusqu'à ce que mon pénis se détache.

— Jaime, grondai-je.

Je sentis mes narines se dilater tandis que je m'approchais de lui, aussi agressif qu'un ado en pleine crise.

— Je ne t'ai pas demandé quelles étaient tes intentions quand tu as penché Mel sur son bureau et que tu as couché avec elle dans sa salle de classe, alors tu n'as aucun droit de me poser ce genre de questions. Rosie est une grande fille. Il faut que les gens arrêtent de se comporter comme si elle était un vieux chien dont personne ne veut. Ce qu'il y a entre nous ne regarde que nous. Ça ne regarde pas Vicious et ça ne regarde pas Emilia. Et si quelqu'un a un problème avec ça, je serais ravi d'en discuter. Et, histoire de rester fidèle à nos valeurs, je ne serai ni sympa, ni poli, ni compréhensif. C'est clair ?

Je n'attendis pas sa réponse. Je tournai les talons et je sortis de la pièce.

J'avais un rendez-vous ce soir.

Simplement, l'intéressée n'était pas encore au courant.

15

Rosie

Qu'est-ce qui te fait te sentir vivante ?

Avoir envie de quelqu'un. Tellement qu'on en a mal au ventre, qu'on voit flou et qu'on n'a plus aucune conscience morale.

Ma sœur ne buvait pas.

Je ne pensais qu'à ça. Oubliez le fait qu'on avait passé une super journée. Que le spectacle de Britney Spears avait été génial. Qu'on avait bu des cocktails incroyables tout l'après-midi. Non, j'étais obsédée par le fait que ma sœur n'avait pas bu une goutte. Ni cocktail, ni quoi que ce soit d'autre.

On avait des origines françaises. Chez nous, faire la fête sans vin ou sans champagne était comme danser sans jambes : inconcevable.

Je la fusillai du regard depuis le coin de la boîte de nuit bondée où j'étais en train de descendre un autre cocktail, au milieu de corps en sueur et à moitié dénudés.

— Ta sœur est *complètement* enceinte.

Ella fit éclater une énorme bulle de chewing-gum tout en observant son reflet dans un des miroirs. On portait toutes une robe rose (la couleur préférée d'Emilia), avec un décolleté en forme de cœur et plusieurs volants. J'avais trouvé le modèle dans un magasin d'occasions. Quand j'avais vu la robe, elle m'avait fait tellement penser à ma sœur que je l'avais achetée, puis j'avais contacté le fabriquant et j'en avais commandé quatre pour les autres filles.

— N'importe quoi, m'entêtai-je.

Mais c'était stupide. Même moi, je ne me croyais pas quand je disais ça.

— Je suis la personne la plus proche d'elle. Elle ne me cacherait jamais une chose pareille.

— Elle ne boit pas, elle a une mine pas possible, et elle a mangé un demi-cupcake en guise de déjeuner. Je m'arrête là mais si tu veux la faire uriner sur un bâtonnet, je connais quelqu'un qui peut t'aider, dit Ella en s'adossant contre le mur près de moi.

Je reportai mon attention sur ma sœur. Millie était sur la piste en train de se dandiner avec Gladys et Sydney, en agitant ses cheveux de droite à gauche tandis qu'elle récitait les paroles de *Thong Song* de Sisqó. Peut-être que le DJ avait perdu un pari ce soir. Allez savoir. En tout cas, je n'étais pas d'humeur à être snob en matière de musique.

Ella me tapota l'épaule et attrapa mon verre.

— Du calme. Tu es déjà gentiment pompette, tu n'as pas envie de passer de ça à « ivre morte ». Viens danser un peu.

Elle me tira par la main et je me laissai faire. À quoi bon résister ?

On se joignit aux autres et on dansa pendant une heure environ, jusqu'à ce que Millie dise qu'elle avait envie de manger des tacos. Et comme personne ne disait jamais non à des tacos, on s'installa à une table dans la partie restaurant de la boîte pour nous gaver jusqu'à ne plus en pouvoir.

Je m'absentai pour aller aux toilettes. Quand je revins, Gladys était penchée sur ma sœur et lui caressait le ventre. Sydney, elle, mimait une grosse paire de seins en riant.

Ma sœur était enceinte.

Ses amies le savaient.

Nos parents le savaient.

Tout le monde le savait.

Tout le monde… Sauf moi.

Dean
Qu'est-ce qui te fascine autant dans la musique ?

Mes mains tremblaient tellement de colère que je ne lui répondis pas tout de suite. Mon regard se posa sur Millie et je me mordis la lèvre. Le reste de notre petite troupe était retourné sur la piste, nous laissant seules, ma sœur et moi. Je lui demandai une fois de plus si elle avait quelque chose à me dire. Elle répondit en riant qu'elle reprendrait bien des tacos. Je sentis mon estomac se nouer de rage. Elle n'était qu'une menteuse. Ils mentaient tous. En fait, elle était exactement comme mon père. Voilà, je l'avais dit. La seule différence, c'était qu'au moins, mon père avait arrêté de faire semblant et qu'il avait eu l'honnêteté de me dire ce qu'il pensait vraiment de moi. Alors que Millie était une lâche qui voulait tellement protéger ma petite personne qu'elle n'hésitait pas à me mentir.

Et merde.

J'avais besoin de Dean.

Dean me faisait oublier. Il était comme l'herbe. Comme l'alcool. Comme la musique. Sauf qu'il était cent fois plus addictif que ces trois choses combinées.

Rosie
Écouter de la bonne musique, c'est comme une drogue. Ça libère des hormones qui rendent heureux. Qu'est-ce qui te fascine autant dans l'astronomie ?

Dean
À une certaine période, j'ai dû passer mes étés à un endroit où je ne voulais pas être. Les nuits étaient ennuyeuses et interminables, alors je sortais et je m'allongeais dans la paille pour regarder les étoiles. J'imagine que je me suis un peu trop attaché à elles. C'était la seule chose qui me tenait compagnie. Elles me rappelaient que sous le ciel il y avait d'autres choses qui m'attendaient. Des gens qui m'aimaient, des endroits où je voulais aller, toutes les filles avec lesquelles j'allais coucher…

Rosie
Quel incorrigible romantique. Arrête, j'en ai des frissons.

Dean
Tu vas frissonner encore plus dans deux secondes. Tourne-toi.

Rosie
?

Dean
C'est pourtant simple, Bébé LB. Tourne-toi.

Il était là.

Mon cœur s'arrêta et un volcan sembla entrer en éruption dans mon bas-ventre, me faisant oublier toute la tristesse et toute la douleur que j'éprouvais un instant plus tôt. J'avais soudain une envie que je voulais désespérément satisfaire. Il était fort possible que cet homme devienne plus attirant à chaque seconde. Je l'observai avancer vers moi, vêtu de sa chemise bleu marine et de son pantalon de costume gris, avec la force tranquille d'un ouragan sur le point d'arracher toutes les toitures et toutes les petites culottes qui se trouvaient sur son passage.

J'étais tellement concentrée sur Dean que je n'avais pas remarqué que les filles étaient revenues à notre table et que les garçons étaient là aussi. À l'exception de Trent, naturellement.

Vicious s'assit près d'Emilia, Jaime prit place entre Sydney et Gladys, leur offrant un hochement de tête courtois, et Dean resta debout. Il me dévisageait, sans même prendre la peine de cacher ce qu'il y avait dans son regard. *Effronté.*

— Je vais vous chercher à boire, annonçai-je en me levant d'un bon.

Sauf qu'en fait, j'en avais plus qu'assez de jouer les gentilles filles. Ça ne me ressemblait pas. Je n'étais pas gentille, et ce soir j'allais coucher avec l'ex de ma sœur. Afin d'oublier ma colère et d'effacer les souvenirs de ces derniers jours de ma mémoire, même pour un bref instant.

Quand je dépassai Dean, il me donna un petit coup d'épaule. Ma peau se recouvrit instantanément de chair de poule.

— Tu ne me demandes pas ce que je veux ? chuchota-t-il en humectant sa lèvre inférieure.

Sa bouche ressemblait à une pomme aussi délicieuse et appétissante qu'interdite.

— Je n'en ai rien à faire de ce que tu veux, Dean, parce que tu vas boire de l'eau. Comme je te l'ai dit, tu peux te détruire autant que tu veux, mais pas quand je suis de garde.

— J'ai compris. Note bien qu'en revanche, tu peux faire tout ce que tu veux quand je suis au garde-à-vous.

— Tu ne bois pas et tu ne fumes pas, insistai-je en lui jetant un sale regard.

— Tu vois que tu en as quelque chose à faire, lança-t-il dans mon dos.

Je n'avais pas besoin de le voir pour savoir qu'il souriait.

Oui, j'en ai quelque chose à faire, songeai-je amèrement. Malheureusement. *J'en ai vraiment quelque chose à faire.*

Tout serait bientôt un innommable bordel.

Devious n'allait pas faire mentir sa réputation.

Dean

Dix ans plus tôt

L'année était finie. Mon histoire avec Millie également.

Jaime était parti poursuivre ses études dans une fac au Texas, sans manquer d'emporter un petit souvenir avec lui : notre prof de lettres, Melody Greene. Trent avait subi une opération à la jambe et passait tout l'été cloué au lit. Quant à Vicious… Vicious pétait complètement les plombs, à croire que c'était lui qu'on avait abandonné.

Depuis le départ de Millie, Rosie semblait en vouloir au monde entier. Je voulais être son punching-ball, mais elle ne me laissait pas faire.

Je voulais tout un tas d'autres choses, sauf que ce n'était pas le bon moment pour tenter de les obtenir. Alors je me contentais d'être là pour elle. Mon esprit malade tenait compagnie au sien.

Je n'étais pas particulièrement fâché que mon ex m'ait largué. D'après ce que je savais, elle m'avait quitté pour un autre. Ça aurait dû me rendre dingue, et pourtant je n'arrivais pas à entrer dans cet état de frénésie qui semblait totalement posséder Vicious.

Rosie répétait que je devais arrêter de passer prendre de ses nouvelles mais c'était comme m'interdire de me masturber : tout simplement impossible.

Je passais la voir tous les jours.

On s'asseyait dehors, au bord de la piscine, et on restait là sans dire un mot.

Je voulais lui parler des étoiles mais je ne le faisais pas.

Je voulais lui parler de nos avenirs respectifs mais je ne le faisais pas.

Je voulais lui parler de nous, mais il n'y avait pas de « nous ». Et elle était déjà sûrement bien assez effrayée de voir que je venais tous les après-midi.

Un jour, j'aperçus Vicious qui traversait sa pelouse tondue au millimètre tandis que je me dirigeais vers la maison des domestiques. Il s'arrêta et me dévisagea en battant des paupières, comme s'il avait vu un fantôme.

Il s'approcha à pas lents, les mains dans les poches. Il m'examina d'un regard froid et attentif, comme s'il s'apprêtait à livrer bataille. Je gonflai le torse et je m'accrochai un sourire hypocrite à la face. Il voulait la guerre ? Il allait l'avoir.

— Tu crois vraiment que tu as la moindre chance avec l'autre après ce qui s'est passé avec Millie ? lâcha-t-il entre ses dents serrées.

Lui qui jurait tout le temps, il n'avait pas dit un seul juron. Parce qu'il savait. Il savait que Millie avait perdu sa virginité avec moi. C'était elle qui me l'avait demandé. J'avais eu le sentiment qu'il s'agissait davantage de se dépuceler que de faire l'amour avec moi, mais qu'importe : c'était une chose qu'il ne pourrait jamais effacer des pages de l'histoire. Même Baron Spencer ne pouvait pas trafiquer la réalité.

Je me frottai le menton.

— J'ai conscience que j'ai autant de chances d'être avec Bébé LeBlanc que tu en as d'être avec Millie. Je suis là pour m'assurer qu'elle va bien. Je sais que c'est un concept qui t'est totalement étranger mais parfois, certaines personnes veulent être gentilles avec d'autres. Qu'est-ce que tu viens foutre ici, de toute façon ? Tu as l'air… coupable.

Je fronçai les sourcils. J'étais prêt à me jeter sur lui et à le réduire en miettes.

— *Coupable ?*

Il rit, mais ce n'était pas son rire franc et assuré habituel. Autrement dit, cet enfoiré *savait* quelque chose. Même si je n'avais pas la moindre idée ce que ça pouvait être.

— Et pourquoi *je* me sentirais coupable ? C'est toi qui m'as piqué ma copine.

— Ta copine ? répétai-je avant de laisser échapper un gloussement incrédule.

C'était étrangement libérateur de mettre enfin les pieds dans le plat. D'autant plus que c'était précisément le problème qui avait réussi à nous pourrir la vie pendant l'intégralité de notre année de terminale.

— Flash info, enfoiré : Emilia LeBlanc était la cible de choix de tout le monde jusqu'à ce que je mette mon nom sur ses jolies petites fesses.

Je fis un pas vers lui. On approchait dangereusement du point de non-retour. Celui où on allait méchamment se battre jusqu'à ce que l'un de nous se vide de son sang.

— Je me doutais que tu l'aimais bien, je me disais bien qu'il y avait quelque chose de plus, mais vu de l'extérieur ? Tu lui as pourri la vie. Tu as passé ton temps à dire qu'elle n'était qu'une sale plouc de classe ouvrière. Tu as tout fait pour qu'elle se sente rejetée. Tu voulais te la faire ?

Je haussai les épaules.

— Désolé, je suis un ado avec un pénis fonctionnel et c'est *moi* qu'elle a choisi. Mais ce que je voulais éviter par-dessus tout dans cette histoire, c'était qu'elle se pende à cause de toi.

— C'est drôlement noble de ta part.

Il plaqua son torse contre le mien. La guerre était déclenchée. Je le savais à présent.

— Pauvre petit chou. Pauvre putain de Devious.

Il porta ses poings fermés à son visage et fit semblant d'essuyer des lames invisibles.

— Il a été triste pendant tous ces mois passés avec Emilia, c'est ça ?

— Non, dis-je en le repoussant.

Il me poussa à nouveau et je souris.

— Elle était super, figure-toi. Mais bon, on ne peut jamais savoir si ça va marcher, pas vrai ?

Il déglutit lentement avant de répondre.

— Peut-être qu'elle est partie parce que tu es nul au pieu.

Très mature.

— Ou peut-être qu'elle est partie parce qu'elle n'en pouvait plus de *toi*, répliquai-je.

Une grimace de douleur déforma son visage. Il *était* coupable. De quoi, je n'en savais rien, mais il n'était pas innocent, c'était certain. Je décidai de creuser :

— Qu'est-ce que ça fait, Vicious, d'être le perdant qui ne connaîtra jamais le goût qu'a la fille de ses rêves ?

— Tu dois le savoir mieux que personne, Cole. On est dans le même bateau toi et moi, et l'embarcation est en train de couler.

Il s'approcha à nouveau, menaçant, mais je ne battis même pas des paupières. Vicious ne me faisait pas peur. Je voyais clair dans son jeu et je savais exactement qui il était.

Il était comme moi.

Il se cachait derrière une montagne de muscles, une belle gueule, une belle voiture, des fringues parfaites, des parents riches et un sombre mystère. On ne peut jamais avoir peur de ce qu'on est.

C'était pour cette raison que j'étais le seul, parmi tous nos amis, à le défier constamment.

— Tu as tout foutu en l'air, murmurai-je à quelques millimètres de son visage.

Je lus dans ses yeux bleu marine qu'il savait que j'avais raison, car quelque chose brillait dans son regard. Quelque chose qui menaçait de noyade quiconque s'approchait de trop près.

— Tu as merdé, et maintenant on est tous dans la merde.

Je le poussai, le dépassai et me dirigeai vers la porte de Rosie.

Lorsqu'elle l'ouvrit, Vicious avait déjà disparu. Il était sûrement dans sa chambre en train de fumer un joint.

Rosie n'eut pas l'air étonnée de me voir. Mais elle poussa une exclamation de surprise quand je pris son visage entre mes mains, que je la poussai à l'intérieur et que je l'embrassai à pleine bouche sans prévenir.

Le baiser n'était pas seulement brusque : il était carrément brutal. Il manquait autant d'affection qu'il transpirait le désespoir.

J'étais désespéré.

Imprudent.

Brisé.

Et pas par la sœur que j'étais censé aimer.

Elle était à bout de souffle. J'étais à bout tout court. Je n'en pouvais plus d'être sans elle. Nos langues se frôlaient, se caressaient, s'énamouraient, comme en proie à un sort de magie noire.

Je la tenais par le cou. Peut-être que je la serrais trop fort. Comment aurais-je pu deviner que mon corps pouvait répondre de la sorte à une autre personne ? Chacune de mes terminaisons nerveuses semblait en proie à un incendie incontrôlable. Les genoux de Rosie se dérobèrent. Elle se rattrapa en s'agrippant à mon T-shirt à la dernière seconde. Mentalement, néanmoins… on était tous les deux en train de tomber dans un puits sans fond.

Mentalement, on était dans la merde.

Je ne m'étais même pas rendu compte qu'elle me rendait mon baiser. Ça dura pendant une minute aussi longue qu'enivrante jusqu'à ce qu'elle recule, les yeux écarquillés par le choc et la peur. Elle se passa les doigts dans les cheveux et tira fort, ses jolies lèvres gonflées entrouvertes.

— Mon Dieu, dit-elle dans un souffle.

Je l'avais sentie, dans ce baiser. Toutes les choses qu'elle m'avait données… Elle ne pourrait jamais les reprendre. Ça m'appartenait, et j'allais m'emparer de tout le reste, même si ce n'était pas pour aujourd'hui. Même si je devais y passer ma vie.

Si toutefois elle avait la vie devant elle, enfoiré.

— Putain de merde, gémit-elle. Qu'est-ce que j'ai fait ? Va-t'en !

— Rosie…

— Va-t'en, je te dis. Tout de suite. Sérieusement, Dean, si tu remets les pieds ici…

— Tu peux compter sur moi, affirmai-je fermement. Je serai avec toi, même si ça me prend des années pour y parvenir.

— Tu n'y parviendras pas.

Il y avait quelque chose dans sa voix qui rendait ses mots inéluctables. Ou peut-être que c'était sa façon de me repousser.

— Je vais tout faire pour m'en assurer. Tu n'existes pas pour moi, Cole. Depuis la seconde où tu as posé les mains sur ma sœur. Il n'y a pas de demain pour nous, il n'y aura pas d'Alexandre, et la prochaine fois qu'on se verra, on fera comme si on ne se connaissait pas. Parce que c'est la vérité. Tu n'es rien pour moi. Tu n'as jamais rien été. Reviens ici et je demande à mon père de sortir son fusil.

Elle me claqua la porte au nez.

Et pour la première fois, elle ne risqua pas un coup d'œil par la fenêtre pour me regarder une dernière fois.

Présent

J'adorais regarder Rosie danser.

Elle dansait tellement mal que vous ne pouviez pas vous empêcher de rire. Le mieux, c'était que ça lui était complètement égal, et c'était ce que j'aimais le plus chez elle. Elle pouvait chanter faux à pleins poumons et danser comme si elle était seule au monde. Quand tous les regards étaient rivés sur elle, elle prenait une pose, façon Madonna, tout en sautant sur place comme si elle était sur des charbons ardents.

Elle fit volte-face sur la piste et son regard croisa le mien. J'étais adossé au bar, en train de boire de l'eau. Je levai ma bouteille dans sa direction pour lui montrer que je tenais ma promesse.

Vicious était en train de se frotter à Emilia.

Jaime était dehors, au téléphone avec Trent.

Sydney, Gladys et la fille qui travaillait avec Rosie dansaient ensemble.

Une fois de plus, elle et moi étions livrés à nous-mêmes.

Nina n'avait pas arrêté d'appeler et d'envoyer des textos en dépit de mon entêtement à ne pas lui répondre. Trent était en train de vivre un véritable cauchemar. Et pourtant, je ressentais tout de même cette espèce d'euphorie naturelle qui s'emparait de moi à chaque fois que j'étais quelque part avec Bébé LeBlanc.

Rosie sortit son portable et se mit à tapoter sur l'écran. Je sentis mon cœur s'emballer et j'agrippai mon téléphone, en attendant le « bip » qui me faisait l'effet d'un « boum ».

Rosie
Je pense que je vais ramener quelqu'un dans ma chambre d'hôtel ce soir. La journée a été rude et j'ai besoin de me détendre.

Dean
C'est une invitation ?

Rosie
Plutôt un avertissement. Tu sais ce qui était le pire pour moi quand vous étiez ensemble, Millie et toi ? Vous entendre vous embrasser. Ça me rendait malade. C'est pour ça que je m'arrangeais pour ne pas être à la maison quand tu étais là.

Je relevai la tête. Elle était là, à onduler du bassin avec un type derrière elle qui la tenait par la taille, le visage enfoui dans son cou tandis qu'il dansait au même rythme qu'elle. Elle avait les yeux rivés sur moi, avec ce regard qui semblait vouloir dire « Et qu'est-ce que tu comptes faire, hein ? » Elle ne perdait rien pour attendre.

Chaque cellule de mon être bouillonnait de rage et de jalousie. Je n'avais jamais ressenti ça, pas même quand Millie était partie il y a dix ans. J'avais sans doute toujours eu ça en moi. Simplement, personne ne l'avait jamais éveillé.

Je vais tuer cet enfoiré.

Je baissai les yeux sur mon portable pour taper un message.

Dean
Ne t'amuse pas à ça, LeBlanc. On n'est plus des ados. Nos actes ont des conséquences.

Rosie
Et… ?

Dean

Et avec les actes que j'ai en tête, je pense que je vais en prendre pour dix à quinze ans de prison. Arrête tes conneries avant qu'il finisse à l'hôpital.

Je pouvais sentir mon pouls jusque dans mes paupières. Ma colonne. Mon entrejambe. Je le sentais partout parce que mon cœur cognait comme s'il essayait de sortir de ma cage thoracique pour atterrir entre ses mains. C'était comme sniffer de la coke. J'avais de la poudre à canon dans les veines.

Pour la première fois depuis très longtemps, j'en avais quelque chose à faire.

L'espace d'un instant, j'envisageai de faire un scandale, mais ce n'était pas mon genre. J'étais l'enfoiré détendu qui souriait à la vie, même quand elle ne me faisait pas de cadeaux. Et Rosie ne me faisait pas de cadeaux parce que je ne les méritais pas. Parce que j'avais bel et bien embrassé sa sœur alors qu'elle était dans la pièce d'à côté. Parce que je n'avais rien fait pour l'empêcher. Elle voulait se venger, et elle voulait aller loin. J'allais la laisser explorer ses limites, même si ça me faisait mal. Mais hors de question qu'ils s'embrassent. Elle était à moi. Il pouvait regarder, mais certainement pas toucher.

Le mec fit faire volte-face à Rosie pour danser face à face. Elle maintenait néanmoins une distance de sécurité, sans doute parce qu'elle se doutait qu'il n'apprécierait pas tellement de finir aux urgences. Il n'était pas trop mal physiquement. De taille moyenne, plus ou moins du même âge qu'elle, habillé décontracté. Pas de quoi fouetter un chat.

Il cria quelque chose à son oreille par-dessus la musique et je sentis mes narines se dilater, tel un taureau sur le point de charger. Elle lui fit signe d'attendre une minute et tapota sur son portable.

Rosie
Alors, qu'est-ce que ça fait ?

J'avais l'impression de mourir à petit feu, voilà ce que ça faisait. Mais le feu qui brûlait dans son regard était bien trop vif pour que son comportement soit uniquement dû à moi. Il y avait autre chose. Quelque chose en lien avec sa famille. Je le savais, et cette fois… Cette fois, j'allais être son punching-ball. Si elle avait su à quel point j'avais envie de sentir ses petits poings sur moi…

Dean
C'est bon, j'ai compris. Tu peux arrêter, maintenant.

Elle ne répondit pas.

Et elle n'arrêta pas non plus.

L'autre abruti lui prit la main et la guida vers la porte au fond de la boîte. Tous les autres étaient occupés à danser, à boire, et plus généralement à n'en avoir rien à faire. Mon projet de coincer Rosie était en train de me revenir en pleine tête de façon spectaculaire.

Parce que Rosie n'était pas comme Millie. Personne ne pouvait la coincer.

Rosie n'était pas une proie. Parfois, c'était même elle le foutu chasseur.

Je dus avoir recours à tout le self-control dont j'étais capable pour m'empêcher de leur courir après. Au lieu de ça, je leur emboîtai nonchalamment le pas. Calme. Tranquille. Je me frayai un chemin dans la foule jusqu'à atteindre la porte qui menait à l'allée qui bordait l'arrière de la boîte. Je traversai l'obscurité, les lumières aveuglantes. Le jaune, le vert, le rouge et le violet se confondaient. C'était sans doute beau à voir quand on était soûl, sauf que je ne l'étais pas.

Quand j'arrivai enfin dehors, dans l'air statique et brûlant de Las Vegas, je me figeai.

Rosie avait le dos collé contre le mur en briques et il était penché sur elle, ses lèvres à quelques millimètres de ce qui m'appartenait.

— Recule. Tout de suite, lançai-je en avançant lentement vers eux.

Ils tournèrent tous les deux la tête vers moi. Rosie dut voir la fumée qui me sortait par les oreilles car elle plaça les mains sur le torse du type comme pour faire barrage.

— Désolée, dit-elle d'une voix rauque. C'est juste un ex jaloux. Ce n'est même pas *mon* ex d'ailleurs, mais apparemment, il n'a pas reçu le message.

Visiblement, Monsieur Bouche-Trou n'avait aucune envie d'en venir aux mains. Il avait plutôt l'air d'être en train de se faire dessus. Je dus me répéter qu'il n'était qu'un moyen pour elle d'arriver à ses fins. Pauvre type.

— Je prends la relève, dis-je en lui tapant un peu trop fort sur l'épaule.

Son regard passa d'elle à moi. Il avait la bouche entrouverte et l'air hésitant. Il se demandait sans doute si c'était prudent de la laisser seule avec moi, et il espérait aussi sûrement que ça l'était, car j'avais encore la stature d'un quarterback monstrueux qui ne répondait qu'au nom de « Dieu ».

Rosie hocha la tête et s'éclaircit la gorge.

— Désolé, Adam. Passe une bonne fin de soirée.

— C'est bien ce que je compte faire.

Il tourna les talons et s'éloigna, à pas de plus en plus rapides à mesure qu'il s'approchait de la porte.

Sans m'occuper de ses principes à la con, je plaquai Rosie contre le mur et pressai lentement mon corps contre le sien. J'avais une érection monstrueuse. En la sentant, elle arqua le dos et se mit sur la pointe des pieds, sa bouche en quête de la mienne.

Je haussai les sourcils et reculai.

— Adam ?

Moi aussi, je pouvais jouer à ça. Du moins, jusqu'à ce qu'elle se rende compte que ce n'était pas un jeu. C'était du sérieux.

— Très sympa, murmura-t-elle.

Elle avait les yeux rivés sur mes lèvres et sa respiration était irrégulière. Et pas à cause de sa maladie de merde.

Je plaçai mes mains de part et d'autre de sa tête et nichai la mienne dans le creux de son épaule.

— Tant mieux, parce que tu viens de dire adieu à un orgasme à cause de lui.

Elle gémit et se mordit la lèvre inférieure quand je glissai la main dans sa culotte et que je caressai son sexe humide.

— J'ai besoin de me changer les idées ce soir, dit-elle en m'attirant à elle. Tu m'aides ?

Je glissai deux doigts en elle et commençai à aller et venir. Elle poussa une exclamation de surprise et m'attrapa par les cheveux, mais je ne la laissai pas enrouler ses jambes autour de moi. Merde. Elle n'avait rien compris. Absolument rien. Elle ne savait pas à qui elle avait affaire. J'étais peut-être plus gentil que vicieux, mais je restais un Hot Hero. Je restais un Sinner… et j'étais toujours le grand méchant loup dont lui avait parlé sa grand-mère.

— Oui, haleta-t-elle. Juste là.

Je glissai un doigt en plus, jusqu'à la prendre avec toute ma main. Je frottai mon corps contre le sien pour créer la friction que son clitoris réclamait. Ses genoux commençaient à la lâcher. Si elle croyait que j'allais la rattraper, elle se trompait lourdement.

— Regarde les étoiles, grognai-je.

Elle n'en avait rien à faire des étoiles. Elle était trop occupée à essayer de m'embrasser. Mais je ne l'embrassai pas. Elle ne méritait pas de baiser. Je voulais qu'elle vienne à moi, qu'elle presse ses lèvres contre les miennes et qu'elle le dise, et pas seulement parce qu'elle voulait un orgasme.

Je t'appartiens. Je t'ai toujours appartenu. Je n'appartiendrai jamais à personne d'autre.

— Je te conseille d'obéir, Bébé LeBlanc. Je n'aime pas me répéter.

Elle soupira mais s'exécuta néanmoins. On leva tous les deux les yeux vers le ciel rempli d'étoiles. C'était étonnant. Normalement, on ne voyait rien depuis le Strip, mais cette nuit-là, si. Parce qu'*elle* était là.

Elle contracta les cuisses autour de ma taille et je sentis son sexe en faire autant autour de mes doigts. Je retirai ma main et fis une moue blasée, la regardant comme si elle n'était rien d'autre qu'une transaction commerciale. Un simple désagrément sur ma route.

Elle me dévisagea, bouche bée.

— Qu'est-ce que tu fous ?

Je faillis me mettre à rire quand elle pressa son sexe contre mon ventre, dans une prière silencieuse pour que je finisse ce que j'avais commencé. Je pressai ma bouche contre son oreille.

— Tes actes ont des conséquences, Rosie. Habitue-toi. Je ne vais pas te laisser t'en sortir aussi facilement que le fait le reste de ta famille. La prochaine fois que tu laisses un pauvre type poser les mains sur toi, tu sais à quoi t'attendre. Je ne vais pas t'en tenir rigueur cette fois-ci parce que tu es une petite nouvelle, mais mets-toi bien ça dans la tête : nous deux, ce n'est pas une blague. Tu m'appartiens. Et ne me remercie pas. La première leçon est offerte. Retiens-la.

Ce soir-là, Rosie se glissa dans ma suite.

Enfin, c'était loin d'être aussi discret qu'une opération commando. Les filles étaient ivres mortes après avoir passé la journée à boire, et Millie (qui semblait sobre pour une raison qui m'échappait totalement) s'était endormie sur un des canapés de la boîte, épuisée. Rosie était à mi-chemin entre sobre et pompette. En tout cas, elle était loin d'être aussi soûle que le soir où on avait couché ensemble à Todos Santos. Et pourtant, elle voulait remettre ça. Quelle surprise. Je me demandais pendant combien de temps encore elle allait se voiler la face avant de se rendre compte qu'on était en train de tomber la tête la première dans un abîme si profond qu'on ne pourrait jamais en ressortir. Le même que celui dans lequel j'avais essayé de la pousser lorsqu'on était ados.

Vicious et Jaime étaient en bas, installés à une table de black jack, quand on frappa un petit coup à la porte de la suite. J'ouvris et je la trouvai sur le seuil, toujours attifée de sa robe rose qui donnait aux autres filles l'air d'être déguisées en vagin géant mais qui, sur elle, ressemblait à une robe de princesse. En la voyant, mon cœur se mit à cogner comme un fou dans ma poitrine.

Ça me faisait doucement rire que les gens disent que j'étais dangereux. Parce que le danger, c'était cette petite nana avec des yeux bleus et des taches de rousseur, coincée dans une meringue rose.

Elle avait l'air en colère.

Ses oreilles de lutin étaient rouges, une grimace déformait sa bouche, et elle tapait du pied sur la moquette rouge comme si elle essayait d'y creuser un trou. Ça faisait des jours qu'elle était dans cet état et je n'aimais pas ça. Elle n'était pas elle-même ici, ni à Todos Santos. Elle n'était pas pleine d'assurance, drôle et impertinente. Elle était en colère, agacée et désespérée. Je comprenais à présent pourquoi elle n'avait pas voulu de mon billet d'avion : ce n'était pas seulement une question d'argent, c'était aussi à cause de l'effet que cet endroit avait sur elle.

— Je pense qu'une bonne douche froide te calmerait un peu, conseillai-je, même si elle ne m'avait rien demandé.

— J'ai surtout besoin d'une bonne partie de jambes en l'air, rétorqua-t-elle en me poussant pour entrer dans la chambre.

Je pris le parti de la laisser croire que c'était elle qui menait la danse et je la suivis docilement, sans manquer de mater ses fesses dans sa robe.

— À la douche, Sirius.

— Ça m'étonnerait, planète Terre.

Si un sourire avait eu le pouvoir de vous fendre le visage en deux, j'aurais déjà été en route pour l'hôpital.

— Planète Terre ? Éclaire ma lanterne. Avant de baisser ma braguette.

Elle me regarda par-dessus son épaule.

— Tu es chaotique, fou, rempli de guerres et d'angoisse. Mais tu es l'endroit le plus vivant où je sois jamais allée.

Merde. J'allais lui passer la bague au doigt, et le diamant allait sûrement peser aussi lourd qu'elle, si ce n'était plus. Et je ne disais pas seulement ça à cause de la semaine de dingue qu'on était en train de passer. Elle me comprenait. Elle me comprenait vraiment. Et sans ignorer les trucs obscurs, comme le reste du monde.

— À la douche, ordonnai-je d'une voix solennelle.

Je la rejoignis et lui donnai une tape sur les fesses. Pas trop fort. *Pour l'instant.*

— Pour chaque minute passée à me faire attendre, je te prive d'un orgasme.

Elle se rendit à la salle de bains presque en courant. J'aurais parié qu'elle venait de battre le record du sprint chez les malades de la mucoviscidose.

Elle retira d'abord sa robe, puis ses chaussures, et enfin sa culotte. Bleu ciel, en dentelle et en satin. Je fus tenté de la mettre dans ma poche, mais je me rappelai au dernier moment que si les choses se déroulaient comme je l'avais prévu, l'intégralité de sa garde-robe ne tarderait pas à être dans ma penderie. J'emporterais quand même sûrement des petites culottes à elle au bureau, juste pour m'aider à affronter la journée.

Je tournai le robinet (l'eau était glacée) et lui fis signe d'entrer dans la douche. J'étais encore tout habillé. Elle me dévisagea d'un air méfiant. Elle était entièrement nue et pourtant, elle ne tentait pas de se cacher. Elle n'avait pas la moindre raison de le faire, de toute façon : Rosie LeBlanc était une œuvre d'art.

— Je suis malade, fit-elle remarquer.

— Ça va aller, lui assurai-je.

J'aimais la faire sortir de sa zone de confort. J'adorais sa réaction quand elle se rendait compte que je ne la traitais pas comme une fleur sur le point de faner. Pour moi, elle était un arbre plein de vie, avec un tronc solide.

— Et toi ? s'enquit-elle.

— Quoi, moi ?

— Tu te joins à moi ?

— Si tu demandes gentiment.

Elle gloussa et croisa les bras sur sa poitrine. C'était la première fois que je voyais ses seins. Il me fallut quelques secondes pour percuter, sûrement parce que dans ma tête, elle était toujours nue. Le cerveau humain fonctionnait vraiment bizarrement.

— S'il te plaît, tu viens avec moi sous la douche ? demanda-t-elle en levant les yeux au ciel.

— J'ai mal compris. C'est ça, gentiment, pour toi ?

Je baissai la fermeture Éclair de mon pantalon de costume et sortis mon sexe de mon caleçon. J'avais une érection terrible. Rosie examinait mon pénis pour la première fois, les yeux écarquillés.

J'étudiai sa réaction de près, sans perdre une miette du moindre de ses mouvements, de ses battements de cils à sa respiration. Au bout d'un bref instant, elle se reprit et franchit avec assurance la distance qui nous séparait. Enfin, la fille qui se tenait devant moi redevenait la Rosie de New York. Quand on fut l'un contre l'autre, elle prit mon sexe dans sa main et me toisa d'un air de défi. L'eau coulait toujours derrière elle.

— Demande gentiment, répétai-je, et je me joins à toi. Et si tu demandes encore plus gentiment, tu auras droit à de l'eau chaude.

Elle s'agenouilla, agrippa fermement l'arrière de ma cuisse et referma ses doigts autour de mon sexe. Elle avait de petites mains et j'étais bien monté, ce qui faisait que ses doigts ne se touchaient même pas. Et naturellement, c'était hyper excitant. Elle effleura lentement mon gland du bout de sa langue avant de me prendre dans sa bouche et de se mettre à me lécher comme si j'étais une putain de sucette. J'adorais sa façon de faire. C'était tellement différent de la manière dont s'y prenaient les filles avec qui je couchais d'habitude. Elles aspiraient mon sexe comme si elles essayaient de la détacher du reste de mon corps. Rosie, elle, me provoquait. Elle continua à me lécher jusqu'à ce que je l'attrape par les cheveux pour maintenir sa tête en place et que je commence à aller et venir dans sa bouche en grognant.

J'étais sur le point de jouir, et c'était hors de question. Pas maintenant. Pas comme ça.

— Putain, Rosie.

Je la fis se relever et la poussai dans la douche. Une fois plaquée contre le carrelage doré, je tournai le robinet d'eau chaude. Le jet ruisselait sur nous à pleine puissance. Je portais toujours mes chaussures, mon pantalon et ma chemise, mais je m'en foutais complètement. Je plaquai ma bouche sur la sienne et le contact nous fit exploser, comme la rencontre de deux étoiles solitaires perdues dans l'obscurité.

— C'était assez gentil ?

Elle luttait encore contre la quinte de toux que j'avais provoquée en enfonçant mon sexe dans sa bouche. Rien que le gargouillis qu'elle avait émis à ce moment-là avait failli me faire jouir.

— Gentil ? Non. C'est parfait. Comme toi.

Je la soulevai et elle enroula ses jambes autour de ma taille. Je la pénétrai si brusquement et si rapidement qu'elle cria, et ce n'était pas un cri de plaisir.

Je la pris frénétiquement, sachant que l'eau n'était toujours pas chaude et qu'il ne fallait pas que Rosie attrape froid. Elle cria et s'agrippa à moi et on perdit tous les deux l'équilibre. Je me rattrapai de justesse et je l'allongeai sur le sol de la douche. Je ramenai ses bras par-dessus sa tête et emprisonnai ses poignets.

— Qu'est-ce qui te ronge, Rosie ? Pourquoi est-ce que tu es triste ?

Je l'assaillais avec une telle intensité que je sentais qu'elle reculait, comme si la friction était trop forte. Rosie allait me sentir tout entier, et elle continuerait à me sentir bien après ce soir.

— Chut, murmura-t-elle avant de presser ses lèvres contre les miennes. S'il te plaît, laisse-moi profiter.

Je la pris jusqu'à ce qu'il n'y ait plus rien à prendre, jusqu'à ce qu'elle ne soit plus qu'une poupée de chiffon désarticulée et repue après deux orgasmes violents qui la firent convulser comme si elle était en train de s'électrocuter.

Je finis par jouir à mon tour. Et ce fut à cet instant que je percutai. Je n'avais pas mis de préservatif.

Elle s'en était rendu compte, c'était sûr, mais elle ne dit rien. Même quand mon sperme coula le long de sa cuisse et qu'il était impossible de le confondre avec l'eau en provenance des multiples jets de la douche. Elle ne fit aucun commentaire. Elle continua simplement à m'observer par-dessous ses paupières lourdes.

— Merde.

Je laissai ma tête basculer en avant et mon front atterrit sur ses lèvres.

— Je suis tellement désolé. Putain. Pardon. Je ne voulais pas… Je te jure que je suis *clean*, assurai-je en secouant la tête.

Elle passa ses doigts dans mes cheveux mouillés.

— Ça ne fait rien. Je suis *clean* aussi.

Sa voix était totalement dénuée d'émotion. Elle n'avait pas l'air inquiet ni en colère. Elle avait l'air de ne *rien* ressentir.

— Je vais descendre te chercher une pilule du lendemain, grommelai-je.

Je détestais qu'on soit passé de *ça* à *ça*. D'un désir pur et d'une colère saine à une conversation sur comment éviter une grossesse non désirée et des MST potentielles. Je voulais absolument éviter qu'une tempête se déchaîne sous son crâne. Les femmes étaient sensibles à ce genre de choses. Je l'avais appris à mes dépens avec Nina, et pourtant je venais de faire la même erreur avec Rosie. *Quel con.*

— Je vais bien, Dean. Je t'assure.

Elle posa ses mains sur mon torse et me poussa. Puis elle se leva et ramassa ses vêtements pendant que je restais allongé sous le jet d'eau.

Et merde.

16

Dean

Je repris l'avion pour Todos Santos le mardi, en laissant Vicious et Jaime derrière moi.

Ils semblaient très bien s'amuser sans moi alors je décidai de les laisser jouer aux meilleures copines et se prêter leur maquillage et leurs sous-vêtements, entre autres activités féminines.

La seule chose qui me dérangeait, c'était de laisser Rosie, surtout compte tenu de la façon dont j'avais remarquablement tout gâché le samedi soir, en jouissant en elle sans préservatif. *Enfoiré.*

Néanmoins, s'il y avait bien une chose qu'on ne pouvait pas me retirer, c'était que j'étais un enfoiré loyal, et Trent avait besoin de moi. Il n'avait rien dit, mais je savais lire entre les lignes et j'avais bien senti que quelque chose n'allait pas quand je l'avais eu au téléphone. Il n'était pas complètement lui-même. Il avait toujours fait preuve d'un calme inébranlable. Même quand sa blessure à la jambe avait mis un terme à sa carrière de footballeur, même quand Val s'était retrouvée enceinte et qu'elle avait frappé à sa porte en lui réclamant de l'argent, même quand la vie le tenait à la gorge jusqu'à l'étrangler, il n'avait jamais perdu le sourire et il avait toujours envoyé son destin cruel se faire foutre.

Sauf que ça n'avait pas été le cas la dernière fois qu'on s'était parlé.

C'était pour ça que j'avais décidé de monter dans cet avion.

Je m'étais toujours senti plus proche de Trent, depuis le premier jour.

Peut-être que c'était parce qu'il n'était pas né comme nous, riche, privilégié et prêt à dominer le monde que ses ancêtres avaient conquis pour lui. Peut-être que c'était parce que c'était quelqu'un de bien, un mec humble qui se satisfaisait de ce qu'il avait, même si sa famille vivait dans une maison qui coûtait moins cher que notre budget jardinage annuel. Quelque chose me poussait vers lui et parmi les Hot Heroes, il était le seul en qui j'avais réellement confiance. C'était le seul à qui j'avais envisagé de parler de Nina, même si on n'avait jamais poussé les confidences jusque-là.

Trent avait toujours été là pour moi.

Et j'allais lui montrer que la réciproque était vraie, quand bien même ça voulait dire sacrifier ma récréation avec Rosie.

On avait tous été diplômés dans des facs différentes, dispersées aux quatre coins du pays. Jaime était allé au Texas, Vicious à Los Angeles, Trent dans une école publique pourrie à San Diego et moi, au Texas. Je n'avais pas hésité une seconde au moment de lui prêter les quatre millions de dollars nécessaires pour faire de lui un associé et lui permettre de se lancer dans Fiscal Heights Holdings avec nous.

Je n'avais pas hésité une seconde, mais mes parents m'en avaient voulu. J'avais dû trouver un moyen de me porter garant pour lui (étant donné que je n'avais pas ce genre de somme disponible sur mon compte en banque), alors on avait passé tous nos étés à faire du classement au bureau de mon père et à aller chercher des cafés au Starbucks. On avait joué les chauffeurs de taxi pour mes sœurs. Bref, on avait été les esclaves de ma famille.

Et naturellement, on avait tous les deux signé un contrat draconien pour que mon père ait la garantie qu'il récupérerait son argent.

Alors qu'on était déjà tous riches comme Crésus, Trent avait continué à vivre dans un studio à Chicago pour pouvoir rembourser Eli Cole. Ce n'était qu'après la naissance de Luna qu'il s'était résolu à emménager dans un appartement plus grand. J'aurais dit « pour pouvoir héberger sa famille », mais ils n'avaient jamais vraiment formé une famille avec Val.

J'envoyai un message à Rosie pour la prévenir.

Dean
Changement de dernière minute. Je rentre à Todos Santos pour passer du temps avec Trent.

Rosie
Dis-moi s'il a besoin de quoi que ce soit. J'aimerais vraiment l'aider si je peux.

Dean
Merci. Et encore désolé pour l'autre soir. Est-ce que TU as besoin de quelque chose ?

Rosie
N'y pense plus. Sérieusement. On est *clean* tous les deux, pas vrai ?

Dean
Oui.

Étant donné que Rosie n'était pas du genre à voler du sperme (c'était plutôt le type de loisir que Val pratiquait), j'en déduisis qu'elle devait prendre la pilule ou un truc du genre. Ça aurait été sympa de sa part de me le dire clairement pour que j'arrête de stresser, mais ça ne me regardait pas. Il ne me restait qu'à lui faire confiance et aller de l'avant. Peu importait à quel point le sujet était sensible.

DEAN
Tu vas me manquer.

ROSIE
Tu survivras. Tu m'as manqué pendant onze ans.

DEAN
Je vais m'assurer que ça ne se reproduise pas.

Alors que j'étais à Todos Santos, mon portable vibra. J'étais tellement distrait par toutes ces histoires avec Trent et Rosie que je décrochais sans regarder le numéro de l'appelant. Ça ne me ressemblait pas, et à la seconde où je répondis, je me souvins pourquoi.

— Allô ?

— Bon sang, pas trop tôt ! J'ai bien cru que tu ne répondrais jamais, grogna Nina d'un ton agressif.

Mon cœur sembla s'arrêter de battre et je sentis ma mâchoire se crisper. L'espace d'un instant, tout se mit à tourner autour de moi, jusqu'à ce que je reprenne mes esprits. Je laissai tomber mon sac par terre dans un bruit sourd, ouvris le meuble bar de Vicious et observai la collection de bouteilles bien alignées qui semblaient murmurer mon nom.

Je n'étais pas stupide. Je voyais bien la corrélation directe entre mes problèmes avec elle et ma consommation d'alcool et d'herbe. À chaque fois que je pensais à elle, je voulais tout oublier.

À chaque fois que je lui parlais, j'avais envie d'une distraction.

Elle traînait toujours dans le coin, à demander des choses qu'elle n'était absolument pas en droit d'exiger et à me retourner le cerveau.

Est-ce que je voulais d'elle dans ma vie ? Ou pas ? Est-ce que je la pardonnais ? Est-ce que j'étais *capable* de la pardonner ? Est-ce que je voulais le connaître ? Est-ce que *lui* voulait *me* connaître ?

— Tu n'abandonnes jamais.

— Pas vraiment, non. On est pareils, toi et moi. Il faut qu'on parle, Dean, et tu le sais, roucoula-t-elle.

Elle avait de grands talents d'oratrice, et un charme irrésistible. C'était une redoutable séductrice. Dommage pour elle que j'y sois totalement insensible. Néanmoins, ça ne faisait que me rappeler à quel point on se ressemblait, effectivement. Et ça me tuait. Parce que je la détestais plus que n'importe quoi ou n'importe qui d'autre.

— Je ne suis pas intéressé. Alors tu peux prendre le reste de ton discours « chaque enfant a besoin d'un père » et te le mettre où je pense.

— Je tiens ton bonheur dans la paume de ma main, reprit-elle comme si je n'avais rien dit.

— Toujours pas intéressé.

— Donne-moi six cent mille, et c'est pour toi. Tu peux le trouver. Le rencontrer. Lui parler. Ça serait formidable, non ?

Peut-être. Peut-être pas. Je n'étais toujours pas sûr. Rien que le fait qu'elle pensait pouvoir encore me faire du chantage après toutes ces années était hallucinant.

— Je t'ai donné vingt mille dollars il y a moins d'une semaine pour que tu me foutes la paix. Je t'ai donné de l'argent pour que tu te tiennes tranquille et que tu arrêtes de m'appeler. Je t'ai payée pour te faire sortir de ma vie, et tu n'es même pas capable de t'en tenir à un truc aussi simple et basique que ça. Peut-être que ça devrait être le dernier virement, étant donné que ta parole ne vaut rien.

Je n'avais jamais débité autant de conneries. Je savais pertinemment que je n'étais pas près d'arrêter de l'entretenir. Elle avait à peine assez d'argent pour payer ses courses et ses factures (elle n'avait jamais travaillé) et la dernière fois que j'avais essayé de lui couper les vivres, elle m'avait appelé plusieurs centaines de fois par jour, m'avait envoyé assez d'e-mails pour saturer ma boîte de réception, et m'avait écrit tellement de messages que j'avais dû changer de numéro. Deux fois. Je savais que je l'encourageais à continuer à chaque fois que je lui donnais de l'argent, mais c'était plus facile que de ne pas lui en donner.

C'était un cas désespéré. Tout ce qu'elle voulait, c'était que je sois à elle, que je travaille pour elle, que je prenne soin d'elle et que je l'aime. Au lieu de ça, elle devait se contenter de virements qui la maintenaient à peine au-dessus du seuil de pauvreté.

Toute cette histoire avec Luna m'avait ouvert les yeux. Je ne voulais pas le rencontrer. Je voulais oublier jusqu'à son existence et aller de l'avant.

— Allez, mon chéri, geignit-elle. J'ai vraiment besoin d'argent.

Elle fit traîner le mot « vraiment » d'une façon particulièrement énervante.

— Trouve un boulot. Je sais que c'est un concept inconnu pour toi, mais c'est faisable. Tu es une femme compétente.

Enfin… Plus ou moins.

— Je n'ai pas besoin de travailler. J'ai quelque chose que tu veux : lui.

Ça me tuait d'avoir à l'admettre, mais c'était vrai. Je ne voulais pas forcément faire sa connaissance. Je voulais juste voir à quoi il ressemblait, même de loin. J'avais engagé plusieurs détectives privés après mes études à Harvard, mais ils avaient tous fait chou blanc. Nina savait exactement ce qu'elle faisait. Néanmoins, je doutais qu'il soit dans les parages. Elle savait sans doute où il se trouvait, et il était sûrement très loin d'elle.

Tant mieux. Il était bien plus heureux sans elle.

— J'ai rencontré une fille, dis-je pour changer de sujet.

Comme si elle en avait quelque chose à faire. Comme si ça faisait la moindre différence.

— Ah bon ?

Le moins qu'on puisse dire, c'était qu'elle n'avait pas l'air agréablement surprise.

— Je pensais que tu rencontrais tout le temps des filles. Ta réputation te précède.

— C'est marrant, que tu dises ça, compte tenu de *ta* réputation. Tu me surpasses largement. Il y a au moins un domaine dans lequel tu excelles.

— Pas la peine de te vexer, Dean, je faisais juste la conversation, c'est tout.

Elle voulait me prendre la tête, surtout.

— Elle sait que tu traites les femmes comme des mouchoirs jetables ?

Je l'entendis mâchouiller quelque chose. Sûrement le pénis d'un loser quelconque.

— Pas elle.

— Et pourquoi ?

— Parce qu'elle est tout le contraire de toi.

Et c'était la vérité. Rosie était courageuse, fougueuse, loyale et pleine d'esprit. *Avec le potentiel d'être une mère formidable.* C'était une jeune femme travailleuse qui n'aimait pas demander des services aux autres. Et contrairement à moi, Rosie ne prenait pas les raccourcis qui s'offraient à elle. Avec sa maladie, elle aurait pu avoir la vie bien plus facile. Mais Bébé LeBlanc n'était pas comme ça. Elle voulait une existence normale, elle voulait vivre comme tout le monde, et c'était justement ce qui la rendait si unique et incomparable.

Je portai une bouteille de rhum à mes lèvres et bus une gorgée, puis une autre. J'avais été irréprochable pendant trois jours, je n'avais pas bu une goutte d'alcool, même à Vegas. Et il avait suffi d'entendre sa voix pour tout gâcher.

— Tu sais que tu m'aimes toujours, malgré tout, lança Nina avant de laisser échapper un petit rire faussement timide.

Le pire, si j'étais honnête... c'était qu'elle n'avait pas complètement tort.

J'admirai les arbres en fleurs depuis le balcon de Vicious.

— Dean ?

— Oui ?

— Crois-moi, tu ne veux pas passer à côté de ça. Ça va tout changer.

Je n'en doutais pas une seconde.

— Arrête d'appeler. J'arrête de te répondre. Au revoir, Nina.

— Hé, enfoiré ! Où donc es-tu, mon cher ?

La voix de Trent résonna sur le palier. Je me forçai à décoller du canapé vintage de Vicious en me tenant la tête dans les mains pour l'empêcher d'exploser. Les parents de Rosie vivaient au deuxième étage, mais j'étais presque sûr qu'ils n'étaient pas à la maison. Sa mère se rendait sans arrêt à des réunions de quartier et son père travaillait comme paysagiste à mi-temps. Vicious m'avait confié une fois que c'était tout simplement impossible de convaincre les LeBlanc d'arrêter de travailler, même s'ils étaient en âge d'être à la retraite. Ça ne m'avait pas étonné. Leurs filles étaient pareilles.

— Je suis là, grognai-je.

Trent et Luna entrèrent dans le vaste salon. Elle chancelait sur ses pieds comme un petit canard pataud. Ses boucles brunes aux reflets dorés et sa peau ambrée faisaient ressortir ses yeux verts. Luna se jeta entre mes jambes pour me faire un câlin. Je la soulevai et la plaçai contre mon torse. Aussitôt, elle passa ses petits bras potelés autour de mon cou.

Trent s'appuya contre le mur, les mains dans les poches.

— Comment elle va ? demandai-je en serrant Luna contre moi.

Il haussa les épaules tout en regardant par la fenêtre.

— Elle croit qu'elle est en vacances avec papi et mamie. Elle n'arrête pas de prendre mon portable et de le coller à son oreille en s'attendant à entendre la voix de sa mère.

— J'ai lu quelque part qu'on commence à avoir des souvenirs vers l'âge de deux ans. Avec un peu de chance, elle ne se rappellera même pas que cette salope est partie.

C'était ma façon de le soutenir : en lui ressortant des infos que j'avais lues dans un vieux magazine dans la salle d'attente de mon dentiste. La plupart des gens essayaient sûrement de le convaincre que Val finirait par revenir, mais je ne faisais pas partie de ceux-là. À quoi bon lui mentir ? Je connaissais les gens comme elle. Ils faisaient un gamin, l'abandonnaient et s'intéressaient à leur progéniture uniquement s'ils y voyaient une occasion de se faire du fric.

— Et moi, j'ai lu quelque part que nos premiers souvenirs pouvaient remonter à l'époque où on était encore dans l'utérus. Peut-être qu'elle se souviendra de tout, répondit-il avec un regard narquois.

Touché.

Je reposai Luna par terre. Elle chancela un peu avant de retrouver l'équilibre, puis elle m'attrapa la main en souriant.

— Ne le prends pas mal mais tu ne sais pas de quoi tu parles, d'accord ? Tu n'as jamais dû faire face à ce genre de merdier auparavant.

Je ne le contredis pas. On n'était pas là pour parler de moi. Je voulais être là pour lui, et tant pis s'il se comportait comme un emmerdeur pendant quelque temps.

— Tu es un grand garçon, Trent. Tu as assez d'argent pour engager la meilleure nourrice du monde et Luna est une gamine super. Tu as tes parents, tes amis, *moi*. Tu n'es pas seul.

— Je sais bien.

Il se frotta le visage et se dirigea vers le meuble bar, d'où il sortit une bouteille de Glenmorangie.

— Luna, montre à tonton Dean comment tu danses, dit-il d'une voix lasse.

Il se servit un verre, un sourire fatigué sur les lèvres. La petite commença à se trémousser comme Beyoncé au Madison Square Garden. On tapa tous les deux dans les mains pendant quelques minutes, jusqu'à ce que Luna soit distraite par une porte et décide de l'ouvrir et la fermer cinq cents fois de suite.

— Elle est en avance pour son âge, fis-je remarquer.

— Très. Elle babille sans arrêt, aussi. Peut-être que je ne suis pas objectif, mais je pense qu'elle est spéciale. Très spéciale.

Il secoua la tête, les sourcils froncés.

— Trop spéciale pour être abandonnée comme ça par sa mère.

— Qu'est-ce que tu comptes faire ?

Il me dévisagea tout en buvant une gorgée de whisky. Je savais ce que son silence voulait dire : il avait déjà une idée. Il finit par poser son verre et faire claquer sa langue.

— Mes parents ont acheté une nouvelle maison à Todos Santos. Chicago est une ville immense et impitoyable, et j'ai des horaires de dingue.

Il me fixa intensément et je compris aussitôt ce qu'il était en train de demander.

— Parlons affaires.

Trent écarta les bras, les yeux posés sur Luna qui était toujours en train d'ouvrir et de fermer la porte avec la même dévotion que si elle essayait de trouver un remède anticancéreux.

— Voilà à quoi ressemble ma vie : c'est un Bordel avec un *b* majuscule. Jusqu'à maintenant, ma fille a été au milieu de tout ça, ballottée à droite à gauche par des parents dont les mauvaises décisions sont en train de lui pourrir la vie. Mais c'est terminé, à présent. Elle a besoin de stabilité.

— Et qu'est-ce que tu suggères exactement ? demandai-je en le regardant droit dans les yeux.

Le siège social de Fiscal Heights Holdings se trouvait à New York, et c'était moi qui étais aux commandes. Sans me vanter, tout se passait bien. J'étais le célibataire dévoué à son métier qui ne comptait pas ses heures. Vicious travaillait à Los Angeles et faisait tous les jours l'aller-retour depuis Todos Santos. Il aurait préféré mourir plutôt que quitter la Californie. Il était né ici, et il mourrait ici. Jaime était à Londres et il gérait toute la partie européenne. Trent était à Chicago, là où se trouvait notre nouvelle succursale. C'était la plus petite de toutes mais elle se développait rapidement. Il y avait de l'argent à gagner, et les gens aimaient l'argent. Surtout les gens comme nous.

— Vicious devrait s'occuper du bureau de Chicago, lâcha-t-il impitoyablement.

Je souris.

— Vicious devrait faire tout un tas de choses. Sauf qu'entre ce qu'il fait et ce qu'il devrait faire, il y a un monde, et c'est justement dans ce monde-là qu'il s'épanouit.

— J'aurai besoin de ton soutien quand j'aborderai le sujet lors de notre prochaine réunion.

Il soutenait fermement mon regard et je me mordis la lèvre inférieure.

— Il va te falloir davantage que mon vote pour que ça se concrétise.

— Jaime est de mon côté.

— Vraiment ?

Je haussai les sourcils. Jaime était toujours du côté de Vicious, même quand Vicious déconnait.

Quand je regardais Trent, je voyais quelqu'un pour qui j'avais envie de me battre. Bec et ongles. Il avait toujours été irréprochable. S'il y en avait bien un parmi nous quatre qui méritait de lever le pied, c'était bien lui. Je hochai la tête et caressai les cheveux de Luna, qui s'était approchée de moi.

— Quand ? demandai-je.

— En novembre, ça me paraît pas mal. Thanksgiving et tout le bazar. On sera tous là, de toute façon.

J'acquiesçai.

— La Californie t'attend.

On se donna une tape dans le dos.

— Pas trop tôt, putain.

17

Rosie

Qu'est-ce qui te fait te sentir vivante ?
Dean. Dean Cole me fait me sentir vivante.

J'avais beau faire des efforts, le reste de notre escapade à Las Vegas me parut interminable. J'emmenai les filles au Mob Museum, dans un restaurant de grillades (j'aurais préféré des sushis mais même si j'étais en colère contre ma sœur, je ne voulais pas non plus la torturer) et dans un spa. Millie et moi échangeâmes un total de trois phrases en présence des autres. Quand on était toutes les deux, un silence nerveux régnait entre nous. Elle était triste, inquiète et perturbée. J'étais courtoise et distante.

Et en plus de tout ça, il y avait de la culpabilité, bien sûr. Ça me rongeait comme une tumeur. Je ne savais même pas ce qui était le pire : le fait que j'aie couché avec son ex (même si, à ce stade, il fallait se rendre à l'évidence : Dean et moi faisions bien plus que coucher ensemble, ce qui constituait également un problème), ou le fait que je n'arrivais pas à partager l'excitation de Gladys, Sydney et Ella quand il s'agissait de l'enterrement de vie de jeune fille de ma sœur.

Le jeudi, on prit l'avion pour rentrer à la maison. J'étais soulagée de quitter Las Vegas, même si je redoutais de retrouver mes parents. À la minute où on arriva au manoir, je partis me réfugier dans ma chambre et je m'écroulai sur mon lit à baldaquins. Dire que j'étais épuisée était un euphémisme. Mes poumons étaient à l'agonie après avoir autant dansé et crapahuté et… disons que faire l'amour sur un carrelage froid n'avait pas été l'idée du siècle. Je pouvais quasiment sentir le mucus s'accumuler dans mes voies respiratoires. J'avais besoin de voir le Dr Hasting dans les meilleurs délais, mais je ne pouvais pas m'absenter avant le mariage.

Alors que j'étais en train d'écrire un message à Ella pour lui demander si son vol s'était bien passé (elle avait dû rentrer à New York pour un autre mariage dans sa famille qui lui faisait rater celui de Millie), ma grande sœur ouvrit la porte avec fracas et s'engouffra dans ma chambre.

— Il faut qu'on parle.

Je me redressai au milieu de la montagne de coussins multicolores et tournai la tête vers elle. Quand elle vit mes yeux rouges et mes joues baignées de larmes, la fureur dans son regard fut aussitôt remplacée par de l'inquiétude. C'était ma sœur tout craché. Même quand je me comportais comme une sale gamine à son enterrement de vie de jeune fille, elle n'arrivait pas à m'en vouloir.

Je tapotai le matelas à côté de moi en guise d'invitation. C'était là, sur un lit, qu'on s'asseyait, qu'on riait, qu'on pleurait, qu'on regardait les étoiles fluorescentes la nuit et qu'on faisait des projets totalement fous. Comprenant que j'agitais le drapeau blanc, elle entra complètement dans ma chambre et referma la porte derrière elle.

Je ris et toussai à la fois et baissai la tête.

— Alors parlons, sœurette.

— Je n'ai jamais voulu que tu l'apprennes comme ça, dit Millie en fixant le plafond, les mains derrière la nuque.

J'avais la tête blottie entre son menton et son aisselle. De là où j'étais, je pouvais voir la veine bleue qui courait le long de son sein gauche tandis que son corps se préparait à l'allaitement.

— Mais je ne pouvais pas non plus te balancer ça comme ça, et tu sais aussi bien que moi pourquoi. Papa est sans arrêt sur ton dos, maman est terrifiée de te savoir toute seule à New York, et je désirais à tout prix éviter d'ajouter une pression supplémentaire sur tes épaules. Sauf que, malheureusement, les gens s'en sont rendu compte bien plus tôt que prévu. Merci les nausées matinales et ma tendance à devenir verdâtre dès qu'il y a une tasse de café dans les parages.

Elle prit une profonde inspiration et frotta sa joue contre la mienne.

— Gladys et Sydney l'ont compris il y a une semaine. J'allais te le dire avant mon enterrement de vie de jeune fille, mais tu nous as concocté un tel programme à Vegas qu'on n'a pas eu une minute à nous.

Je serrai un coussin contre moi et tirai sur un fil qui dépassait.

— Je travaille avec des bébés, fis-je observer en faisant la moue. Tu *pouvais* me le balancer comme ça. J'aurais été aux anges pour toi. Pourquoi est-ce que tu as cru que ce ne serait pas le cas ?

Elle déglutit et baissa les yeux.

— Parce que, Rosie, l'amour et la passion sont les deux forces qui peuvent faire basculer les gens dans la folie, même s'ils sont animés des meilleures intentions. Et la maternité te passionne. Je ne voulais pas te jeter ça en pleine figure en plus du mariage, et de la cérémonie extravagante, et de tout le reste. Pour moi aussi, c'est bizarre, tu sais ? Je ne suis pas habituée à avoir de la chance.

Je l'attirai à moi pour la serrer dans mes bras et sentir le parfum qu'elle portait depuis des années.

— Je ne me suis jamais autant réjouie de la chance de quelqu'un d'autre.

Les mots sortaient de ma bouche avec facilité et légèreté, parce que c'était la stricte vérité.

— Et habitue-toi à ta nouvelle vie de princesse, parce que tu la mérites. Maintenant, dis-moi tout. Tu es enceinte de combien ?

— Neuf semaines.

Elle se mordit la lèvre et caressa son ventre encore plat.

— L'odeur du café me donne envie de vomir, et quand je pense à du bacon, j'ai des frissons désagréables le long de la colonne vertébrale. Et mes seins, si tu savais comme ils me font mal…

Elle leva les yeux au ciel et rit doucement.

— Enfin, il paraît que c'est le premier trimestre le plus difficile et qu'après, c'est une promenade de santé.

Je décidai de lui épargner les histoires des mères avec lesquelles je travaillais, et le fait que la véritable aventure commençait après la naissance. Au lieu de ça, je la serrai dans mes bras et entrelaçai mes jambes avec les siennes.

— Comment tu fais pour me supporter ? Sérieusement, je suis horrible. Je me suis comportée comme une sale gamine insupportable pendant toute la semaine juste parce que, pendant quelques malheureuses secondes, j'ai compris ce que ça faisait de ne pas être le centre du monde.

— Bon sang, Rosie, arrête. Tu étais un peu silencieuse à Vegas mais…

— Il y a autre chose, murmurai-je.

Est-ce que je devais lui dire ? C'était sans doute mieux. Elle venait d'être honnête avec moi. La moindre des choses était d'être honnête avec elle.

— C'est-à-dire ?

Elle s'écarta et me dévisagea avec curiosité. Je me redressai et m'assis, adossée contre la tête de lit. Je fixai mes mains si intensément que ma vue se troubla. J'avais commis un crime. Le moment était venu de payer.

— J'ai couché avec Dean.

Je gardai les yeux baissés. Soudain, la possibilité de faire du mal à ma sœur devenait très réelle. Pendant plus de vingt ans, je n'avais pas eu la moindre responsabilité, à part celle de rester en vie. On me laissait tout passer, tant que je prenais mes médicaments, que j'allais à mes rendez-vous médicaux et que je faisais mes exercices respiratoires tous les matins et tous les après-midi. Mais là, je devais demander pardon. Montrer que j'avais des remords. Assumer les conséquences de mes actes.

Et pour la première fois, je devais le faire avec la seule personne à qui je n'aurais jamais voulu faire de peine. Ma sœur.

Je voulais tout arranger. Même si je savais pertinemment qu'il était le seul homme que j'aimerais jamais, j'étais prête à rayer Dean de ma vie parce que ma sœur était plus importante que ça. Elle était plus importante que lui et plus importante que *moi*.

Les yeux mi-clos, je retins mon souffle en attendant le verdict de Millie. Même si mes poumons me brûlaient, me suppliaient, *suffoquaient*, je retenais mon souffle. Je voulais qu'elle me frappe en pleine face, qu'elle me donne un coup dans le ventre, qu'elle me dise que j'étais la pire personne que l'Univers ait jamais portée, qu'elle me fiche à la porte. N'importe quoi, tant qu'elle me donnait une chance de tout arranger.

— C'était comment ?

Hein… ?

— Je… Euh… Pardon ?

— C'était bien ?

À présent, c'était à son tour de se redresser et de s'asseoir près de moi. Elle croisa les jambes et tapota sa bouche du bout des doigts.

— Je n'ai été avec lui qu'une seule fois et pour tout te dire, il me touchait à peine le reste du temps. On s'embrassait de temps en temps pendant que je faisais ses devoirs pour lui, mais ça s'arrêtait là.

Elle gloussa. L'entendre rire me fit l'effet d'une bouffée d'oxygène.

— C'était…

Je plissai les yeux et observai attentivement ma sœur. Est-ce qu'elle était soûle ? Est-ce qu'elle planait ? Ça semblait peu probable, étant donné qu'elle avait un polichinelle dans le tiroir. En tout cas, elle avait l'air de se moquer complètement de la nouvelle que je venais de lui annoncer. Je savais qu'elle n'éprouvait plus rien pour Dean. Je savais qu'ils n'avaient jamais été amoureux l'un de l'autre. Après son départ pour New York, j'avais été à l'affût des moindres faits et gestes de ma sœur pour m'assurer qu'elle n'avait pas le cœur brisé. Elle avait regretté de l'avoir quitté comme elle l'avait fait, mais il ne lui avait pas manqué. Ça paraissait donc normal que ma confession ne lui brise pas le cœur mais… sa réaction était quand même bizarre.

— Alors, c'était comment ? insista-t-elle.

Sale, excitant, brutal, incroyable, le meilleur coup de ma vie ?

Je toussai dans mon poing fermé.

— Disons que, même si j'ai beaucoup de critiques à émettre quant à sa personnalité, je n'ai pas à me plaindre sur le plan sexuel. Tu n'es vraiment pas fâchée ?

Elle haussa les épaules.

— C'est un Hot Hero, Rosie. Ils sont tellement pleins de vices qu'ils ne savent même pas épeler le mot « vertu », mais tu le sais déjà. Tant que tu protèges ton cœur, je te soutiens, peu importe ce qu'il y a entre vous, dit-elle en plaçant sa main sur mon cœur. Je veux ce qu'il y a de mieux pour toi, c'est tout. Est-ce qu'il te rend heureuse ?

Est-ce que Dean me rendait heureuse ? Je n'avais pas vraiment de réponse à cette question. Quand on était ensemble, j'étais soit ivre, soit en colère. Parfois les deux. Et je me sentais tellement coupable à chaque fois que ça ajoutait toujours du piquant à chaque moment d'intimité qu'on partageait. Même lorsque je l'avais serré contre moi la nuit où on avait appris que Val était partie et qu'elle avait abandonné Luna, je n'avais pas pu laisser mon cœur battre pour lui. Parce que je n'avais pas encore l'approbation de Millie.

— Je pense que je pourrais l'être.

En disant ça, je sentis un mélange d'excitation et de stupeur se répandre en moi.

— Alors c'est réglé. Tu as ma bénédiction.

Elle tapa dans ses mains en souriant.

Avec cette bénédiction (que je prenais très au sérieux, car c'était la clé de mon bonheur après tout), je me fis aussi une promesse. J'allais être la meilleure demoiselle d'honneur de toute l'histoire des demoiselles d'honneur. Tout le contraire d'Annie. Mon cœur s'emballa à la perspective de pouvoir me racheter.

— Merci, Millie.

Je recommençai enfin à respirer normalement.

— Ne me remercie pas. Remercie l'amour. Il vainc tout.

— Même Dean « Baiseur en série » Cole ?

Elle me donna une tape sur la cuisse en riant.

— Surtout lui, si tu veux mon avis.

18

Dean

Je détestais les mariages.

J'avais presque oublié ce petit détail (*presque*), mais ensuite, le repas guindé, les couleurs éclatantes et les invités transpirants et bien habillés qui formaient l'équation du mariage de Vicious et Millie me rappelèrent que si jamais je devais me marier un jour, ce serait à Las Vegas.

Heureusement que Rosie et moi avions un billet pour New York à la première heure le lendemain, parce qu'il fallait absolument que je quitte Todos Santos pour me lancer à sa conquête. J'appelais ça : *Opération : la Bonne Sœur LeBlanc*. Et j'allais commencer en annonçant la nouvelle au journal télévisé, pour qu'elle arrête de se sentir aussi coupable à chaque fois qu'on couchait ensemble. C'était une des racines de notre problème, et j'avais hâte de l'arracher pour ne plus voir la honte et les a priori que je lisais dans ses yeux quand elle les posait sur moi.

Bébé LeBlanc et moi n'eûmes pas beaucoup de temps pour nous entre le jeudi et le dimanche. Je la croisai dans la maison à quelques reprises, et à chaque fois nos doigts ou nos épaules s'effleuraient, quand elle ne m'offrait pas un sourire timide. Celui qu'elle avait inventé spécialement pour moi et qu'elle n'offrait à personne d'autre.

Elle était occupée. Elle courait dans tous les sens avec sa sœur, dans des salons, des spas, et à des essayages de dernière minute qui lui prenaient tout son temps. Elle semblait épuisée mais elle ne lâchait rien. Le jeudi soir, quand elle était revenue à Todos Santos, j'avais essayé de me glisser dans sa chambre mais j'avais trouvé sa sœur endormie à côté d'elle.

Foutue Millie. Même onze ans plus tard, il fallait qu'elle m'empêche d'être avec Rosie.

Je m'acquittai de ma mission avec application lors du mariage. Je m'alignai bien gentiment avec Trent, Jaime, Vicious et mon père (qui jouait un rôle très important dans le système de soutien de Vicious) pour accueillir les invités. L'air était humide et le soleil était aussi agressif qu'une adolescente sur le point d'avoir ses règles et qui aurait surpris son petit copain en train de se masturber devant une photo de Demi Lovato. Je transpirais dans mon costume trois-pièces à cinq mille dollars coupé sur mesure et je mourais d'envie de descendre une coupe de champagne, mais je voulais tenir la promesse que j'avais faite à Rosie. Plus d'alcool, au moins jusqu'à ce que je n'éprouve plus ce besoin de boire pour oublier. Je fumais encore, mais pas plus d'un joint par jour.

Un sevrage brutal était la deuxième cause de rechute chez les toxicos.

La première ? Une rupture. Ça aussi, j'essayais d'éviter.

On accueillait à la chaîne des dames tirées à quatre épingles et des vieux messieurs pleins aux as avec des sourires dignes d'une pub pour du dentifrice. Trent avait l'air un peu plus en forme que la veille et Vicious rayonnait comme s'il avait gagné à la loterie. Une pointe d'envie me transperçait le cœur à chaque fois que je le regardais. Pas à cause de la femme qu'il allait épouser, mais parce qu'Emilia avait décidé de faire sa vie avec lui. Quelque chose me disait que sa sœur ne serait pas aussi facile à dompter.

— Bienvenue.

— Merci d'être venu.

— Ça fait tellement longtemps qu'on ne s'est pas vus, comment vont les enfants ?

Bla-bla-bla. Le flot d'invités semblait intarissable. Tout ce que je voulais, c'était voir Rosie. Je lui avais envoyé un message un peu plus tôt pour lui souhaiter bonne chance. En y réfléchissant, c'était idiot de dire ça, car ce n'était pas elle qui se mariait. Elle m'avait répondu qu'elle avait quelque chose à me dire, mais que ça devrait attendre, et naturellement, je ne pensais qu'à ça depuis.

Heureusement, on arriva enfin au moment de la cérémonie, qui se déroulait sur une colline avec vue sur l'océan. J'étais à côté de Vicious quand l'heureux couple échangea ses vœux. Jaime et Trent se tenaient près de moi. Rayonnante, Rosie était de l'autre côté de l'allée et elle regardait sa sœur avec une expression de bonheur pur qu'on ne voyait que chez les enfants. Pouvoir l'admirer à loisir était la plus douce des drogues. Elle avait l'air d'un ange dans sa robe blanche de déesse grecque, avec ses cheveux ramenés en un chignon flou. Au moment d'échanger les alliances, elle sourit à Millie et s'empara de son bouquet de fleurs de cerisier.

Après la cérémonie, je dus partir dans la direction opposée pour résister à la tentation de la prendre dans mes bras et de l'embrasser jusqu'à ce qu'elle ait les lèvres gonflées. Au lieu de ça, j'attrapai mon portable et commençai à lui envoyer des messages, tout en sachant qu'elle ne les verrait pas tout de suite. Apparemment, j'étais d'humeur particulièrement romantique, parce que mes doigts tapotaient des trucs complètement surréalistes.

Dean
Tu es belle à mourir, tu le sais, ça ?

DEAN
Viens vivre avec moi.

DEAN
Sérieusement. Rien à foutre des autres et rien à foutre de tout. Dis oui.

DEAN
Chère mademoiselle LeBlanc, ici votre propriétaire. Je vous écris concernant la réévaluation du montant de votre loyer. J'ai décidé de l'augmenter d'un milliard de pour cent. C'est à prendre ou à laisser.

DEAN
Sans déconner, Bébé LeBlanc. Emménage chez moi.

Heureusement que je voulais lui prouver que j'étais capable de ne pas boire. En lisant ça, elle allait croire que j'étais complètement bourré.

Après la cérémonie, on passa au repas. Rosie et moi avions été placés chacun en bout de table (putain de plan de table à la con). Elle avait lu mes messages mais elle ne m'avait pas encore répondu. Ce n'était pas un problème. J'étais patient. Elle pouvait prendre tout son temps.

En fait, pas du tout.

Je n'étais pas patient et surtout, *elle* ne pouvait pas prendre tout son temps. Parce qu'elle n'en avait pas assez devant elle.

Trent se leva pour aller changer Luna et mon père prit aussitôt sa place.

— Belle cérémonie, dit-il en me donnant une tape dans le dos.

Je haussai les épaules.

— Ouais.

— Tu t'amuses, fiston ?

S'amuser était sûrement exagéré. Disons que je tolérais l'événement jusqu'à ce que vienne le moment de rentrer à la maison et de me gaver de dessert. À savoir du sexe de Rosie.

Je m'adossai et fourrai les mains dans mes poches.

— La bouffe est sympa.

— J'ai remarqué que tu ne buvais pas. C'est très bien.

— Une idée de Rosie. Ça a l'air de fonctionner pour l'instant. Enfin, plus ou moins, nuançai-je en repensant à la fois où j'avais eu Nina au téléphone. C'est mieux comme ça. À l'approche de la trentaine, ça devient un peu lassant de boire autant.

Il haussa les sourcils en souriant.

— C'est à cause d'elle que tu dors chez Vicious ?

Pendant ma première soirée à Todos Santos, j'avais dit à mes parents que je voulais séjourner au manoir des Spencer pour être là pour mon ami, mais je savais très bien qu'ils n'en avaient pas cru un mot. Je ne faisais jamais rien pour qui que ce soit à moins de vouloir quelque chose en retour. Et encore plus quand il s'agissait de Vicious. Par conséquent, tout le monde imaginait que j'avais une idée derrière la tête.

— Peut-être, répondis-je tout en cherchant du regard son chignon et ses petites fesses au milieu de tous les convives.

Je ne nous avais pas présentés comme un couple. Pas encore. Je ne savais pas si Rosie en avait parlé à sa sœur, et même si je mourais d'envie d'attraper le micro pour annoncer la nouvelle à la terre entière, je devais prendre ses sentiments en considération. Néanmoins, si elle croyait que j'allais rester dans le flou artistique encore longtemps, elle se mettait le doigt dans l'œil.

— Pourquoi ? demandai-je à mon père.

— Tu es sorti avec sa sœur, pas vrai ?

— Oui. En terminale. Pendant un semestre et demi.

Je m'interrompis pour boire une gorgée d'eau et passai mon bras derrière le dossier de sa chaise.

— On s'en est remis. Tous les deux.

— Effectivement, dit-il en faisant un geste du menton en direction des jeunes mariés.

Vicious tenait Millie dans ses bras et il était en train de l'embrasser à pleine bouche. Le baiser était passé de romantique et doux au genre de trucs qu'on confinait à l'intimité d'une chambre à coucher. Jaime finit par lui taper dans le dos pour lui rappeler que deux cents paires d'yeux étaient en train d'assister à la scène.

— Nina a recommencé à m'appeler. Plus souvent que d'habitude, dis-je à mon père.

Il n'y avait qu'avec lui que je parlais de Nina. Ma mère était bien trop partiale (elle me surprotégeait totalement) et mes amis étaient… dans l'ignorance.

Mon père pinça les lèvres et fronça les sourcils.

— Pourquoi tu ne veux pas lui donner ce qu'elle demande ?

— Tu veux dire une tonne d'argent, tout ça pour qu'elle continue à me filer les pires migraines dans l'histoire des migraines ?

Silence.

— Elle veut six cent mille.

— Tu ne veux pas le voir ? finit-il par demander.

Eli Cole était avocat. Plus exactement, avocat en droit de la famille. Des dossiers semblables au mien atterrissaient sur son bureau tous les jours. Il voyait régulièrement des gens comme Nina au tribunal, alors il connaissait exactement les risques que comportait la situation.

Je fis claquer ma langue, agacé, tout en continuant à scanner la foule des yeux à la recherche de la seule personne que j'avais envie de voir tout le temps.

— Non. Si. Je n'en sais rien. À quoi ça sert ? Il fait partie de moi. Il ne lui appartient pas seulement à elle. Mais à quoi bon rouvrir une blessure qui s'est déjà refermée ? Je pense que c'est mieux de ne pas remuer le passé. De toute façon, vu mon état actuel, il vaut mieux que je garde mes distances avec lui.

— Tu ne vas pas bien ?

Je réfléchis quelques instants avant de répondre.

— Pas vraiment. Et, contrairement à toi, je ne pense pas que tous les hommes possèdent les qualités requises pour être père.

Mon père hocha la tête.

— Peu importe ce que tu décides, rappelle-toi que nous te soutiendrons toujours, ta mère et moi.

— Merci, papa.

Trent revint avec Luna dans les bras et je passai le reste de la soirée à la faire rire.

Je me faufilai dans la chambre de Rosie vers minuit. On prenait l'avion ensemble le lendemain matin, mais je refusais de passer la nuit sans elle. Elle était profondément endormie. Elle avait passé la journée à courir derrière Millie et à jouer les demoiselles d'honneur parfaites. Elle était même allée en ville pour acheter des tongs à sa sœur (ces horreurs absolument indispensables, d'après elle) parce qu'elle avait peur que la mariée attrape des ampoules.

Blottie sous une couverture, la bouche légèrement entrouverte, Bébé LeBlanc avait l'air paisible. Ses paupières frémissaient, signe qu'elle était en train de rêver. Deux inhalateurs, un flacon de pilules orange et une veste bizarre traînaient sur sa table de nuit. Autrement dit, elle s'était endormie avant d'avoir eu le temps de prendre ses médicaments et d'enfiler sa veste. Je me glissai sous les couvertures et me collai derrière elle. Elle sentait la sueur et l'alcool et je ne pus m'empêcher de rire. Elle ne s'était même pas douchée avant de se mettre au lit. *Ma petite sauvage.*

— Dean, murmura-t-elle dans son sommeil.

Mon sexe durcit aussitôt contre elle. On aurait presque dit un gémissement, mais peut-être que c'était moi qui entendais ce que j'avais envie d'entendre. On ne s'était pas parlé de la journée et j'avais eu autant de mal à respirer que si on avait privé mes poumons d'oxygène. Ses poumons à elle la trahissaient chaque jour, et on passait la plupart de nos journées l'un sans l'autre. Je n'étais pas sûr de tenir encore longtemps sans la voir régulièrement. Tous les jours. Au moins plusieurs heures par jour. On ne pouvait pas revenir en arrière. On ne pouvait plus se contenter des rencontres occasionnelles dans l'ascenseur, des discussions foireuses à propos du loyer, et des plaisanteries légères et détachées. Ça ne menait à rien qui en vaille la peine.

— Dean, répéta-t-elle en frottant ses fesses contre mon entre-jambe.

Je retins mon souffle et pressai mon sexe contre ses fesses. Son contact me fit gémir, moi aussi. Cette fois, il était hors de question que je couche avec elle sans protection. Mais si elle me le demandait, alors je lui donnerais ce qu'elle voulait sans hésiter.

Elle devait aimer ça car elle poussa un petit grognement de plaisir et écarta un peu les cuisses pour me faciliter l'accès. Je pris ça comme un signal et lui retirai son bas de pyjama avant de caler l'extrémité de mon sexe entre ses fesses tièdes. *Putain.* Cette fille… Je pris un de ses seins en coupe et fis rouler son téton entre mon pouce et mon index avant de le pincer doucement.

— Je t'ai manqué ? murmurai-je dans son cou sans vraiment attendre de réponse.

— Oui, marmonna-t-elle d'une voix endormie. J'ai parlé à Millie, je lui ai dit pour nous.

Elle se pressa à nouveau contre mon sexe en érection, plus fort. Je pouvais le sentir pulser entre ses fesses.

— Elle est contente pour moi.

Nom. De. Dieu.

J'avais envie de l'attraper, de lui faire faire volte-face et de la dévorer. Sauf que c'était hors de question, d'abord parce qu'elle était à moitié endormie et aussi parce que toute sa famille ronflait dans les chambres voisines. J'avais assisté à une véritable symphonie dans le couloir qui menait à sa chambre.

Ce n'était pas le genre de discussion qu'on avait avec une fille assoupie, alors j'optai pour glisser ma main entre ses cuisses et commencer à décrire des cercles autour de son clitoris. Mon sexe allait et venait entre ses fesses et je mourais d'envie d'entrer en elle. Mais la sodomie était absolument une pratique dont il convenait de discuter avant de passer à l'action.

— Jouis dans ma main, Bébé LeBlanc.

Je glissai un, deux, trois doigts en elle et me délectai des bruits qu'ils produisaient en la pénétrant. Je commençai par aller doucement mais je ne tardai pas à accélérer la cadence quand elle commença à onduler frénétiquement les hanches et se presser contre ma main. J'effleurai le lobe de son oreille du bout des lèvres et chuchotai :

— Vas-y, Sirius. Je t'aime.

Elle explosa autour de mes doigts et je dus plaquer mon autre main sur sa bouche pour étouffer ses cris. Apparemment, Rosie appréciait vraiment de se faire doigter car elle roula sur le dos et s'assit au-dessus de moi. Avant que j'eusse le temps de réagir, elle était en train de me chevaucher.

Elle avait l'air d'être dans une sorte de demi-sommeil. Elle avait les yeux vitreux, sa jolie bouche était entrouverte et elle frottait son sexe dénudé contre le mien.

J'avais désespérément envie de la prendre mais il y avait un petit détail dont on n'avait toujours pas parlé. Et, non, ce n'était pas le fait que j'étais amoureux d'elle. Elle n'avait pas réagi à ma déclaration. Elle n'avait sans doute même pas entendu et de toute façon, ça n'était pas une nouveauté. J'avais toujours su que je l'aimais, j'ai juste mis du temps à me l'avouer à moi-même.

— Tu prends la pilule ?

Car sinon, j'allais devoir courir très vite jusqu'au bout du couloir pour aller chercher un préservatif. Je n'étais même pas sûr d'en avoir. D'habitude, j'en gardais toujours un dans mon portefeuille, mais je n'avais pas encore remplacé celui qu'on avait utilisé pour notre première fois à Todos Santos. Dans le pire des cas, ça ne me poserait pas de problème de me glisser dans la chambre de Vicious et Millie (oui, la nuit de leur mariage) et de leur piquer des préservatifs. Même s'ils étaient nus *et* en train de faire l'amour. Voilà à quel point j'avais envie de Rosie.

— Non, grommela-t-elle avant de se soulever, d'attraper mon sexe et de s'asseoir dessus.

Putainnnnn.

— Rosie.

Je l'attrapai par le bras, embrassai son poignet, l'intérieur de sa paume et le bout de ses doigts, un million de fois.

— Tu dors à moitié. Et je suis un enfoiré de m'être glissé dans ta chambre et de t'avoir tripotée alors que tu étais quasiment inconsciente. On a besoin d'une protection. Laisse-moi aller en chercher une, d'accord ?

Mais elle continua à me chevaucher comme une cow-girl sous speed, et même si je savais que c'était une mauvaise idée, mon pénis prit les rênes en se foutant des conséquences. À chaque fois qu'elle descendait sur mon sexe et qu'elle se contractait autour de moi, j'avais envie de la plaquer contre le matelas et de lui dire d'attendre une minute. J'envisageais même de l'asseoir et de venir dans sa bouche pour que ça s'arrête.

Je tentai d'avoir recours à la logique tandis que j'étais sous elle, désarmé, incapable de lui refuser ce qu'elle voulait, même si c'était dingue et dangereux. Nina m'avait traumatisé, mais Rosie n'était pas comme elle. Même si elle tombait enceinte, ce ne serait pas la fin du monde, pas vrai ? Luna était adorable. En dépit du fait qu'elle s'était retrouvée avec du caca jusqu'au milieu du dos aujourd'hui et que Trent m'avait forcé à changer sa couche. Et peut-être que je pourrais être un bon père, un jour. Simplement, je n'étais pas sûr que neuf mois soient un délai suffisant pour m'y préparer.

— Pas la peine. Pas la peine, répéta Rosie en accélérant la cadence.

Pour quelqu'un qui était épuisé, elle donnait sacrément le change. Je sentis mes testicules se contracter et un frisson familier courir le long de ma colonne vertébrale. J'allais jouir. J'allais jouir et Rosie ne prenait pas la pilule.

Hé, enfoiré, tu es complètement idiot, tu le sais ?

— Rosie…, grognai-je, mais c'était inutile.

Je n'allais pas l'arrêter, même si la réalité de ce qui se passerait ensuite risquait de me détruire.

— Dean, gémit-elle. Jouis.

Et je jouis.

Je jouis en elle, pour la seconde fois, sans préservatif.

Elle s'écroula sur ma poitrine et enfouit son visage dans mon cou. J'étais toujours en elle et je pouvais sentir mon sperme chaud couler entre nous et atterrir sur mon ventre, mille fois plus lourd de conséquences que la femme qui était au-dessus de moi.

— J'ai joui en toi, murmurai-je, plus pour moi-même que pour elle.

Elle m'embrassa dans le cou et dit :

— Je ne peux pas avoir d'enfants.

Puis elle s'endormit sur moi.

Et merde.

19

Rosie

Qu'est-ce qui te fait te sentir vivante ?

L'amour. Quand il est sauvage et impossible. Violent et délicieux. Mais ça me rappelle aussi qu'un jour (prochain) tout sera fini pour moi.

On passa tout le vol du retour à s'embrasser, main dans la main.

J'avais eu l'impression de rêver en me réveillant à côté de lui. L'ironie de la situation ne m'échappait pas, mais toute notre relation n'était que satire. Dean avait été complètement fou de se glisser dans ma chambre et de se mettre à me toucher pendant que je dormais, mais je n'avais pas mis bien longtemps à être aussi gagnée par la folie. Je me souvenais de l'avoir chevauché comme une furie, avec mon clitoris qui frottait contre ses abdominaux.

J'étais tellement épuisée que je n'étais même pas sûre d'être consciente. J'avais mal aux jambes, mes poumons étaient à bout, et la musique et le bruit de la soirée continuaient à résonner dans ma tête.

Dans l'avion, je racontai à Dean ma conversation avec Millie. J'omis de mentionner les messages dans lesquels il m'avait demandé d'emménager avec lui. Pas parce que je ne le voulais pas, au contraire. Mais pour le moment, je voulais juste profiter de *lui*. Je ne voulais pas commettre les mêmes erreurs qu'avec Darren. Je ne voulais pas me précipiter, même si je savais que Darren et Dean n'avaient rien à voir. Les sentiments que j'éprouvais pour Dean me faisaient basculer dans la folie, et cette garce savait comment vous mettre le grappin dessus. Mais cette fois, j'étais fermement décidée à ne pas tout gâcher.

Ça ne serait pas beau à voir. À vrai dire, la vie avec moi n'était pas rose, et je n'étais pas sûre que Dean soit apte à tenir la distance. En plus, je devais encore lui parler de ma maladie. Lui dire que je ne pouvais pas avoir d'enfants. Lui expliquer le genre de vie qui m'attendait (une vie qui n'irait qu'en se dégradant) et ce que ça impliquait. Les médicaments. Les vestes. Les massages. Les gros sacs que je trimballais partout. Les infirmités inévitables dont je serais atteinte à mesure que mes différents systèmes cesseraient de fonctionner correctement. Tout.

Dean aussi avait des secrets. Je le savais bien.

Qui l'attendait en Alabama, et qui était la femme avec qui il était au téléphone le jour où il avait débarqué chez moi pour me convaincre de venir avec lui à Todos Santos ? Ces questions tournaient en boucle dans ma tête, mais ça ne servait à rien d'insister. Il devait se confier à moi parce qu'il le voulait, tout comme je devais trouver le courage d'aborder le sujet de ma maladie.

Pour le moment, je ne voulais pas compliquer les choses.

Pour le moment, je voulais *vivre*.

— Millie est enceinte, au fait.

Je pressai ma bouche contre son cou et aspirai doucement tandis que l'hôtesse de l'air qui s'était occupée de nous à l'aller une semaine plus tôt passait à côté de nous. Elle me regarda bizarrement. Sûrement parce que la dernière fois, on semblait sur le point de nous sauter à la gorge. Là, j'étais à trois secondes de rejoindre le Mile High Club devant une dizaine de passagers de première classe somnolents.

Dean recula et scruta mon visage. Il n'avait pas l'air ravi d'apprendre la nouvelle alors je fronçai les sourcils.

— Mon Dieu, Dean, ne me dis pas que tu n'aimes pas les enfants, le taquinai-je.

Il prit ma main et la pressa contre ses lèvres. Il semblait tellement contrarié que j'avais peur que la ride entre ses sourcils lui fende le visage en deux.

— Comment tu te sens, toi ?

Il n'avait pas répondu à ma question.

Quelque chose me disait que c'était un sujet aussi sensible pour lui que ça l'était pour moi.

— Rien ne pourrait me rendre plus heureuse, répondis-je en souriant. Je vais dépenser jusqu'à mon dernier centime en dévalisant tous les magasins de jouets de New York et je vais apprendre à tricoter.

Il glissa une main entre mes cuisses et se pencha sur moi pour mordiller le lobe de mon oreille.

— Oh ! continue, Rosie. Parle-moi encore de tricot. Ça m'excite.

Je lui donnai une tape sur le torse. Je n'arrivais toujours pas à croire que je partageais le lit d'un homme aussi beau. Je n'avais jamais eu à me plaindre du physique de mes ex, mais Dean était hors catégorie.

— Je ne plaisante pas. J'ai hâte de devenir tata. Tu penses que ce sera un garçon ou une fille ?

La tristesse apparut à nouveau dans ses yeux. Est-ce qu'il me cachait quelque chose ? Est-ce que c'était la même chose que ce que moi, je lui cachais ?

— Un garçon, répondit-il en m'embrassant dans le cou. Et toi ?

— Une fille, dis-je en frottant mon nez contre le sien dans un bisou esquimau.

Quand on arriva dans notre immeuble, il m'accompagna jusqu'à mon appartement en tirant nos deux valises derrière lui. Alors que j'étais sur le point de fermer ma porte (il était hors de question qu'on passe la nuit ensemble : le mariage m'avait tellement fatiguée que je n'avais même pas pris de douche après. Autrement dit, ça faisait plus de vingt-quatre heures que mon corps n'avait pas fait de cochonneries avec une savonnette), il la bloqua avec son pied.

— Je pense qu'on devrait établir quelques règles, commença-t-il sur un ton sérieux d'homme d'affaires.

J'ouvris un peu plus grand la porte.

— Tu crois ? demandai-je en souriant.

— J'en suis sûr. Règle numéro un : j'ai le droit d'utiliser mon double pour entrer chez toi et vice versa.

Il enfonça sa main dans sa poche et en sortit une clé qu'il déposa dans ma paume avant de refermer mes doigts dessus.

— Règle numéro deux : fini les rendez-vous. Tu es à moi, maintenant.

Je haussai les sourcils.

— Est-ce que tu es à moi, toi aussi ?

— Je l'ai toujours été, Bébé LeBlanc. Mon pénis était juste en location en attendant que sa vraie propriétaire se manifeste. Règle numéro trois : pas de secrets. Si quelque chose nous dérange, on en parle. On règle les choses au fur et à mesure. Et on n'ignore pas les merdes, parce que je *sais* qu'il y en aura, et je veux quand même être avec toi. Compris ?

— Compris.

Je m'apprêtai à refermer la porte. J'étais épuisée. Et même si j'étais heureuse, j'avais vraiment besoin d'une douche et de dégager mes voies respiratoires après le vol.

— Au fait, ma chérie ? lança-t-il par-dessus son épaule après avoir appelé l'ascenseur.

— Oui, monsieur Petit Chef ?

— Félicitations, tu es en couple.

— On n'est pas en couple.

— Ton statut Facebook n'est pas de cet avis.

— Quoi ?

Ding. Il entra dans l'ascenseur, un sourire malicieux aux lèvres, puis les portes se refermèrent sur lui.

— Je *likerais* mon changement de statut si j'étais toi. Bonne nuit, Rosie.

Dean

Je connaissais un informaticien avec beaucoup de temps (et sûrement de sperme) à perdre qui savait faire tout un tas de choses. Ce fut ainsi que Dean Cole et Rosie LeBlanc apparurent comme étant « en couple » sur Facebook, alors qu'ils n'étaient même pas amis deux jours plus tôt. Je voulais m'assurer que Rosie comprenne qu'il ne s'agissait pas d'une énième aventure et que la prochaine fois qu'un couple se passerait la bague au doigt dans notre petit groupe, ce serait nous, et *nous* dans tous les sens du terme. Elle porterait des tongs et je lui ferais l'amour jusqu'à ce qu'on doive retirer mon sexe de son vagin.

Qu'est-ce que ça faisait d'apprendre que mon ex allait avoir un bébé ? Ça faisait l'effet de mille coups de poignard dans le ventre, mais pas parce que c'était un de mes amis d'enfance qui l'avait mise enceinte.

« Je ne peux pas avoir d'enfants. »

À chaque fois que je repensais au moment où Rosie avait murmuré cette phrase à mon oreille, j'avais envie de m'enfiler une bouteille de whisky. C'était injuste. Injuste que des folles comme Nina puissent avoir un bébé et que des femmes comme Rosie ne puissent pas. Personne n'avait davantage l'étoffe de la mère parfaite. Elle avait plus de compassion que toute ma famille réunie. Comment pouvait-elle réussir à être bénévole dans un hôpital pour enfants ? Je n'en avais pas la moindre idée… Mais à présent, je comprenais mieux pourquoi Millie avait voulu attendre le bon moment pour lui annoncer la nouvelle.

— Monsieur Cole.

Sue venait de s'engouffrer dans mon bureau. Elle hocha brièvement la tête. On était mardi mais elle avait une tête de lundi matin. Elle était vêtue de noir de la tête aux pieds et affichait un sourire figé digne d'une poupée de porcelaine bon marché.

— Comment allez-vous ce matin ? Comment était le mariage de M. Spencer ?

— Je vais très bien, le mariage a été riche en événements et je ne suis pas d'humeur à échanger des banalités alors allons droit au but.

Je jouais avec une balle de tennis tout en l'observant depuis mon fauteuil. Au moins, au milieu de tout ce merdier, Rosie avait enfin pris conscience que ça ne faisait ni chaud ni froid à Millie qu'on soit ensemble. Le soulagement qui m'avait envahi quand Bébé LeBlanc m'avait dit que ça ne dérangeait pas sa sœur avait été indescriptible. Pas parce que j'en avais quelque chose à faire de ce que pensait Millie, mais parce que *Rosie* en avait quelque chose à faire.

— Je veux que vous appeliez tous les fleuristes du quartier pour qu'ils livrent toutes les roses qu'ils ont en stock au Black Hole, sur Broadway. La couleur n'a pas d'importance. Les roses sont à adresser à Rose LeBlanc.

Pour la première fois depuis qu'elle était entrée dans mon bureau, Sue leva le nez de son iPad et braqua les yeux sur moi.

J'avais bien envisagé de m'en occuper moi-même. L'espace d'une seconde. Ce n'était pas bien compliqué d'appeler tous les fleuristes du coin. Ou de demander à notre réceptionniste de s'en charger. Mais ensuite, je m'étais rendu compte qu'il y avait une différence subtile entre être attentionné et être une chiffe molle, et il était hors de question que je bascule du côté obscur juste pour ne pas contrarier mon assistante. Sue travaillait pour moi, j'avais trois contrats à étudier sur mon bureau, une centaine d'e-mails à traiter et quatre vidéoconférences à organiser. Autrement dit, j'avais trop de boulot pour la ménager.

— Oh.

Elle fit la moue et glissa son iPad sous son bras.

— Est-ce qu'il faut joindre un message ?

Je dis à Sue ce que les cartes devaient dire (oui, *les* cartes, une par bouquet). Je ne signai pas les messages. Rosie se douterait de qui venaient les fleurs. Elle avait intérêt, en tout cas. D'ailleurs, il fallait que je lui demande si le Docteur Tête de Nœud était toujours en contact avec elle. Si c'était le cas, je lui rendrais une petite visite pour lui expliquer qu'à partir de maintenant je prenais la relève.

Sue termina de pianoter mes indications sur son iPad puis elle reporta son regard sur moi.

— Toutes les roses du pâté de maison ?

— Toutes les roses de Manhattan, corrigeai-je.

— Ça va vous coûter une petite fortune.

— J'ai un joli petit compte en banque, Sue, répondis-je avec un sourire suffisant. Je peux me le permettre. Autre chose ?

— À vrai dire, oui. Je peux vous poser une question, monsieur Cole ?

Elle remettait ça, avec son « monsieur Cole ». Décidément, elle ne lâchait pas le morceau. Je me laissai aller contre mon dossier.

— Je vous écoute.

— Qu'est-ce que Mlle LeBlanc a, que le reste de la population n'a pas ? s'enquit-elle.

Je n'avais jamais envoyé de fleurs à personne, et encore moins en quantité capable de remplir une serre. Je souris tant la réponse était simple et foutrement compliquée à la fois.

— Elle a mon cœur, Sue.

20

Rosie

Qu'est-ce qui te fait te sentir vivante ?
La joute verbale.
La poursuite.
La chasse.
Mais surtout… la partie où je me rends.

Rosie
Laisse-moi deviner, tu as couché avec Sue.

Dean
Je pense que ce serait plus simple que je te donne une liste des femmes avec qui je n'ai pas couché dans Manhattan, plutôt que le contraire.

Rosie
Rappelle-moi pourquoi je couche avec toi ?

Dean
Parce qu'aucun autre homme ne sait que, pour te faire jouir comme une folle, il faut tirer sur ton téton et te pincer le clitoris au même moment. Parce que tu tiens à moi, peut-être même parce que tu m'aimes, même si je préfère

attendre que tu te l'avoues à toi-même. Je continue ou ça suffit ?

Rosie
Bon Dieu, Dean…

Dean
Dieu et Dean sont des synonymes. La prochaine fois que tu m'écris, économise ta batterie et choisis un des deux. Qu'est-ce que tu veux dîner ?

Rosie
Je dîne avec Ella.

Dean
Ce n'est pas mon plat préféré mais je ne veux pas contrarier tes projets. Elle peut se joindre à nous. Je vais réserver une table à The Red Hill Tavern pour 20 heures.

C'était *avant* qu'il m'envoie les fleurs.

Enfin, pour être honnête, appeler ce qu'il avait fait « envoyer des fleurs » revenait à qualifier l'océan Pacifique de simple flaque d'eau. Des centaines, voire des milliers de roses arrangées en je ne savais combien de bouquets de toutes les couleurs. Des fourgons de livraison garés en double file devant le café. Sans parler des pourboires que je devais donner à chaque fois aux livreurs.

— Si je continue à m'extasier comme je le fais sur ton petit ami, je ne vais pas tarder à donner naissance à un de mes ovaires, menaça Ella.

Elle s'empara d'une des cartes qui accompagnait un des bouquets rouges, blancs et roses qui remplissaient le café. Une odeur fraîche et délicate flottait autour de nous. Toutes les cartes disaient la même chose.

Tu es à moi.
Tu es à moi.
Tu es à moi.
Tu es à moi.
Tu es à moi.

Un tas de clients demandèrent quelle était l'occasion. Quand Ella leur répondit que c'était juste mon petit ami qui m'envoyait des fleurs, ils me supplièrent de leur montrer une photo de lui. Lorsque je leur montrai sa photo de profil Facebook (il était en train de fumer un cigare, les jambes croisées sur son bureau, vêtu d'un superbe costume noir), ils me dirent tous que si je ne l'épousais pas dans l'année, j'étais complètement idiote, car il était évident que cet homme était la perfection incarnée.

J'avais tendance à être de leur avis.

La veille, j'avais passé trois heures au téléphone avec Millie. Elle était aux Maldives pour son voyage de noces, occupée à siroter des cocktails sans alcool dans son maillot de bain. Ça m'avait fait plaisir qu'elle prenne le temps de m'appeler. Nos parents n'avaient pas fait le moindre effort pour arranger les choses entre nous depuis mon départ et je ne les avais pas contactés non plus. Je n'avais aucune intention de le faire jusqu'à ce qu'ils abandonnent leur idée débile de me rapatrier à Todos Santos.

J'avais adoré écouter ma sœur me parler de ses envies de nourriture plus farfelues les unes que les autres, et de son ventre qui commençait à durcir et à s'arrondir. Ou m'avouer à voix basse qu'elle avait surpris Vicious sur le point de pleurer lors de l'échographie. Bien sûr, il avait prétendu avoir quelque chose dans l'œil mais elle n'était pas dupe.

Gros nounours.

Je lui avais ensuite dit à quel point j'étais attachée à Dean. J'étais même allée jusqu'à lui avouer que ça faisait dix ans que j'avais des sentiments pour lui. Elle avait pleuré en découvrant à quel point ç'avait été un crève-cœur pour moi de les voir ensemble. Cela dit, elle avait aussi pleuré quand je lui avais raconté une partie du dernier épisode de *L'Incroyable Famille Kardashian*. Elle m'avait confié que, d'après Vicious, les sentiments que Dean éprouvait pour moi étaient sincères. Je m'étais bien gardée de lui répondre que je le savais déjà, parce que son ex et moi faisions davantage que parler de la pluie et du beau temps lorsqu'on se retrouvait seuls à l'époque où ils étaient ensemble. On partageait des choses qui allaient plus loin que les mots, plus loin que le contact physique. Des choses qui nous torturaient et nous hantaient au point de nous rendre mutuellement fous.

Mais après, elle avait mentionné le fait que Dean avait eu une aventure avec Sue, et j'avais été obligée de mettre le sujet sur le tapis avec l'intéressé.

Quand Dean avait changé nos statuts sur Facebook (il fallait encore que je découvre comment il avait fait ça), il n'avait pas fait ça pour plaisanter. Il ne se donnait pas tout ce mal pour ensuite aller voir ailleurs.

Je secouai la tête et revins sur la planète Terre. J'attrapai une tasse brûlante dans le lave-vaisselle sous le comptoir et l'essuyai consciencieusement.

— Dean le Dictateur s'est invité à notre dîner de ce soir, avertis-je Ella.

Son sourire était si joyeux qu'il était communicatif et je finis par l'imiter.

— Tu es en train de me dire qu'il va se joindre à nous pour se gaver de pizza ?

Elle avait enfin abandonné son régime d'anorexique depuis que la pâtisserie en bas de la rue avait rouvert. Pas trop tôt.

— Il a réservé une table à The Red Hill Tavern.

— Mais c'est hors de prix !

— Je ne crois pas qu'il ait prévu de nous faire payer notre part.

— Je pense qu'il prévoit de *te* faire payer en nature.

Je ne répondis pas. Mais au fond de moi, j'attendais déjà l'addition avec impatience.

La bonne nouvelle ? Ella était complètement sous le charme du Hot Hero.

La mauvaise ? Moi aussi.

Je les observai en silence, tout en enroulant des pâtes aux crevettes autour de ma fourchette. Elle riait à gorge déployée à chaque fois qu'il disait quelque chose de drôle et elle répondait avec empressement à chacune de ses questions. Quant à lui, il était comme d'habitude : terriblement charmant et incroyablement charismatique.

Je n'étais jamais venue à The Red Hill Tavern, en grande partie parce que je n'en avais pas les moyens. Mais quand bien même j'aurais pu me le permettre, qui pouvait bien réserver une table trois mois à l'avance ? Avec ma maladie, je ne préférais pas planifier ce genre de choses. Je ne savais jamais quand j'allais devoir fermer la porte et me couper du monde ou rester dans mon lit avec une veste géante pendant des heures en attendant que mes poumons acceptent de gentiment collaborer avec le reste de mes organes.

Les lustres diffusaient une lumière dorée, les tables en vieux chêne étaient recouvertes de nappes immaculées et de vraies bougies brillaient dans tous les sens.

Le restaurant était superbe, la nourriture délicieuse, mais le vrai luxe, c'était la compagnie.

Je songeai au bonheur que Dean tenait dans la paume de sa main et qu'il m'offrait si généreusement. Le problème, c'était que c'était dangereux de l'accepter, parce que ça le mettait aux commandes du véhicule qui répondait au doux nom de Ma Vie et qu'il avait tout d'un chauffard.

Néanmoins, depuis qu'on s'était lancés dans cette histoire, il avait fait preuve d'une force et d'une résistance inébranlables. Il était le roc auquel je me raccrochais quand tout s'écroulait autour de moi.

Qui l'eût cru ? Dean « Devious » Cole, serial baiseur.

— Alors, est-ce que tu travailles avec beaucoup de millionnaires ?

— Chérie, je travaille *seulement* avec des milliardaires, répondit-il entre deux bouchées de filet mignon.

— Tu penses que tu pourrais m'arranger un coup avec l'un d'entre eux ?

— Tu es sûre ? En général, ils ne sont pas aussi excitants que leur compte en banque.

— Mais ils ont des fils, pas vrai ?

— J'aime ta logique, dit Dean en souriant.

Son portable se mit à vibrer et il fronça les sourcils en regardant l'écran.

— Désolé. Il faut que je réponde.

Il se leva et quitta la table, nous offrant au passage l'opportunité d'admirer son dos musclé et ses fesses parfaitement moulées dans son pantalon de costume gris foncé. Ella attendit qu'il se soit éloigné pour taper dans ses mains.

— Ce mec, Rosie ! s'exclama-t-elle en m'attrapant par les épaules. Dis-moi qu'il est nul au lit, ça m'aiderait à ne pas trahir notre amitié.

« Parfaites » aurait été un euphémisme pour décrire ses performances sous la couette. D'ailleurs, il fallait absolument qu'on remette ça : j'avais besoin de me rappeler pourquoi je risquais mon cœur, sachant que quelqu'un comme lui ne s'engagerait jamais sur le long terme avec quelqu'un comme moi.

« *Tu dois parler à Darren avant d'aller plus loin* », avait dit ma mère quand je lui avais annoncé que Dean et moi emménagions ensemble. « *Tu n'as pas envie qu'il ait l'impression d'avoir été trompé par une femme qui ne peut pas avoir d'enfants.* »

Je tentai de repousser les mots de ma mère dans un coin de ma tête.

— Ne m'en parle pas. Ils ont cassé le moule, ils n'en font plus des comme ça.

— Continue et je te parie tout ce que tu veux que tu vas finir pas être victime d'un crime passionnel.

Pour illustrer son propos, elle enfonça sa fourchette dans un ravioli avant de le porter à sa bouche avec gourmandise.

— Quelqu'un va te tuer. Sûrement une ex jalouse. Peut-être son assistante ? C'est le risque que tu cours en étant l'heureuse propriétaire d'un homme comme Dean.

— Ce n'est pas un meuble ou un bien immobilier, objectai-je en levant les yeux au ciel.

— Non, mais c'est une denrée rare drôlement agréable.

Elle pinça les lèvres et on éclata de rire toutes les deux. Elle me demanda comment allait Trent (elle était déçue de ne pas avoir eu l'occasion de le rencontrer avant le mariage) mais Dean nous rejoignit avant que j'aie le temps de répondre. Il n'avait plus du tout l'air enjoué, joyeux ou détendu. Non, il avait l'air d'avoir vu un fantôme.

— J'ai payé l'addition, annonça-t-il en glissant son portable dans sa poche. Vous êtes prêtes ?

Je n'avais même pas besoin de lui poser la question pour savoir qu'il avait bu. Son haleine le trahissait. L'odeur typique des alcools forts percuta mes narines. Il semblait tellement perturbé que je ressentais physiquement son malaise. J'avais envie de lui arracher les yeux mais je ne pouvais rien faire devant Ella. Peut-être même que je ne pouvais rien faire tout court.

Ella et moi échangeâmes un regard confus. Nos plats à moitié entamés attendaient qu'on finisse de les déguster. Mon amie ouvrit la bouche, à coup sûr pour demander si on pouvait rester pour le dessert, mais je connaissais déjà la réponse : c'était un non catégorique. Il avait besoin de sortir d'ici et je voulais lui éviter d'avoir à donner des explications. J'avais la parade parfaite pour ça :

— Oui. Je suis fatiguée et j'ai un peu froid. Je dois juste passer aux toilettes, on dirait bien que le vin ne réussit pas à ma vessie.

Je n'avais pas froid mais Ella et toutes les personnes de mon entourage avaient toujours peur que je m'enrhume.

Un quart d'heure plus tard, on était dans un taxi en chemin pour la maison. Dean avait d'abord hélé un taxi pour Ella (et avait payé au passage). Au moment de grimper dans la voiture, elle m'avait adressé un regard furieux, de ceux qui voulaient dire « Attache-le dans une cave et laisse-le moisir là jusqu'à ce qu'il te demande en mariage. »

Lorsqu'on fut seuls, je me tournai vers lui pour lui demander ce qui s'était passé. L'expression sur son visage m'en dissuada aussitôt.

— Tu veux que je monte ? demandai-je à la place. Il est encore tôt.

— Ça dépend. Est-ce que tu vas me faire la morale si je bois ? Parce que je vais boire. Et pas qu'un peu.

Je réfléchis un instant. Il n'avait pas bu une goutte pendant toute la semaine qu'on avait passée ensemble (y compris pendant le mariage et à Las Vegas, deux occasions où j'aurais personnellement trouvé ça impossible de résister). Si je lui disais que je ne voulais pas rester, il le prendrait mal. Il penserait que je ne voulais être avec lui que quand ça m'arrangeait. Sauf que c'était tout le contraire : je voulais être avec lui tout le temps, même dans les moments difficiles.

— Non, répondis-je. Tu peux boire.

— Dans ce cas, reste. J'ai besoin de toi ce soir.

J'avais eu besoin de lui pendant toute la semaine précédente. Et il avait été là pour moi. Alors je comptais bien être là pour lui.

Une chose ne faisait aucun doute : quand l'un de nous tombait, l'autre aussi. Sans poser de questions.

Dean ne se donna même pas la peine de faire semblant de déguster son verre : il engloutit d'un trait les cinq doigts de brandy hors de prix qu'il venait de se servir. Appuyé contre le bar, il admirait Manhattan à travers l'immense baie vitrée, une main dans les cheveux. Cette ville était impressionnante, puissante. Comme lui. Sauf que moi, depuis notre première rencontre à l'adolescence, je ne l'avais jamais vu comme le grand homme d'affaires brillant qu'il était. Je voyais un petit garçon perdu, un garçon que peu de personnes étaient capables d'atteindre ou de comprendre.

— Tu veux en parler ?

Mes doigts dansaient sur la surface des meubles sombres et des fauteuils douillets tandis que j'avançai vers lui. Je ne voulais pas être une de ces filles insupportables qui n'arrêtaient pas de demander ce qui n'allait pas, mais je m'inquiétais pour lui et j'avais la nette impression que ce soudain changement d'humeur avait quelque chose à voir avec cette fameuse Nina. Les appels mystérieux étaient comme une plaie qu'on rouvrait à chaque fois. La dernière chose que je voulais, c'était agrandir la blessure et le voir saigner.

Il secoua la tête.

— Viens ici, ordonna-t-il d'une voix totalement dénuée d'émotions.

Je franchis la distance qui me séparait encore de lui et enroulai mes bras autour de son cou, mon regard plongé dans le sien. Je n'avais pas envie de lui obéir. Il avait besoin d'une distraction pour oublier ce qui le contrariait au point de le rendre fou et de lui donner envie de se soûler et de se shooter à mort.

Dean avait un problème. Il le savait. Je le savais.

Il avait un problème qui le poussait dans les bras de ses vices. Il était animé par un besoin d'alcool et d'herbe quand il souhaitait oublier ce qui le perturbait. J'avais envie de lui poser la question, je voulais désespérément creuser et lui faire avouer les secrets qui obscurcissaient son âme pour l'aider à s'en débarrasser. Mais je ne pouvais pas. Tout ce que je pouvais faire, c'était être là pour lui, et faire ce qu'il me demandait.

— Tu es magnifique, dit-il d'une voix rauque en caressant ma joue de la main qui ne tenait pas un verre vide.

— Tu es soûl, rétorquai-je avant de laisser échapper un petit rire nerveux.

— C'est vrai.

Ses yeux de prédateur jouaient avec mon corps comme aucun autre homme ne l'aurait pu avec ses mains.

— Mais tu étais déjà belle quand j'étais sobre, et tu le seras toujours quand j'aurai la gueule de bois des grands jours demain matin.

Il me prit par la taille avec force et m'assit sur le bar. J'avais le bas du dos plaqué contre sa collection impressionnante de bouteilles hors de prix. Je portais un jean, et pourtant, en sentant la surface froide du bar sous mes fesses et mes cuisses, un frisson glacé me parcourut.

Il déboutonna mon jean, me le retira d'un geste et le laissa tomber par terre. Mon T-shirt jaune Sex Pistols atterrit sur le canapé gris la seconde suivante. Il posa ensuite une main sur ma poitrine pour me faire m'allonger. Quand le haut de mon dos entra en contact avec le goulot des bouteilles, il les balaya d'un revers de main, et une dizaine d'entre elles s'écrasèrent avec fracas dans un mélange de couleurs.

— Dean ! m'exclamai-je.

Le bruit du verre brisé résonna dans la pièce tel un signal d'alarme. Il attrapa la bouteille de brandy et en but une autre gorgée avant d'en verser sur mon ventre pour le lécher à même mon nombril. Le contact de ses lèvres chaudes sur ma peau me rendait folle de nervosité et de désir.

— Je n'ai pas un mauvais fond, bafouilla-t-il.

Il semblait parler tout seul. Son degré d'alcoolisation m'inquiétait sérieusement. Même si Dean était encore une énigme, une chose était claire : il ne voulait pas être couvé ni contrôlé. Il voulait s'abandonner.

Ses démons s'étaient invités ce soir, et j'allais être leur victime. J'étais étendue sur l'autel, en attendant d'être punie pour un crime dont je n'étais pas coupable. Pour partager sa douleur avec lui.

Et j'étais heureuse de pouvoir l'aider, même si c'était juste le temps d'une nuit.

— Non. Tu as le meilleur fond qui soit, murmurai-je alors qu'il s'agenouillait et arrachait ma petite culotte.

Avec le frottement douloureux du tissu, des marques rouges apparurent aussitôt sur ma peau. Il roula le petit bout de tissu en une boule qu'il balança par-dessus son épaule. L'instant d'après, il avait la tête entre mes cuisses et me dévorait. La sensation de ses dents sur ma peau m'électrisait. Il ressemblait à un zombie affamé qui trouvait enfin de la nourriture après des semaines sans manger. Je n'avais aucune chance.

Dean Cole n'était pas celui que les gens croyaient. C'était un démon de la pire espèce, qui se cachait derrière un sourire poli, de beaux costumes et de bonnes manières.

— Putain, Dean, haletai-je.

J'étais en train de perdre toute notion de la réalité, de mes sens… De *moi-même*.

— Tu vas me tuer.

— Non, Rosie. Je vais te sauver, grogna-t-il en plaçant ses pouces de part et d'autre de mon sexe.

Il écarta ma chair jusqu'à ce que j'éprouve une délicieuse douleur, puis il enfonça sa langue en moi et se mit à aller et venir sans merci, tandis que je m'agrippais au rebord du bar en criant. De peur ou de plaisir, je n'étais pas sûre.

— Nom de Dieu, criai-je en gigotant de droite à gauche pour tenter d'échapper à l'excitation intense qui s'emparait de moi.

— Dis-moi que je fais ce qu'il faut.

Il entreprit de me mordre doucement tout en tirant sur ma peau jusqu'à ce que je crie à nouveau. Je ressentais une douleur enivrante entre mes cuisses. Pour mon plus grand plaisir, il recommença avant de reprendre la parole.

— Je ne veux pas le connaître, Rosie. Je ne peux pas affronter ça maintenant.

De quoi parlait-il ? De qui ? En dépit du brouillard dans lequel mon cerveau était plongé, je mourais d'envie de savoir. Qui était assez fou pour faire du mal à cet homme si beau et si généreux ? Et surtout, qui en avait le pouvoir ?

— Tu fais ce qu'il faut.

Ma voix était aussi mal assurée que mes jambes alors que je tentais de me relever pour échapper à l'orgasme violent qui menaçait de me dévaster.

— Peu importe de quoi il s'agit, tu fais ce qu'il faut.

— Je la déteste, dit-il avant de glisser à nouveau sa langue en moi.

Il me dévorait sans pitié avec ses lèvres, ses doigts, ses dents.

Il était avec moi. Et il était en train de me parler d'une autre femme. Ça aurait dû déclencher un signal d'alarme. Les gyrophares rouges auraient dû se mettre à tourner à mille à l'heure. Mais non.

Parce que c'était *lui.*

— Alors moi aussi, je la déteste.

Mes genoux tremblaient et tout mon corps s'engourdissait tandis qu'une vague brûlante de plaisir me submergeait. Je poussai un cri d'animal blessé et lui tirai les cheveux, les cuisses serrées autour de sa tête jusqu'à ce qu'il doive les écarter de force pour se dégager. Je restai allongée là, sans bouger. Il retira sa ceinture, puis son pantalon, avant de m'attraper par les cuisses et de me faire me relever. Une lueur destructrice dansait dans ses yeux.

— J'ai faim, annonça-t-il.

— Je sais.

— Si tu veux partir, c'est maintenant. Personnellement, je pense que tu devrais.

— Je reste.

— Tu ne vas pas aimer ce que tu vas voir.

— C'est-à-dire ?

— Un aspect de moi dont je ne suis vraiment pas fier.

— Je prends tous les aspects que tu veux bien me donner.

— Tu ne sais pas de quoi tu parles. Je vais te faire du mal.

— Tant mieux, répondis-je en plaçant une main sur son torse. C'est ce qui me plaît chez toi : tu me traites comme un être humain et pas comme une Rose flétrie.

Tout changea à cet instant. L'obscurité engloutit le coucher de soleil, du verre brisé crissa sous ses pas comme pour augurer la douleur à venir, il ferma les yeux, et je me retrouvai seule avec un inconnu. *Sauvage.*

Il m'attira à lui et pile au moment où je croyais qu'il allait m'attraper… il me laissa tomber. Sur des éclats de verre. Tout mon corps protesta quand il m'attrapa brutalement par le bras et m'entraîna dans sa chambre. Je pouvais sentir les coupures se former sous mes pieds à mesure que j'avançais sur le sol noir et blanc. En entrant dans la pièce, je fus accueillie par un tapis noir moelleux qui menait à un lit immense comme on n'en voyait que dans les films. Je n'avais jamais été dans sa chambre auparavant. Mon estomac se noua lorsque je songeai à toutes les femmes qui avaient défilé ici. Toutes les Kennedy. Toutes les Natasha.

Toutes les vérités pesantes et douloureuses.

Il me lâcha le bras et me poussa vers l'ottomane près de la baie vitrée.

— Coudes, ordonna une voix qui n'était pas la sienne.

Uniquement vêtue de mon soutien-gorge, je me mis à genoux et appuyai mes coudes sur la banquette, les yeux fixés sur les lumières scintillantes de New York. Dean était debout derrière moi et je ne savais pas ce qu'il faisait. Je devinais qu'il était quelque part près de moi, sans savoir exactement où. Je ne tournai pas la tête pour le regarder. Il voulait que j'aie peur. Je voulais avoir peur.

— Le plus drôle, commença-t-il en faisant les cent pas derrière moi, c'est que tout le monde m'appelait Devious ou le Joker au lycée. *Le Bouffon.* Le mec rigolo. Le clown.

Je frissonnai en entendant sa belle voix. Il n'était rien de tout ça. J'en avais conscience à présent, mais au lycée, je le voyais comme ça, moi aussi. Comment aurait-il pu en être autrement ? Il était doué pour jouer la comédie.

— Mais tu sais ce que je suis, Rosie ? demanda-t-il en s'immobilisant.

Je fermai les yeux et laissai son parfum enivrant qui flottait dans la pièce m'envelopper. J'avais l'impression que mon cœur était en train de se briser en deux.

— Tu es Pierrot, murmurai-je. Un clown triste et seul.

— Intelligente et perspicace, comme toujours.

Pendant une seconde, je reconnus sa voix. Je l'entendis faire trois pas vers moi. Même si j'étais presque entièrement nue et que je ne pouvais pas voir son reflet dans l'immense fenêtre, je me sentais en sécurité.

— Tu sais pourquoi Pierrot est triste ? demanda-t-il.

— Parce qu'on lui a brisé le cœur, parvins-je à dire en dépit du nœud qui s'était formé dans ma gorge. Il est nostalgique d'un amour qui n'est plus.

J'avais envie de faire volte-face. De le prendre dans mes bras. De remonter le temps pour faire disparaître les dernières heures et retrouver le Dean que je connaissais. Mais je n'en fis rien.

Je sentis sa main caresser une de mes fesses tandis que son souffle chatouillait mon cou et mon épaule.

— Pars, Rosie, siffla-t-il. Sauve-toi avant que je foute tout en l'air et que je nous détruise.

— Essaie toujours, insistai-je. Utilise-moi. Bats-toi contre moi. Ça fait des mois que tu traques ta proie. Des années. Une *décennie*, bon Dieu. Tu vas vraiment abandonner comme ça ?

La forte tape qu'il me donna sur la fesse me fit basculer en avant et me choqua tellement que j'en eus le souffle coupé. On ne m'avait jamais donné la fessée avant. Non pas que je sois contre. Simplement, l'occasion ne s'était jamais présentée, un peu comme sauter à l'élastique ou regarder *La Liste de Schindler*. Peut-être parce que tous les hommes avec qui j'avais été m'avaient toujours traitée comme une petite chose fragile sur le point de mourir. Ou peut-être que c'était aussi parce que j'avais toujours été complexée et un peu gênée avec les autres.

Mais Dean n'était pas les autres.

Dean était unique. C'était le seul qui comptait pour moi.

Je grognai dans un mélange de désir et de douleur et tendis les fesses vers l'arrière dans une prière silencieuse. C'était obscène, mais je me fichais d'être obscène avec lui. Il ne me jugeait pas. En y réfléchissant, il était peut-être la seule personne dans ma vie à toujours m'avoir acceptée telle que j'étais. Même Millie avait essayé de me convaincre de revenir vivre à Todos Santos.

Le bruit de la seconde fessée me fit sursauter avant même de la sentir. Cette fois-ci, il me l'avait donnée quelque part entre mes fesses et mon sexe. La sensation m'excita et j'appuyai ma tête contre l'ottomane en fermant les yeux. Pourquoi était-ce aussi délicieux d'avoir mal entre les mains de l'homme qui prétendait vouloir me sauver ? Peut-être qu'il comptait y parvenir en montrant à Rosie La Petite Malade ce qu'elle était capable d'endurer.

— Debout.

Je me redressai et pris appui sur le dossier, les fesses en l'air. Je sentis Dean s'agenouiller derrière moi avant d'enfoncer plusieurs doigts en moi d'un seul coup. En dépit de la douleur, je pris une grande inspiration et je serrai les dents. Il fit aller et venir sa main plusieurs fois avant de la retirer et de la placer devant mon visage.

— Goûte. Goûte ce que je te fais, ordonna-t-il avec détachement.

Ça aussi, c'était une grande première. Sans me laisser le temps de trop y réfléchir, j'amenai ses doigts à mes lèvres et les léchai timidement. Il les fourra plus profondément dans ma bouche.

— Lèche-les mieux que ça, Rosie. Applique-toi.

C'était doux et tiède. Bien moins désagréable que ce que j'avais imaginé.

Il essuya ensuite ses doigts sur mes fesses et me frappa à nouveau. Cette fois, je ne me plaignis pas. Il appréciait sûrement le fait que j'encaisse sans pleurnicher. C'était ce que son grognement semblait indiquer, en tout cas.

Quand il commença à titiller mon sexe avec l'extrémité du sien, je me figeai en attendant qu'il me pénètre. Mais il ne le fit pas. Il continua ce petit jeu pendant une bonne minute, jusqu'à ce que je devienne folle au point de le supplier.

— Dean…

— Hum ?

— Ne me torture pas, s'il te plaît. Fais-le.

— Faire quoi ?

— Pénètre-moi.

— Je n'ai pas bien compris. Essaie encore.

Nom de Dieu.

— Baise-moi, s'il te plaît.

— Préservatif ? s'enquit-il.

Son intonation était bizarre. Comme s'il attendait quelque chose.

— Je prends la pilule.

Le mensonge me laissa un goût amer dans la bouche. J'étais déjà en train d'enfreindre les règles qu'on s'était fixées la veille. La partie sur l'honnêteté. Je n'avais pas besoin de prendre la pilule mais *il* n'avait pas besoin de le savoir. Pas jusqu'à ce que je sois prête à tout lui dire, en tout cas. Apparemment, il y avait un tas de choses qu'on n'avait pas besoin de savoir, l'un comme l'autre. Super bases pour une relation saine…

— Ah bon ? Parce qu'à Vegas, tu ne la prenais pas.

Décidément, il n'en manquait pas une.

— Je la prends, gémis-je en attendant la suite.

Peu importe ce que *la suite* impliquait.

— Si tu le dis, railla-t-il.

Il passa une main autour de mon cou tout en me pénétrant d'une seule poussée brutale. Je poussai un cri tandis qu'il me prenait comme une brute. Mon sang semblait bouillonner dans mes veines, pulser dans ma tête, entre mes cuisses, partout. Il ne plaisantait pas quand il avait dit qu'il allait me faire mal. Il se laissait complètement aller et me prenait avec une telle violence que j'étais sûre d'avoir des brûlures à l'intérieur des cuisses et des courbatures pendant des semaines.

— Tourne-toi, commanda-t-il soudain sans cesser d'aller et venir.

Est-ce qu'il était soûl au point de ne pas savoir ce qu'il me demandait ? Je fronçai les sourcils entre deux gémissements.

— Je ne peux pas, tu es au-dessus de moi.

— Et alors ? Tourne-toi.

— Tu es trop lourd.

— Tu as de la force. Bats-toi.

J'ignorai le fourmillement précurseur de l'orgasme qui s'éveillait et je me mis en appui sur les mains pour essayer de me relever, mais Dean se pencha en avant pour peser davantage sur moi. Agacée qu'il fasse exprès de me rendre la tâche plus difficile, je poussai plus fort. Dean était bâti comme un joueur de rugby professionnel : un mètre quatre-vingt-dix et quatre-vingt-dix kilos de muscles. Je n'avais aucune chance. Sauf que dans le même temps… j'étais programmée pour me battre.

C'était ce que ma maladie m'avait toujours forcée à faire.

C'était ce que la vie avec Vicious et ses copains m'avaient appris.

C'était comme ça que j'avais grandi.

Je me laissai totalement aller et le laissai faire de moi ce qu'il voulait. Quand il se mit à m'assaillir encore plus violemment pour me punir de ma défaite, je poussai brusquement sur mes mains et parvins à prendre l'élan nécessaire pour me retourner. Je me retrouvai avec ses abdos collés à ma poitrine. Il rit et se retira, son sexe toujours en érection.

— Presse tes seins l'un contre l'autre.

Bon. Ça ne faisait plus aucun doute : il était bizarre. D'habitude, c'était la lumière qui perçait les ténèbres. Avec lui, c'était l'obscurité qui s'insinuait dans la normalité et la lumière.

Je m'exécutai et il prit son sexe dans sa main pour le glisser entre mes seins. Il ne tarda pas à jouir et observa son sperme blanc et épais gicler sur ma peau, les yeux mi-clos. J'avais les fesses en feu après le sort qu'il leur avait réservé mais je m'efforçai de tout oublier et de me laisser emporter.

— Bois, murmura-t-il en trempant ses doigts dans le liquide avant de les porter à mes lèvres. Jusqu'à la dernière goutte.

J'obéis. Une fois que j'eus terminé, il me récompensa avec deux autres orgasmes.

Je m'endormis dans ses bras, en me sentant plus en sécurité que jamais. Plus en sécurité qu'avec Millie ou mes parents. Et bien plus encore que lorsque j'étais avec Darren.

Je m'endormis dans les bras de ses démons, en sachant que je me réveillerais dans ceux d'un homme adorable.

Dean « Devious » Cole avait plusieurs visages. Et ils étaient tous magnifiques. Du moins à mes yeux.

21

Dean

Putain.

Rosie dormait encore quand je me réveillai, et la culpabilité me dévasta comme un ouragan. Qu'est-ce qui m'avait pris la veille ? En un instant, j'étais passé du mec qui les emmenait, elle et son amie, dans un des meilleurs restos de Manhattan, à la brute qui la prenait contre un canapé en la fessant comme si elle avait essayé d'écraser mon nouveau petit chien. Apparemment, il n'y avait pas de juste milieu quand il s'agissait de Rosie. Soit j'endossais un costume à la Hugh Grant qui ne me ressemblait absolument pas, soit je me montrais exactement tel que j'étais, dans toute ma gloire de cas désespéré.

Je ne me définissais pas entièrement comme ça, mais ça résumait bien la partie de moi que Nina avait laissée derrière elle et que je n'avais jamais pris la peine de réparer.

L'épisode de la veille m'avait fait basculer dans la folie et m'avait poussé dans les bras d'une bouteille de brandy. D'un côté, je regrettais que Rosie ait assisté à ça mais d'un autre, j'étais en quelque sorte soulagé qu'elle soit restée quand même.

Je me levai et sentis aussitôt le début d'un mal de tête intense au niveau de mes tempes. Je pris le chemin de la cuisine pour préparer des œufs brouillés, du bacon et du café. Je n'avais absolument aucune idée d'où se trouvaient tous les ingrédients et les ustensiles dont j'avais besoin, mais il fallait que je montre à Rosie que je pouvais faire ça. Être le petit ami irréprochable.

Qu'est-ce que je racontais ? Si Vicious en était capable, alors moi aussi.

La conversation de la veille avec Nina me revint tandis que j'étais en train de faire le café. Elle m'avait appelé depuis un numéro new-yorkais. J'avais répondu en croyant qu'il s'agissait d'un appel du bureau. Par accident. Un accident qui avait tourné à la catastrophe naturelle.

« Je suis là », avait dit Nina lorsque j'avais décroché. Putain de merde. Elle ne se donnait même plus la peine de dire bonjour avant d'attaquer.

« Là, c'est-à-dire ? En enfer ? » avais-je demandé (et espéré). C'était là qu'était sa place. Elle était la candidate idéale pour en devenir la présidente.

Son rire séduisant avait agressé mes oreilles.

« Je suis à New York, idiot. Je t'ai dit que je viendrais te voir. Il faut que tu le rencontres. »

« Et moi, je ne t'ai pas dit que je ne voulais pas le voir ? » avais-je répondu entre mes dents en me dirigeant vers le bar. J'avais fait signe au barman de me servir un verre. Elle était en ville, donc. Bien sûr. Je lui avais donné de l'argent, pas vrai ? Alors pourquoi est-ce que j'étais étonné ?

« Tout ce que tu as à faire, c'est m'envoyer l'argent et je te laisserai tranquille, Dean. »

J'avais ri tout en déboutonnant mon col.

« Nina, si tu crois que je vais t'envoyer six cent mille dollars juste pour le voir, tu délires complètement. Normalement, il faut deux personnes pour faire un enfant, pas vrai ? Par conséquent, les deux parents sont responsables. Tu as foiré, alors maintenant, c'est à toi de nettoyer ce merdier. »

« Je commence à me dire que je vais revenir sur ma proposition, Dean. Tu es terriblement arrogant avec moi ces temps-ci. »

« À quel moment ai-je été autre chose qu'un parfait enfoiré envers toi ? » avais-je rétorqué avant de descendre mon verre d'un trait et de le tendre au barman pour qu'il me resserve. « Parce que, dans ce cas, j'aimerais revenir en arrière et rectifier ça. »

« À une époque, tu aurais fait n'importe quoi pour moi. »

Le pire, c'était que cette garce n'avait pas tout à fait tort sur ce coup-là.

« Comment va ton mari ? » avais-je demandé pour changer de sujet.

« Toujours en vie. Malheureusement », avait-elle ajouté dans un soupir.

On était au moins d'accord sur un point.

« Comment va ta nouvelle copine ? » s'était-elle enquise à son tour.

« Pourquoi tu poses la question ? Tu penses que tu peux faire foirer ça, aussi ? »

« Du calme », avait-elle dit en riant. « Allons, Dean, ne sois pas comme ça. Je suis heureuse pour toi. Tout ce que je veux, c'est assurer mon avenir et laisser mon tocard de mari derrière moi. Tu es riche. J'ai ce que tu veux. Pourquoi est-ce qu'on tourne en rond comme ça ? »

« Parce que je veux que tu restes pauvre et malheureuse. » Voilà. Je l'avais dit. « Profite bien de ton motel pourri, Nina. Au revoir. »

J'avais raccroché. Et descendu trois autres verres.

J'entendis Rosie faire du bruit dans ma chambre. Mon cœur se serra. Est-ce qu'elle était en train de gagner du temps pour retarder le moment où elle devrait me voir ? Je ne pouvais m'en prendre qu'à moi-même : je l'avais sûrement effrayée en me comportant comme je l'avais fait. J'entendis l'eau du robinet couler, puis la chasse d'eau.

— Bonjour.

Sa voix rauque me fit me retourner. Elle portait *ma* chemise de costume et avait les cheveux en bataille. Elle me sourit de toutes ses dents puis se mit en quête de son jean. J'aperçus ses fesses dénudées (j'avais arraché sa petite culotte la veille au soir) quand elle se pencha pour ramasser son pantalon. Elles étaient rouges et irritées et elle avait des bleus à l'intérieur des cuisses, ainsi que des petites coupures et des plaies dues aux éclats de verre que j'avais nettoyés en me levant. J'eus envie de vomir. Je coupai le gaz de la cuisinière et remplis nos assiettes d'œufs brouillés et de bacon.

Je m'éclaircis la gorge avant d'oser enfin lui parler :

— Tu as faim ?

— Tu n'as pas idée, répondit-elle d'un air absent en enfilant son jean. Mais je dois descendre chercher ma veste, prendre mes médicaments, enfin, tous les trucs sexy. C'est ma version du petit déjeuner des champions.

Elle fit semblant de contracter un biceps inexistant.

Elle voulait partir. Rentrer chez elle. Bien sûr, elle avait peur à présent. À quoi je m'attendais en lui montrant le pire ? À ce qu'elle prenne ça avec le sourire ? C'était trop tôt. Beaucoup trop tôt. Enfin, en y réfléchissant, ce n'était *jamais* le bon moment pour dévoiler ce genre de travers à votre moitié.

— Je peux te les apporter, offris-je en espérant ne pas avoir l'air trop désespéré.

Elle me regarda bizarrement.

— Tu ne sais pas de quoi j'ai besoin.

Effectivement, je n'en avais pas la moindre idée. À part la veste affreuse, parce que je l'avais vue à Todos Santos.

— Je t'ai préparé quelque chose à manger.

Je hochai le menton en direction de la table à manger que je n'avais jamais utilisée. Normalement, je m'installais au comptoir, et même ça, c'était plutôt rare. En réalité, je ne me rappelais même pas de la dernière fois où j'avais mangé chez moi.

La table était recouverte de tout ce que j'avais pu trouver dans mon réfrigérateur. Rosie ne se doutait sûrement pas que je n'avais jamais fait un truc pareil de toute ma vie pour qui que ce soit. J'étais complètement asservi.

Elle scanna la table avec ses yeux bleus, un sourire aux lèvres.

— Dean ?

— Quoi ?

— Je descends juste chercher ma veste et mes médicaments et je remonte. Tu le sais, n'est-ce pas ?

— Bien sûr.

Non. Non, je ne le savais pas.

En dépit de mon ton détaché, mon expression avait dû me trahir car elle gloussa en s'approchant de moi sur la pointe des pieds. Elle pressa ses lèvres contre les miennes et me serra dans les bras. Je la serrai à mon tour, en prenant soin de ne pas lui faire mal cette fois.

— Qu'est-ce que tu penses de mon haleine du matin ? demanda-t-elle avant de me souffler dans la figure.

— Je veux la mettre en bouteille et dire à mes employés de l'utiliser comme parfum, répondis-je en l'embrassant sur le front. Mais au cas où, je vais t'acheter une brosse à dents pour que tu n'aies pas à descendre quand on prend le petit déjeuner ici. Apporte tes médicaments. Tes vêtements. Ta veste. Tu veux un tiroir ?

Je me retins de ne pas lui demander si elle voulait toute ma penderie. Ç'aurait été marrant d'avoir ses affaires ici. Tous ses T-shirts d'occasion troués et ses jeans slims Forever 21 dans mon dressing en nickel brossé noir qui devait faire la taille de son salon.

— Mmm.

Elle déposa un autre baiser sur mes lèvres. Je dus résister à l'envie de l'attraper et de la poser sur le comptoir pour la prendre de bon matin. Il lui fallait d'abord ses médicaments. Après, j'aurais tout le temps de faire de nouvelles marques sur son corps avant de commencer la journée.

— Peut-être ? ronronna-t-elle. Je ne veux pas aller trop vite, c'est tout.

— Et moi, je trouve qu'on va trop lentement. En quoi est-ce qu'on va trop vite ? Je veux être avec toi. Je l'ai toujours voulu. Je te connais. Tu me connais.

Enfin, elle n'avait jamais eu un aperçu de toutes les facettes de ma personnalité jusqu'à la nuit dernière et mon secret avec Nina était comme mon pénis : de bonne taille et sûrement inconfortable si on n'y était pas préparé.

— Ce n'est pas comme si on venait de se rencontrer. On a déjà une histoire. Une alchimie. Et un tas de sentiments l'un pour l'autre. Je ne suis vraiment pas là pour plaisanter, insistai-je.

Au cas où des milliers de roses, un dîner avec son amie et un petit déjeuner maison n'étaient pas des indices assez clairs.

— Vendu.

Elle lissa ma chemise ouverte du plat de la main, me rappelant que je devais m'habiller pour aller au travail. Normalement, je ne quittais jamais l'appartement après 8 heures. Mes employés devaient se dire qu'une de mes maîtresses s'était enfin décidée à m'assassiner. Sue était sûrement déjà en train d'organiser mes funérailles.

— Ce serait chouette d'avoir un tiroir. Merci.

— Tu travailles, aujourd'hui ?

— Pas au café, mais je suis de garde à l'hôpital en fin de journée.

— Je peux passer te voir en sortant du bureau ?

Elle rit.

— Je doute que ce soit une bonne idée. Les parents de nouveau-nés stressent un peu quand ils voient des étrangers traîner autour de leur enfant prématuré.

Mon cœur se serra dans ma poitrine en l'entendant dire ça, mais je levai les yeux au ciel d'un air faussement exaspéré.

— Franchement, je ne les comprends pas.

— Moi non plus. Demain ?

Je hochai la tête.

— D'accord.

En la regardant se diriger vers la porte, je pris soudain conscience que la décision de remonter ou non n'appartenait qu'à elle. Pour la première fois, ce n'était pas moi le patron.

— Au fait, Dean ?

— Oui ?

— Je me suis vraiment bien amusée cette nuit. Tu peux inviter ton Pierrot caché jouer avec nous plus souvent si tu veux.

Putain de merde.

Je me mordis le poing alors qu'elle fermait la porte derrière elle. Désormais, j'étais persuadé qu'elle allait remonter.

22

Rosie

Qu'est-ce qui te fait te sentir vivante ?

Les premiers rendez-vous. Se tenir la main. Faire des blagues que personne d'autre ne comprend. Accumuler des souvenirs qui n'appartiennent qu'à nous. Inventer une vie avec un homme qui ne sait même pas que je ne peux pas *donner la vie et sentir le remords me ronger de l'intérieur.*

Le mois de septembre passa à toute vitesse, et octobre ne fut pas mieux. Les semaines, les saisons se succédaient. Les arbres changeaient. À mesure qu'ils perdaient leurs feuilles dans des valses orange, roses et jaunes, notre relation évoluait et s'intensifiait.

On avait notre routine à présent. Elle n'était pas parfaite, mais j'avais appris très jeune que rien ne l'était jamais, même si on pouvait croire le contraire vu de l'extérieur.

On passait tous nos moments libres ensemble.

Quand il était au bureau et que je ne travaillais pas au Black Hole, j'allais le voir. On verrouillait toujours la porte de son bureau et on baissait les stores électriques, mais les employés n'étaient pas idiots et ils se doutaient bien de ce qu'on faisait. À chaque fois, je ressortais rouge écarlate et sentais leur désapprobation tandis que je me recoiffais et que je tentais de cacher les traces de morsure dans mon cou.

Sue, en particulier, me fusillait du regard comme si je faisais carrière dans le sacrifice de bébés innocents.

Un jour, j'arrivai vêtue d'un gros manteau sans rien en dessous. Quand Dean me le retira, il fut si content de me trouver nue qu'il me dévora sur son bureau pendant quarante minutes et rata sa réunion Skype avec le reste des Hot Heroes. Naturellement, il me fit la leçon ensuite.

— Tu pourrais tomber malade, me dit-il en me mordant la fesse (et pas doucement). Arrête de faire n'importe quoi avec mes affaires et mets un pull, bon sang.

Quand je travaillais, on essayait de déjeuner ensemble. Parfois, il passait sans prévenir, s'asseyait au comptoir, commandait un café américain et faisait comme si on ne se connaissait pas. Quand il y avait d'autres clients autour, on jouait à un jeu : il me draguait et me disait des cochonneries jusqu'à me faire jouir le plus discrètement possible de l'autre côté du comptoir. Ça mettait toujours ses voisins extrêmement mal à l'aise. Une fois, un client m'avait même demandé si je voulais qu'il appelle la police.

J'avais dit oui juste pour voir la tête de Dean, avant de décliner son offre.

On riait. Beaucoup.

On pleurait aussi. Parfois.

Enfin, c'était moi qui pleurais. En tant que bénévole dans un hôpital pour enfants qui travaillait avec des prématurés trois fois par semaine, je faisais forcément face à des coups durs. On perdit un nouveau-né à la fin du mois d'octobre, une petite fille prénommée Kayla. Elle était née à six mois, aussi ridée qu'une centenaire. J'avais éclaté en sanglots en plein milieu du couloir quand son médecin m'avait annoncé qu'elle n'avait pas survécu. Ce soir-là, Dean m'attendait à la sortie de l'hôpital à la fin de ma garde.

Je m'effondrai dans ses bras et pleurai jusqu'à ne plus avoir de larmes. Il m'embrassa sur le front en me disant qu'il regrettait de ne pas pouvoir aspirer ma douleur comme il l'aurait fait avec du venin.

Je le croyais. À cent pour cent.

Nina le bombardait d'appels absolument tous les jours. Il ne décrochait jamais et ne répondait pas non plus aux appels en provenance de numéros inconnus. Ce n'était pas une maîtresse et il ne la voyait jamais : voilà les seules miettes d'information qu'il avait daigné partager avec moi quand je lui avais posé des questions sur elle. Pour le reste, le mystère restait entier.

Je ne comptais plus les fois où je m'étais retenue de prendre son portable, de l'appeler et de lui demander ce qu'elle voulait et pourquoi elle ne pouvait pas lui foutre la paix. J'en brûlais d'envie, mais je ne le faisais pas. Parce que j'aurais été une sale hypocrite si j'avais essayé de découvrir son secret alors que je n'étais pas prête à lui avouer le mien.

Aux premiers signes de l'arrivée de l'hiver, mes parents recommencèrent à m'embêter, mais je préférais ça au silence radio qu'ils m'avaient imposé depuis septembre. Dans leur tête, j'étais célibataire et en train de mourir d'une mort lente et douloureuse. Ils étaient bien loin du compte. Mes problèmes de santé étaient sous contrôle et mes poumons en bon état, tout comme le reste de mes organes. Enfin, à l'exception de mon cœur : celui-ci était entre les mains d'un homme qui l'avait déjà brisé et rien ne garantissait qu'il ne recommencerait pas.

Notre groupe d'amis de Todos Santos était au courant pour Dean et moi. À cause de la grande annonce sur Facebook, mais aussi et surtout parce que les Hot Heroes savaient presque tout ce qui se passait dans la vie des uns et des autres.

Millie était heureuse pour moi. Vicious était indifférent (comme pour tout). Jaime et Mel étaient inquiets mais contents pour nous et Trent, qui vivait toujours à Chicago avec Luna, n'en avait rien à faire parce qu'il avait des problèmes plus importants à régler.

Même si Dean ne répondait jamais à Nina, ça lui arrivait encore de boire lorsque son nom apparaissait sur l'écran de son portable (il disait que ça ne servait à rien qu'il change de numéro parce qu'elle trouvait toujours un moyen de se le procurer). Quand je lui demandai pourquoi il ne portait pas plainte pour harcèlement, il répondit que c'était compliqué.

Je détestais le voir boire, mais ça n'arrivait que tous les quinze jours en moyenne. Lorsque ça se produisait, j'entrai dans son jeu et touchai le fin fond du gouffre avec lui, pour ensuite l'aider à remonter vers la lumière. Je le laissai m'utiliser. Enfin, « utiliser » n'était peut-être pas le terme le plus approprié pour décrire ce qu'on faisait. J'aimais son double maléfique autant que j'aimais faire tendrement l'amour devant la télé au milieu de boîtes de nourriture à emporter.

J'aimais quand il me donnait la fessée. J'aimais quand il me baisait la bouche jusqu'à ce que des larmes roulent sur mes joues. J'aimais quand il me prenait brusquement dans une allée sombre derrière Madison Square Garden, contre un mur qui me ruinait le dos comme s'il m'avait passée au papier de verre.

La veille de Thanksgiving, on avait prévu de dîner dans un café-restaurant en face du Black Hole. Du moins, c'était ce que je croyais.

Je traversai la rue en trottinant, enveloppée dans un gros sweat à capuche noir et avec un bonnet de laine sur la tête (il ne faisait pas froid à ce point mais je prenais toujours soin de bien me couvrir au cas où) et je me glissai sur la banquette en cuir rouge d'un des box. Je posai un petit sac en papier marron sur la table, qui renfermait les cookies aux pépites de chocolat préférés de Dean. Je l'avais rendu complètement accroc. C'étaient ceux qu'Ella me suppliait toujours de ne pas manger pour ne pas grossir. Maintenant, non seulement j'en mangeais tout le temps, mais mon petit ami aussi les engloutissait.

Au bout d'un quart d'heure à l'attendre, je lui envoyai un texto pour savoir où il était. Il était toujours en retard, mais jamais de plus de quelques minutes.

Rosie
Sirius appelle la Terre. Tu viens ou quoi ?

Dean
Oui. Dans ta face. Ce soir. BOUM.

Rosie
Charmant. Tu es où ?

Dean
Je suis là.

Rosie
Où ça, là ?

Dean
Devant le café. Dans un taxi. Je t'attends.

Rosie
?

Dean
Ah merde, j'ai oublié de te prévenir. Comme je n'ai pas très faim, je me suis dit qu'on pouvait zapper le dîner et

prendre l'avion pour Todos Santos pour annoncer à nos parents qu'on emménage ensemble. Ah, et qu'on est en couple, aussi. Enfin, ce genre de conneries. Joyeux Thanksgiving.

ROSIE
??

DEAN
Sors.

ROSIE
???

DEAN
Maintenant, Bébé LeBlanç. J'ai des choses à faire, des gens à voir, et un cunni à t'administrer sur la route de l'aéroport.

ROSIE
NON.

DEAN
Trop tard. J'ai déjà réservé une limousine avec les vitres teintées et une vitre de séparation.

Ce n'était pas le cunni que je refusais. Je faisais référence à son voyage surprise à l'autre bout du pays.

Je regardai dehors.

Il ne plaisantait pas.

Il y avait vraiment une limousine garée là.

Cet homme était né pour me conduire à ma perte.

Non mais, Dieu, c'est quoi, ce délire ? La mucoviscidose, ça ne te suffisait pas ?

Je me levai et sortis pour rejoindre Dean. Quand il émergea de la voiture et qu'il m'ouvrit la portière en se penchant dans un salut théâtral, je fronçai les sourcils.

— Mademoiselle LeBlanc.

— Monsieur le Grand Malade Mental.

Je penchai légèrement la tête pour le saluer et me glissai à l'intérieur du véhicule. Je fus accueillie par une banquette en cuir, une bouteille de champagne avec deux flûtes, et un petit ami à tomber dans son costume et qui souriait de toutes ses dents. *Je n'aurais aucun mal à m'habituer à ça.*

Dean me servit un verre (lui buvait de l'eau) et appuya sur un bouton pour faire remonter la vitre de séparation entre nous et le chauffeur.

— Alors…

Il s'humecta les lèvres et tira sur mon bonnet.

— Tu penses que je vais plaire à tes parents ? plaisanta-t-il.

Évidemment, mes parents le connaissaient déjà. Ils n'avaient certainement pas oublié qu'il était sorti avec ma sœur. Alors je n'avais pas spécialement envie de leur annoncer la nouvelle pour Dean et moi. Parce que je savais qu'ils sauteraient sur l'occasion pour me critiquer, une fois de plus. Mais en même temps, je ne voulais pas qu'ils soient un obstacle à mon bonheur. Je pris une profonde inspiration.

— Honnêtement ? Ça ne m'étonnerait pas qu'ils s'opposent à notre relation.

Il croisa les jambes et joignit ses doigts.

— Je n'en ai rien à foutre. Et toi ?

Je secouai la tête. Après tout, ça faisait longtemps que j'avais renoncé à l'idée de les rendre fiers de moi. Je m'en étais seulement rendu compte lors de la semaine qu'on avait passée à Todos Santos à l'occasion du mariage, mais dans les faits, ça remontait à bien plus loin que ça.

— Il faut que je passe à la maison pour prendre mes médicaments et ma veste, dis-je tout en fouillant mon sac pour m'assurer que j'avais bien mon inhalateur.

— Inutile, répondit-il en plaçant sa main sur la mienne. J'ai préparé toutes tes affaires. Cachets, inhalateurs, nébuliseurs, veste. Tout ce dont tu as besoin est dans le coffre, à l'exception d'une paire de poumons neufs. J'y travaille, mais il n'y a pas grand-chose sur le marché noir ces temps-ci.

Je levai les yeux et lui souris.

— Tu ne vas pas aimer ce que je m'apprête à te dire.

Son froncement de sourcils ne se fit pas attendre. Il était déjà agacé avant même de savoir de quoi il s'agissait.

— Je ne pense pas que tu puisses me faire un cunni ici. Tu es beaucoup trop grand.

— J'aime les défis, c'est rafraîchissant. Ça m'aide à rester jeune.

Il desserra sa cravate et remonta le bas de son pantalon, prêt à plonger. Je mis une main sur son épaule pour l'arrêter.

— Mon jean est vraiment super serré.

— Tu devrais savoir que ça ne me pose aucun problème d'arracher tous les trucs qui se trouvent entre moi et ton sexe. Je ne vais pas laisser un jean ASOS à vingt dollars me bloquer l'accès, mon amour.

Amour. On ne s'était pas encore dit ces mots-là. Pas parce qu'on ne les ressentait pas. Mais parce que c'était nouveau pour nous d'éprouver ça. De vivre ça.

Je pressai mon index sur sa bouche et approchai mon visage du sien.

— Mais moi, je ne suis pas trop grande.

Il ne me quitta pas des yeux tandis que je glissai sous lui jusqu'à ce que ma tête soit au niveau de son entrejambe. Pour être honnête, c'était un des aspects de notre relation que je préférais. Ce désir dépravé qui faisait des étincelles entre nous. À croire que rien n'était jamais assez. Comme si faire des cochonneries en public était une *nécessité*, et pas seulement quelque chose qu'on aimait faire pour épicer notre vie sexuelle. Sans doute parce qu'avec Dean Cole, les épices étaient superflues. Il avait du piquant à revendre.

Je sortis son sexe à moitié en érection de son pantalon. Il me sourit tout en plaçant mes cheveux derrière mes oreilles.

— Parfois, quand je pense qu'on aurait pu être ensemble depuis des années si tu n'avais pas été aussi têtue, j'ai envie de t'éjaculer dans l'œil. Tu le sais, ça ?

Je me léchai les lèvres, son sexe toujours prisonnier de ma main. Je pouvais le sentir grossir entre mes doigts.

— C'est le compliment le plus grossier qu'on m'ait jamais fait, admis-je.

— Tu n'as pas bien décrypté le message : tu as toujours été la seule, Rosie. Avant même que tu ouvres la bouche, la première fois que je t'ai vue, j'ai su que je te voulais. Et ça m'a pris un certain temps avant d'y arriver, mais maintenant que tu es à moi, rien ne pourra nous séparer. Compris ?

Meilleur discours d'encouragement pour une femme se trouvant face à un monstre à un œil qui la dévisageait en attendant de se faire sucer. Je me penchai et léchai l'extrémité de son sexe du bout de la langue avant de le prendre dans ma bouche. Dean tendit les hanches en avant et laissa basculer sa tête en arrière en laissant échapper un sifflement.

— Bon Dieu, Rosie.

— Dieu et Rosie sont des synonymes. Économise ta salive, utilise un seul des deux mots.

Il rit, d'un rire torturé de millionnaire mélancolique dont le sexe était dans la bouche d'une fille pauvre et malade, sur la route de l'aéroport.

Il ne m'attrapa pas par les cheveux pour me guider comme il en avait l'habitude. Au lieu de ça, il m'observa avec un mélange d'admiration et de fascination tandis que je le suçais tendrement, avec tout l'amour et toute la dévotion que méritait le meilleur petit ami du monde. Parce qu'il l'était. Il dépassait mes rêves les plus fous.

Je suis à la hauteur.

Je suis digne d'être aimée.

J'en vaux la peine.

Et je suis sur le point de montrer au monde entier que j'ai décroché un mec beau, brillant, drôle et intelligent.

Après dix minutes de soins ininterrompus, j'entendis Dean gémir.

— Je vais jouir, dit-il entre ses dents serrées.

Je lui massai les cuisses, lui donnant la permission silencieuse de le faire dans ma bouche. Il inspira bruyamment avant d'enrouler ses doigts autour de son sexe et d'éjaculer. Quand il eut fini, je me redressai et me blottis sur ses genoux. Il m'embrassa puis me serra contre lui.

— Je pense que cette fellation devrait figurer dans les livres d'histoire, Bébé LeBlanc.

— Heureusement que tu n'es pas ministre de l'Éducation.

C'était le milieu de la nuit quand on arriva enfin à Todos Santos, après avoir atterri à San Diego.

On alla directement dans ma chambre et on se nicha dans la chaleur de l'autre avant de basculer dans le sommeil. Je m'endormis avec un sourire aux lèvres en songeant que j'allais voir ma sœur. Son ventre s'était arrondi (elle m'envoyait des photos chaque semaine) et j'avais hâte de la toucher et de parler à son nombril comme la tata folle que j'étais.

Certes, gérer mes parents n'allait pas être une partie de plaisir, mais je savais que le bonheur que j'éprouvais pour ma sœur compenserait largement les accrochages qui m'attendaient avec eux.

Le samedi matin, je me levai et empruntai le couloir, toujours vêtue de mon pyjama. C'était Anna, la femme de ménage, qui nous avait ouvert la porte la nuit dernière pour nous laisser entrer. Par conséquent, je n'étais même pas sûre que ma famille savait que j'étais là. J'eus la réponse quand j'entrai dans la cuisine et que je trouvai mes parents attablés devant un café, en train de lire.

Ma mère leva le nez de son magazine. Mon père continua à lire son journal. Aucun ne semblait surpris de me voir.

Ma mère se redressa, visiblement désireuse de se précipiter vers moi pour me serrer contre elle, mais mon père posa sa main sur la table, lui ordonnant silencieusement de ne pas bouger. Elle avait déjà oublié que je devais être punie pour avoir désobéi.

— Assieds-toi, Rose, dit-elle d'une voix triste.

Tout en moi me suppliait de protester mais je ne voulais pas que mon séjour démarre sur une dispute. J'attrapai donc une chaise en bout de table, m'assis et joignis les mains. Mes parents et moi avions été distants mais courtois au cours des trois derniers mois. On s'était envoyé pas mal de textos, pour la plupart en rapport avec mon état de santé. Ils m'appelaient parfois pour me rappeler l'anniversaire de tel ou tel membre de la famille, me dire d'aller chercher le courrier de Millie à notre ancien appartement ou me demander quand je rentrais, mais ça n'allait pas plus loin.

— Je pense qu'il faut qu'on parle, commençai-je, mais ma mère m'interrompit.

— Kathy de mon club de tricot t'a vue sur ce site l'autre jour, Facebook. Elle m'a appelée et m'a dit qu'elle avait quelque chose d'intéressant à m'annoncer. Rose LeBlanc, de tous les hommes qui vivent à Manhattan, et dans le *monde*, pourquoi a-t-il fallu que tu choisisses celui qui est sorti avec ta sœur ! ?

— Bonjour, dit ma sœur en arrivant dans la cuisine. J'ai senti une odeur de nourriture alors je suis venue pour tout manger.

Elle rit et balança ses cheveux lavande par-dessus son épaule, tandis que le reste de la famille semblait prêt à se sauter à la gorge.

— Vous n'êtes pas d'humeur à plaisanter ? Bon. C'est parti pour la tête d'enterrement, alors.

Elle s'empara d'une brique d'eau de coco dans le réfrigérateur et en but de longues gorgées tout en se frottant le ventre.

Dix minutes s'étaient écoulées depuis mon réveil et j'avais déjà eu ma dose de drame pour tout le week-end. Habillée de sa longue robe ambrée avec des franges dans le bas et avec ses longs cheveux qui dansaient sur ses épaules, ma sœur avait l'air d'une fée. Une fée enceinte jusqu'aux yeux, accessoirement : son ventre faisait la taille d'une pastèque. Combien de bébés avait-elle là-dedans ? Elle m'avait dit qu'il n'y en avait qu'un mais, pour une femme enceinte de cinq mois, elle était déjà bien ronde.

Je sautai de ma chaise et vidai mon arsenal d'affection, de baisers et de câlins sur la seule personne de ma famille qui en voulait bien. Millie finit par s'écarter et me caresser les cheveux en plissant le nez.

— J'arrive avec dix minutes de retard, c'est ça ?

Je laissai échapper un soupir.

— Trente secondes en réalité, mais oui, la bombe a déjà explosé.

Elle me dévisagea avec un air à la fois complice et exaspéré. Son sourire me rappela qu'au fond, c'était toujours la même histoire.

— Papa, maman.

Elle me fit signe de me rasseoir et se laissa tomber sur une chaise à son tour.

— Il faut nous écouter. J'en ai assez de voir Rosie souffrir.

— Entendez-vous ça, dit ma mère en croisant les bras sur sa poitrine.

Mon père faisait toujours semblant d'être plongé dans son journal, mais ses yeux restaient fixes. Ça me donnait envie de lui jeter sa tasse à la figure. Ou de hurler. Ou de lui crier qu'il n'avait aucun droit d'être fâché contre moi. C'était *moi* qui me sentais abandonnée et mise à l'écart. Pour quelqu'un qui voulait que je revienne, il avait une drôle de façon de me le montrer. Il était en deuil d'une fille qui n'était même pas encore morte, tout ça parce qu'il ne la laissait pas l'aimer.

« Ta mère n'a pas besoin de temps. Elle a besoin d'une fille en bonne santé. »

Qu'est-ce qu'il avait voulu dire par-là exactement ? Une fille qui s'écrasait et faisait tout ce que *lui* voulait pour le peu de temps précieux qui lui restait à vivre ? Je les comprenais : ça devait être un crève-cœur de voir leur fille malade faire sa vie loin de la maison familiale. Mais il y avait une chose que mes parents n'avaient pas saisie.

Je n'étais pas à New York parce que j'aimais New York. J'y étais parce que je voulais être indépendante.

Je voulais faire ce que je voulais, mener une vie en dehors de la bulle que mes parents avaient formée autour de moi. Et surtout, je voulais découvrir qui j'étais vraiment, sans personne pour me dicter qui je devais être.

— Le petit ami de Rosie, Dean Cole, a appelé Baron hier, reprit ma sœur, pour lui dire qu'ils venaient ici afin de nous annoncer officiellement qu'ils étaient ensemble.

Millie prit ma main et la serra en m'adressant un sourire aussi lumineux que le soleil.

— C'est Thanksgiving, et il y a beaucoup de choses pour lesquelles on peut être reconnaissants. Je vais avoir un bébé, Rosie est heureuse et en aussi bonne santé que possible. On voulait fêter ça ensemble. Je suis sûre que vous vous rappelez que Dean et moi sortions ensemble au lycée. Je suis sûre aussi que vous vous souvenez comment ça s'est terminé. De manière brusque et tragique. Mais sans cœurs brisés.

Tout en parlant, Millie me massait le dos pour essayer de m'apaiser. J'étais si nerveuse que j'arrivais à peine à respirer.

— Je ne veux pas ruminer le passé mais je pense que c'est important de vous dire une chose afin de nous assurer un avenir plus heureux : on a toujours été faits l'un pour l'autre, avec Baron. Tout le monde le savait. Tout le monde sauf nous. Et pour ce qui est de Dean et Rosie…

Elle soupira et secoua tristement la tête. Elle savait à quel point j'avais souffert, à quel point *on* avait souffert, et elle regrettait de ne pas pouvoir revenir en arrière.

— Papa, maman, ils ont toujours été fous amoureux l'un de l'autre, depuis le premier jour. Je ne m'en suis pas rendu compte à l'époque parce que j'étais trop occupée à être une ado égoïste. Mais leur relation ne me pose pas le moindre problème. Regardez-la. Elle rayonne. Et si elle est heureuse, alors on devrait tous être heureux pour elle. Est-ce que j'ai l'air triste ?

Elle se caressa le ventre en riant et je ris avec elle. Pas parce que j'étais soulagée ou optimiste, mais parce que ma sœur était la définition même de la bonne santé. J'aimais me dire que les gens que je laisserais derrière moi étaient forts et en sécurité.

Emilia était tout ça.

Mon père daigna enfin lever les yeux sur nous.

— Est-ce que c'est vrai, Rose ? Tu as toujours été amoureuse de Dean Cole ?

Je n'arrivais pas à déchiffrer son intonation. Est-ce qu'il était triste ? Sérieux ? Déçu ? Content ? Est-ce qu'il pensait que j'étais stupide d'aimer un homme qui était sorti avec ma sœur ? Ou au contraire, est-ce qu'il appréciait à sa juste valeur le sacrifice que j'avais fait pour elle pendant toutes ces années ?

— Oui, avouai-je en rougissant. Je l'ai toujours aimé.

Voilà. Elle était là, la vérité gênante que personne ne voulait entendre. Personne à part le seul à ne pas être au courant : Dean lui-même.

Mon père recula sa chaise et posa ses mains sur ses hanches, l'air prêt à livrer bataille.

— Est-ce qu'il s'occupe bien de toi ? On a besoin de savoir.

Mon Dieu. Soit mon père était le pire homme des cavernes à avoir vu le jour au XXe siècle, soit il me prenait vraiment pour un sac d'os inutile. Il avait une confiance aveugle en Emilia me concernant lorsqu'on vivait ensemble. Il avait fait confiance à Darren avant même de le rencontrer. Mais moi ? Plutôt mourir que de croire en moi, apparemment.

La féministe en moi avait envie de le remettre méchamment à sa place, mais je me contins. Au lieu de ça, j'inspirai profondément, je fermai les yeux et je hochai doucement la tête.

— Oui, papa. Il s'occupe bien de moi.

— C'est vrai ?

— C'est lui qui a préparé mes médicaments et tout ce dont j'avais besoin avant qu'on parte ce week-end.

Je me mordis la langue pour ne pas m'emporter et je repris aussi calmement que possible :

— Il m'envoie un taxi trois fois par semaine pour que je ne rate pas mes séances de kiné. Et il m'accompagne à mes rendez-vous avec le Dr Hasting lorsqu'il a le temps.

— Lorsqu'il a le temps, répéta mon père avec mépris. Bien sûr.

— Paul…, dit ma mère en guise d'avertissement.

— C'est bon. Je veux bien lui parler, mais ça ne change rien, Rose. On veut toujours que tu reviennes vivre à Todos Santos. Si tu veux que ta mère et moi te soutenions pendant que tu fais… ce que tu fais à New York, tu vas devoir nous faire des promesses et nous rassurer.

Il avait fait un geste dédaigneux de la main en parlant de New York mais au moins, il avait cessé de me regarder comme si je ne valais même pas la peine qu'il m'adresse la parole.

— Tu *es* malade, Rosie-puce. Et on est inquiets. Tout ce qu'on veut, tout ce qu'on te demande, c'est uniquement pour ton bien.

Rosie-puce. J'acquiesçai en retenant mes larmes.

Ma mère leva les yeux au ciel.

— Est-ce que je peux avoir un câlin, maintenant ? Maman s'est ennuyée de sa petite fille.

— Et la future maman a besoin que Rosie prépare ses fameux cookies aux pépites de chocolat, ajouta Millie en me pinçant la joue avant d'éclater de rire.

Après ça, je crus que le pire était derrière moi pour la matinée.

J'avais tort.

23

Dean

Parfois, la vie est comme une boule de neige qu'il est impossible d'arrêter.

Parfois, on ne veut même pas l'arrêter.

Tout allait très vite. Je n'avais aucun contrôle. Je ne plaisantais pas lorsque j'avais dit à Trent qu'on ne pouvait pas empêcher les choses de s'emballer. C'était le chaos. Mais au moins, c'était un chaos parsemé de parties de jambes en l'air absolument incroyables.

Nina s'installa à New York. Elle m'appelait tous les jours. Absolument. Tous. Les. Jours. Je ne répondais jamais.

C'était ridicule. Ça le devint encore plus ce jour d'octobre, juste avant que je ne quitte le bureau pour aller chercher Rosie et l'emmener voir un film avec Hugh Jackman (non, je n'avais pas encore perdu mes couilles, merci beaucoup de vous en inquiéter). Nina attendait à l'accueil, un manteau trempé et visiblement bon marché serré contre sa poitrine. Elle avait les yeux ronds comme des soucoupes et, si les miens ne me trahissaient pas, des symboles du dollar énormes dans les pupilles.

— Je suis désolée, monsieur Cole, commença Sue en se précipitant vers moi.

Elle agrippait son iPad avec l'énergie du désespoir. C'était la première fois depuis des années qu'elle perdait ses moyens. Nina avait essayé à plusieurs reprises de s'introduire dans le bâtiment, d'après ce que j'avais entendu dire, mais mon personnel savait que des têtes tomberaient si elle mettait un pied ici.

— Je ne sais pas comment elle a fait pour échapper au contrôle de sécurité au rez-de-chaussée. On vient de changer de réceptionniste et…

J'ignorai mon assistante et me dirigeai droit vers Nina. La violence devait se lire clairement dans mon regard quand nos corps se touchèrent et que j'arrêtai mon visage à quelques centimètres du sien. C'était le genre de regard qui voulait dire que la prochaine fois qu'elle se pointerait à mon bureau, elle en ressortirait en plusieurs morceaux qui finiraient balancés dans la rivière Hudson.

— Casse-toi. Tout de suite.

Elle lança son corps contre le mien. *Pathétique.*

— Il veut te voir.

Sa réponse me prit au dépourvu mais je ne lâchai rien. Elle ne m'aurait pas avec ses petits jeux manipulateurs. Maintenant que je l'observais plus attentivement, je remarquai que ses vêtements étaient en lambeaux. Son rouge à lèvres rose pétant qu'elle aimait tellement porter avait viré. Elle était dans un état lamentable. Elle avait recommencé à se droguer.

— Je ne plaisante pas, Nina. Je m'en moque. Dis-lui que je ne veux pas le voir. Et maintenant, va-t'en. Ça m'embêterait de devoir appeler les agents de sécurité. On sait tous les deux qu'avec ton casier judiciaire, tu ne peux pas vraiment te permettre de te faire arrêter à nouveau.

Les choses auraient dû en rester là après ça. Sauf que non.

Elle ne se présenta pas à nouveau en personne (elle savait que je n'aurais pas hésité à mettre ma menace à exécution), mais elle commença à m'envoyer des choses qui lui appartenaient pour jauger mes réactions. Pour me pousser à céder et à répondre à ses appels.

Une casquette noire des Raiders pour me montrer que lui aussi aimait le football américain. Une tasse en plastique de Birmingham, Alabama. Un stylo. Et j'en passe. Je ne voulais pas que ces objets me hantent et pourtant, c'était le cas. Ils m'obsédaient. J'approchais du point de rupture et je n'allais pas tarder à m'effondrer.

Le but du voyage à Todos Santos était en partie de m'éloigner de Nina, mais pas seulement. Le moment était venu d'annoncer à tout le monde mes intentions envers Rosie. On emménageait officiellement ensemble à la fin du mois. J'allais l'épouser, bientôt.

Je plongeais la tête la première dans une réalité sens dessus dessous, et je m'en foutais complètement. Je m'enchaînais à la destinée de Rosie en sachant parfaitement comment ça se terminerait. Elle commençait chacune de ses journées en prenant une tonne de cachets et en portant sa veste. Même chose le soir. Elle allait chez le kiné tous les deux jours. Quand on faisait des balades à pied, elle devait faire des pauses et s'appuyer contre un arbre, à bout de souffle, un sourire d'excuse aux lèvres tandis qu'elle se tenait les côtes. Ma petite amie n'allait pas bien. Elle n'irait jamais bien.

Et pourtant, on allait quand même être heureux.

Tout le monde devait le savoir, l'accepter et aller de l'avant.

Mais si je l'avais traînée à Todos Santos, c'était aussi pour Trent. Jaime et moi lui avions promis qu'on convaincrait Vicious de changer de branche avec lui. Cet enfoiré irait à Chicago avec Millie et le bébé, que ça lui plaise ou non. Je savais qu'il ne se rendrait pas sans livrer bataille d'abord (se battre était un de ses passe-temps favoris), mais j'étais prêt à aller au combat.

La rencontre entre Rosie et mes parents était censée être une réunion sobre et en petit comité. Sauf que lorsque ma mère se rendit compte que je ramenais une fille à la maison pour la première fois depuis… depuis toujours, elle s'excita un peu trop. Ou plutôt, elle péta complètement les plombs. À savoir, elle appela mes sœurs.

Bizarrement, Keeley devait revenir dans le Maryland de toute façon, et Payton était dans le coin aussi. Ce fut ainsi qu'un brunch avec mes parents et ma copine se transforma en un énorme bordel, organisé par votre humble serviteur.

— Je suis tellement stressée que je vais vomir dans mon décolleté, dit Rosie en broyant ma main dans la sienne.

On venait de se garer devant chez mes parents.

— La bonne nouvelle, c'est qu'au moins, ça cachera mes seins. C'est toujours mieux d'avoir l'air sale que dévergondée, pas vrai ?

Je me mordis l'intérieur des joues pour ne pas sourire.

— Je rêve ou tu viens juste d'utiliser le mot « dévergondée » ?

— On dirait bien. C'est officiel, j'ai les nerfs qui lâchent.

— Sérieusement, Bébé LeBlanc, je ne pensais pas que c'était grave à ce point.

Elle n'avait jamais rencontré les parents d'aucun de ses ex. Elle n'était jamais allée aussi loin avec personne. C'était comme si on avait tous les deux attendu de faire cette expérience ensemble. Pourtant, on n'était plus des gamins : j'avais presque trente ans, elle en avait vingt-huit. Mais émotionnellement, on était de vrais puceaux, et j'avais le sentiment qu'elle venait de m'autoriser à prendre sa virginité.

J'étais aussi excité que si ç'avait été le cas.

Et j'adorais qu'on ait des premières fois ensemble.

— Sois toi-même et je suis sûr que ça se passera bien. Au pire, je te trouverai bien une remplaçante, dis-je en haussant les épaules. Tu as une cousine canon, si je me souviens bien ?

J'appuyai sur la sonnette de l'entrée tandis qu'elle me fusillait du regard. En temps normal, je serais entré sans attendre, mais Rosie avait besoin de quelques secondes pour se calmer. Elle avait les mains moites et tentait depuis une bonne minute de se débarrasser d'une quinte de toux. Elle ne se doutait pas que rien que le fait qu'elle arrive à me supporter et à m'accepter tel que j'étais suffisait à impressionner mes parents. J'aurais pu abréger ses souffrances et la rassurer, mais j'adorais la voir faire des efforts. Elle portait une robe bleue stricte sous son gros manteau (et, non, le décolleté n'était pas aussi généreux qu'elle le croyait) et elle s'était tressé les cheveux. Sauf que ses airs de gentille fille ne fonctionnaient pas avec moi : je savais que c'était faux. Ce qui faisait que je trouvais ça terriblement excitant de la regarder jouer la comédie pour moi dans sa petite robe de jeune fille de bonne famille.

Ma mère ouvrit la porte, vêtue de son éternel cardigan vert citron et avec un sourire éblouissant aux lèvres. Elle se jeta sur Rosie et la serra dans ses bras comme si elles se connaissaient depuis toujours. Aussitôt, l'armure de Rosie vola en éclats et je la sentis fondre. Mon père lui serra la main et lui offrit un sourire de ceux qu'il offrait uniquement aux enfants. Ensuite, il me tapa dans le dos et me murmura quelque chose de complètement indécent sur ma petite amie. Payton et Keeley se tenaient debout près de la porte comme deux groupies. Elles complimentèrent Rosie sur sa robe puis se tournèrent vers moi.

— Tu fais toujours du sport.

Le ton de Keeley était presque accusateur. Je lui donnai un petit coup d'épaule en passant à côté d'elle et lui pressai malicieusement le biceps.

— Quoi, il n'y a pas de salles de sport dans le Maryland ?

Keeley n'avait pas le temps de faire de l'exercice et elle avait un corps du genre voluptueux, mais ça lui allait à la perfection.

— Ça alors, regarde, notre frère est toujours aussi drôle, dit Payton en me donnant un coup de coude dans les côtes.

Je levai les yeux au ciel et ma sœur poussa un petit cri indigné.

— Quoi, on n'a pas le sens de l'humour à New York ?

Bon. À l'exception du fait qu'on se taquinait comme des ados attardés, ça commençait plutôt bien.

On nous entraîna dans la salle à manger. La table était recouverte d'œufs brouillés au bacon et aux pommes de terre, de bagels, de pancakes, de brownies et de cupcakes. Sans parler du jus d'orange, du café et du lait qui attendaient d'être absorbés avec le reste. Rosie était bouche bée. Je ne savais pas si c'était parce qu'elle avait faim ou parce qu'elle était surprise, mais je m'attendais à voir sa langue se dérouler comme un tapis rouge d'une seconde à l'autre.

Je dus m'empêcher de rire en songeant à l'image qu'elle se faisait probablement de ma famille avant de les rencontrer. Un tas d'enfoirés prétentieux qui ne mangeaient que des plats aux noms français et vivaient dans un manoir aussi outrancier que celui de Vicious.

La vérité, c'était que mes parents venaient d'une petite ville en banlieue de Birmingham, en Alabama. Mon père était fils de sénateur tandis que ma mère était plutôt du genre de Rosie. Ses parents travaillaient dans une ferme. Mes parents s'étaient rencontrés alors que ma mère faisait le ménage à la place de la sienne, qui était malade. Les parents de rnon père l'avaient tout de suite détestée. Elle ne pouvait pas les encadrer non plus. Mais dans le fond, mon père s'en foutait.

Mon père devint une star du barreau en Californie et tout changea pour eux à ce moment-là. Toutefois, mes parents restaient des gens du Sud envers et contre tout, et l'étalage de plats plus gras les uns que les autres en était la preuve.

— Pose tes fesses, Bébé LB.

Je tirai une chaise, en grand gentleman que j'étais, et on prit place l'un à côté de l'autre. Je lui servis un café. Elle aimait le café noir, sans sucre, sans lait, sans crème, sans rien. Elle évitait les produits laitiers en général. Je l'avais remarqué parce que je remarquai le moindre détail la concernant. Tout était observé, enregistré et classé dans mon cerveau. Je m'empêchais de la toucher, car je savais très bien qu'à la minute où je l'effleurerais, je continuerais jusqu'à ce que ma main finisse entre ses cuisses. Mes parents ne s'imaginaient pas le moins du monde qu'ils avaient élevé un obsédé sexuel et je tenais à ce qu'ils restent dans l'ignorance.

— Rosie, à ce qu'il paraît, tu es bénévole dans un hôpital ? lança Keeley en souriant.

— Oui, à l'hôpital pour enfants de Mott, à Manhattan, confirma Rosie entre deux gorgées de café. Dans l'unité de soins intensifs.

— Tu dois adorer les enfants. Dean est au courant qu'il va être père d'au moins trois ou quatre gamins ? plaisanta ma sœur avant de mordre dans sa tranche de bacon.

Rosie battit des paupières sans se départir de son sourire. De mon côté, j'avais l'estomac noué. Car même si Rosie ne m'avait pas parlé de sa situation (enfin, elle l'avait fait, mais inconsciemment et certainement pas dans les détails), ça n'ôtait rien à la réalité du problème. Je n'aurais pas dû être en colère contre Keeley. Elle ne faisait qu'être directe et taquine. Et pourtant, je lui en voulais.

— Merci, Keeley. Sympa de faire flipper ma copine alors qu'on est à table depuis cinq minutes. J'ai hâte de rencontrer ton futur copain et de l'accueillir avec un arsenal de questions sur la qualité de son sperme et ses principes d'éducation.

Rosie posa sa main sur ma cuisse et m'adressa un sourire éclatant.

— Du calme. Oui, j'ai une passion pour les enfants. J'adorerais être mère un jour, ajouta-t-elle après une pause. Et je pense que votre frère ferait un père formidable. Voilà, mon chéri, au moins on est deux à être stressés maintenant.

Elle me tapota la joue et me fit un clin d'œil.

Je ris parce que c'était la réaction qu'elle attendait de moi, mais mon sourire n'atteignit pas mes yeux. En réalité, j'étais tout sauf joyeux.

— Tout me va, répondis-je en l'attrapant par le cou pour lui planter un baiser sur la tempe. Trois enfants. Dix. Aucun. Tant que c'est avec toi, je m'en fiche.

Je savais que mes couilles ne me pardonneraient jamais d'être aussi fleur bleue, mais elles n'avaient rien à dire. En plus, elles ne s'étaient pas plaintes quand Rosie leur avait adressé un traitement spécial la veille. J'étais ravi de sacrifier ma dignité pour son bonheur, et j'espérais qu'elle lisait entre les lignes et qu'elle comprenait que ses problèmes de stérilité ne changeaient rien entre nous.

Moins d'enfants = davantage de Rosie pour moi tout seul. Je ne perdais rien au change.

— Oh ! comme c'est mignon, s'extasia Payton. On dirait que quelqu'un a un cœur qui bat, c'est nouveau !

— Qu'est-ce que tu as mis dans son café, Rosie ? demanda Keeley en s'étranglant presque de rire. Mon frère ne dirait jamais un truc pareil à moins d'avoir perdu un pari.

Ma mère souriait tellement que j'avais l'impression que son visage allait exploser. Mon père, quant à lui, semblait un tantinet mal à l'aise, mais ce n'était certainement pas à cause du sujet des enfants, car il était toujours le premier à me répéter qu'il fallait que je me pose. Son regard ne cessait d'aller et venir entre sa montre Bulgari et moi, ce qui ne lui ressemblait pas du tout.

— Vous restez à Todos Santos jusqu'à quand ? s'enquit-il.

— Demain matin. On dîne chez les Spencer pour Thanksgiving, répondis-je avant de me fourrer une fraise dans la bouche.

Peut-être qu'il était fâché que je le fête avec la famille de Rosie, mais il devait bien se douter que charmer ses parents était ma priorité cette année. Je savais qu'ils ne me détestaient pas complètement (je les avais aidés lorsqu'ils avaient emménagé à L.A. alors que Vicious était à New York en train de jouer les Roméo auprès d'Emilia) mais ils n'étaient pas mes plus grands fans non plus. Je les comprenais : si j'avais deux filles et que le même enfoiré avait couché avec les deux, j'aurais eu quelques doutes sur la bienveillance de ses intentions, moi aussi.

Je devais donc réhabiliter mon image et m'assurer qu'ils comprenaient bien ce que j'éprouvais pour Rosie.

— Tu pourrais passer après ? demanda-t-il en lissant son polo. Il y a quelques sujets que j'aimerais aborder avec toi.

Ma mère fit une drôle de tête et je sentis ma gorge se dessécher.

— Vous divorcez ?

— Mon Dieu ! se moqua ma mère en agrippant son collier de perles. Enfin, Dean, qu'est-ce que tu racontes ? Bien sûr que non !

— Quelqu'un est malade ? continuai-je.

— Non, répondit mon père.

Je montrai mes sœurs du doigt.

— Et aucune des deux n'est enceinte ?

Si j'avais dû parier, j'aurais misé sur Payton. Elle n'en avait toujours fait qu'à sa tête. Mais mes parents secouèrent la tête à l'unisson.

Je bus une gorgée d'eau et me laissai aller contre le dossier de ma chaise.

— Dans ce cas, je passe mon tour. On a une réunion du conseil d'administration au bureau de Los Angeles après le dîner et je pense que ça va se terminer tard.

Mon père fronça les sourcils.

— Tout va bien ?

Je haussai les épaules.

— On veut forcer la main à Vicious pour qu'il échange sa branche avec Trent. Il veut se rapprocher de ses parents maintenant que Val est partie.

Tandis que je présentais notre plan à mon père, je me rendis soudain compte que Rosie n'était pas au courant. J'avais oublié de lui en parler parce que j'avais pensé qu'elle s'en moquerait. Sauf que non, bien sûr. Ses parents vivaient sous le même toit que Vicious et sa sœur était enceinte de lui.

Elle se pencha en avant. Mes doigts ne touchaient plus son dos et son sourire disparut. Elle avait tous les droits de m'en vouloir. J'étais le dernier des enfoirés.

— Tu peux quand même passer, même s'il est tard, insista mon père.

Bon sang, qu'est-ce qui lui arrivait aujourd'hui ?

— Non, papa. Je te l'ai dit, cette réunion risque de durer un moment. Si tu as quelque chose à me dire, je t'écoute.

— Je ne préfère pas.

Je posai lentement ma fourchette et pris le temps d'observer tous mes voisins de table avant de reprendre la parole.

— On est en famille.

Je tendis la main pour attraper celle de Rosie sauf qu'elle retira la sienne, gentiment mais fermement, pour bien me montrer que je n'étais pas dans ses bonnes grâces.

— Dean, chéri.

Ma mère se mordit la lèvre et mes sœurs échangèrent un regard confus de l'autre côté de la table. Donc, elles non plus ne savaient pas ce qui se passait. C'était déjà ça. Je n'avais pas besoin d'une intervention ou d'une connerie du genre.

Je n'y comprenais rien : on n'avait jamais eu de secret les uns pour les autres dans notre famille. Enfin, il n'y en avait qu'un (le mien), mais il était profondément enterré, couvert par la saleté de la vie quotidienne et la poussière de nombreuses années de déni. Autrement, la règle était la suivante : quand on était tous ensemble, on parlait librement.

Soudain, je compris. Il n'y avait pas que notre famille dans la pièce : Rosie était là aussi. Je plissai les yeux et serrai les dents.

Qu'est-ce que cette connasse de Nina avait encore fait ?

Je me frottai le visage avec lassitude.

— Ah, ça. Je n'en ai pas encore parlé à Rosie. Mais c'est bon, je la mettrai au courant après le brunch, et je peux d'ores et déjà vous promettre qu'elle n'en aura rien à faire.

Tout le monde dans la pièce haussa les sourcils avec étonnement, Rosie y compris.

— Si vous avez quelque chose à vous dire, allez-y, ne vous gênez pas pour moi. Ça me ferait vraiment me sentir la bienvenue, plaisanta Rosie.

Personne ne rit. Je serrai les dents encore plus fort.

— Je peux savoir pourquoi tu as décidé d'aborder le sujet maintenant ? demandai-je d'un air aussi détaché que possible.

Ce brunch était en train de se transformer en un de ces programmes à la Jerry Springer dont vous vous moquiez quand vous étiez défoncé et vautré sur un canapé avec une bière fraîche à la main. Mais là, c'était nettement moins drôle.

Dis bonjour à ta vraie vie, enfoiré. Ce n'est pas un programme télé, c'est ta réalité.

— Nous avons entendu dire que Nina était à New York, commença mon père.

Ce fut à cet instant que je remarquai qu'il n'avait pas touché à son assiette. Il n'avait rien avalé. Bizarre de la part de quelqu'un qui aurait épousé ce genre de nourriture si ça avait été autorisé par la loi. Ma mère ne le laissait manger ces choses-là qu'une fois par an.

Je m'emparai du jus d'orange d'une main qui tremblait légèrement.

— Je vois qu'elle t'a tenu informé de ses mouvements. Je gère.

En quelque sorte. Plus ou moins. Bon, d'accord, pas vraiment.

— On sait tous ce qu'elle veut.

Mon père posa sa main sur la mienne et le tremblement cessa. Je levai les yeux vers lui et on déglutit tous les deux.

— Et je pense que le moment est venu pour toi d'écouter ce qu'elle a à dire, fiston.

— Tu crois ?

Je retirai ma main et posai le coude sur la table tandis que je passai mon autre bras autour du dossier de la chaise de Rosie.

— Et qui est-ce qui va payer pour cette petite aventure ? Toi ou moi ?

— Moi, si c'est ça qui t'inquiète, mais je sais que le problème n'est pas là. Nous voulons vraiment t'en parler, ta mère et moi. Sauf que ce n'est pas le genre de sujet que nous avions envie d'aborder au téléphone.

Rosie posa sa main sur mon genou. Si Payton et Keeley avaient l'air confus, Rosie, elle, semblait carrément terrifiée. Il fallait que j'arrête ça. J'avais repoussé cette conversation depuis trop longtemps. Le moment était venu de lui dire la vérité et de faire face aux conséquences.

Je rivais mes yeux à ceux de mon père, livrant une bataille silencieuse. J'étais en colère contre lui, ce qui n'était presque jamais arrivé. Nos relations étaient excellentes. On jouait au golf ensemble. On allait à des matches de foot ensemble. On discutait jusqu'au bout de la nuit à chaque fois que je venais à la maison. À part prendre un verre (je ne voulais pas qu'il se rende compte que j'avais un problème), on faisait tout ensemble. J'étais fier de lui. Même mes amis passaient le voir pour lui demander des conseils.

— C'est bon, lâchai-je avec agacement. Je ferai ce que je peux pour passer à la maison, mais tu sais comment ça se passe, ce genre de réunions. Il sera 3 ou 4 heures du matin si ça se trouve. Tu ne diras pas que je ne t'ai pas prévenu.

Avec mes associés, quand on fermait la porte et qu'on se coupait du reste du monde, le temps s'arrêtait. Alors, si en plus on devait convaincre Vicious de faire quelque chose qu'il n'avait pas envie de faire, on risquait d'y être encore en janvier.

— Nous attendrons toute la nuit s'il le faut, dit mon père en prenant la main de ma mère dans la sienne.

— Est-ce qu'on pourrait recommencer à manger et à parler des futurs bébés de Dean ? demanda Keeley en se tortillant sur sa chaise. Rosie est pâle comme une morte et vous commencez à me faire peur.

— Tu vas bien ? m'enquis-je en me tournant vers Rosie.

Elle n'en avait pas l'air. Elle semblait plutôt sur le point de faire un malaise. Elle acquiesça imperceptiblement. J'attrapai à nouveau sa main, et cette fois elle me laissa faire, ce qui n'était *pas* bon signe quand on connaissait Rosie.

— Inhalateur, s'il te plaît, parvint-elle à peine à chuchoter.

Je me précipitai vers son sac. Je savais que ses inhalateurs étaient dans la poche de devant. J'en attrapai un et regagnai la table.

Le silence qui régnait dans la pièce tandis que Rosie buvait un verre d'eau après avoir inhalé son médicament me tapait sur les nerfs. Je tremblais de rage. À quoi jouaient mes parents ? Ils auraient pu aborder le sujet à n'importe quel moment, mais non. Il avait fallu qu'ils fassent ça alors qu'ils rencontraient Rosie pour la première fois.

Qu'ils aillent se faire foutre.

Que tout le monde aille se faire foutre.

Et moi avec, pour avoir oublié de la prévenir. Pour ne pas l'avoir avertie qu'on avait prévu de coincer Vicious. Cela dit, qu'est-ce que ça aurait changé que je lui en parle ? Rosie aurait aussitôt appelé sa sœur pour la prévenir. Ça n'aurait fait que compliquer les choses.

*
* *

— C'était… sympa, grommela Rosie avec un faible sourire alors qu'on se tenait dans l'entrée.

Je l'aidai à enfiler son manteau, avec le sentiment d'être le pire enfoiré que la Terre ait jamais porté. C'était plutôt ironique compte tenu du fait que c'était comme ça qu'elle m'appelait. *Terre*. Ce qu'elle n'avait pas encore compris, c'était que j'étais vraiment comme notre foutue planète. Le jour où j'exploserais, j'entraînerais un paquet de personnes dans ma chute.

Mes sœurs et ma mère continuaient de nous faire signe de la main tandis que j'ouvrais la portière et que j'aidais Rosie à grimper dans la jeep. Elle avait les yeux fatigués et paraissait faible. J'avais toujours fait passer la maladie de Rosie au second plan mais elle était bel et bien là, qui rôdait dans l'ombre en attendant le moment opportun pour la prendre à la gorge.

Il fallait que je l'accepte, sauf que je n'y arrivais pas. À chaque fois que je la voyais utiliser son inhalateur, ça me mettait dans une telle rage que j'avais envie de donner des coups de poing dans un mur. Comme un peu plus tôt pendant le repas. Les nébuliseurs, les cachets, les sprays pour le nez… Il y en avait partout dans mon appartement, désormais. J'avais le numéro du Dr Hasting dans mes contacts favoris, je connaissais l'adresse de son kiné, je savais quels jours étaient ses séances et à quelle heure, et je savais même quoi faire quand elle commençait à cogner sa poitrine et à siffler comme un serpent. Je savais que l'espérance de vie moyenne pour les malades atteints de mucoviscidose était de trente-sept ans. Je savais aussi que tous les hommes atteints étaient stériles et que la plupart des femmes avaient des difficultés à avoir des enfants.

Et je n'avais aucune envie de savoir tout ça.

Parce que Rosie n'était pas une maladie. C'était la femme avec qui je faisais des projets. Des projets qui excédaient de loin les années qui lui restaient à vivre, si on en croyait les statistiques.

Je démarrai la voiture mais je ne baissai pas le frein à main. La mélancolie m'envahit tandis que j'observais la rue bordée d'arbres la plus impeccable du monde, là où vivaient mes parents.

Qu'est-ce que tu fous, enfoiré ?

— Tu as un secret. Un gros, murmura Rosie en regardant par la fenêtre.

On ne pouvait pas dire qu'on commençait notre relation sur les meilleures bases. Je voulais qu'elle s'habitue à nous avant de savoir que j'étais moi-même un *nous*, mais mon temps était écoulé.

Si ses casseroles étaient explosives, les miennes étaient sacrément bordéliques.

— Toi aussi, répondis-je.

Elle m'adressa un regard surpris mais elle ne nia pas.

— Oui, lâcha-t-elle simplement. On est vraiment nuls comme couple.

Je laissai échapper un petit rire.

— Tu plaisantes ? On assure à mort, tu veux dire. C'est juste une turbulence. Un petit couac au milieu de notre génialitude.

— Dans ma réalité, le moindre couac peut avoir des conséquences très graves, me rappela-t-elle.

— Et dans *notre* réalité, contrai-je, je serai toujours là pour m'assurer qu'on aplanit tout ça.

On roula au hasard pendant un moment, comme lors de notre première nuit ensemble à Todos Santos. Je l'emmenai à nouveau aux endroits où on s'était rendus avant de coucher ensemble pour la première fois. Notre vieille école, la marina, le parc, et enfin, le fameux banc. Nos portables n'arrêtaient pas de vibrer dans nos poches. Mon père, ma mère, les parents de Rosie, Vicious, Millie, tout le monde nous appelait. Quand je me garai sur la colline qui surplombait le terrain de basket, je balançai nos téléphones dans la boîte à gants et la refermai d'un coup sec avant qu'on sorte de la voiture. Aucun mot ne semblait suffire pour décrire le chaos qui régnait en moi. J'étais sur le point de lui confier mon secret. Un secret que personne ne connaissait à l'exception de ma famille proche. Je m'apprêtais à lui dévoiler mes faiblesses. À m'exposer dans toute ma vulnérabilité.

Et à découvrir pour la première fois si le vrai Moi valait la peine d'être aimé.

Je n'avais pas envie de m'asseoir. Il y avait trop d'adrénaline dans mes veines, trop de tristesse dans l'air. On pouvait sentir la morsure du froid de l'hiver, mais heureusement Rosie était couverte des pieds à la tête.

— Viens, on va marcher.

Elle toussa légèrement.

— Je vais te ralentir. Je ne peux pas faire de longues promenades.

— Tu ne me ralentis jamais. Tu me donnes le temps d'apprécier ce qui m'entoure.

Mes couilles protestèrent à nouveau. Ces idiotes ne comprenaient décidément pas que la rendre heureuse bénéficiait à toutes les parties de mon corps, elles incluses.

On descendit la colline, le long de monticules verdoyants, évitant les branches basses et les plantes grimpantes qui avaient commencé à envahir l'allée. Elle avait les mains enfoncées dans les manches de son manteau tandis que les miennes étaient fourrées dans mes poches.

Ce n'était jamais le bon moment pour balancer le genre de bombe que j'étais sur le point de lâcher. Alors j'optai pour la méthode qui consistait à arracher le pansement d'un coup sec et j'allai droit au but.

— Ma mère biologique m'a abandonné dans les toilettes d'un Walmart alors que j'avais trois heures, commençai-je sur un ton blasé.

Rosie continua à avancer mais je sentis tous ses muscles se tendre.

— Elle était toxico. À la seconde où elle a découvert qu'elle était enceinte, elle est partie. Elle a quitté le domicile familial à la campagne et elle a disparu quelque part dans les caniveaux de Birmingham.

Rosie était une fille intelligente. Elle se doutait certainement que ce n'était que la partie émergée de l'iceberg.

Peut-être qu'elle croyait que j'étais un de ces bons à rien de pères qui déguerpissaient dès que la réalité les rattrapait. Elle était loin du compte. Je sortais toujours couvert. J'avais des préservatifs personnalisés, nom de Dieu. De toute ma vie, elle était la seule personne avec laquelle je ne m'étais pas protégé. Je n'avais jamais été chair contre chair avant elle.

— Je ne…

Elle s'interrompit et tenta d'absorber tout l'oxygène dont elle était capable, sans doute pour ne pas se mettre à pleurer.

— Je t'en prie, continue.

— C'est le vigile qui m'a découvert. Nina, ma mère, a été retrouvée deux pâtés de maisons plus loin, en train d'acheter des cigarettes. Sa robe était couverte de sang. Quand ils l'ont emmenée à l'hôpital, elle a appelé sa sœur pour l'aider à se sortir du pétrin dans lequel elle s'était fourrée. Sa sœur, c'est ma mère. Helen.

— Mon Dieu.

Les lèvres de Rosie tremblaient, de même que sa main quand elle la porta à sa bouche. La partie logique de mon cerveau savait que c'était complètement dingue qu'aucun de mes amis ne sache que j'avais été adopté. Mais si j'avais voulu qu'il en soit ainsi, ce n'était pas pour rien.

J'étais puissant.

J'étais imposant.

J'étais un putain de dieu vivant.

Les regards pleins de pitié et les paroles réconfortantes chuchotées avec gêne n'aidaient en rien à guérir la blessure que Nina m'avait infligée en m'abandonnant. La seule raison qui me poussait à les tolérer à cet instant était qu'ils venaient de Rosie. Je pouvais accepter n'importe quelle émotion venant d'elle. Même la pitié. Même la haine. Tout, tant que ce n'était pas de l'indifférence.

— Ma mère, ma *vraie* mère, Helen, celle qui m'a élevé, a décidé de m'adopter. Je pense qu'Eli a accepté parce que…

Je pris un instant pour y réfléchir, et un petit rire s'échappa de mes lèvres.

— Il a accepté parce que c'était un mec soumis, j'imagine. Il aurait fait n'importe quoi par amour pour ma mère, et Nina ne voulait pas de moi, de toute façon. Elle avait beaucoup de problèmes à gérer. Je ne lui en veux même pas pour ça. Je veux dire, ça craint d'abandonner son nouveau-né dans des toilettes publiques, mais ce n'est pas pour ça que je la déteste aujourd'hui. Pas vraiment. À la fin de ma première journée sur cette planète, on s'est tous retrouvés à l'hôpital de Birmingham. Nina a signé mon certificat de naissance sans y faire figurer le nom de mon père. Elle a dit qu'elle ne savait pas qui c'était, ce qui n'a étonné personne autour d'elle apparemment. Puis mes parents ont commencé à remplir les formulaires pour le dossier d'adoption.

— Dean, je suis tellement désolée. Tellement, tellement désolée, répéta Rosie.

On marchait toujours, ce qui me convenait très bien. C'était assez difficile d'avoir cette conversation, alors je n'avais pas envie de devoir la regarder dans les yeux par-dessus le marché. J'avais déjà l'impression qu'on m'arrachait la vérité comme on m'aurait arraché toutes les dents sans anesthésie. Elle me prit la main et la serra dans la sienne. J'inspirai difficilement.

— Mon père a accepté un poste en Californie et mes parents ont déménagé. Ensuite, ma mère est tombée enceinte de mes sœurs. Je leur ressemble tellement que personne n'a jamais posé de questions. Les gens sont juste partis du principe que j'étais le fils d'Eli et Helen Cole et on n'a jamais pris la peine de les contredire parce qu'à quoi bon ? *Ça passait.* Au final, le mensonge est devenu tellement énorme que c'était trop tard pour reculer et exposer la vérité à la face du monde. Ma famille ne m'a jamais fait sentir que j'étais différent. Mes sœurs sont au courant mais mes parents m'ont toujours traité exactement comme elles et mon adoption n'a jamais eu d'importance pour personne.

Je marquai une pause et fronçai les sourcils.

— Enfin, pour personne à part moi. Ma mère croyait naïvement que je pourrais nouer des liens avec Nina, et mon père fait partie de ces gens qui pensent que tout le monde mérite une chance. Sans doute son côté avocat. Enfin bref, ils ont décidé de m'envoyer lui rendre visite en Alabama. Chaque été, jusqu'à mes dix-huit ans. C'était ça, le marché.

Je me remémorai mon dernier été là-bas avec Nina, et un frisson glacé me parcourut. *Cette salope de croqueuse de diamants.* À la seule pensée de ce qu'elle avait fait, mes poings se serrèrent et j'eus envie de cogner dans la première chose qui croisait ma route.

— Dans sa vie de débauche, Nina s'est mariée avec un type qui s'appelait Donald Whittaker. Les gens l'appelaient Hibou parce qu'il faisait du trafic de drogues dans la rue, uniquement entre 2 heures et 6 heures du matin. Un excellent parti, comme tu peux l'imaginer. Whittaker a fini par atterrir en prison et quand il a été libéré, il a décidé de déménager. Il a acheté un terrain, une ferme plus exactement, et a commencé à vivre comme un parfait petit fermier. Nina a arrêté de se piquer, alors pour mes parents, elle était *clean*. Elle en avait l'air, parce qu'elle avait arrêté de se planter des aiguilles dans les veines. Sauf qu'au lieu de ça, elle s'est mise à prendre des trucs plus dignes. De l'Adderall, du Xanax, de l'oxycodone. Le genre de drogue qui fait que l'addiction est quasiment invisible. Je n'ai jamais pris la peine de dire la vérité à mes parents parce que j'étais un petit bâtard pathétique qui espérait qu'un jour, la femme qui lui avait donné la vie se rendrait compte qu'il méritait d'être aimé.

— Dean…

Rosie secoua la tête. Ses joues étaient baignées de larmes.

— Tous les étés, elle me faisait faire à vélo les trente kilomètres qui séparaient la ferme de la ville la plus proche pour aller lui chercher sa came de parfaite femme au foyer.

— Et pourquoi tu acceptais ?

Je ris, la gorge nouée et avec un goût amer dans la bouche.

— Parce que je voulais la rendre heureuse ? Parce que je recherchais son approbation ? Pour que ta mère te jette dans les toilettes avant même que tu puisses ouvrir les yeux, c'est qu'elle pense réellement que tu vaux moins que rien. Mais à dix-sept ans, j'ai fini par les ouvrir, justement, et j'ai annoncé à mes parents que je ne voulais plus passer l'été à la ferme. Ils ont accepté, mais ensuite j'ai fait une connerie pendant une fête et ils ont décidé de m'envoyer là-bas quand même en guise de punition. Ça a été le pire été de ma vie. Parce que c'est là que j'ai compris qu'en plus de ne pas m'aimer… Nina me détestait.

Rosie pleurait. Je n'osais pas la regarder mais je le savais. Je sentais les sanglots qui l'agitaient. Je me détestais de la faire pleurer et je détestais Nina pour m'obliger à avoir cette conversation.

— En résumé, Nina m'a fait des choses horribles quand j'étais enfant. J'étais un pion dans un jeu complètement tordu. Un moyen pour une fin. Elle m'utilisait comme coursier et me faisait faire des choses qui n'étaient même pas légales, puis elle me soudoyait avec de l'alcool et de l'herbe pour s'assurer que je ne la balancerais pas à mes parents. J'avais douze ans quand j'ai descendu ma première bouteille de whiskey et fumé mon premier pétard. Je trouvais ça cool que Nina et Hibou me donnent ce genre de choses. Je croyais que ça voulait dire qu'ils me traitaient comme un adulte.

— C'est pour ça que tu es accro.

— Disons que c'est comme ça que ça a commencé. Ça m'aidait à me sentir bien. Grâce à l'herbe et l'alcool j'avais l'impression que mes étés passaient plus vite. Ils mettaient un écran de fumée sur ma réalité, une coquille que personne n'arrivait jamais à craquer. Le souci, c'est qu'avec le temps j'ai gardé ces habitudes, même lorsque j'étais de nouveau dans un endroit que j'aimais, avec mes parents et mes sœurs. Nina ne m'a jamais dit qui était mon père et ça m'a toujours dérangé. Comme elle était un cas désespéré, j'avais envie de savoir si lui était pareil, ou si la moitié de mes gènes rachetait un peu le reste. Mais après le fiasco qu'a été ma dernière visite à la ferme, j'ai décidé de laisser tomber et d'arrêter d'essayer d'obtenir une réponse. Je l'ai fait sortir de ma vie. Ça a marché pendant mes années de fac, parce que je n'avais rien à mon nom à part un compte épargne et une chambre en résidence universitaire. Mais quand on a créé Fiscal Heights Holdings et qu'on a commencé à rouler sur l'or, elle a soudain décidé qu'elle était d'accord pour me révéler l'identité de mon père biologique.

— Et ? demanda Rosie, légèrement essoufflée.

Je ralentis l'allure.

— Et elle veut six cent mille dollars en échange de son nom.

— C'est du délire ! s'indigna Rosie en tapant du pied.

Je fis une halte et pivotai pour la regarder. Elle était toute rouge et la tristesse déformait ses traits. *Ma tristesse*. C'était moi, la cause de tout ça. Et même si je n'avais jamais voulu lui faire de peine, j'aimais voir l'incendie qui brûlait en elle. Parce qu'il brûlait pour *moi*.

— Et donc ? Tu as payé ? demanda-t-elle en donnant un coup de pied dans un monticule de terre.

— Non.

Je caressai sa tresse et tirai doucement dessus.

— Et c'est justement pour ça qu'elle se comporte comme une folle obsédée qui m'appelle toutes les demi-heures. La ferme de Whittaker est au bord de la ruine et la cocaïne coûte cher, tu comprends. Les médicaments sur ordonnance ne suffisent plus. Elle déteste son mari et cherche une porte de sortie et elle veut que je l'aide. Sauf que c'est absolument hors de question.

— Mais tu veux savoir qui est ton père, pas vrai ?

— Oui, mais ce n'est pas réciproque. Si ça l'était, il m'aurait déjà contacté.

— Peut-être qu'il n'est pas au courant de ton existence ? suggéra-t-elle.

C'était ce que j'espérais. Je priais pour que ce soit le cas. J'y pensais tous les soirs.

Je recommençai à marcher et Rosie m'emboîta le pas.

— Ou peut-être qu'il s'en fiche.

— Ou peut-être qu'il a peur de ta réaction après toutes ces années, contra-t-elle. Peut-être que tu devrais faire ce qui est bon pour *toi*, même si ça implique que Nina obtienne ce qu'elle veut.

— Ou peut-être qu'il est en compétition avec Val pour le prix du pire parent. Il y a un paquet de candidats. Luna est mieux sans sa loseuse de mère, et si ça se trouve je suis mieux sans lui aussi.

Je savais que mon raisonnement était immature mais je n'arrivais pas à m'empêcher de penser comme ça.

On s'arrêta au milieu de ce qui ressemblait à une forêt. On se serait crus au milieu de nulle part, alors qu'en réalité on n'était qu'à environ un kilomètre de la voiture. Rosie avançait à une vitesse d'escargot. Quand elle se tourna vers moi, je me rendis compte qu'elle avait les joues et le menton trempés. Son mascara avait coulé. Je n'avais jamais vu quelqu'un pleurer autant.

— Je suis désolée de ce qui t'est arrivé.

Et elle l'était, sauf que je ne voulais pas de sa pitié. Je voulais qu'elle sache que j'étais assez fort pour la soutenir et la protéger à travers toutes les épreuves de la vie. Et si nécessaire, jusque dans la mort.

Rosie essuya ses larmes avec la manche de son manteau.

— Je n'arrive pas à croire que tu nous as caché ça pendant toutes ces années. Tes amis ont le droit d'être là pour toi, Dean. Tu devrais leur en parler.

Jamais de la vie.

— Certainement pas. C'est comme ça, c'est tout. On a tous des secrets, crois-moi, et c'est ce qui fait que chacun de nous est comme il est. Ce n'est pas parce que les autres ne sont pas au courant que ça affaiblit notre amitié.

Et je le pensais sincèrement.

— Tu sais ce que tu devrais faire ?

Rosie se mordilla la lèvre. J'attendis patiemment tandis qu'elle réfléchissait.

— Je t'écoute.

Elle allait peut-être me dire de faire des *burpees* nu jusqu'à New York. Auquel cas, j'étais prêt.

— Tu devrais tuer la bête.

Une flamme semblait brûler dans son regard déterminé. Je souris et ramenai derrière son oreille une mèche qui s'était échappée de sa tresse.

— Tuer Nina, tu veux dire ? C'est tentant, mais je ne crois pas qu'elle vaille la peine que je finisse derrière les barreaux.

Elle leva les yeux au ciel.

— Je veux dire qu'il faut que tu lui parles. Donne-lui l'argent. *Rencontre-le*. Puis vis ta vie, peu importe le résultat. Autrement, tu ne parviendras jamais à te débarrasser de tes vices. Enfin, je pense que je ne t'apprends rien, dans le fond.

— Elle ne mérite pas cet argent, murmurai-je.

— Après ce qu'elle a fait, rien ne pourra la rendre heureuse, dit Rosie en me prenant par le cou. Elle est fichue. Ça n'apporte rien de bon de vouloir faire du mal aux gens. En revanche, il n'y a rien de plus gratifiant que la compassion. C'est pour ça que toutes les guerres finissent par se terminer. C'est pour ça que la plupart des gens aiment leurs enfants au lieu de les maltraiter. Tu me promets que tu vas lui répondre ?

Je hochai la tête, même si m'occuper de Nina était la dernière chose que j'avais envie de faire. Ma vie était déjà assez compliquée comme ça. J'étais fou d'une fille qui allait se coucher tous les soirs sans savoir si elle se réveillerait le lendemain. Je me battais contre l'alcoolisme. J'essayais de me sortir de ses griffes, et c'était un combat de tous les jours.

— Je le ferai pour toi, promis.

— Non, rectifia Rosie en tirant le col de mon manteau. Tu vas le faire pour *toi*.

Elle pleurait toujours. J'étais sur le point de la prendre dans mes bras quand elle recula.

— C'est mon tour.

— Je t'écoute, dis-je en la fixant.

Des gouttes de pluie se mirent à tomber. On leva tous les deux la tête vers le ciel gris. Je retirai mon manteau et l'enveloppai dedans, puis je la soulevai dans mes bras et pris le chemin de la voiture. Ce n'était qu'une petite bruine et il ne faisait pas si froid que ça mais je me faisais quand même du souci pour elle. Même si je le lui cachais pour ne pas la rendre folle.

Elle passa ses bras autour de mon cou et commença à parler.

— Il y a un an, quand Vicious et Millie se sont mis ensemble, il nous a fait souscrire à une couverture sociale qui rendrait le président jaloux. C'est comme ça que j'ai rencontré le Dr Hasting pour la première fois. Elle voulait me faire passer des examens pour avoir une idée plus précise de mon état de santé général, d'autant plus que je me traînais une énième infection pulmonaire dont je n'arrivais pas vraiment à me débarrasser. J'étais sur le point de retourner à l'école d'infirmière quand elle m'annonça que…

Rosie s'interrompit et avala péniblement sa salive en secouant la tête. À l'intérieur, j'étais en train de me briser en mille morceaux, mais de l'extérieur, je conservai un air impassible en attendant la suite. Elle prit une grande bouffée d'air avant de reprendre :

— Elle m'a dit que ça ne servait à rien que je retourne à l'école, parce que je ne pourrais jamais être infirmière. Jamais je ne pourrais travailler entourée de gens malades. Mes défenses immunitaires étaient si faibles à ce moment-là que je n'étais même pas en état de prendre l'avion. Elle me suggéra d'étudier quelque chose d'autre, sauf que j'adore aider les gens.

Elle toussa au milieu de sa dernière phrase et j'accélérai le pas, poussé par une pointe de panique en plus de la tristesse qui me bouleversait déjà.

— Du coup, j'ai décidé de faire du bénévolat. Et devine quels sont les seuls endroits entièrement stériles et exempts de maladies ?

— Les unités de néonatalogie.

Le lieu qui rappelait constamment à Rosie qu'elle ne pouvait pas avoir d'enfants. Et pourtant, elle continuait à y travailler. Putain de merde.

— Les mauvaises nouvelles ne s'arrêtaient pas là. Elle m'a aussi annoncé que j'étais stérile. Je ne peux pas avoir d'enfants. Jamais. Il y a trop de mucus autour de mon appareil reproducteur. Elle m'a expliqué que c'était comme lâcher une éponge dans une piscine remplie de glu en espérant que l'éponge atteigne le fond. Théoriquement faisable, mais extrêmement improbable.

Elle se mordit la lèvre en fixant le vide devant elle.

— Rosie… Est-ce que tu es consciente de toutes les options qui existent pour toi ? Pour *nous* ?

Car oui, il ne s'agissait plus seulement d'elle. Il s'agissait de nous. On était partis pour tenir la distance. On était partis pour *toujours*, et peu importe combien de temps « toujours » durait.

— Et je ne te parle pas seulement des traitements de fertilité. Il y a l'adoption aussi. On est jeunes, riches et on n'a pas de casier judiciaire. On pourrait adopter un enfant demain si on le voulait. On est les candidats parfaits.

Oui, je nous voyais déjà mariés et je comptais bien lui donner accès au moindre centime de mon empire de milliardaire. Je l'avais dit et je le répétais : je ne ferai pas dans la demi-mesure avec cette fille.

Elle relâcha son emprise autour de mon cou et je me raidis.

— Le truc, c'est que… C'est pour ça que j'ai rompu avec Darren. Je ne veux pas me marier. Et je ne veux pas adopter non plus. Je ne sais pas combien de temps il me reste, et je ne veux pas laisser davantage derrière moi que ce que je laisserai déjà. Ce serait une très mauvaise idée d'avoir un enfant. Pourquoi je ferais ça ? Pour qu'il se retrouve orphelin au bout de quelques jours, ou quelques semaines, ou quelques mois ? Quelques années dans le meilleur des cas ? Ce serait injuste et égoïste.

Une fois de plus, elle prouvait qu'elle était tout le contraire de Nina. Nina m'avait conçu sans en avoir quoi que ce soit à faire des conséquences, alors que Rosie se privait d'avoir un enfant pour qu'il ne souffre pas.

— Écoute-moi, Bébé LeBlanc.

Elle pressa mon bras.

— Je t'en prie, Dean, arrête. Pose-moi.

On était arrivés devant la voiture. J'avais parcouru le chemin du retour au pas de course pour qu'elle ne prenne pas froid. Je la posai doucement et elle resta debout devant moi. La pluie était en train de s'intensifier et je ne voulais pas qu'elle soit trempée. Pas comme ça, du moins.

— Je ne vais pas laisser tomber. Je ne vais pas *nous* laisser tomber, clarifia-t-elle en m'attirant à elle.

On se retrouva poitrine contre poitrine. Nos lèvres s'effleurèrent et nos nez se touchèrent. Des mèches humides collaient à nos fronts pressés l'un contre l'autre. On était une unité. On l'avait toujours été, même lorsqu'on était en couple avec d'autres personnes.

— Je suis trop égoïste pour renoncer à toi, Dean Cole. Exactement comme je l'avais imaginé. Tant que tu veux de moi, je suis à toi, mais à une seule condition : pas de discussion sur les enfants, et pas de mariage. Je ne peux pas te donner ça. Pas parce que je ne *veux* pas : je peux t'offrir tout l'amour et toute la dévotion du monde, Dean, mais seulement pour une durée limitée.

— Rosie, je…

— Écoute, m'interrompit-elle. Je sais que tu m'aimes bien…

— Que je t'aime bien ?

J'avais craché ces mots avec un tel dégoût qu'elle écarquilla les yeux sous l'effet de la surprise. Je secouai la tête, agité par un petit rire nerveux.

— C'est vraiment ce que tu penses ? Tu te fous de moi ou quoi ? Je t'aime bien ? Non, Rosie. Je t'aime, tout court. Et même ça, c'est un putain d'euphémisme. Je vis pour toi. Je respire pour toi. Je pourrais mourir pour toi. Ça. A. Toujours. Été. Toi. Depuis la première fois que je t'ai vue sur ce foutu pas de porte et que tu as enfoncé ton index dans ma poitrine comme si j'étais un jouet. On a été séparés pendant dix ans, Rose LeBlanc, et pendant ces dix ans, il ne s'est pas passé une journée sans que je pense à toi. Et pas juste en passant. Pas simplement en me disant parfois « Ça aurait été sympa de me la taper. » Je prenais vraiment le temps de penser à toi. Je me demandais à quoi tu ressemblais. Où tu étais. Ce que tu faisais. Avec qui tu étais. Je te *stalkais* sur Facebook. Et sur Twitter. D'ailleurs, si j'étais toi, je désactiverais mon compte, étant donné que tu ne tweetes jamais. Je posais des questions sur toi à chaque fois que je rentrais à Todos Santos. Une fois que j'ai su que tu étais à New York avec Millie...

Je pris une grande inspiration. J'étais très en train de perdre le sens des réalités et de glisser sur la pente dangereuse de l'irrationalité en tentant de lui expliquer pourquoi elle ne pouvait pas renoncer à vivre sous prétexte que sa vie allait s'arrêter à un moment.

— Rosie, je venais d'acheter un nouveau penthouse à Tribeca avant que tu n'emménages dans notre immeuble.

— Pourquoi tu me dis ça ?

— Parce que j'ai décidé de le vendre à la seconde où j'ai compris que si je restais dans mon appartement, on serait voisins. J'ai perdu une tonne d'argent au passage. Et je m'en foutais complètement. La vérité, Rosie, c'est que tu es tout ce que j'ai toujours voulu. Même quand tu voulais que je sois avec ta sœur. Elle était une bougie réconfortante. Tu étais le soleil aveuglant. J'ai accepté de vivre dans le noir pour contenter ton égoïsme. Alors si tu crois que maintenant je vais me contenter d'une partie de l'expérience, tu te mets le doigt dans l'œil. Je prends *tout*. On *aura* des enfants, Rose LeBlanc. On se *mariera*. Et on sera heureux et on partira en vacances et il y aura des jours où on fera l'amour et d'autres où on s'engueulera et d'autres où on vivra, tout simplement. Parce que c'est ça, la vie, Bébé LeBlanc. Et puisque je t'aime comme un fou, je vais t'offrir la meilleure vie dont tu puisses rêver. Compris ?

Le silence régna entre nous pendant quelques instants et je

détestai ça. Après ce genre de discours, on avait envie de voir autre chose qu'un pauvre hochement de tête. Rosie finit par presser son front contre le mien en inspirant profondément.

— Je t'aime, murmura-t-elle. Je t'aime tellement que je t'ai détesté à une époque. Et maintenant que je sais ce qui t'est arrivé, je t'aime encore plus. Tout ce qui est incassable est fascinant, mais ça ne suscite pas l'envie d'aimer. Tu n'es pas incassable, Dean Cole. Et je compte bien faire de mon mieux pour que tu restes en un seul morceau.

Je pris son visage entre mes mains et l'embrassai jusqu'à lui faire perdre l'équilibre. Sous la pluie. Au milieu de nulle part. C'était le bordel mais c'était notre bordel. On s'épanouissait dans le chaos.

Quand je m'écartai, elle grogna en guise de protestation.

— On va se marier, annonçai-je. Pas aujourd'hui et peut-être pas demain, mais on va se marier. Et on va avoir des enfants, aussi. Au moins deux, peut-être plus. Je n'ai pas encore décidé.

— Tu es complètement fou, Dean Cole.

— Je confirme. La machine est lancée et tu ne peux rien faire pour l'arrêter.

— Je t'aime.

— Toujours commence maintenant, Bébé Leblanc. Avec toi.

24

Dean

Le dîner de Thanksgiving ne se passa pas si mal.

Ou peut-être que si, mais je ne m'en rendis pas compte parce que Rosie LeBlanc m'avait dit qu'elle m'aimait, à plusieurs reprises, et que j'allais lui passer la bague au doigt. C'était une décision impulsive, mais c'était le cas de tout ce qui valait la peine d'être vécu. En y réfléchissant, tout ce qui est passionné (le désir, l'amour, la violence, la haine) est spontané. Alors pourquoi pas ça ?

J'aurais été le plus heureux des hommes si j'avais pu l'épouser le soir où on s'était croisés dans l'ascenseur tandis que j'étais flanqué de Kennedy et Natasha. Simplement, j'ignorais que c'était une possibilité à l'époque. Mais maintenant que je le savais, je voulais que ça devienne notre réalité aussi vite que possible. Vicious avait tort quand il disait que j'aimais trop la variété pour me poser avec quelqu'un. La vérité, c'était que je n'avais jamais rencontré quelqu'un qui en valait la peine. Mais à la seconde où j'avais trouvé ce dont j'avais besoin, j'avais abandonné Tinder, les plans à trois et ceux avec de parfaites étrangères dans des bars sordides sans le moindre regret. Les plans d'un soir n'avaient plus le moindre intérêt, et à l'inverse de l'alcool, ça ne me manquait pas le moins du monde.

Bref, comme je disais, le dîner ne se passa pas si mal.

On mangea, on discuta, on fit les trucs en famille habituels. Les parents de Rosie continuaient à la harceler pour qu'elle revienne vivre à Todos Santos, même après leur avoir promis que je n'étais pas le dernier des enfoirés. Ça n'avait pas suffi à les apaiser, mais au moins son père avait arrêté de me regarder comme si je la sodomisais toutes les heures.

Après le dîner, Jaime nous convoqua et on prit la route du nord de L.A. dans la jeep de Vicious. Les réunions de ce type se déroulaient toujours dans un bureau, derrière une porte fermée. On ne pouvait pas prendre le risque de péter les plombs en public, et ça arrivait relativement souvent quand on était tous les quatre dans la même pièce.

L'ambiance commença à s'échauffer dans la voiture avant même qu'on n'aborde l'ordre du jour. Je conduisais parce que j'étais le seul à ne pas avoir bu. Vicious était assis à l'avant, morose, sûrement parce qu'il se doutait de ce qu'on allait lui demander. Trent et Jaime discutaient football à l'arrière.

— Comment va Luna ? demanda Vicious alors qu'on parcourait les derniers kilomètres qui nous séparaient du bureau.

Immédiatement, tout le monde se tut. Trent s'éclaircit la gorge. Dans le rétroviseur, je pouvais voir son regard qui alternait entre Jaime et moi.

— Pas génial.

— Comment ça ?

— Elle ne mange pas. Elle ne parle pas. Elle ne marche pas.

— Est-ce qu'elle sait parler ou marcher ?

Je devais reconnaître que Vicious n'employait pas un ton dur ou agressif. Sa voix était parfaitement neutre.

— Oui, intervins-je. Je l'ai vue marcher la dernière fois qu'on était à Todos Santos en août.

J'aperçus Trent se frotter la tête tout en soupirant bruyamment.

***

— Je pense qu'elle est déprimée. Je ne suis pas sûr de ce qu'elle a exactement, mais elle passe des examens en ce moment.

— La mère de Trent est à Chicago, intervint Jaime.

Son regard croisa celui de Vicious dans le rétro.

— Elle l'aide à s'occuper de Luna pour le moment mais le père de Trent ne peut pas aller vivre là-bas car sa propre mère est malade.

La complexité de la vie me déconcertait. Nous aussi, on serait tous vieux un jour. Comment j'allais faire pour m'occuper de mes propres parents ? Je voulais absolument être là pour eux. Ce qui me rappela que je devais passer voir mon père ce soir une fois que notre réunion serait terminée.

On se gara sur la place de stationnement de Vicious et on se rendit directement dans son bureau. La déco était minimaliste, froide et impersonnelle. Exactement comme lui. Lorsqu'on avait échangé nos secteurs un an plus tôt, j'avais installé de nouveaux meubles et j'avais fait peindre un mur en vert gazon juste pour l'énerver à son retour.

Maintenant, dès qu'il voyait du vert, il pensait à moi.

Vicious et Jaime s'installèrent sur le canapé en cuir noir qui faisait face au bureau en verre de Vicious. Je m'appuyai au bord du bureau, les mains dans les poches. Trent resta debout au milieu de la pièce, les bras croisés sur la poitrine. On regardait tous Vicious. Et Vicious avait l'air énervé.

— Alors ? commença-t-il en haussant les sourcils.

Il semblait d'humeur encore plus sombre que d'habitude.

— Allez-y, demandez, bordel. Vous en crevez d'envie et vous avez hâte de voir ma réaction, pas vrai ?

— Il faut que tu changes de branche avec Trent, annonçai-je d'un ton direct et détaché.

C'était toujours moi qui m'opposais à Vicious. Jaime était désespéré quand il s'agissait de raisonner cet enfoiré et Trent portait en lui une telle rage qu'il risquait de l'égorger s'il s'adressait directement à lui et que Vicious s'opposait à sa requête.

— Hors de question, dit Vicious.

Il croisa les doigts derrière la tête et s'affala confortablement contre le dossier du canapé. Une jambe croisée par-dessus l'autre, il était la tranquillité incarnée compte tenu des circonstances. Je me penchai en avant, un sourire nonchalant aux lèvres.

— Ce n'est pas une question. Mais ne t'inquiète pas, on va te laisser le temps de te faire à l'idée. Et de faire ton sac, aussi.

Peut-être que j'étais trop direct mais, dans le cas présent, les circonstances étaient exceptionnelles. C'était le bordel intégral et Trent avait bien plus besoin d'être ici que Vicious. On était tous d'accord là-dessus.

— Sérieusement, Cole, tu n'aurais pas une bouteille dans laquelle noyer ton chagrin ? Les grandes personnes essaient d'avoir une conversation, au cas où tu ne l'aurais pas remarqué.

Trent vint aussitôt à ma rescousse.

— Encore un commentaire dans ce genre-là et c'est dans le cul que tu vas te la prendre, la bouteille.

— Écoute les autres, Vic, dit Jaime. Tu sais que Trent a le droit d'être ici.

— Oui, et j'en ai autant le droit que lui. Il a une petite fille. J'ai un bébé en route. On a tous les deux besoin d'être près de nos familles.

— Tu as Millie. Elle peut s'occuper du bébé.

— Et être séparée de ses parents après tout le temps qu'elle a déjà passé loin d'eux ? Je refuse de lui faire ça. Et je me fous pas mal de votre petit discours d'encouragement, qui est complètement pourri soit dit en passant.

— C'est à cause de *toi* qu'elle a vécu loin d'eux pendant des années, espèce d'enfoiré ! fis-je remarquer en riant.

Je n'étais même pas hostile. Simplement, je me demandais ce qui pouvait bien lui passer par la tête. Sa logique complètement tordue me fascinait. Vicious bâilla avant de porter un joint à sa bouche et de l'allumer. Il tira une énorme bouffée qui me laissa rêveur. Je ne fumais presque plus (tout ça grâce à Rosie, aussi connue sous le nom de « Pire Rabat-joie de tous les États-Unis ») et à cet instant j'en mourais d'envie, mais je ne dis rien.

— Peu importe, je ne déménage pas. Vous le saviez tous avant de venir ici. En revanche, si Trent souhaite revenir, il est le bienvenu.

Jaime fronça les sourcils.

— Et qui va gérer Chicago ? Le Père Noël ?

— On peut engager quelqu'un d'extérieur, suggéra Vicious.

— Tu rigoles ? Je ne me tue pas à la tâche soixante-dix heures par semaine pour qu'un étranger débarque et prenne les commandes de ce qu'on a créé ensemble, intervins-je. C'est notre empire et personne ne règne dessus à part nous. C'était la règle qu'on s'était fixée au départ.

— Ça finira pourtant par arriver à un moment ou à un autre, Dean.

Vicious était d'un calme ahurissant.

— Pendant combien de temps encore penses-tu pouvoir continuer à ce rythme ? L'état de Rosie va se dégrader.

Jaime se leva, prêt à lui hurler dessus, et Trent aussi fit un pas vers Vicious, mais je levai une main pour les retenir, l'autre agrippée au rebord du bureau.

— C'est vrai, poursuivit-il. Pourquoi essayer d'enjoliver la réalité ? Rosie finira par être malade. J'ai vu dans quel état elle était l'an dernier. D'ailleurs, Millie m'a dit que ça empirait toujours pendant l'hiver. Et même si sa santé ne se détériorait pas, tu veux des enfants, pas vrai ? Une famille ? Un mariage ? Toutes ces conneries. Je sais que c'est ce que tu désires avec elle, Dean. Je le vois bien. Et tu vas droit dans le mur. Tu crois que tu vas réussir à continuer à faire autant d'heures dans un an ? Deux ans ? Si c'est ce que tu penses, tu délires complètement, mec. Tiens, ça va peut-être te remettre les idées en place.

Il se leva et me tendit le joint, et je le pris. Quand la fumée entra dans ma gorge, je fermai les yeux un instant.

Qu'est-ce que ça m'avait manqué…

— Et toi, Jaime ? continua Vicious.

Il faisait les cent pas à présent. Il savait qu'on essaierait de le coincer et il avait prévu son coup. Son discours était déjà prêt. L'enfoiré.

— Tu ne veux pas revenir à Todos Santos ? Tu ne veux pas que Daria grandisse avec ses grands-parents, avec Luna et mon enfant et ceux de Dean ?

Jaime grogna.

— Et on peut savoir où tu veux en venir avec ton discours, Martin Luther King Junior ? Ou alors c'est juste pour le plaisir de nous narguer ?

— J'y viens.

Il s'installa à son bureau et alluma son ordinateur.

— Ces six derniers mois, entre le mariage, le bébé, ce qui est arrivé à Trent, Jaime qui vit à l'autre bout du monde, et Dean dont la copine a assez de problèmes de santé pour occuper tout un hôpital, j'ai beaucoup réfléchi, dit-il tranquillement en pianotant sur son clavier. Pourquoi est-ce qu'on se prend la tête comme ça ? On a déjà amassé une fortune, en plus de celle de nos familles respectives. On a davantage d'argent qu'on ne peut en dépenser. J'ai le sentiment qu'on est en train de transformer une chose très simple en quelque chose d'extrêmement compliqué. Personnellement, je ne veux pas de ce genre de vie. Je veux passer du temps avec ma femme, je veux pouvoir lui faire l'amour trois fois par jour comme avant, je veux faire plus de sport, être moins stressé, partir plus longtemps en vacances, et vivre. Et contrairement à la majorité du reste du monde, je *peux*. Alors qu'est-ce que je fous ici ? Qu'est-ce qu'on fabrique tous ici ?

Il n'avait pas tort, mais ce qu'il proposait était de la folie. Fiscal Heights Holdings était notre bébé. On était arrivés très loin, très vite, notamment parce qu'on travaillait vingt-quatre heures sur vingt-quatre, sept jours sur sept. Ça ne m'avait jamais effleuré l'esprit de ne *pas* travailler, ou de moins travailler et d'avoir moins de responsabilités.

— Alors tu veux prendre ta retraite ? Être un philanthrope au bel âge de trente ans ? demanda Jaime.

Vicious fit pivoter son ordinateur pour nous montrer une page Wikipedia avec une photo. *Jordan Van Der Zee.*

— Certainement pas, dit-il. Je veux continuer à travailler, mais deux ou trois jours par semaine. Le reste du temps, je me détends. Le reste du temps, je vis comme le dieu que je suis destiné à être.

— Je pense qu'il fait un *bad trip*, nous dit Trent en levant les yeux au ciel. Tu parles comme Napoléon sous acide. Pourquoi tu nous montres ce type ? Et surtout, est-ce que tu as oublié que je ne suis pas né avec une cuillère en argent dans la bouche ? Je ne peux pas prendre la décision de démissionner comme ça.

— Tu es déjà millionnaire ! s'exclama Jaime avec une pointe d'exaspération.

Sa réaction prouvait qu'il était en train de réfléchir à l'idée de Vicious. Comme toujours, peu importait ce que proposait Vicious : Trent était contre et Jaime était pour.

Ce qui signifiait que c'était à moi de trancher.

— Millionnaire ou pas, ça ne m'intéresse pas de prendre ma retraite à trente ans, cracha Trent en plissant les yeux. Je n'ai pas de femme et pas de petite amie. J'ai une fille qui est en train de traverser une période terrible. J'ai besoin d'une distraction. Et puis merde, est-ce que je suis le seul enfoiré dans cette pièce qui aime son travail ?

Il donna un coup de pied dans la table basse.

— Personne ne t'empêche de continuer à travailler, fit remarquer Vicious en pointant son écran du doigt. Ce type achète toutes les sociétés d'investissement de la région. Il a commencé à San Francisco il y a trois ans, jusqu'à arriver en Cali du Sud. Cet enfoiré est multimilliardaire et c'est le chouchou de Forbes. Il sait ce qu'il fait et surtout, on plaît à ses poches bien remplies. On leur plaît même beaucoup.

— On sait qui est Jordan Van Der Zee, interrompis-je pour couper court à son discours. Tu n'es pas le seul à lire la presse spécialisée, Vicious, mais merci pour ces informations extrêmement inutiles.

Van Der Zee était allé à Harvard, comme moi, mais pas au même moment. Il était bien plus âgé. C'était une légende dans le milieu des affaires, car il était l'un des rares à s'être réellement fait tout seul. Il avait démarré avec une bourse dans une université de l'Ivy League, il avait enchaîné les stages, et bossé comme un dingue jusqu'à devenir un magnat incontournable. J'avais regardé un documentaire sur lui après avoir obtenu mon diplôme. Il venait d'une famille hollandaise de classe moyenne. Son père était cireur de chaussures, merde.

— Et donc, tu veux vendre tes actions, c'est ça ?

— Je veux en vendre la majorité, me répondit-il. Et je vous suggère d'en faire autant. On vend et on garde cinquante pour cent des actions entre nous. Notre position nous permet de négocier un super deal. Si Trent veut continuer à travailler, il peut. Je ne veux pas arrêter non plus.

— Je ne prends pas ma retraite, prévins-je.

Vicious nous dévisagea chacun notre tour en souriant.

— Dans ce cas, pourquoi ne pas agrandir le bureau de Los Angeles et tous travailler ici ?

— D'abord, et ça me paraît évident, il va vouloir acheter cinquante et un pour cent, contra Trent en s'adossant contre le mur.

Vicious fit claquer sa langue avec dédain.

— Quoi ? C'est ce que voudrait la logique, non ?

Effectivement. Pas besoin d'être un expert pour le savoir.

Vicious sourit à nouveau.

— Comme je l'ai dit, il sait ce qu'il fait, et il est très intelligent. Il veut exercer un certain contrôle sur nous, mais dans le fond il se fout de FHH. Il accepterait cinquante pour cent sans discuter.

Soudain, je percutai. Cet enfoiré de Vicious avait déjà préparé un contrat avec lui. Il avait l'air bien trop sûr de lui. Les regards que me lancèrent Trent et Jaime ne firent que confirmer mes soupçons.

— Ça prend des mois, voire des années pour négocier un truc pareil, protesta Jaime.

— Van Der Zee a déjà demandé si on voulait le rencontrer, expliqua Vicious.

Je lui passai le joint en m'étouffant de rire.

— Depuis combien de temps tu savais qu'on allait te demander ça ? m'enquis-je.

— Depuis suffisamment longtemps pour prendre les initiatives qui s'imposent.

Trent s'empara du joint et prit une bouffée, les sourcils froncés.

— Et on peut savoir pourquoi cet enfoiré t'a contacté et pas nous ?

— Je suis en Californie. Il est en Californie. Je gère toutes les merdes juridiques. Qu'est-ce que ça peut faire, de toute façon ? Tu vas avoir ce que tu voulais, Trent. Le moment est venu d'arrêter de tirer une tête d'enterrement.

On se dévisagea tous. Je souriais et je ne savais même pas pourquoi. Rien ne me disait que Rosie voulait revenir à Todos Santos. Elle adorait vivre à New York. Mais savoir que je pouvais lui offrir cette possibilité me rendait fou de joie.

— Je marche, dis-je.

— Avec le bon contrat et le bon prix, moi aussi, renchérit Jaime.

Trent soupira et éclata de rire.

— Luna va être une petite Californienne.

Vicious sourit de toutes ses dents.

— Alors c'est parti.

Rosie

Qu'est-ce qui te fait te sentir vivante ?

Être aimée passionnément. Sous le ciel étoilé. Sous la pluie. Sous le charme. Un charme qui ne s'estompera jamais.

« *Je ne veux pas que qui que ce soit me quitte.* » Voilà ce que Dean m'avait dit quand je lui avais parlé de la fois où il avait demandé à ma sœur de ne jamais le quitter. À l'époque, j'avais cru que c'était parce qu'il n'était qu'un abruti prétentieux qui se donnait des airs de grand romantique. À présent, je comprenais mieux.

Il avait peur de l'abandon.

Il avait peur de l'abandon et Millie l'avait abandonné.

Ça me mettait dans une colère aussi noire qu'irrationnelle contre ma sœur, mais j'étais aussi reconnaissante qu'elle l'ait fait.

Vautrée sur le lit après le dîner de Thanksgiving, je repensai à cet après-midi-là. En me remémorant notre baiser sous la pluie, comme si on était dans *N'oublie jamais* et qu'il était Ryan Gosling (et que j'étais en plein délire), je me mis à rire. Mon rire se transforma en quinte de toux. Jusque-là, rien de surprenant.

Sauf qu'ensuite, je me mis à tousser du sang.

Je fixai longuement les glaires sanglantes que j'avais crachées dans le mouchoir, sans cligner des yeux.

Je décidai immédiatement de garder ça pour moi. Ça ne servait à rien d'en parler, de toute façon. Dean et moi repartions pour New York dans quelques heures. Il était à Los Angeles avec ses amis, et la dernière chose dont j'avais envie était de me faire traîner à l'hôpital le plus proche par des parents et une sœur en panique. Le Dr Hasting acceptait toujours de me recevoir à des horaires complètement incongrus, que ce soit en semaine ou le week-end. Je pourrais toujours la voir une fois rentrée à New York si ça recommençait.

Je me tournai et me retournai dans mon lit, incapable de trouver le sommeil en dépit de la fatigue que je ressentais. La toux persistait. Puis je me mis à renifler. Je changeai de position pour tenter d'en trouver une qui me permettait de respirer sans que le mucus ne bloque mes voies respiratoires. C'était quand même sacrément ironique que mes sentiments pour Dean me fassent suffoquer *moi*, et pas lui.

J'avais adoré notre déclaration d'amour. Mais visiblement, ça n'avait pas plu à mon corps que ça se soit passé sous la pluie.

Il m'avait dit qu'il m'aimait.

Aucune somme d'argent n'aurait pu acheter le bonheur que j'éprouvais. Mais ce bonheur était aussi teinté de peur. Parce que je savais qu'un jour (prochain) j'allais mourir. J'allais mourir au milieu de cette vie merveilleuse que Dean avait planifiée pour nous.

Est-ce que je pouvais le laisser veuf à trente ans et quelques, avec des enfants à élever ? Est-ce que j'étais capable de le laisser assumer un fardeau pareil ? Combien de cœurs j'allais briser, et pourquoi je cessais de me battre contre le besoin de m'empêcher de les briser ?

Il m'avait tout dit au sujet de Nina.

C'était l'autre raison qui m'empêchait de dormir. Il m'avait brisé le cœur en me racontant son histoire et je n'avais pas la moindre idée de comment en recoller les morceaux. Seul Dean avait ce genre de pouvoir sur moi, cette capacité de me donner l'impression d'être totalement démolie et en même temps de flotter sur un petit nuage. J'entendis la porte de ma chambre grincer. Après une nouvelle quinte de toux, je plissai les yeux pour observer le mouchoir. Mes épaules s'affaissèrent en voyant des taches de sang et je soupirai.

Merci, Réalité. Je me suis sûrement trop amusée aujourd'hui, alors il fallait que tu viennes tout gâcher.

— Mill ? Ferme la porte derrière toi, il fait froid, croassai-je.

La porte s'ouvrit en grand et Dean apparut, plus grand que mes peurs et mes doutes. Il se glissa dans le lit tout habillé, sans même retirer ses chaussures ni son manteau. Il ramena la couette sur nous, me borda, puis se colla à mon dos. Le réveil sur ma table de nuit indiquait 6 heures du matin.

— Qu'est-ce que tu fais ?

Je serrai le mouchoir dans mon poing et le glissai sous mon oreiller pour l'empêcher de le voir. Il ne pouvait pas savoir. Autrement, il voudrait m'emmener aux urgences, et je *détestais* les urgences. Les salles d'attente étaient l'endroit où votre âme mourait pour que votre corps puisse continuer à fonctionner.

— Ça ne sert à rien de me déshabiller alors qu'on part dans une heure, murmura-t-il à mon oreille.

Il colla son sexe en érection contre mes fesses mais il avait l'air trop endormi pour faire quoi que ce soit. Étonnamment, ça ne me déçut pas. Je me sentais vraiment mal et le sexe avec Dean n'était pas le genre d'activité qui se pratiquait en mode « désinvesti ».

— Comment s'est passée la réunion ? parvins-je à articuler.

Il y eut un court silence avant qu'il ne réponde.

— Bien.

— Trent va revenir à Todos Santos ?

— Oui, bientôt. Et quand le moment sera venu, nous aussi.

— Pardon ?

— Les priorités changent, Rosie. Et nous aussi.

— Tu parles comme eux, l'accusai-je sans toutefois être autant en colère contre lui que contre mes parents.

— Non.

Il m'attrapa par le menton et me fit tourner la tête pour déposer un doux baiser sur mes lèvres. Le genre de baiser qu'on donnait à sa femme le jour de son mariage, pas celui qu'on donnait à la fille d'à côté avec qui on couchait de temps en temps.

— Je parle comme *moi*. Et je n'en ai rien à foutre de ce qu'ils veulent. Mais je sais que tu es à New York pour les mauvaises raisons. Tu peux très bien avoir ton indépendance ici aussi. Le seul pouvoir que les gens ont sur toi est celui que tu les laisses exercer.

Je décidai de changer de sujet.

— Tu es passé voir ton père ?

— Je n'ai pas eu le temps, j'ai déposé Trent chez ses parents il y a tout juste dix minutes. Il attendra. Pourquoi tu ne dors pas ?

— J'ai eu pas mal de trucs à assimiler aujourd'hui.

Ce n'était pas faux. Ma réponse sembla l'apaiser. Je réprimai mes quintes de toux pour éviter de tousser à nouveau du sang.

Une fois arrivée à l'aéroport, je m'enfermai aux toilettes.

Et je toussai. Je toussai. Je toussai.

Lorsque j'appelai le Dr Hasting après avoir atterri à New York, sa secrétaire m'avertit qu'elle avait dû s'absenter à cause d'une urgence familiale. Elle m'encouragea fortement à me rendre aussitôt à l'hôpital pour faire des examens.

J'aurais dû faire ça, mais je voulais juste repousser encore un peu les limites de la réalité qui me rattrapait. *Qu'est-ce qui pouvait bien m'arriver ?*

La réponse était simple.

Tout. Tout pouvait m'arriver.

25

Dean

Appeler Nina était comme emprunter volontairement le couloir de la mort tout en râlant contre les gardiens parce qu'ils n'avançaient pas assez vite.

Elle était tellement étonnée qu'elle passa les deux premières minutes de la conversation à bafouiller.

Mon père voulait désespérément discuter de cette situation avec moi mais j'ignorais ses appels. Il y avait assez de drame dans ma vie comme ça. Si Rosie ne m'avait pas fait promettre de contacter Nina, je ne l'aurais sûrement jamais appelée. Je n'avais aucune envie d'ouvrir cette putain de boîte de Pandore. Mais je m'étais engagé à le faire, et à présent je voulais juste régler ça et rencontrer mon père biologique, pour pouvoir passer à autre chose ensuite.

La première chose que je fis après notre séjour à Todos Santos fut de louer une maison dans les Hamptons pour Rosie et moi, pour toute la semaine suivante. Je ne prévoyais pas de faire ma demande en mariage (ça faisait trop de choses, trop vite), mais je comptais bien lui dire que le moment était venu pour elle d'économiser cent dollars par mois en emménageant chez moi. Ça semblait logique. On avait pratiquement vécu ensemble au cours des deux derniers mois, mais il fallait toujours qu'elle descende pour un fer à lisser, un T-shirt propre ou un foutu élastique. C'en était à un point où je ne pouvais plus regarder le bouton de son étage dans l'ascenseur sans trembler de frustration. Passer à la vitesse supérieure était clairement devenu une de mes priorités.

Pour être honnête, je commençais à en avoir ma claque de New York. La seule chose qui m'intéressait ici (à savoir Rosie) était bien partie pour m'appartenir, et la ramener en Californie du Sud me permettrait de marquer pas mal de points auprès de Paul et Charlene LeBlanc.

De plus, Vicious avait raison. Il faisait un temps pourri ici, l'air était trop pollué, et même si j'aimais jouer les super hommes d'affaires, j'aimais encore plus être bronzé, sans parler du fait d'avoir un yacht et de pouvoir en profiter.

Voilà à quoi je pensais lorsque j'entrai dans le Black Hole pour faire une surprise à ma copine pour le déjeuner. J'aurais dû être en réunion avec trois investisseurs, mais j'avais décidé d'annuler à la dernière minute pour venir et lui parler des Hamptons. Il pleuvait à torrents ce jour-là et le café était presque vide. Il n'y avait personne derrière le comptoir et quelques clients étaient installés autour des différentes tables, le nez sur leur portable ou leur ordinateur.

Je lissai ma cravate et frappai sur le comptoir en bois.

— Bébé LeBlanc, ramène ton cul, aboyai-je en ignorant les regards curieux des clients.

Ils n'allaient pas tarder à être carrément fascinés quand je l'attraperais par le cou par-dessus le comptoir et que je l'embrasserais à pleine bouche.

Au bout de quelques secondes, Ella sortit de la cuisine, un sourire crispé aux lèvres. Elle ramena ses cheveux en chignon et essuya ses mains sur son tablier.

— Salut, Dean. On ne t'attendait pas.

— J'ai décidé de passer amener son déjeuner à Rosie.

Je posai un sac maculé de taches de graisse sur le comptoir. Il contenait le *grilled cheese* préféré de Rosie, en provenance de la boutique de l'autre côté de la rue.

— En parlant de ça, où est-elle ? Je croyais qu'elle travaillait aujourd'hui.

— Oui.

Ella avait toujours le même sourire accroché au visage. Elle me cachait quelque chose et je n'aimais pas les secrets. Je sentis l'agacement me gagner.

— Elle a dû partir tôt parce qu'elle…

Ella s'interrompit et pinça les lèvres. Je fis un pas vers elle, les yeux plissés.

— Vas-y. Finis ta phrase, Ella.

— Je ne peux pas.

— Tu peux, et tu vas le faire. Tout de suite. Où est Rosie ?

S'il y avait bien une chose qu'il fallait reconnaître au sujet des femmes, c'était qu'elles étaient complexes comparé aux hommes. Je devais être une créature bien plus basique que Rosie et Ella, car la première chose qui me passa par la tête était que Rosie me trompait. Et la seconde fut que j'allais tuer l'enfoiré concerné, puis supplier Rosie de venir me voir en prison pour qu'on puisse sauver notre relation. Pathétique ? Stupide ? Insensé ? Je plaidais coupable. De tout.

— Elle est allée à l'hôpital, murmura Ella. Elle va bien, je t'assure. C'est juste une petite frayeur. Elle est sûrement en route pour ton appartement en ce moment même. Elle m'a fait promettre de ne rien te dire alors tu ne *peux pas* lui dire que je t'en ai parlé, Dean. Je ne plaisante pas. La seule raison qui me pousse à cracher le morceau, c'est parce que je veux que tu gardes un œil sur elle. Promets-moi que tu ne vas pas me balancer.

Elle me dévisageait avec insistance mais j'avais déjà la tête ailleurs, et le cœur qui battait à mille à l'heure.

— Pas de problème, dis-je en me dirigeant vers la porte. Merci, Ella. Salut.

Rosie

Qu'est-ce qui te fait te sentir vivante ?
Le sentiment que bientôt... je ne le serai plus.

— Tu en es sûre ? me demanda Dean pour la centième fois.

On était à table en train de dîner. Je sentis mes narines se dilater. S'il me posait la question une fois de plus, je risquais de faire sortir un de ses yeux de son orbite avec le couteau à beurre que j'avais à la main.

— Je n'ai jamais été aussi sûre de quoi que ce soit, rétorquai-je.

— Parce que je t'assure que tu as l'air malade, insista-t-il en ignorant mes tentatives de le réconforter.

Je haussai les épaules en mordant dans mon sandwich.

— Tu n'as qu'à me prendre par-derrière ce soir, comme ça, tu ne verras pas ma tête.

Décidément, j'étais aigrie. Mais je n'arrivais pas à m'en empêcher. Dans la matinée, j'avais fini par aller jusqu'à l'hôpital pour savoir pour quelle raison je crachais autant de sang depuis deux jours. L'équipe qui s'occupait toujours de moi m'avait dit que des vaisseaux sanguins avaient explosé. Je leur avais expliqué que je crachais de grosses glaires sanglantes à chaque quinte, mais ils m'avaient dit que c'était normal. Alors a priori, j'allais bien. Je voulais aller bien. Je voulais plus de temps avec Dean. Et même si ça m'énervait de l'admettre, je voulais plus de temps avec ma sœur et mes parents, aussi.

Dean ne répondit pas à mon commentaire désobligeant. Je me frottai les yeux en soupirant.

— Désolée. La journée a été longue.

— J'ai loué une maison dans les Hamptons pour la semaine prochaine. J'ai parlé à Ella et à ta responsable à l'hôpital, et tes congés sont posés. J'arriverai là-bas avant toi, m'informa-t-il d'un ton froid.

— Super, répondis-je, la tête ailleurs.

Il y eut un silence, que Dean interrompit.

— Je rencontre mon géniteur là-bas vendredi midi.

D'un seul coup, mon cœur se mit à battre la chamade.

— Tu veux que je vienne avec toi ?

Il secoua la tête.

— Merci, répondit-il d'une voix à peine plus douce. Je préfère que ce soit aussi rapide et indolore que possible. Sue t'enverra un taxi à la fin de ton service vendredi après-midi.

Je baissai la tête. Cette conversation était horrible. On avait l'air de deux petits vieux de quatre-vingt-dix ans qui essayaient d'organiser un enterrement. On s'amusait bien plus quand on n'était pas encore ensemble. Et pourquoi ? À cause de moi. Parce que je ne lui disais pas vraiment ce qui se passait. Parce que j'avais peur de le perdre, et encore plus peur qu'il me perde.

— Je t'aime, dis-je.

Il leva les yeux et nos regards se rivèrent l'un à l'autre.

— C'est réciproque, et c'est pour ça que je veux que tu ailles bien, Rosie. S'il y a quoi que ce soit concernant ta santé que je devrais savoir, alors…

— Rien qui ne sorte de l'ordinaire, l'interrompis-je. Concentre-toi sur tes histoires de famille.

Je lui souris et tapotai sa main sur la table.

Ce soir-là, il ne me toucha pas, et je ne réclamai pas non plus son affection.

Puis le vendredi arriva… Ainsi que notre grande finale.

26

Dean

Onze ans plus tôt

— Ne laisse pas Hibou me tuer, mon chéri.

Nina pleurait à chaudes larmes tandis qu'elle agrippait le col de mon marcel humide comme si sa vie en dépendait. Je ne portais que des marcels quand je venais la voir. Ce n'était pas comme si les gens d'ici pouvaient apprécier ma collection de T-shirts Yves Saint Laurent ou mes chaussures en daim.

— Il faut que tu fasses quelque chose. Il me frappe. Tu vois ces bleus ? Tu les vois ? Il va finir par m'achever ! Tu ne peux pas rester là sans rien faire.

— Tu n'as qu'à le quitter.

Je retirai mon haut et le balançai sur son lit. Je venais de finir d'arroser son immense jardin et je devais préparer le dîner pour nous trois.

— Viens avec moi en Californie. Je suis sûr que maman serait d'accord.

— Ce n'est pas Helen, ta mère, Dean. *C'est moi.*

Ça ne servait à rien de discuter, mais mon silence ne voulait pas dire pour autant que j'étais d'accord avec elle.

Je me retrouvais toujours au milieu de ses problèmes de couple.

Tous les étés, ça ne ratait jamais. Elle devait croire que j'étais un être hybride entre garde du corps, psy et assistant. Cela dit, je ne pouvais pas lui en vouloir : je tentais constamment de la sauver et de la protéger alors qu'elle me mettait en danger.

Ce soir-là, Hibou était rentré à la maison ivre. Jusque-là, rien d'extraordinaire. Ce n'était pas un junkie comme Nina mais il adorait boire du bourbon pendant les chaudes soirées d'été.

Après le dîner, il se mit au lit en marmonnant et en jurant. J'entendais tout depuis ma chambre, de l'autre côté du couloir. J'étais allongé dans mon lit avec Tiffany, la fille des voisins. Tous les soirs, elle se glissait par la fenêtre de ma chambre. J'avais des marques sur les poignets à force qu'elle me les morde pour étouffer ses cris, mais personne ne me demandait d'où ça venait, parce que tout le monde s'en foutait.

Des cris étouffés et des sanglots me parvenaient, me rendant incapable de me concentrer sur la fille allongée sur mon lit.

— Je vais encore passer une sale nuit avec leurs conneries, grognai-je en écartant les cheveux qui lui tombaient sur le visage pour mieux voir le désir dans ses yeux.

Pour une fois, les ressorts de leur matelas ne grinçaient pas. Et je n'avais jamais eu un mauvais pressentiment aussi fort.

— Ta tante est un cas, dit Tiffany en se mettant à califourchon sur moi pour se frotter contre ma braguette.

Elle ne savait pas que Nina était ma mère. Mes parents s'assuraient que Nina ne dise rien à ce sujet.

J'entendis un bruit de gifle. J'entendis Nina crier. Puis j'entendis des bruits de meubles et d'objets qui tombaient par terre. J'attrapai Tiffany par la taille pour la faire asseoir à côté de moi et je me levai.

— Je vais vérifier que tout va bien.

— Rien ne va jamais bien, ici, dit Tiff en s'affalant sur mon lit.

Elle n'avait pas tort. Le village était minuscule et tout le monde connaissait les Whittaker. Tout le monde savait que Nina était une droguée avec des pupilles grandes comme des soucoupes, que Hibou buvait son poids en bourbon tous les soirs et qu'ils n'arrivaient pas à rembourser leur emprunt immobilier. La plupart des gens espéraient sans doute qu'ils mettent un terme à leur petite aventure, vendent leur propriété et dégagent du village.

— Laisse-moi reformuler, dis-je sur le pas de la porte. Je ne veux pas que Hibou tue Nina pendant que je suis là. C'est mieux ?

— Il ne va pas la tuer, dit-elle en s'adossant contre le mur avant d'allumer une cigarette.

— Exactement, parce que je vais m'en assurer.

Un autre coup. Un autre cri perçant à l'autre bout du couloir.

— Ne t'en mêle pas, cria Tiffany dans mon dos alors que je me dirigeais vers leur chambre. Ils sont dingues. Tu vas avoir des problèmes.

Elle avait raison, bien sûr, mais je ne voulais pas l'écouter. *Protège les chiens errants*, disait une voix dans ma tête. *Y compris la personne qui t'a abandonné comme un chien justement.*

À peine entré dans leur chambre, Hibou me balança un vase à la figure, mais rata sa cible. Une rage incontrôlable m'envahit et je me lançai dans la mêlée sans penser aux conséquences. Je me jetai sur lui, les poings serrés, et je lui envoyai un coup dans le ventre.

— Arrête ! hurlai-je. Touche ma mère encore une fois et je te brise les os un par un.

Ma *mère*. Bon sang. J'avais besoin d'une bonne piqûre de rappel.

— Vas-y, mon garçon ! cria Nina depuis son trône.

Elle était sur le lit, à cheval sur un oreiller. À ce moment-là, je ne me rendis pas compte qu'elle semblait en parfaite santé. Le visage intact, sans trace de coup. Je ne me rendis pas compte à quel point elle semblait *excitée* par la situation.

— Tue-le, Dean ! Tue-le !

Je lui assenai un autre coup de poing. Et je lui cassai le nez.

— Montre-lui ce qui se passe quand il s'en prend à moi !

À califourchon sur lui, je lui donnai un coup de coude dans le visage. C'était la première fois qu'elle m'encourageait et qu'elle ne semblait pas morte d'ennui en me parlant. Alors je mordis à l'hameçon, et j'avalai même la ligne et la canne à pêche avec.

J'étais fort. J'étais musclé. J'étais capable de l'achever en deux minutes. Ce n'était même pas drôle.

— Vas-y, bébé, tue-le !

— Dean ! Arrête !

Tiffany était sur le pas de la porte. Qu'est-ce qu'elle foutait là ? Personnellement, ça m'était égal que Nina et Hibou sachent qu'elle se faufilait dans ma chambre le soir, mais elle, elle pouvait avoir de gros problèmes. Son père était le pasteur du village.

— Lâche-le. Tu vas le tuer. Tu veux vraiment finir en prison ? Il est complètement fou.

Je continuais à frapper Hibou, mais avec moins d'enthousiasme. Je me rendis soudain compte qu'à aucun moment, il n'avait essayé de se défendre. Il encaissait les coups alors que normalement il ne se laissait jamais faire. Par personne. Et encore moins par moi.

Je ralentis, jusqu'à arrêter complètement de le cogner lorsque la voix de Tiffany retentit de nouveau.

— Tu veux vraiment te faire arrêter ? Tu crois que ça vaut le coup ? Qu'*ils* en valent le coup ?

Elle avait les mains jointes, suppliante. Et, une fois de plus, elle n'avait pas tort.

Je me redressai et entendis Nina crier derrière moi.

— Ferme-la, salope. Dégage d'ici ! Vas-y, Dean ! Fais-le !

Ce fut à ce moment-là que je remarquai le caméscope.

Je me relevai, les jambes mal assurées. Hibou était toujours allongé sous moi, le visage tellement couvert de sang que je n'arrivais pas à distinguer ses yeux de son nez ou de sa bouche. Mon marcel était maculé de sang. Je regardai droit dans l'objectif. La petite lumière rouge clignotait. Nina continuait à me crier de le tuer, la voix rauque à force de hurler.

Elle était en train de filmer.

Acte I : filmez votre progéniture en train de commettre un crime.

Acte II : utilisez la vidéo pour le faire chanter.

Acte III : avec l'argent ainsi obtenu, partez très loin et recommencez à zéro.

Fin.

Ma mère biologique ne m'avait jamais pris en photo. Elle n'avait pas filmé mes premiers pas, mon premier mot, ni aucun de mes anniversaires. Elle n'avait même pas d'album contenant une seule photo de moi. Mais elle était là, à me filmer pour me tendre un piège. À m'entraîner au fond de l'abîme qui engloutissait mes chances de devenir quelqu'un. Et dire que je pensais être en train de la sauver…

— Qu'est-ce que tu fous avec ce truc, Nina ? demandai-je froidement en faisant un pas vers elle.

L'adrénaline continuait à courir dans mes veines mais je n'étais plus en colère. Elle avait réussi. Après tout ce temps, elle avait réussi à me rendre insensible. Après avoir failli me convaincre de tuer un homme. Je vivrais avec ça, et je mourrais avec ça, à cause d'elle.

— Tu as trois secondes pour t'expliquer. Et tu as intérêt à être convaincante.

— C'est une tentative de meurtre, bredouilla-t-elle.

Putain. Elle était complètement défoncée.

— Je peux t'envoyer en prison pour un bon bout de temps, fiston.

Derrière moi, Tiffany poussa une exclamation de surprise.

— Fiston ?

Et merde. J'avais oublié qu'elle était encore là. Une partie de moi aurait aimé qu'elle s'en aille mais une autre voulait qu'elle reste pour me servir de témoin. Je penchai la tête sur le côté et souris. Enfin, la vérité m'apparaissait dans toute sa splendeur.

Ma mère était diabolique.

Ma mère me détestait.

Ma mère me jalousait.

Et ma mère n'arrêterait jamais à moins que quelqu'un ne l'arrête : moi.

— Tu crois vraiment que tu vas t'en sortir comme ça ? demandai-je en riant.

Je voulais lui faire peur, et à la façon dont son visage s'affaissa, je sus que j'avais réussi.

— Voyons, Nina. Tu es irrécupérable. Ne te laisse pas induire en erreur par ma galanterie.

Elle baissa légèrement le caméscope, visiblement prise de court par ma façon de parler. Le petit bâtard poli et souriant qui voulait lui plaire à tout prix était déjà loin, de même que la moindre sympathie que j'avais pu éprouver à son égard. J'avais enfin eu le déclic. Elle gâcherait mon avenir si je la laissais exercer ce genre de contrôle sur moi.

— Pose ce foutu caméscope, Nina.

Je m'approchai de sa table de nuit et allumai tranquillement un joint, l'objectif toujours braqué sur moi.

— Je ne te le dirai pas deux fois. Crois-moi, tu n'as vraiment pas envie que mon père soit au courant de ça.

Toujours allongé par terre, Hibou poussa un cri de douleur et je lui donnai un coup de pied sans cesser de fumer le joint.

— Ferme-la, enfoiré.

— Est-ce qu'il faut que j'appelle une ambulance ? demanda Tiff en se rongeant les ongles.

Elle n'avait pas bougé du seuil. Je soupirai.

— Il l'a cherché, en écoutant sa toxico de femme. Elle n'a qu'à s'occuper de lui. Alors, c'est ça, ton idée ?

Je rejoignis Nina, m'emparai du caméscope, sortis la cassette et arrachai la bande, avant de balancer le caméscope par terre et de l'écraser à coups de talon.

— Tu veux me faire chanter avec ton enregistrement à la con ?

Les yeux de Nina semblaient vouloir sortir de leur orbite. La réalité commençait à lui apparaître et ce n'était pas beau à voir. Je fis tomber ma cendre sur ses draps et soufflai la fumée par le nez.

— J'attends, grognai-je. Tu vas me répondre, oui ou non ?

Jusqu'à cet instant, je n'étais pas au courant pour Walmart. Je ne savais pas qu'elle m'avait abandonné. Je ne savais pas qu'elle était allée acheter des cigarettes et une bière après m'avoir laissé nu et hurlant dans des toilettes publiques. Mes parents avaient gardé pour eux les détails croustillants et je ne pouvais pas leur en vouloir. La version qu'ils m'avaient servie était bien plus digeste : Nina avait un problème de drogue. Elle ne pouvait pas s'occuper de moi. Alors elle m'avait confié à eux en sachant qu'ils m'aimeraient plus que tout. Ce qui était le cas.

— Comme si tu avais besoin de cet argent ! cria-t-elle en me poussant. Tu as tout ! Ils te donnent tout, bon sang !

— Oui, parce que *toi,* tu ne me donnes rien.

C'était mon tour de hausser le ton. J'avais vraiment du mal à garder mes bras le long du corps. Je mourais d'envie de cogner quelque chose. Hibou était juste à côté mais il commençait à virer violet, alors je préférai éviter d'aller trop loin. Nina sauta à bas de son lit.

— C'est vrai. Je ne t'ai rien donné. Je t'ai jeté au seul endroit où tu étais à ta place : dans les toilettes. Parce que tu n'étais rien ni personne !

Le joint faillit me tomber d'entre les lèvres.

— Quoi ?

Elle répéta ce qu'elle venait de dire. Puis elle me raconta le reste de l'histoire de ma naissance. Là-dessus, elle se mit à pleurer et alla s'occuper de son mari, en bafouillant que tout allait bien se passer. Toujours sur le pas de la porte, Tiffany contemplait la scène avec un mélange d'horreur, de douleur et de pitié dans le regard.

— Sors d'ici, lui ordonnai-je. Tout de suite.

— Mais, Dean…

— Dehors ! criai-je en pointant la porte du doigt. C'est terminé.

Et ça l'était. Tout ce qui était lié à cette partie de ma vie était fini.

Je pris l'avion le lendemain et ne remis jamais les pieds en Alabama. Pour moi, l'État cessa d'exister sur la carte des États-Unis.

Le mec heureux et joueur que j'étais était mort là-bas.

J'étais là pour son enterrement. Un enterrement qui, dans ma tête, se rejouait absolument tous les jours.

27

Rosie

Qu'est-ce qui te fait te sentir vivante ?

Regarder les arbres qui défilent par la fenêtre quand je suis en voiture, l'océan qui brille, le monde qui tourne autour de moi comme une robe ballon. Savoir que j'en fais partie. Accepter que ne pas en faire partie, c'est aussi ça, la vie.

J'étais assise sur la banquette du taxi qui me conduisait dans les Hamptons, en train de créer une playlist de dingue pour mon séjour avec Dean. Des chansons romantiques et douces que je voulais écouter pendant qu'on ferait à dîner, et l'amour, et qu'on amasserait des souvenirs inoubliables.

C'était une journée très importante pour Dean. En voyant le ciel du bord de mer s'assombrir, je me demandai si la météo augurait la façon dont la rencontre avec son père allait se passer. Il pleuvait à torrents et je portais quatre couches de vêtements, dont deux étaient des manteaux. J'avais apporté tous mes médicaments et un nébuliseur dans un sac à dos qui devait peser aussi lourd que moi. Pour dire la vérité, je ne me sentais pas au mieux de ma forme. Mais Dean nous avait réservé une semaine du vendredi au vendredi dans les Hamptons et jamais je n'avais autant voulu le rendre heureux.

Il était sur le point de résoudre un mystère vieux de trente ans.

Alors j'allais être là pour lui, dans tous les sens du terme, et tant pis si ça mettait à mal mon petit confort.

— Il pleut à seaux, fit remarquer le chauffeur en montrant les essuie-glaces.

Ils s'agitaient furieusement sur le pare-brise. La pluie s'abattait avec une telle violence sur le toit qu'on aurait cru qu'elle tentait de le percer.

— Oui. Désolée de vous faire faire tout le trajet depuis New York. Ça ne doit pas être marrant pour vous.

— Ne soyez pas désolée pour moi. Soyez-le pour les sans-abri, les coureurs, les cyclistes. Les gens qui sont obligés de rester sous la pluie.

— Je suis désolée pour eux aussi. Enfin, sauf pour les coureurs, dis-je alors qu'on dépassait un homme en manteau jaune fluo qui faisait son jogging sur le bord de la route. Personne ne les a obligés à sortir par ce temps.

Dean était censé déjà être à la maison qu'il avait louée pour nous à cette heure-ci mais il ne m'avait pas écrit pour me dire qu'il était bien arrivé. Je lui avais envoyé un message un peu plus tôt en lui demandant s'il serait là pour 19 heures et il avait dit oui. Mais il était déjà 19 h 45 et je n'avais aucune nouvelle. J'espérais que c'était parce qu'il avait eu une longue discussion avec son père biologique et que ça voulait dire qu'ils essayaient d'établir un lien entre eux.

Je ne voulais pas l'inonder d'appels et de textos.

Néanmoins, j'étais inquiète, alors je sortis mon portable pour lui envoyer un message.

ROSIE
Bientôt arrivée. J'ai hâte de passer toute la semaine ici avec toi. Comment ça s'est passé ?

Pas de réponse.

Quelques minutes plus tard, le chauffeur se gara devant un pavillon à la Sheffer, avec un jardin qui n'avait rien à envier à ceux du château de Versailles. La maison était entourée de verdure, de forêt, et de rien d'autre. Pas de voisins. Pas de boutiques. Il y aurait juste nous deux dans ce grand espace. Le chauffeur, un homme grassouillet d'une soixantaine d'années, s'extirpa de son siège, courut jusqu'au coffre et en sortit ma valise, avant de m'aider avec mon sac à dos. Je trottai jusqu'à la porte d'entrée, une main par-dessus les yeux pour me protéger de la pluie, et je sonnai plusieurs fois. Puis je tournai la tête vers le chauffeur.

— Bon week-end ! lui criai-je à bout de souffle.

Foutus poumons.

— Vous aussi, ma jolie !

Il ne se remit pas en route, néanmoins. Je finis par lui faire signe d'y aller. Ça ne servait à rien qu'il reste là dans le froid à m'attendre.

Il s'éloigna et je sonnai à nouveau.

Rien.

J'attrapai mon portable et appelai Dean. Le vent du bord de mer faillit me faire perdre l'équilibre et le givre semblait s'insinuer à l'intérieur de mes organes. Répondeur. Je tentai de le rappeler trois fois, puis je lui écrivis.

Rosie

Sirius appelle la Terre, où est-ce que tu es ? Je suis dehors.

Rosie

Il fait vraiment froid et ça fait dix minutes que j'attends. Je vais appeler un taxi et t'attendre dans un café en ville.

Rosie
Le prochain taxi n'est dispos que dans une demi-heure. Où est-ce que tu es ? Je suis inquiète. Rappelle-moi. Je t'aime.

La pluie s'abattait sur moi avec violence. Je me mis à taper des poings sur la porte en priant pour qu'il soit là. En espérant qu'il ne m'entendait pas à cause du bruit de la pluie ou parce qu'il était en train de faire une sieste.

— Hé ! Hé, je suis là !

Le désespoir dans ma voix me fit peur.

Pas de réponse.

Mes dents s'entrechoquaient.

Je tremblais comme une feuille.

J'étais trempée des pieds à la tête, sans personne vers qui me tourner, et mes vêtements pesaient une tonne à cause de la pluie. La terreur me prit à la gorge. Je savais ce qui était en train de se passer mais je ne pouvais rien faire pour l'arrêter. Tandis que la grêle me tombait sur le visage, aussi acérée que du verre, je fis un vœu.

Ne me laisse pas tomber, Dean. Ne sois pas ma chute.

28

Dean

La terre semblait moins ferme sous mes pieds ce jour-là. Ça aurait dû être le premier avertissement.

Après avoir transféré six cent mille dollars sur le compte en banque sous-alimenté de Nina, elle m'avait envoyé le nom d'un café en face de mon bureau, me disant qu'il serait là à midi. Ça me laissait largement le temps d'arriver à l'heure dans les Hamptons, même s'il y avait des bouchons, que les routes étaient bloquées et qu'une tempête s'abattait sur New York.

— Je m'absente pour le reste de la journée. Si quelqu'un demande où je suis, vous n'avez qu'à dire que je suis en enfer, dis-je à Sue en passant devant son bureau près de l'accueil.

J'enfilai mon manteau imprimé tropical Valentino et elle me lança un long regard en coin, suivi d'un sourire sorti de la catégorie « Va te faire foutre. »

— Passez un bon week-end, monsieur Cole.

— Vous aussi, mademoiselle Pearson.

Qu'elle aille se faire foutre, elle aussi. Si elle voulait jouer au jeu des noms de famille, pas de problème. Plus rien n'avait d'importance. Sue n'était rien d'autre qu'un bruit blanc, à ce stade.

Je marchai rapidement en direction du café de l'autre côté de la rue. La pluie était déchaînée. Sans doute pas autant que j'étais sur le point de l'être, mais quand même. Lorsque je poussai la porte, la cloche qui sonna me fit aussitôt penser au Black Hole et à Rosie. Je parvins à prendre une grande inspiration. J'étais certain que Nina ne se joindrait pas à nous. Elle avait obtenu ce qu'elle voulait et n'avait plus rien à faire avec moi. Elle avait probablement déjà oublié mon nom. Bon, je prenais peut-être mes désirs pour la réalité, mais ça ne coûtait rien.

Le café était rempli d'hommes et de femmes d'affaires venus s'acheter un sandwich pour le déjeuner. Je scannai la pièce d'un regard sceptique, en me demandant comment on allait bien pouvoir se reconnaître. Peut-être que j'aurais dû préciser que j'aimais bien les vêtements excentriques de créateurs. C'était impossible de passer à côté de mon manteau.

Je longeai le bar et me mis à étudier le visage des clients dans l'espoir que l'un d'entre eux me ressemble vaguement.

Trois hommes assez jeunes en costume. Non.

Deux étudiants qui prenaient un café devant leur MacBook. Au suivant.

Un homme de quatre-vingts ans en costume trois-pièces. Impossible. Ce n'était pas le style de Nina.

Une femme d'une trentaine d'années qui me sourit. Désolé, ma belle. Déjà pris.

Je regardai autour de moi avec frénésie, en priant pour trouver un suspect adapté. Mon cœur faisait le même truc que lorsque Rosie se déshabillait avant de se mettre au lit.

Je reconnus alors une masse d'épais cheveux gris. Je fronçai les sourcils et ris doucement.

— Papa ?

Je m'approchai d'une petite table dans un coin de la salle. Mon père était assis là, le nez plongé dans sa tasse de café.

— Tu es en ville ? Pourquoi tu ne m'as rien dit ? C'est pour l'affaire Farlon ?

Il leva la tête et se mit debout, mais il ne dit rien.

Pas. Un. Mot.

Non.

Non, non, non, non, non.

Je reculai d'un pas.

— Où est Nina ? demandai-je.

J'avais perdu la tête, pas vrai ? Comme quand mon cerveau tordu et malade s'imaginait que Rosie était en train de me tromper alors qu'en réalité elle était à l'hôpital. Mon père était marié avec ma mère quand Nina était tombée enceinte. Peut-être que mon père biologique s'était défilé à la dernière minute et qu'Eli était là pour rattraper le coup.

— Assieds-toi, dit-il.

— Non. Qu'est-ce que tu fous ici et où est Nina ?

— Parle autrement, Dean.

— Va te faire foutre, *papa.*

Je me retins au dossier d'une chaise pour ne pas tomber.

— Qu'est-ce qui se passe ?

Je paniquais. Ça ne pouvait pas vouloir dire ce que je croyais que ça voulait dire. Mon père s'approcha et posa une main sur mon épaule. Sa poigne n'était pas aussi ferme que d'habitude.

— J'ai voulu te le dire quand tu es venu à Todos Santos pour Thanksgiving…

J'avais le sentiment qu'on venait de me mettre un coup de poing à l'intérieur du crâne.

— Non.

Je ris, gêné, et je le repoussai. Mon père percuta le mur et donna un coup d'épaule à une femme qui nous regarda de travers.

— Ma vie n'est pas un putain de *soap opera*, et tu n'as pas sauté Nina alors que tu étais marié avec maman !

C'était une affirmation plutôt qu'une question et surtout, là encore, c'était un vœu. Il leva les mains.

— On a beaucoup de choses à se dire, fiston. Tu devrais t'asseoir.

— Arrête de me dire de m'asseoir, bordel ! criai-je en tapant sur la table du plat de la main.

Onze ans plus tôt, Donald Whittaker avait fini par être admis aux urgences après deux jours passés dans d'atroces souffrances. Il avait le nez cassé, deux côtes fracturées et divers hématomes. Il n'était pas assuré et son séjour à l'hôpital leur avait donc coûté une fortune, à Nina et lui. Ce qu'il ignorait, c'était que la seule chose qui l'avait sauvé d'une mort certaine, c'était Tiffany, la fille du pasteur.

Aujourd'hui, je me demandais qui serait la Tiffany de service pour m'empêcher de faire quelque chose à mon père. Quelque chose que je ne pourrais pas effacer. Parce que j'avais vraiment envie de faire des dégâts. Et cette fois, il était hors de question que je me serve du corps de ma petite amie comme d'un exutoire.

— Il y a une explication, dit mon père si bas qu'il chuchotait presque.

Les gens nous observaient, cachés derrière leur tasse de café. Mon père m'attrapa par le bras et tenta de me faire m'asseoir sur la chaise en face de la sienne. Je ne bougeai pas d'un millimètre.

— Dis-moi que c'est une erreur, Eli.

Ma voix était tellement froide que je sentis ma peau se recouvrir de chair de poule.

— Ce n'est pas une erreur.

Il plissa les yeux, toujours calme, toujours ferme, toujours fidèle à lui-même.

— *Tu* n'étais pas une erreur.

Je ne savais pas quoi penser. Je ne savais pas quoi ressentir. Je ne savais pas pourquoi ma mère était toujours mariée avec lui alors qu'il avait de toute évidence couché avec sa sœur.

Soudain, la vérité m'apparut. J'étais comme lui.

J'étais le salaud qui s'était interposé entre deux sœurs. J'avais fait la même chose que lui.

— Et c'est *comme ça* que tu me l'annonces ?

— À chaque fois que j'ai essayé de t'en parler, tu ne m'as pas écouté.

Putain.

— Tu n'existes plus.

Et à ce moment-là, c'était la vérité.

— Ne m'appelle pas. Ne m'adresse pas la parole. Ne pense même pas à moi. Parce que je ne penserai pas à toi.

Puis je sortis en trombe, claquai la porte derrière moi et me précipitai dans le bar le plus proche.

Je tapai trois fois sur le comptoir.

— Barman. Brandy.

Puis ce fut le noir.

Rosie

J'ouvris péniblement les yeux et je grognai en portant une main à ma tempe. Un bruit agaçant résonnait dans mon oreille, comme une vieille voiture qui aurait mieux fait d'arrêter de rouler. J'écarquillai les yeux en me rendant compte que les tubes autour de moi étaient reliés à mon corps. J'étais entourée de perfusions. Une chambre claire. Des lumières fluorescentes. Le grand jeu de la chambre d'hôpital.

— Qu'est-ce qui se passe ? demandai-je en toussant.

Je ne savais même pas s'il y avait quelqu'un.

Ma vision floue devint peu à peu plus nette à chaque battement de paupières. Une chaleur étouffante régnait dans la pièce. J'étais tellement brûlante qu'on aurait pu faire cuire du bacon sur mon front. Du bacon. Miam. J'avais faim. C'était sûrement bon signe.

La machine près de moi n'arrêtait pas de faire ce bruit qui me tapait sur les nerfs.

Pscht. Pscht. Pscht.

Quelqu'un avait intérêt à arrêter ça avant que je la démolisse à coups de poing.

— Tu es à l'hôpital.

Je reconnus la voix de ma sœur avant de sentir sa main tiède sur la mienne. Même si je transpirais, ma peau était glacée comparé à la sienne. Je tournai la tête sur le côté, fermai les yeux et les rouvris pour mieux la voir. Mes parents étaient assis à côté d'elle et les trois m'observaient comme si j'étais un animal sauvage dans un zoo.

Millie déposa un léger baiser sur ma joue.

— Comment tu te sens ?

— Mieux que j'en ai l'air, à en juger par la tête que vous faites. Qu'est-ce que je fais ici ?

Je me souvenais de presque tout ce qui s'était passé. Je me rappelais avoir frappé à la porte de la maison des Hamptons jusqu'à ce que mes jointures se mettent à saigner. Je me rappelais avoir bombardé Dean d'appels et de textos. Je me rappelais avoir hélé un taxi, tremblante sous la pluie. Mais je ne me rappelais pas la suite. J'avais dû faire une crise d'angoisse et m'évanouir ou un truc comme ça.

— Qui m'a amenée ici ?

Je toussais chaque mot.

— Le chauffeur de taxi.

Oh. J'allais sans doute passer pour la dernière des idiotes en posant ma prochaine question, mais il fallait que je sache.

— Où est Dean ?

Millie regarda ma mère, qui regarda mon père, qui regarda par la fenêtre.

— On ne sait pas, bredouilla Millie. Vicious est en train d'essayer de le joindre. On a pris l'avion à la seconde où on a su que tu étais ici.

Je regardai autour de moi. Je ne reconnus pas la chambre, ce qui signifiait que je n'étais pas à l'hôpital de Lenox Hill. On était à plus de deux heures de route de Manhattan. Et à Manhattan, ils n'avaient pas cette satanée machine qui faisait ce bruit horrible.

Ma mère fit se décaler ma sœur pour s'asseoir sur mon lit.

— Tu as une grave infection pulmonaire, m'annonça-t-elle.

Elle prit ma main dans la sienne et je faillis geindre à son contact. Je pressai mes doigts contre sa paume, réconfortée par ce bref moment d'intimité.

— Ton infection s'est étendue, et le rhume que tu as attrapé n'a rien arrangé. Ton système est affaibli.

Je lui tapotai la main et parvins à esquisser un sourire.

— Ne t'en fais pas, maman. J'ai tout le temps des infections pulmonaires.

— Ton foie et ton pancréas sont atteints aussi, dit Millie.

Mon père se leva et s'approcha de la fenêtre. Il appuya son front contre la surface. La pluie s'écrasait de l'autre côté de la vitre. Peut-être qu'il faisait ça parce qu'il ne voulait pas qu'on le voie pleurer.

— On t'avait bien dit que ce garçon te créerait des ennuis, dit mon père en soupirant.

Il ne semblait pas en colère. Exaspéré, peut-être ? Épuisé, surtout.

— Ce n'est vraiment pas le moment, le réprimanda Millie.

— Tu aurais dû revenir à Todos Santos, dit ma mère en essuyant les larmes qui roulaient sur ses joues.

Soudain, je me dis que mon plus gros problème n'était peut-être pas de ne pas savoir où se trouvait Dean. Ma mère pleurait rarement.

Mon père, lui, ne pleurait jamais. Et Millie ? Je l'observai à nouveau. Elle rongeait les peaux mortes autour de ses ongles.

— Est-ce que quelqu'un peut éteindre cette machine ? Vous savez, celle qui a l'air d'être sur le point d'exploser d'une seconde à l'autre, plaisantai-je pour détendre l'atmosphère.

Je ris mais mon rire sonnait faux. Millie inspira profondément avant de répondre :

— Ce sont tes poumons, Rosie.

Je fermai la bouche et écoutai attentivement. Merde. Elle avait raison. Mes poumons sifflaient chaque fois que je prenais une inspiration.

Pscht. Pscht. Pscht.

— Je ne comprends pas. Je me sens bien. Vraiment.

Vraiment ? Je tentai de m'asseoir sur mon lit mais mon dos me faisait mal et mes poumons me brûlaient. Millie bondit sur ses pieds pour m'aider en arrangeant les oreillers derrière moi tandis que ma mère me tenait par les épaules pour m'empêcher de basculer en arrière. J'avalai péniblement ma salive en repensant à ce que le Dr Hasting m'avait dit lors d'un de nos tout premiers rendez-vous.

« Vous pouvez mener une vie heureuse et comblée, Rosie. Si vous faites les choses correctement et que vous prenez soin de vous. La plupart des patients atteints de mucoviscidose meurent de complications pulmonaires et deviennent handicapés avec les années. Mais si vous faites vos exercices et vos séances de kiné consciencieusement et que vous prenez bien vos médicaments, tout devrait bien se passer. »

Est-ce que mon état de santé s'aggravait ? Est-ce qu'il prenait le chemin des complications pulmonaires et tournait en direction du handicap ? J'avais clairement le sentiment que je ne contrôlais pas mon corps, et ça me faisait encore plus peur que l'idée de la mort.

Quand ma mère m'installa contre mes oreillers puis se rassit au bord de mon lit, je sentis mon regard s'assombrir. J'en avais assez de tenter de les apaiser. C'était *leur* tour de m'apaiser *moi.*

— Tu veux quelque chose, Rosie-puce ? Du chocolat, peut-être ?

Le sourire contrit de ma mère me fit l'effet d'une insulte. C'était douloureux de la voir se donner autant de mal. Pas étonnant qu'ils m'aient suppliée de revenir à Todos Santos. Il m'avait fallu quatre mois tout pile pour que mon état se détériore et que je me retrouve à frapper à une porte close sous la pluie battante, à attendre que Devious daigne ouvrir son cœur.

Pauvre idiote. Les mots résonnaient dans ma tête, comme ils l'avaient fait quelques mois auparavant, après qu'on eut couché ensemble pour la première fois. *Idiote, idiote, idiote.*

— Ça va, merci, dis-je au moment où Vicious entrait.

Sa simple présence me prit par surprise. Je devais vraiment être dans la merde pour que Vicious passe me voir. Il glissa son portable dans la poche de son pantalon de costume et embrassa Millie sur le front. Mon cœur se serra douloureusement dans ma poitrine.

— Le Dr Hasting arrive. Elle a interrompu ses vacances, annonça-t-il sans s'adresser à qui que ce soit en particulier.

On marmonna tous des remerciements. Je pensais qu'elle était absente à cause d'une urgence familiale, mais peut-être que l'urgence pour elle était de faire un break loin des gens comme moi.

— Comment tu vas, Rose ? me demanda Vicious.

— Je survivrai, dis-je avec un petit rire amer. Enfin, ou pas. Suspense. Et toi ?

— Dean a disparu.

Il se tourna vers Emilia et haussa les sourcils, comme pour lui demander la permission de continuer. Elle hocha la tête.

— Tu peux y aller. Je suis une grande fille.

Même si je n'en ai pas l'air. Même si je ne me suis pas comportée *comme une grande fille en attendant imprudemment Dean sous la pluie.*

Vicious se frotta la nuque et soupira.

— Personne n'a eu de ses nouvelles depuis vendredi matin. Ça fait un peu plus de vingt-quatre heures, donc.

Tant mieux. Avec un peu de chance, il était mort.

Non. Non, je ne le pensais pas.

L'inquiétude me tordit les tripes. Qu'est-ce qui s'était passé avec son père ? Qu'est-ce qui s'était passé avec Nina ? Pourquoi avait-il disparu de la circulation, et à quel moment devais-je mettre de côté ma loyauté envers lui pour me concentrer sur moi ?

— Personne n'en a rien à faire de Dean, lâcha Millie entre ses dents, agrippée aux rebords de sa chaise. Et s'il se pointe ici, j'aurai deux ou trois trucs à lui dire.

— Pas si vite, commençai-je.

Je fus interrompue par une quinte de toux. Tout le monde se figea et me regarda en attendant que je termine. Je sentis mon visage virer à l'écarlate jusqu'à ce que je m' arrête d'aboyer.

— Assure-toi d'abord qu'il va bien. Et s'il est en bonne santé, là, tu peux y aller.

— Et s'il veut te parler ? demanda-t-elle.

— S'il vient ici en marchant, non merci. Sur un brancard, par contre, je veux bien.

— Ravie que tu n'aies pas perdu ton sens de l'humour. Maintenant, arrête de faire le clown et repose-toi.

Elle n'eut pas besoin de me le dire deux fois. Dix minutes plus tard, je m'endormis, bercée par l'inconscience et les antidouleurs. Le bruit des voix autour de moi était étouffé et la lumière de la chambre ne me dérangeait pas. J'entendais le bruit de ma vie qui m'échappait en fond sonore, tandis que mes poumons se battaient pour survivre.

Pscht. Pscht. Pscht.

29

Dean

Qu'est-ce que c'est que cette odeur ?

Il me fallut une bonne minute pour me rendre compte que j'étais allongé sur le ventre, dans une chambre que je ne connaissais pas. Mes paupières étaient plus lourdes que Trent la fois où j'avais dû le porter sur mon dos lorsqu'il s'était blessé au lycée. Mais ce n'était pas le moment de se remémorer le bon vieux temps.

Où est-ce que j'étais ? Je regardai autour de moi. Il y avait une table de nuit sur la droite, les draps étaient roses, la chambre était propre et un parfum fleuri flottait dans l'air…

Putain, non.

Je me levai trop vite, trébuchai sur une pile de vêtements et dus me rattraper à la table de chevet rose et blanc. Je renversai des produits de beauté au passage et entendis un bruit de vaisselle en provenance d'une autre pièce. Je n'avais pas mes chaussures mais je portais ma chemise et mon pantalon (merci mon Dieu). L'instant d'après, j'étais dans le couloir de l'appartement (qui faisait la taille de mon cellier), à tenter de ne pas vomir mon dernier repas sur le sol de mon hôtesse.

La pièce tournait autour de moi, j'avais mal à la tête et j'étais presque sûr d'avoir un trou dans l'estomac qui attendait d'être rempli de pain de mie pour éponger tout ce que j'avais bu la veille.

— On a couché ensemble ? demandai-je à la femme dans la cuisine.

Elle fit volte-face et me regarda comme si j'étais un petit homme vert tombé du ciel dans une combinaison argentée. Je battis plusieurs fois des paupières en me demandant si j'étais en train d'halluciner ou si mes yeux fonctionnaient correctement.

— Je préférerais me poignarder en pleine face plutôt que de coucher avec toi, pesta Ella avant de continuer de faire sa vaisselle. Non, je t'ai trouvé en train de zigzaguer dans la rue et de marmonner je ne sais quoi à propos de ton père et de Rosie. J'ai essayé de l'appeler mais elle n'a pas répondu, alors j'ai décidé de t'héberger pour la nuit. J'ai dormi sur le canapé. Tu me dois une carte-cadeau pour un massage, en passant.

Rosie.

Je remerciai Ella et sortis en courant, sans même prendre la peine d'attraper mon manteau. Mon téléphone s'était retrouvé sans batterie la veille et je dus attendre d'être chez moi pour le charger et lire ses messages. Je tentai de l'appeler un millier de fois mais elle ne répondait pas. J'avais un tas d'appels en absence du reste des gars mais je n'y prêtai pas attention. Je décidai d'appeler Millie, mais je tombai directement sur son répondeur. J'appelai les parents de Rosie. Rien. J'étais sur le point de retenter ma chance avec Rosie quand mon écran s'alluma. C'était Vicious.

— Je ne sais pas où elle est, dis-je d'une voix étranglée par la terreur. Putain, Vic, elle n'est pas dans son appartement et elle n'avait pas la clé de la maison des Hamptons. Je n'ai aucune idée de là où elle est partie.

— Elle est à l'hôpital, enfoiré. Ses poumons sont en train de la lâcher. Son foie ne fonctionne pas et elle peut à peine respirer. Félicitations, tu as superbement merdé, dit-il d'un ton sec.

Je me laissai tomber sur un des tabourets de ma cuisine. J'enfonçai mes ongles si profondément dans ma nuque que j'en saignai.

— Quel hôpital ?

— Tu peux toujours courir pour que je te le dise. Personne ne veut te voir ici.

— Il faut que je la voie.

— Oublie. Je te frapperai si tu essaies et, même si tu parviens à me passer dessus, son père te tirera une balle en pleine tête. Garde tes distances.

— Vicious, grognai-je.

— Qu'est-ce que tu foutais ? Qu'est-ce qui pouvait bien être plus important qu'ouvrir la porte à ta copine malade ?

Me soûler, pensai-je avec aigreur. Je pris alors conscience que c'était exactement ce qui avait dû se passer : Rosie avait sûrement frappé désespérément à la porte pendant que j'étais assis dans un bar, près d'une cheminée, à descendre verre après verre.

Enfoiré, enfoiré, enfoiré.

— Elle est réveillée ? demandai-je en attrapant mes clés.

Il entendit le bruit des clés qui s'entrechoquaient et fit claquer sa langue pour me rappeler que c'était une mauvaise idée.

— Ça dépend des moments.

— Il faut que je la voie.

J'avais l'air d'un putain de disque rayé mais je comptais bien continuer à tourner jusqu'à obtenir ce que je voulais.

— Tu l'as déjà dit.

Ma persistance ne semblait pas impressionner Vicious le moins du monde.

— Ça n'est pas beau à voir. Les LeBlanc sont fous d'inquiétude. Ce n'est pas le moment de te pointer ici.

— Je m'en fous.

— Tu as tort, répondit-il d'une voix grave. Tout est une question de timing.

C'était vrai et on le savait tous les deux. Millie et moi nous étions retrouvés en couple, même si on n'aurait jamais dû l'être, à cause d'une histoire de timing. C'était le timing qui m'avait séparé de Rosie, alors qu'on aurait dû être ensemble. Et c'était aussi le timing qui nous avait réunis.

Mais là, je comptais bien défier le timing. Pour elle.

— Dis-moi où elle est.

— Hors de question.

— Vicious, je vais te tuer si tu ne me le dis pas. Et puis, on sait tous les deux que je finirai bien par le découvrir à un moment ou à un autre.

Pas de réponse.

— Vicious.

Toujours rien.

— Vicious !

Il raccrocha.

Et moi, j'allais décrocher si je ne la trouvais pas.

Je découvris où Rosie était hospitalisée une heure plus tard, après avoir demandé à Ella d'appeler les parents de Rosie en échange d'un week-end dans un spa. Je pris la route au volant de la Mercedes qui prenait la poussière dans le garage depuis des mois. Je conduisais comme si j'étais poursuivi par des démons. Et quelque part, je l'étais. Les démons me faisaient boire. Ils me rendaient responsable d'avoir envoyé ma petite amie à l'hôpital, et à présent, elle était entre la vie et la mort.

Eh, enfoiré. Tu mérites de mourir, toi aussi.

Mon père n'arrêtait pas de m'appeler et de consommer la

batterie de mon portable au passage. J'avais des centaines d'appels en absence de lui, ainsi que de ma mère. Mes sœurs m'avaient laissé assez de messages vocaux et de textos pour m'occuper pendant cent ans. Qu'ils aillent se faire foutre. Enfin, pas mes sœurs. Premièrement, un peu de respect. Deuxièmement, elles savaient sans doute uniquement ce que mes parents avaient bien voulu leur dire. Jamais elles ne pardonneraient Eli. Comment ma mère avait-elle pu le reprendre après ce qu'il lui avait fait ? Il faudrait que je lui pose la question dès que ma vie cesserait d'être un bordel sans nom. Autant dire que je ne savais pas quand.

Je me garai devant l'hôpital et me rendis à l'accueil pour demander dans quelle chambre se trouvait Rose LeBlanc. La réceptionniste me dit d'aller me faire foutre, en des termes un tantinet plus polis. La consigne était que Mlle LeBlanc ne voulait pas de visites, à l'exception des membres de sa famille. J'ignorais si l'ordre émanait d'elle ou de ses parents, mais le résultat était le même.

Je traînai dans la salle d'attente, car ils ne pouvaient pas m'empêcher d'y rester. J'appelais Vicious, Millie et Rosie toutes les deux minutes. Quand la culpabilité m'étreignait trop violemment, je donnais un coup de poing dans le distributeur. Je me tirais les cheveux. Je faisais des promesses que Rosie ne pouvait pas entendre. J'imaginais des stratagèmes pour me faufiler dans sa chambre. Puis je me rappelais que je ne connaissais même pas son numéro de chambre. Je recommençais à jurer. En résumé, je tournais en rond comme un fou.

J'étais en train de péter les plombs et ce n'était pas beau à voir.

Quelques heures plus tard, Vicious émergea de l'ascenseur et se dirigea vers moi. Il ne semblait absolument pas surpris de me trouver là. Il m'attrapa par la nuque, prêt à me serrer contre lui, mais je le repoussai. Hors de question. On n'était pas dans une série télé, même si je venais d'apprendre que son héros adoré, Eli Cole, était en réalité un coureur et un enfoiré de la pire espèce.

— Tu as une sale gueule, dit-il en bougeant à peine les lèvres.

— C'est bien à toi de parler, tu t'es vu ? rétorquai-je en haussant les sourcils.

Il rit.

Ce salaud me riait au nez. Rosie était en train de se battre pour survivre et il avait l'air de s'en foutre royalement.

— Sauf qu'en plus d'avoir une sale gueule, tu t'es aussi comporté comme un sale abruti.

Je me frottai les yeux. J'avais l'impression de ne pas avoir dormi depuis des années.

— Comment elle va ?

— Pas bien, admit-il. Mais elle est stable. Elle dort beaucoup. Et elle fait ce bruit de ferraille quand elle respire, comme si ses poumons étaient pleins d'aiguilles rouillées.

Achevez-moi. Par pitié.

Vicious se dirigea vers le Starbucks de l'autre côté de la rue et je lui emboîtai le pas.

— Qu'est-ce qui t'est arrivé ? demanda-t-il.

Il avait compris. Rien qu'en me regardant, il savait que ça ne servait à rien de me faire la leçon. J'étais déjà au fond du trou, à essayer tant bien que mal de remonter et de revenir dans l'univers de Rosie.

Je détestais être en position de faiblesse face à lui mais j'avais besoin qu'il soit de mon côté, même si ça semblait impossible. On était toujours en conflit. C'était sans doute ce qui faisait perdurer notre amitié, d'ailleurs. Le fait qu'on s'affrontait constamment.

— Une merde. La pire des merdes imaginables.

Je me passai une main dans les cheveux et donnai un coup de poing dans le mur le plus proche. J'allais lui dire. Parce qu'il le fallait. Pour Rosie.

— En résumé : j'ai été adopté. Jusqu'à hier après-midi, je pensais que mes parents m'avaient adopté auprès de ma salope de tante qui s'était fait engrosser par un loser démissionnaire quelconque. Sauf que le loser en question s'avère être le ténor du barreau Eli Cole. Il a couché avec la sœur de sa femme alors qu'il était déjà marié et a décidé de me le cacher pendant trente ans. En résumé, comme je t'ai dit.

— Putain, fit Vicious.

Il s'arrêta et me regarda dans les yeux, comme pour s'assurer que ce n'était pas une très mauvaise blague. Avec la tête que j'affichais, il comprit que je ne plaisantais pas. On commanda puis on s'attabla près de la fenêtre avec nos tasses de café. Savoir que Rosie était si proche physiquement et si loin mentalement me rendait complètement fou. J'avais l'impression que c'était la fin de tout. Du monde. De nous. De sa vie.

— En effet, c'est un beau bordel. Je n'aurais jamais cru qu'Eli était capable de faire pire que nous, dit Vicious.

— J'imagine que c'est dans les gènes, répondis-je avant de boire une gorgée de café. Mais dans le fond, ça ne change rien au problème et ce n'est pas une excuse. Sérieusement, Vic, comment j'ai pu être aussi stupide ? Rosie avait besoin de moi et je l'ai laissée en plan. Elle est restée sous la pluie à m'attendre. Je devrais brûler en enfer. Je parie que tu serais enchanté de craquer la putain d'allumette.

Vicious se mordit la lèvre en m'offrant un haussement d'épaules désinvolte.

— Quoi ?

— Tu connais quelqu'un qui n'a jamais merdé ? J'ai foiré un nombre incalculable de fois avec Emilia. La seule différence, c'est qu'elle n'était pas malade, mais sinon, j'ai fait des trucs bien pires que ça. Et elle m'a quand même accepté quand je me suis enfin calmé et que j'ai rampé à ses pieds.

— Tu penses que Rosie va s'en sortir ?

Il baissa les yeux et la pièce sembla se vider d'oxygène tandis que j'attendais sa réponse. Je m'éclaircis la gorge pour ne pas m'étrangler.

— Je ne suis pas médecin, mais je mentirais si je te disais que son pronostic était bon.

Je pivotai pour lui faire face et l'attrapai par les épaules pour le forcer à me regarder.

— Je dois lui parler. Il faut que tu m'aides, Vic. Je ne peux pas ne pas la voir. Tu comprends ça, pas vrai ?

Il me jaugea silencieusement, les lèvres serrées. Il réfléchissait. Et quand il était comme ça, il n'y avait qu'une chose à faire.

— Qu'est-ce que tu veux ? Ton prix sera le mien.

Je n'en revenais pas qu'on soit de nouveau en train de faire ça. *Ça.* Négocier le bonheur de l'autre. Mais au point où j'en étais... Très bien. Pas de problème. Tout s'achetait, surtout dans le monde de Vicious.

— Qu'est-ce qu'il faudrait que je fasse pour la voir ? insistai-je.

Il n'y avait aucune limite. Il le savait.

— Je veux quinze pour cent de tes actions.

C'était ce qui s'appelait se faire servir son vomi. Mais ça n'avait pas d'importance. Les mots sortirent de ma bouche sans même que j'y réfléchisse une fraction de seconde.

— Prends-les. C'est à toi. Maintenant, emmène-moi. Je veux la voir.

— Vingt, dit-il.

Enfoiré.

— D'accord, répondis-je sans sourciller.

— Vingt-cinq. Toutes tes actions. Tu me signes un papier demain matin.

— Prends toutes mes actions. Mes fringues, mon appart, mes organes. Je m'en fous. Mais laisse-moi la voir. Convaincs les LeBlanc.

Il se leva, finit son café et posa sa tasse.

— Je n'ai pas besoin de tes actions, ni de tout le reste. Je vais t'aider parce que je veux t'aider. Mais je préfère te prévenir : le plus compliqué, ça ne sera pas de persuader les parents. Même s'ils acceptaient de te laisser la voir, ce sont les sœurs LeBlanc, le vrai obstacle. Elles sont méchamment sur la défensive.

Je me levai et m'autorisai enfin à sourire.

— Heureusement que je suis hyper bon en attaque, alors.

30

Rosie

Qu'est-ce qui te fait te sentir vivante ?

La lutte. Respirer. Vivre. Ne pas lâcher.

Je fus réveillée par l'éclat des voix derrière ma porte close. Les personnes qui étaient là étaient rapidement en train de perdre patience, même si elles tentaient clairement de se contenir. J'entendis des bruits de pas, puis la conversation reprit.

— Ça m'est égal, dit ma mère en haussant le ton. Ma fille est gravement malade et vous le saviez parfaitement. Rosie se bat pour rester en vie et vous êtes le seul responsable de cette situation. Alors maintenant, mon garçon, vous partez et vous ne revenez pas. Qu'est-ce qui vous fait croire qu'elle a envie de vous voir, de toute façon ?

— Madame LeBlanc…

Il y avait quelque chose dans sa voix que je n'avais jamais entendu avant. Dean Cole n'était pas du genre à ramper. Et pourtant… Ça y ressemblait beaucoup.

— Laissez votre fille décider par elle-même. Je vous assure qu'elle veut entendre ce que j'ai à lui dire. Demandez-lui.

— Elle dort.

J'ouvris la bouche pour les appeler mais aucun son n'en sortit.

Les changements qu'avait connus mon corps au cours des dernières heures me laissaient littéralement sans voix. Incapable de bouger la tête, j'en étais au point de devoir faire un effort considérable pour réussir à cligner des yeux. Tout me faisait mal. Je faisais exprès de ne pas respirer à fond, par peur de me fêler une côte. J'aurais pu demander à une infirmière d'augmenter ma dose d'antidouleur, mais la morphine me ferait dormir davantage et je ne voulais rien rater de tout ce qui se passait autour de moi.

L'autre raison pour laquelle je ne voulais pas qu'on me donne davantage de narcotiques était simple : la peur. Et si je mourais dans mon sommeil ? J'avais les paupières lourdes, mais je me battais pour rester éveillée.

Je voulais voir Dean. Désespérément. Est-ce qu'il avait merdé ? Oui. Terriblement. Est-ce que j'étais en colère contre lui ? Oui. J'étais furieuse. Mais quand vous étiez sur votre lit de mort, vous n'aviez pas le temps pour tout ça. Vous oubliiez vos envies de vengeance, et toutes les autres choses négatives qui étaient en vous. Quand vous étiez sur votre lit de mort, chaque minute qui passait vous rappelait à quel point le temps était précieux.

— Charlene, intervint Vicious. Rosie aime Dean et croyez-moi, il a une bonne raison pour ne pas l'avoir retrouvée dans les Hamptons hier. Demandez-lui au moins si elle veut le voir.

— D'accord, mais pas maintenant. Comme je l'ai dit, elle dort en ce moment, et je refuse de la réveiller avec ces absurdités quand elle devrait être en train de se reposer. Partez, je vous appellerai lorsqu'elle sera réveillée.

— New York est à trois heures d'ici, madame, tenta de la raisonner Dean.

— Et c'est un long voyage, pas vrai, monsieur Cole ? C'est le voyage qu'a fait ma fille pour vous rejoindre. Et vous ne vous êtes même pas donné la peine d'être là.

Ça eut le mérite de leur clouer le bec à tous les deux. Quelques minutes plus tard, la porte s'ouvrit et ma mère entra dans ma chambre. Millie et mon père ne l'accompagnaient pas, sans doute parce qu'ils se relayaient tous les trois à mon chevet. Je n'étais jamais seule à chaque fois que je me réveillais, ce qui me rendait impossible d'appeler Dean ou de lui écrire. Et c'eût été malvenu de demander un peu d'intimité aux personnes qui mettaient leur vie entre parenthèses pour s'occuper de moi.

Le matelas s'affaissa lorsque ma mère s'assit près de moi.

— Comment tu te sens, ma chérie ?

J'ouvris la bouche pour parler mais seul un chuchotement désespéré en sortit.

— J'ai connu mieux.

Elle rit et renifla en s'essuyant le coin des yeux. Est-ce que toutes les familles étaient dans cet état quand un des enfants était en train de mourir, ou est-ce que c'était uniquement la mienne ? Je n'étais plus une enfant, mais j'avais l'habitude d'être le bébé de tout le monde. Vicious m'appelait Petite LeBlanc. Dean m'appelait Bébé LeBlanc. Tous les autres m'appelaient Rosie-puce. À force, une partie de moi avait bêtement fini par croire que j'avais encore du temps devant moi.

— Tout le monde pense à toi. Je vais à l'église en bas de la rue tous les jours. Baron est en contact avec un pneumologue anglais, une vraie pointure. Il va le faire venir ici si ton état ne s'améliore pas.

Elle me caressait les cheveux, les joues baignées de larmes qu'elle n'essayait même plus de cacher ou d'essuyer discrètement.

Elle pressa son front contre le mien et je fermai les yeux. Des larmes chaudes se mirent à couler sur mes joues, à moi aussi. Je ne voulais pas pleurer, surtout devant ma mère, mais je n'avais plus envie d'être forte. Ça craignait d'être forte. C'était mon envie d'être forte et indépendante qui m'avait mise dans cet état.

Être forte m'avait rendue faible.

— Maman, dis-je en reniflant. Je vais m'en sortir, pas vrai ? Je suis désolée de ne pas t'avoir écoutée à propos de Todos Santos. Je sais que tu voulais bien faire. Simplement, je ne voulais plus être couvée.

— Je sais, ma chérie. Je sais, je sais, répéta-t-elle en m'embrassant sur le front et en essuyant mes larmes.

Ça ne m'empêcha pas de remarquer qu'elle n'avait pas répondu à ma question.

Dean

J'étais assis sous le porche devant le manoir que j'avais loué dans les Hamptons. La pluie me fouettait violemment le visage et je n'essayais même pas de me protéger, parce que je le méritais.

Histoire d'enfoncer le clou et d'être le dernier des losers au lieu d'un pauvre idiot triste, je buvais de la vodka à même la bouteille. Je voulais me rendre aussi malade que possible pour essayer d'éprouver ce qu'elle avait ressenti en se retrouvant enfermée dehors sous une pluie battante pendant Dieu savait combien de temps.

Je l'avais cherché. Toutes les merdes que la vie balançait sur mon chemin, je les méritais toutes sans exception.

Je n'aurais sans doute pas dû boire trois bouteilles de vodka au cours des dernières vingt-quatre heures et pourtant, je l'avais fait. Vous savez, toutes ces conneries qu'on nous racontait quant au fait de toucher le fond et de remonter vers la lumière ? Ça n'était rien d'autre que ça : un paquet de conneries. Parce qu'en réalité, quand vous touchez le fond, vous voulez juste rester allongé là et faire une très longue sieste, parce que le fond est une surface solide. Surtout quand le reste de votre univers ne tient qu'à un fil fragile qui menace de se briser à tout instant.

C'était fatigant d'être un toxico dont la vie s'effondrait devant ses yeux. Bien plus que d'être un fils chéri, un brillant homme d'affaires ou un super coup capable de vous faire jouir quatre fois avant même de vous toucher.

J'étais en train de le découvrir à mes dépens.

La triste réalité, c'était que la faiblesse attirait la faiblesse. Et savoir que Rosie était en train de mourir ne m'aidait pas à me mettre en mode « Chevalier servant » ni à arrêter de boire. Ça me donnait plutôt l'impression d'avoir un parpaing accroché aux pieds, qui m'entraînait vers le tréfonds de la tristesse.

Avachi sur les marches du perron avec la bouteille à la main, je fixais les feuilles des arbres qui frémissaient dans le vent, tout en riant de l'homme pathétique que j'étais devenu.

On était lundi. Il était midi. Le reste du monde fourmillait de vie et d'activité. Moi, je débordais de colère. Je devais trouver un moyen de récupérer Rosie. La conversation qu'avait eue Vicious avec ses parents n'avait servi absolument à rien.

Au moins, j'avais un endroit où rester en attendant que Rosie accepte de me voir. Je sais. Il n'y avait pas que le karma qui me détestait. L'ironie aussi avait un sens de l'humour relativement tordu.

Vicious essayait d'être là pour moi mais je me renfermais sur moi-même. Trent était inquiet mais il ne pouvait pas quitter Luna, et Jaime était en colère parce que ni Vic ni moi ne lui avions dit pourquoi j'avais complètement disjoncté et laissé ma copine en plan.

Maintenant qu'elle avait l'argent, Nina avait arrêté de m'appeler (c'était toujours ça). Néanmoins, je ne parvenais même pas à apprécier le fait qu'elle était sortie de ma vie. Sans doute parce qu'en résumé, ma mère biologique avait cessé d'en avoir quoi que ce soit à foutre à la seconde où je l'avais payée pour ça.

Eh bien, enfoiré. Ta vie est un beau bordel.

Une voiture de location s'arrêta devant la maison. Je n'eus pas besoin de voir le visage des occupants pour comprendre de qui il s'agissait. C'était une Volvo. Ils ne la lâchaient jamais, leur putain de Volvo. Le mensonge de la jolie clôture blanche et des trois enfants parfaits qu'ils essayaient de vendre au reste du monde. Moi aussi, j'y avais cru. Jusqu'à maintenant.

Cet enfoiré de Vicious avait dû leur donner l'adresse. Je ne voyais pas d'autre explication.

Ma mère sortit de la voiture en premier. Elle ne prit pas la peine d'ouvrir le parapluie qu'elle avait à la main. Elle parcourut au petit trot les quelques mètres qui la séparaient du porche en se frottant les bras pour lutter contre le froid qui l'assaillait en dépit de son manteau en laine rose.

— Mon chéri.

Elle était maquillée, son brushing était impeccable, et elle semblait loin d'être aussi dévastée que moi par ce que mon père avait fait. Mon père, qui venait de couper le moteur mais ne sortait pas de la voiture.

Sale lâche.

— Il faut qu'on parle. Nous ne pouvons pas continuer comme ça.

— On peut, et c'est exactement ce qu'on va faire. Laisse-moi, grognai-je.

J'étais dans un état lamentable et mon comportement l'était encore plus. Sans parler du fait que j'étais ivre mort, un détail qui ne lui avait sans doute pas échappé. Elle m'ignora, monta les marches qui menaient à la porte, et l'ouvrit.

— Je vais faire du thé. Tu devrais te joindre à moi, il fait froid dehors.

Elle continuait à se comporter comme la mère aimante qu'elle était, alors que je lui faisais vivre un enfer. C'était bien la seule personne contre laquelle je n'aurais pas dû être en colère. D'autant plus qu'à chaque fois qu'elle me regardait, elle se reprenait la tromperie de son mari en pleine face, qui plus est avec sa sœur. Elle le voyait dans mes yeux, que je tenais de Nina. À ma bouche, qui était la même que celle de mon père. Ma simple existence aurait dû être pour elle un coup de poignard permanent, et pourtant elle me donnait toujours le sentiment que son cœur battait pour moi.

Ce fut ce qui me décida à lever mes fesses du perron.

— Reste où tu es, criai-je à mon père en le montrant du doigt. Elle peut entrer, mais toi, tu n'es pas le bienvenu ici, sale enfoiré de menteur.

Deux minutes plus tard, ma mère enroulait une couverture autour de mes épaules tandis que j'étais assis dans la cuisine d'un étranger, à boire du thé pour la première fois de ma vie. Quel homme de moins de soixante ans pouvait bien boire du thé de son plein gré ? Moi, apparemment.

— Écoute, mon chéri.

Assise en face de moi, ma mère se pencha par-dessus la table et prit ma main entre les siennes. Ses paumes étaient chaudes. Comment pouvait-elle avoir chaud ? Ça aidait sans doute de ne pas avoir passé des heures dehors à essayer de se racheter en attrapant une pneumonie.

— Je sais que tu es confus et en colère et c'est ton droit le plus strict. Si tu crois que je me suis écrasée à l'époque et que j'ai laissé ton père s'en tirer sans dommage, tu te trompes. J'ai demandé le divorce, Dean. Je ne voulais plus de ton père quand j'ai su ce qu'il avait fait. Et très franchement, je ne voulais pas de toi non plus.

Aïe.

— Et pourtant, tu es encore là, dis-je avec mépris.

— C'est vrai, répondit-elle en souriant. À cause de toi. Parce que tu en valais la peine. Une fois que j'ai compris que j'étais responsable de toi, je voulais désespérément être ta mère. À tel point que j'étais prête à redonner une chance à Eli, même s'il ne la méritait pas. Ton père a dérapé. Très gravement. Mais les choses ne sont pas toujours aussi simples qu'il n'y paraît et tout le monde fait des erreurs. Tu le sais mieux que personne.

Elle parlait de Millie et Rosie. Et elle avait raison : Millie et moi n'étions pas vraiment amoureux l'un de l'autre à l'époque, et pourtant on s'était quand même mis ensemble.

— C'était toi qui voulais que je crée des liens avec elle. J'ai passé tous mes étés dans sa ferme.

Elle secoua la tête.

— Dean, tu nous suppliais d'y aller. Tu nous disais que tu *adorais* être là-bas. De mon point de vue, elle vivait à la campagne et elle ne se droguait plus. J'ignorais qu'elle mentait et je pensais que tu nous l'aurais dit si tu n'avais pas été heureux là-bas. Je t'ai posé la question, Dean. Chaque été, je te demandais si tu étais content. Tu as toujours dit oui.

— Je voulais continuer à y aller parce que je voulais qu'elle m'aime. Bon sang, même moi, je me trouve pathétique.

Les yeux de ma mère se remplirent de larmes. Je souffrais autant pour elle que pour moi, mais je souffrais encore plus pour Rosie.

La porte d'entrée claqua. Ma mère se leva, regarda par-dessus son épaule et tourna à nouveau la tête vers moi, sereine.

— Vous avez beaucoup de choses à vous dire, avec ton père, mais avant ça, j'en ai une dernière à te dire à toi : l'amour n'est pas parfait. La vie non plus. Et pourtant, ce sont deux très belles choses qu'on devrait chérir chaque jour. Je suis heureuse avec ton père. Et ce qui s'est produit dans le passé… eh bien, ça appartient au passé.

Eli entra dans la cuisine et s'assit sur la chaise qu'occupait ma mère quelques instants plus tôt. Je retirai le masque que j'avais fait l'effort de mettre pour elle et lui offris mon plus bel air d'enfoiré. L'air que je tenais de *lui*, je le savais à présent.

— Je croyais t'avoir dit de rester dans la voiture.

— Et moi, je te croyais suffisamment intelligent pour ne pas donner d'ordres à ton père, Dean Leonard Cole.

Je décroisai les bras et me laissai aller contre mon dossier, un sourire narquois aux lèvres.

— J'imagine que je dois te remercier d'avoir daigné me dire que j'étais ton fils biologique. Si je paie quelques centaines de milliers en plus, est-ce que tu vas me donner davantage de détails ? Me raconter comment j'ai été conçu, peut-être ? Ah, et, bien sûr, me dire si Nina est bruyante au lit.

Non pas que j'avais vraiment besoin d'une réponse concernant le dernier point. Nina adorait me mettre mal à l'aise. *Très* mal à l'aise. Je ne me rappelais pas un été où je ne les avais pas vus et/ou entendus avec Hibou. Ça me donnait envie de vomir mais je ne pouvais pas l'éviter : les murs étaient fins comme du papier à cigarette. Parfois, j'arrivais dans la cuisine ou dans le salon alors qu'ils étaient en pleine action et ils me regardaient en souriant. Pas étonnant que j'aie passé autant de temps allongé dehors dans la paille.

— Je peux t'aider, dit mon père.

Il ne réagissait pas à mes provocations, ce qui était rare chez lui. En temps normal, jamais il ne m'aurait laissé me comporter comme un abruti sans rien dire. Même à trente ans.

— M'aider ? Et à quoi ?

— À sortir de ta spirale autodestructrice. Et à mieux comprendre la vérité.

— Ta *vérité* m'a coûté six cent mille dollars.

— L'argent n'est pas le problème ici et tu le sais. Ça ne l'a jamais été. Rien ne me prouvait que tu étais prêt à entendre la vérité, alors j'ai décidé de te laisser le choix. Fils…

Il posa ses lunettes sur la table et pressa les mains sur ses yeux.

— Tu nous manques, à ta mère et moi. Nous voulons arranger les choses.

Je regardai mon téléphone, posé sur la table. Vicious m'avait écrit dans la matinée pour me dire qu'il n'avait toujours pas réussi à convaincre les LeBlanc de me laisser voir Rosie. Je n'avais rien de mieux à faire, alors autant écouter ce que mon cher papa avait à dire pour passer le temps.

— Deux secondes, enfoiré, grognai-je en me débarrassant du plaid et en mettant le chauffage en route.

Mon père ne me quitta pas des yeux tandis que je portais un joint à ma bouche. Je l'allumai et tirai une longue bouffée qui lui fit plisser les yeux. Je savais qu'il n'aimait pas ça, mais pour une fois, il pouvait bien la fermer. Au bout d'une minute passée à me faire dévisager, je finis par perdre patience.

— On peut savoir ce que tu regardes, bordel ?

En me rendant compte qu'il avait l'air d'avoir pleuré, je me sentis soudain extrêmement mal à l'aise. Ça ne voulait pas dire que je pensais que les hommes qui pleuraient étaient faibles. Bon, laissez-moi reformuler : ça dépendait de la quantité de larmes, de la situation et des circonstances. Dans tous les cas, c'était étrange de se dire qu'Eli Cole était capable de pleurer comme le commun des mortels. Il ne perdait jamais ses moyens. Il pouvait être sentimental mais il restait toujours maître de ses émotions.

— Rien, répondit-il en secouant la tête.

Il tapota la surface de la table du bout des doigts, en ignorant la quantité copieuse de jurons dont je l'abreuvais. J'essayais toujours de parler correctement en présence de mes parents, mais là, j'étais loin d'avoir un respect débordant pour mon père.

— Ça m'impressionne toujours de voir à quel point on se ressemble.

Je fis tomber ma cendre dans un cadavre de bouteille de vodka avant d'attraper une canette de bière déjà à moitié vide pour en boire une gorgée.

— Pourquoi, toi aussi tu es drogué et alcoolique ? dis-je en riant.

— Je l'ai été.

Je faillis me décrocher la mâchoire.

— Développe.

J'étais en train d'inspirer une autre bouffée quand il s'empara du joint et l'éteignit. Je fronçai les sourcils.

— Eh, qu'est-ce que tu fous ?

— Ce que je *fous*, c'est que je suis ton père et que tu vas te comporter suivant les codes sociaux que nous t'avons inculqués ta mère et moi depuis ton plus jeune âge, tout au moins en notre présence. Ça veut dire que tu ne bois pas et que tu ne fumes pas devant moi, et que tu ne jures pas à tout bout de champ. Ça ne te donne pas l'air plus dur, Dean. Ça te donne un air de voyou, et j'ai dépensé beaucoup d'argent pour ton éducation. Suffisamment pour m'assurer que tu ne sois *pas* un voyou, justement. Alors si je tolère tes manières quand toi et tes petits copains BCBG jouez les grands investisseurs, lorsque tu es seul avec moi, tu es poli et respectueux. Compris ?

Bonjour, seau d'eau froide sur la tête, merci de me faire dessoûler à la vitesse de l'éclair.

Mon père se leva et s'empara d'une petite poubelle, puis il se mit à faire le tour de la cuisine pour jeter toutes les canettes de bière, les bouteilles de vodka et les mégots de cigarette.

— Pour en revenir au sujet qui nous intéresse, oui, Dean, j'étais accro comme toi, mais pas à l'herbe. Là où j'ai grandi en Alabama, ce n'était pas un vice d'homme riche. Après avoir obtenu mon diplôme d'avocat et m'être marié avec ta mère, j'avais beaucoup de choses à gérer. Je voulais impressionner mon père, qui était bien moins aimant et encourageant que moi, au passage. Le seul moyen que j'avais de faire retomber la pression, c'était de boire. Alors c'est ce que j'ai commencé à faire. Absolument tous les jours.

Je le fixai en me demandant si j'avais la gueule de bois, si j'étais soûl ou si j'étais entre les deux. J'avais tellement bu pendant le week-end que j'avais envie de vomir en permanence. Je ne me souvenais pas de la dernière fois où j'avais mangé, mais j'étais presque sûr que je n'avais plus rien dans l'estomac après le festival de vomi de la nuit dernière, et des nuits précédentes aussi, d'ailleurs.

— J'étais soûl quatre-vingt-dix pour cent du temps. Un alcoolique très performant, attention, mais il n'empêche que je n'ai pas le souvenir d'avoir passé un seul jour sans être soûl entre mes vingt-deux et mes vingt-huit ans. Même au bureau, où je ne pouvais pas prendre le risque d'empester le whisky, j'allais boire de la Listerine aux toilettes avant les réunions importantes. J'étais bien pire que toi, Dean. Bien pire.

— Oui, enfin, tu vas bien maintenant, grommelai-je.

Mon père balança la poubelle pleine par la fenêtre et se rendit dans la salle de bains pour en chercher une autre, avant de reprendre son opération « grand ménage de printemps ».

— Je vais bien parce que j'ai pris un coup de pied aux fesses, Dean. Tu sais quand ?

— Éclairez-moi, Maître.

Aussi mature qu'un gamin de cinq ans. J'avais vraiment la grande classe. Je répondais pour le plaisir de répondre, ce qui n'était ni marrant ni mignon chez un adulte de trente ans. Mon père devait en penser autant car il secoua la tête avant de continuer.

— Un soir, je suis rentré tard du bureau, soûl et désorienté. Je suis allé me coucher et j'ai fait l'amour à ma femme. Sauf qu'en me réveillant le lendemain, je me suis rappelé que Helen n'était même pas censée être à Birmingham. Elle était allée rendre visite à sa mère à Fairhope. J'ai regardé à côté de moi et j'ai vu sa sœur. En voyant ça, j'ai compris que je venais de merder comme jamais, comme tu dirais.

Je me redressai sur ma chaise.

— Elle t'a piégé ?

— Je pense qu'on sait tous les deux que Nina n'était pas le type de femme qui m'*attirait*.

En effet. Nina était tout le contraire de Helen. Elle s'habillait vulgairement, fumait comme un pompier et flirtait avec tout ce qui avait une braguette. Ma mère était du genre rotary et BCBG, toujours coiffée comme si elle sortait de la couverture de magazine. Réservée et polie, souriante sans jamais être trop amicale ou familière, encore moins avec les hommes.

— Mais, maman…

Je secouai la tête, incrédule. Ma mère ne se laissait jamais faire, par personne. Ce n'était pas pour rien qu'on se tenait autant à carreau, mes sœurs et moi. Elle savait comment se faire respecter et elle n'hésitait pas à taper du poing sur la table quand il le fallait.

— Elle m'a dit qu'elle avait voulu divorcer. Comment tu as bien pu réussir à rattraper le coup ?

Mon père jeta la seconde poubelle par la fenêtre avant de se tourner vers moi.

— Baron récupère tout ce que je suis en train de balancer. Comme ça, nous savons que tu n'y auras pas accès. Je vais aussi prendre ton portefeuille et m'assurer que le réfrigérateur est plein. Ta désintoxication commence maintenant, Dean.

Vicious est ici ? Qu'est-ce que c'est que ce bordel ? J'ai vraiment touché le fond, cette fois.

— Et pour ce qui est de ta mère, elle ne m'a pas pardonné. Pas tout de suite, en tout cas. Quand j'ai vu Nina dans mon lit et qu'elle m'a raconté ce qui s'était passé, j'étais mortifié. Je l'ai mise à la porte et j'ai aussitôt appelé Helen. Elle a interrompu son séjour pour rentrer à la maison. Je lui ai tout de suite raconté ce qui s'était passé. Elle a fait ma valise et m'a jeté dehors.

En dépit de mes efforts pour m'en empêcher, je souris.

— Un point pour maman.

Oui, j'étais le fils bâtard du côté de la femme trompée.

— Elle m'a fait payer, cher. J'ai dormi dans mon bureau pendant neuf mois. Elle m'a envoyé tellement de demandes de divorce à moitié remplies que ma boîte aux lettres débordait. Nina s'est volatilisée. J'ai essayé de la retrouver, sans succès. À l'époque, c'était facile de disparaître dans la nature, il n'y avait pas Internet et toutes ces choses.

Il fourra ses mains dans ses poches et regarda par la fenêtre, les sourcils froncés.

— Ta mère a demandé le divorce deux mois juste avant ta naissance, et même pas parce que je l'avais trompée, dit-il dans un rire sans joie. Crois-moi, je n'avais pas la moindre idée de ce que j'étais en train de faire quand j'ai couché avec Nina. Je n'en ai aucun souvenir, heureusement d'ailleurs. Simplement, ta mère en avait marre de mon problème, et de mon absence de motivation pour le régler. Elle méritait mieux et elle le savait.

Peu à peu, tout s'éclaircissait et les différentes pièces du puzzle commençaient à s'emboîter. Pas entièrement, mais je me sentais déjà moins perdu que je ne l'avais été au cours de ces dernières années.

— Et alors ? Qu'est-ce qui l'a fait changer d'avis ?

— *Toi.*

Il se tourna vers moi et me sourit comme si j'étais Sirius, sauf que ça n'avait pas de sens étant donné que Rosie était Sirius. Mais chaque personne a sa propre Sirius, j'imagine. Une personne qui brille davantage que les autres à ses yeux.

— Nous avons appris ton existence aux infos. « Le bébé Walmart ».

Ta mère a tout de suite compris qu'il s'agissait de Nina. Ce n'était pas difficile à deviner. Elle m'a appelé et nous nous sommes rendus ensemble à l'hôpital où ils t'avaient emmené. Ta mère te voulait tellement qu'elle décida de me donner une seconde chance. Elle disait que tu méritais le meilleur, même si ce n'était pas le cas de la femme qui t'avait mis au monde.

— Je ne comprends pas. Vous m'avez fait passer du temps avec Nina et Hibou. Presque chaque été. Pendant tout l'été. Bon sang, papa.

Je me levai et me mis à faire les cent pas.

— C'est lui qui m'a fait fumer mon premier joint à l'âge de douze ans. J'avais neuf ans quand Nina m'a fait boire ma première putain de gorgée de bière.

— Surveille ton langage, me réprimanda mon père.

Je levai les yeux au ciel, tout en ayant le sentiment d'être encore plus son fils qu'avant de le rencontrer dans ce café.

— Nous avions un arrangement avec Nina. Nous voulions t'offrir une vie stable dans un environnement sûr, et elle voulait te voir pendant l'été. Nous avons accepté sous réserve qu'elle soit sobre. C'était la condition sine qua non. Nous lui envoyions de l'argent quand tu séjournais chez elle. C'était censé servir à payer des excursions, tes vêtements, ce genre de choses. Nous n'étions pas dupes : nous savions qu'elle mettait l'argent dans sa poche et qu'elle gardait tout pour elle. Mais nous espérions qu'elle deviendrait une femme meilleure en passant du temps avec toi. Après tout, tu m'avais aidé à rester sobre et à grandir en tant qu'être humain...

— Sauf que Nina n'est pas un être humain.

Il secoua la tête. Je ne savais pas si ça indiquait qu'il était d'accord avec moi ou non.

— Tout le monde est humain. Simplement, certaines personnes le sont davantage que d'autres. Nina a fait de nombreuses erreurs dans la vie, et j'ai commis l'une d'entre elles avec elle. Toi aussi, tu en commets. Des erreurs qui auront des conséquences graves si tu continues comme ça.

Je n'avais rien à répondre à ça, alors je remis Nina sur le tapis.

— Pourquoi tu ne me l'as pas dit plus tôt ? Pourquoi m'avoir laissé la payer ? Pourquoi m'avoir rencontré selon ses conditions ? Ça n'a aucun sens.

— Au contraire, Dean. Ça a tout son sens.

Il fit un pas vers moi et on se retrouva face à face. Même taille, mêmes cheveux, mêmes yeux. Merde. Comment avais-je pu être aussi aveugle pendant tout ce temps ? J'étais la copie conforme de mon père. C'était pour ça que les gens ne demandaient jamais si j'avais été adopté : parce que je ne l'étais pas. Enfin, pas complètement en tout cas.

— Je ne savais pas si tu voulais connaître ton père ou non, donc je t'ai laissé décider. Je pensais que si tu souhaitais réellement me voir, tu payerais. L'argent n'est pas un problème pour toi, tu en as plus que tu ne peux en dépenser, alors ce n'était pas ça qui m'inquiétait. Mais si tu n'avais pas voulu savoir, si tu n'avais pas été prêt à affronter la réalité et que je t'avais mis devant le fait accompli, je ne t'aurais rien donné. Au contraire, je t'aurais pris quelque chose : ta liberté de choisir. Je voulais que tu me *choisisses*, Dean.

Soudain, je ressentis quelque chose que je n'avais pas eu le plaisir d'éprouver depuis longtemps : du soulagement. Tout avait du sens à présent. Cette conversation ne réparait rien : j'étais toujours furieux contre lui et je détesterais encore Nina pendant plusieurs années. Mais au moins, j'avais des réponses. C'était un peu comme si je trouvais la paix, en quelque sorte.

Nina n'avait plus de pouvoir sur moi. Mon père biologique n'était ni un drogué, ni un criminel, ni un salaud. C'était un homme que je connaissais et que j'aimais. Simplement, il m'avait brisé le cœur et j'avais besoin de prendre mes distances jusqu'à ce que j'arrive à le pardonner.

J'y arriverais.

Mais pas tout de suite.

— En attendant, j'ai quand même essayé, continua-t-il. À chaque fois qu'on s'est vus depuis que tu as atteint l'âge adulte, j'ai tenté de te mettre sur la piste. J'ai même voulu tout t'avouer le soir de Thanksgiving, sauf que tu n'es jamais revenu à la maison. Voilà, maintenant, tu sais tout.

Je baissai les yeux et fixai intensément le bout de mes chaussures.

— Mais ce n'est pas la seule raison de ma présence ici.

Il posa une main sur mon épaule et je la fixai comme s'il s'agissait d'un énorme cafard.

— Vide ton sac et pars.

— Rosie, dit-il simplement.

— Quoi, Rosie ?

Mon cœur battait plus fort à la seule mention de son nom. Être loin d'elle me donnait l'impression qu'on m'arrachait la peau. Le genre de douleur qui n'était ni doucereuse ni romantique, mais qui me donnait plutôt envie de m'extirper les tripes.

— J'ai cru comprendre qu'on avait le même problème de sœurs, toi et moi.

Il m'entraîna jusqu'à la fenêtre, une main dans mon dos. Je laissai faire en attendant de voir où il voulait en venir.

— Mon problème d'alcool a failli avoir raison de mon couple mais paradoxalement, c'est aussi ce qui l'a sauvé. Et ça m'a aussi apporté une des plus belles choses que je possède dans la vie : *mon fils*. Malheureusement, j'ai bien peur que tu n'aies pas la même chance que moi. Rosie est malade. Gravement malade, d'après ce que j'ai entendu dire. Le temps ne joue pas en ta faveur et tu ne peux pas te permettre de te lamenter sur ton sort. S'il y a bien une chose que l'argent ne peut pas acheter, c'est ça, le temps, Dean. Alors je te conseille d'aller immédiatement à l'hôpital et de commencer à ramper, parce que la route va être longue.

— Ils refusent de me laisser la voir, dis-je au moment où Eli montrait quelque chose du doigt.

Vicious était devant la maison, adossé à son Audi de location, les bras croisés. Il était garé juste à côté de la Volvo de mes parents et regardait en direction de la fenêtre de la cuisine.

Quel adorable enfoiré.

— Tes amis veulent que tu récupères la fille. Ton père veut que tu récupères la fille. Ta mère va sûrement te tuer si tu ne récupères pas la fille. Alors… Est-ce que tu vas récupérer la fille ?

— Je vais récupérer la fille, répondis-je, subjugué de voir Vicious faire un truc sympa et désintéressé pour une fois dans sa vie.

— Même si ça veut dire que tu dois arrêter de boire ?

— Même si ça veut dire que je dois arrêter de *vivre*, corrigeai-je. Oui. Je vais récupérer la fille.

J'attrapai mon manteau et laissai mon père planté là, dans un silence divin.

Je viens te récupérer, Rosie.

31

Rosie

Qu'est-ce qui te fait te sentir vivante ?
Bip. Bip. Bip. Bip. Biiiiiiiiiiiiip.

Tout me faisait mal.

Je n'arrivais même pas à distinguer ce qui tirait le moins et ce qui brûlait le plus. Mon corps tout entier était à l'agonie. Un masque à oxygène me recouvrait le visage. Un petit miroir de poche se trouvait sur ma table de chevet. Ma mère avait dû l'oublier là. Avec ce qui me restait d'énergie, je l'attrapai et examinai mon reflet par-dessous mes paupières fatiguées. J'étais jaune. Est-ce que mon foie avait cessé de fonctionner ?

J'avais envie de pleurer mais j'étais trop épuisée.

J'avais envie de crier mais ça me semblait inapproprié de faire quelque chose d'aussi vivant quand je me sentais si dénuée de vie.

Et j'avais envie de voir Dean. Les derniers mois avaient été les plus heureux de ma vie grâce à lui, alors ça me semblait normal qu'il soit présent pour la fin. Sauf qu'il n'était pas là.

Pour une fois, il n'y avait personne dans ma chambre. D'habitude, il y avait toujours quelqu'un pour s'occuper de moi. Ma mère, mon père, ou Millie. Plus personne ne me parlait de revenir vivre à Todos Santos, et étonnamment, ça me rendait triste. Pas parce que je voulais y retourner, mais parce que je savais qu'ils pensaient que je ne survivrais pas assez longtemps pour que ce soit une possibilité.

Ella était venue me rendre visite deux fois mais elle n'avait pas pu rester très longtemps. C'était difficile pour elle de faire l'aller-retour depuis New York.

J'attendais. Impatiemment. Je tapotais mes cuisses du bout des doigts. En temps normal, j'aurais soupiré, mais l'air ne sortait pas de mes poumons. Le regard fixé sur la télé éteinte, je n'avais aucune idée de l'heure qu'il était. Je pouvais juste voir par la fenêtre que la nuit était tombée. Les nuits dans les Hamptons étaient très différentes des nuits à New York. Il y avait moins de pollution et davantage d'étoiles.

Où est-ce que tu es passé, Terre, et est-ce que tu vas bien ?

C'était énervant d'être assise là et d'attendre que quelqu'un vienne me sortir de mon ennui. Ça ne m'aidait pas de rester seule. Ça ouvrait une porte qui donnait sur un coin obscur de mon âme. Je sentis tout à coup une crise d'angoisse pointer le bout de son nez. Ça n'avait rien d'étonnant : mon petit ami ne me donnait aucune nouvelle et j'ignorais où il était, j'étais clairement en piteux état, les médecins ne disaient pas grand-chose et le Dr Hasting me conseillait sans cesse de me reposer. Comme si j'avais prévu de courir un marathon pour Noël.

Tu vas mourir.

Suffoquer. Disparaître dans une tombe.

Il refera sa vie.

Il rencontrera quelqu'un d'autre.

Il refera sa vie.

Et ce ne sera pas avec toi.

Il refera sa vie.

Mais ça ne fera pas mal. Rien ne te fera plus mal. Parce que… tu seras partie.

Un coup sec frappé à la porte me sortit de ma torpeur. L'intensité semblait indiquer que la personne qui était derrière essayait d'attirer mon attention depuis un moment. Ce n'étaient ni mes parents ni Emilia, parce qu'ils ne frappaient jamais avant d'entrer.

Je m'éclaircis la gorge et me mordis la lèvre pour réprimer une quinte de toux.

— Oui ?

Je ne voulais pas me faire trop d'illusions, mais je ne pouvais pas m'empêcher d'espérer. Les yeux rivés à la porte, je priai pour que ce soit lui.

La porte s'ouvrit.

Et quelqu'un entra.

Ce n'était pas lui. Mais c'était presque aussi bien.

Dean

Je n'échangeai pas un mot avec Vicious pendant le trajet jusqu'à l'hôpital. Il se gara, sortit de la voiture, ouvrit ma portière puis m'attrapa par le col avant de me plaquer contre le mur le plus proche. Pas vraiment ce à quoi je m'attendais. Je le fixai, bouche bée.

— Qu'est-ce que tu fous, Cole ? Je pensais que tu gérais. Elle est en train de mourir.

— C'est bon, dis-je en le repoussant. Je suis au courant, d'accord ? Et j'essaie de trouver une solution.

Le poids de mes actes menaçait très clairement d'entamer définitivement ma santé mentale. Il écrasait mes poumons, m'empêchant d'inspirer l'air qu'elle ne pouvait respirer.

— Commence par arrêter de boire, aboya-t-il.

Ce n'était pas la peine de me le dire. Je savais déjà que ma grande histoire d'amour avec l'alcool était terminée. Elle l'était depuis la minute où Rosie m'avait dit qu'elle s'occuperait de moi. Tout ce qui s'était passé depuis n'avait été que des rechutes causées par des circonstances exceptionnelles.

Mais c'en était fini, des rechutes.

À partir de maintenant, les conneries, c'était terminé.

J'allais être sage. S'il restait quelqu'un pour qui l'être une fois que tout ça serait fini.

— Laisse-moi t'expliquer ce qui va se passer, maintenant, *Devious.*

Il avait craché mon surnom comme s'il s'agissait d'une insulte, son visage à quelques centimètres du mien. Il me tenait toujours par le col. Je le laissai avoir son quart d'heure de gloire. J'avais merdé. Message reçu. L'heure était à la rédemption.

— Pour une fois dans ma vie, une seule fois, je vais t'aider. Et tu n'as pas intérêt à me faire regretter ma décision. Tu. As. Merdé. Tu as tellement merdé qu'il y a des gens qui sont en train de traverser le pays en avion pour nettoyer ton bordel. Alors tu vas rentrer dans ce putain d'hôpital et tu vas t'excuser. Auprès d'elle, de ses parents, de Millie, des infirmières, et même auprès du pauvre type qui lave les vitres. Tu vas demander pardon à tout le monde. Compris ?

— Oui, Oprah. Épargne-moi tes grands discours.

Je le repoussai et me dirigeai vers l'hôpital.

— Je suis tout à fait conscient du bordel que j'ai foutu, et même si j'apprécie le fait que tu sois de mon côté, je sais aussi comment régler ça.

On aperçut Millie, qui était en train d'acheter un thé au Starbucks. Vicious s'arrêta et hocha la tête dans sa direction.

— Fais la paix avec elle.

— On n'a jamais été en guerre.

J'étais épuisé et je n'avais pas de temps à consacrer à Millie. Je voulais réparer mes erreurs, pas ruminer le passé.

— Sans la bénédiction de Millie, Rosie n'acceptera jamais de te reprendre, insista Vicious. Alors tu y vas.

À contrecœur, j'entrai et m'approchai de la table de mon « amour » de lycée, qui était très enceinte et visiblement très énervée. Vicious resta dehors, soudain captivé par quelque chose sur son téléphone. Enfoiré.

— Salut, dis-je.

— Bonjour, répondit-elle.

On ne se parlait jamais, Millie et moi. Il n'y avait aucune colère, aucun ressentiment entre nous. Juste de l'indifférence. Quand on avait passé Thanksgiving ensemble, on avait discuté de la pluie et du beau temps et je l'avais aidée à faire la vaisselle, mais le reste du temps, on gardait nos distances.

— Dis-moi, Dean, est-ce que tu aimes ma sœur ?

Ses yeux bleus étaient rivés aux miens.

— Elle est tout pour moi.

— Alors pourquoi tu l'as laissée tomber ?

— J'ai été égoïste.

— Ma sœur ne peut pas être avec un égoïste.

— *Je vais changer.*

— Et si tu n'y arrives pas ?

J'inspirai profondément pour me forcer à garder mon calme.

— Vicious a bien réussi, lui, répliquai-je. Vicious a changé. Écoute, Millie, je t'aime beaucoup. À l'époque, déjà, je t'aimais beaucoup. Mais Rosie… C'est incomparable. Tout ce que tu crois que Vicious est capable de faire pour être avec toi, je suis capable d'en faire autant, si ce n'est plus, pour être avec Rosie. C'était un accident. J'ai retenu la leçon.

Ses yeux se remplirent de larmes.

— J'ai peur, dit-elle en se mordant la lèvre. Si tu savais comme j'ai peur.

— Moi aussi.

On se serra dans les bras. Fort et longtemps. Pendant ce temps, je comptais les secondes qui me séparaient de Rosie.

Quand Millie me lâcha enfin, je sus que j'avais sa bénédiction.

— Je l'aime vraiment, murmurai-je en essuyant une larme sur sa joue.

— Je sais.

Elle rit doucement tout en continuant à pleurer.

— Mon Dieu, comment est-ce qu'on a pu être ensemble ?

— Je n'en sais rien. Je suis irrésistible, j'imagine.

Elle me donna un coup de poing dans l'épaule.

— Montre-lui que tu l'aimes, Dean.

C'était bien mon intention.

C'était la huitième fois que je me dirigeais vers sa chambre depuis qu'elle avait été hospitalisée, en espérant qu'elle soit réveillée et que ses parents se sentent d'humeur suffisamment généreuse pour me laisser la voir. Les machines bipaient dans les chambres qui bordaient le couloir. Des infirmières en blouse bleue passaient rapidement à côté de moi, leurs épaules frôlant la mienne tandis qu'elles avaient le nez dans des dossiers médicaux. Vicious m'accompagnait. On tourna dans le couloir qui menait à Rosie. Arrivés à quelques chambres de la sienne, je me figeai et Vicious marqua une halte à côté de moi.

— Quoi ? demanda-t-il sans quitter son portable des yeux.

— Dis-moi que ma gueule de bois me donne des hallucinations.

Je montrai sa porte du doigt et il haussa les épaules sans comprendre.

— Darren. Foutu Darren. Le docteur Tête de Nœud vient d'entrer dans sa chambre.

La montée d'adrénaline était si violente que toutes mes cellules nerveuses semblaient sur le point d'exploser. Qu'est-ce qu'il fabriquait ici, et pourquoi lui accordait-on la visite de courtoisie qu'on me refusait ? Ça ne pouvait pas venir de Rosie. Impossible. J'avançai au pas de charge et Vicious me suivit.

— Qu'est-ce que tu fous, mec ? Laisse tomber.

Compte là-dessus.

— Charlene !

Au bout du couloir, la mère de Rosie releva brusquement la tête de sa tasse de café et se leva de son siège. À voir l'expression sur son visage, on aurait pu croire que j'étais l'incarnation de Lucifer et, compte tenu de mon état d'esprit du moment, elle n'avait pas totalement tort. J'en avais assez de toutes ces conneries.

Je m'arrêtai à moins d'un mètre d'elle et pointai la porte du doigt.

— Je n'ai pas rêvé ? C'est bien son ex qui vient d'entrer ?

J'aurais juré que j'avais de la mousse qui sortait à la commissure des lèvres.

— Darren, précisa-t-elle.

Son visage bouffi par la fatigue se para soudain d'un sourire timide.

— *Un garçon charmant.*

Parce qu'apparemment, je n'en étais pas un.

— Qui lui a demandé de venir ?

— Paul.

Le père de Rosie.

— Darren a toujours été là pour elle, continua-t-elle. Ça nous semblait logique de le mettre au courant de la situation.

Je donnai un coup de poing dans le mur. Sans rien ressentir. Pas de douleur. Pas de brûlure. Rien.

— J'ai toujours été là pour elle.

— Pas quand elle avait besoin de toi, dit-elle d'une voix triste.

Mon accès de violence ne semblait pas l'émouvoir. Elle était sans doute trop fatiguée pour ça.

— Quand elle avait besoin de toi, tu as disparu.

— Il n'a rien à faire ici.

Je me dirigeai vers la porte. S'ils l'avaient laissé entrer, ça signifiait que Rosie était réveillée. Il y avait une petite fenêtre carrée sur la porte mais je me forçai à ne pas regarder à travers. Est-ce qu'il lui tenait la main ? Est-ce qu'elle était heureuse de le voir ? Est-ce qu'elle allait me demander de partir ? Toutes ces possibilités me donnaient mal à la tête.

Vicious m'attrapa par le bras.

— Dean.

— Va te faire foutre.

Je m'engouffrai dans la pièce. Darren était assis dans un fauteuil, près du lit de Rosie. Elle était réveillée. Et elle avait une mine horrible. Je ne l'avais jamais vue comme ça. On aurait dit une autre personne. Des cernes sombres encerclaient ses yeux et ses iris bleus étaient vitreux. Elle avait bien perdu cinq kilos, elle semblait épuisée, et triste. Je compris alors que Nina ne m'avait jamais brisé le cœur.

C'était Rosie qui m'avait brisé le cœur onze ans plus tôt.

Quand elle m'avait poussé dans les bras de sa sœur.

Et elle recommençait à cet instant, sur ce lit d'hôpital. Parce que si elle mourait… alors je mourrais aussi.

— Pars, ordonnai-je à Darren sans quitter ma petite amie des yeux.

Ma petite amie.

Charlene et Paul déboulèrent en criant à un niveau sonore pour lequel les oreilles humaines n'étaient pas équipées. Je n'écoutais pas. Je m'en foutais. Si Darren ne dégageait pas dans la minute, j'allais lui donner une bonne raison de rester à l'hôpital.

— Rosie veut que je reste, dit-il de sa douce voix de gentil garçon du Connecticut.

J'aurais parié qu'il ne disait jamais « putain » et qu'il allait à confesse quand un « merde » lui échappait.

— Darren.

Rosie se pencha en avant pour lui tapoter la main. Ses poumons sifflaient comme un ballon qui se dégonflait.

— Je suis désolée que mon père t'ait fait faire un tel voyage. Je te remercie sincèrement d'être venu, mais il est temps que tu t'en ailles. Ne le prends pas mal. Il se passe beaucoup de choses dans ma vie en ce moment.

Entendre Rosie le mettre à la porte m'aida à ravaler une partie de ma rage. Paul secoua la tête, les lèvres pincées, tandis que la mère de Rosie la rejoignait pour la serrer dans ses bras.

— Très bien, finit-il par dire. Comme tu voudras, Rosie-puce. Si tu as besoin de quoi que ce soit, tu sais où me trouver.

Il quitta la pièce et un silence pesant s'installa après son départ.

— Tout le monde dehors, finis-je par dire.

— Même moi ?

Rosie haussa les sourcils et tenta de sourire, mais elle n'y parvint pas. Même sourire semblait lui faire mal.

— Non. Toi, je te garde. Personne d'autre n'est capable de me supporter, de toute façon.

— Pourquoi est-ce que personne ne s'interpose ? se désola Charlene LeBlanc en levant les mains au ciel. Il l'a abandonnée sous la pluie battante, pour l'amour du ciel ! Tout ça, c'est *sa* faute, ajouta-t-elle en me montrant du doigt. Paul, fais quelque chose.

— Maman, commença Rosie.

— Ma chérie, je…

Vicious interrompit Paul.

— Nom de Dieu, fermez-la, dit-il en tapant du plat de la main sur la table de chevet.

Et pour le coup, tout le monde se tut.

— Dean lui a posé un lapin. *Une fois.* Après lui avoir couru après pendant des années. Je n'ai jamais vu un mec ramer autant que Dean Cole. Charlene, Paul, j'aime Millie. Plus que tout. Je mourrais pour elle s'il le fallait. Et pourtant, je dois bien reconnaître que je lui ai fait des choses horribles. Des choses que vous ne me pardonneriez jamais si vous étiez au courant. C'est un véritable miracle, qu'elle ait accepté de m'épouser. Le fait qu'elle sache qui je suis et qu'elle ait quand même décidé d'avoir un enfant avec moi en est un autre. Mais Dean… Dean n'est pas comme moi. Il a fait une erreur. Il n'a pas choisi sciemment de lui faire du mal. Et il mérite qu'elle écoute ce qu'il a à lui dire.

Il tourna la tête vers Rosie. J'arrêtai de respirer en attendant qu'elle réponde.

Elle toussa. Se tortilla pour arranger les oreillers derrière elle. Puis elle hocha doucement la tête.

— Maman, papa, j'ai *besoin* d'entendre ce qu'il a à dire.

Les parents de Rosie échangèrent un regard inquiet, et sa mère soupira.

— On attend dans le couloir.

La porte se referma derrière eux, et enfin nos regards se rencontrèrent. Elle n'allait pas bien, je le savais. Le moment était venu de lui dire que j'avais enfin compris. Compris pourquoi elle m'avait poussé dans les bras de sa sœur. Pourquoi elle nous avait laissés souffrir tous les deux. L'amour faisait faire des choses folles et irrationnelles. L'amour et la mort étaient reliés par un fil invisible. Tirez trop fort et tout est fini. Je ne pouvais pas vivre sans Rosie. C'était ma seule certitude à ce stade.

Je m'assis sur son lit, lui attrapai la main et la plaçai sur mon cœur.

Dire que j'étais désolé ne suffisait pas. Il fallait que je sorte l'artillerie lourde. Je devais donner tout ce que j'avais, cette fois.

— Tu as complètement transformé ma vie et je ne serai plus jamais le même.

J'avais la sensation que mes mots étaient vivants. Je ne me contentais pas de les dire, je les *sentais.*

Elle sourit et haussa les épaules. L'espace d'une seconde, je retrouvai la Rosie que je connaissais, à l'exception de son teint jaune.

— Ce n'est pas ma faute si tu es tombé amoureuse d'une fille mourante.

— Ce n'est pas ma faute si tu as rendu le contraire impossible.

— Où est-ce que tu étais ? demanda-t-elle à voix basse.

Est-ce qu'elle parlait du jour où elle m'avait attendu devant la maison ? Ou de son séjour à l'hôpital ?

— J'étais là, Bébé LeBlanc. Tout le temps. À la minute où j'ai su où tu étais, je me suis précipité ici. Mais ils n'ont pas voulu me laisser te voir alors je suis resté dans la maison que j'avais louée pour nous. Et j'ai bu. Je me suis apitoyé sur mon sort. Enfin bref, j'ai porté haut la torche du pire des losers, merci de poser la question.

Elle rit doucement.

— Et le vendredi ?

Je soupirai.

— Dean, comment s'est passée la rencontre avec ton père ?

Les mots se mirent à jaillir dans un flot ininterrompu. Je lui racontai exactement ce qui s'était passé, sans lui épargner le moindre détail. Elle versa des larmes silencieuses en me caressant la joue. Sa main était glacée tandis que je n'avais jamais eu aussi chaud de ma vie. Je déposai plusieurs baisers sur ses lèvres en m'excusant encore et encore et encore.

— Je suis désolé, répétai-je en l'embrassant sur le front. Putain, Rosie, je suis tellement, tellement désolé.

Je l'embrassai sur la joue.

— Tu n'imagines pas ce que ça me fait de te voir dans cet état et de savoir que c'est ma faute.

Je l'embrassai sur le bout du nez.

— Ça ne peut pas se terminer comme ça. C'est *impossible.*

Je l'embrassai à nouveau sur la bouche.

Elle m'attira contre elle et je sentis ses larmes chaudes rouler dans mon cou.

— Justement, j'espère que ça va se terminer comme ça. Tu m'as rendue heureuse. Très heureuse. Mais tu mérites mieux. Une femme, des enfants, une jolie clôture blanche.

— Et j'aurai tout ça. Avec toi.

— Tu sais bien que c'est impossible avec moi.

— Alors ce sera avec personne. Il n'y aura pas une autre Rosie. Et il n'y aura pas une autre histoire comme la nôtre. C'est nous ou rien, Rose LeBlanc. Et sans toi, il n'y a pas de moi. Tu sais quoi ? J'ai toujours détesté *Roméo et Juliette.* La pièce. Le film. L'idée même. Je sais, c'est une grande tragédie, bla-bla-bla. Tragiquement stupide, oui. Non mais franchement, ils avaient quel âge ? Treize ans ? Seize ans ? Se suicider, tout ça parce que ta famille ne te laisse pas te marier, tu parles d'un gâchis ! Mais en même temps, quelque part, Roméo et Juliette avaient raison. Regarde ce qui m'est arrivé : j'ai rencontré le véritable amour à dix-huit ans et j'ai passé les onze années suivantes à mourir à petit feu tandis que je me lamentais sur ton absence. Puis tu es revenue, mais j'ai continué à croire que c'était juste une fascination. Et maintenant que je sais…

Je reculai pour observer son visage. Elle dépérissait. Je le voyais bien. Ses poumons fonctionnaient à peine. Les médecins disaient que l'infection avait gagné le reste de ses organes. Elle était brûlante de fièvre. Cette fois, c'était différent de ses précédents séjours à l'hôpital.

Et tout ça aurait pu être évité si je n'étais pas un pauvre alcoolique.

Je pressai ma joue contre sa paume et lui embrassai le poignet.

— Maintenant que je sais que je ne peux pas être avec quelqu'un d'autre que toi, tu vas te rétablir pour moi, parce que sinon, la Terre va exploser. Tu peux faire ça pour moi, Sirius ? Je te promets de ne pas quitter cette chambre jusqu'à ta sortie. Même pour prendre une douche. Même pour te ramener des cookies aux pépites de chocolat. Je trouverai quelqu'un pour te les amener depuis New York.

— Je t'aime, dit-elle avec les yeux remplis de larmes.

Elle voulut me caresser la bouche mais ses doigts tremblants atterrirent sur ma joue. Quand elle parvint enfin à mes lèvres, je me rendis compte que j'étais en train de pleurer, moi aussi. Je ne me souvenais pas de la dernière fois où j'avais pleuré. Ce n'était vraiment pas mon genre. En réalité, la dernière fois datait sans doute du jour où Nina m'avait balancé dans les toilettes de Walmart. Mais là, mes larmes coulaient parce que la femme que j'aimais plus que tout était en train de perdre une bataille à laquelle je l'avais moi-même envoyée.

— Je t'aime, Bébé LeBlanc. Si tu savais à quel point. C'est toi qui m'as appris à aimer. J'ai eu une bonne note à l'examen ?

Elle sourit et une larme roula sur sa joue.

— Vingt sur vingt, chuchota-t-elle. Tu as assuré. Tu peux me promettre quelque chose ?

— Tout ce que tu voudras.

— *Vis.*

— Pas sans toi.

— Et aie des enfants. Des tas. Ils sont marrants.

— Rosie…

— Je n'ai pas peur. J'ai eu ce que je voulais dans la vie. *Toi.*

— *Rosie…*

— Je t'aime, planète Terre. Tu m'as tout donné.

— Rose !

Elle ferma les yeux. La porte s'ouvrit. Son moniteur s'arrêta de biper. Et mon cœur se brisa.

Morceau.

Par morceau.

Par morceau.

Épilogue

Dean

Trois ans plus tard

— Mec, on peut savoir ce que ton fils fabrique ?

— Ce n'est pas mon fils.

— Mon cul, oui, dit Trent en portant sa bouteille de bière à ses lèvres. Il porte un putain de blazer multicolore.

Je plissai les yeux, aveuglé par le soleil de Todos Santos en cet après-midi de septembre. En effet, c'était mon fils. Mon petit garçon de quatre ans était… Qu'est-ce qu'il était en train de faire, exactement ? Je n'en étais pas sûr mais le connaissant, c'était sans doute quelque chose d'absolument pas constructif qui allait l'envoyer au coin jusqu'à la fin des temps. Il avait déjà vu davantage de murs qu'un peintre en bâtiment à la retraite.

C'était un mini-moi sous stéroïdes. Avec du style, un air canaille, et qui enchaînait bêtise sur bêtise, le tout enveloppé dans un sourire d'ange innocent.

— Je crois qu'il vient de dessiner une bite sur le front de la fille de Jaime, constata Vicious en fixant le fond de son verre de whisky comme s'il contenait la réponse au mystère de la vie.

Moi, je buvais de l'eau. Je n'avais pas touché une goutte d'alcool depuis trois ans. Je ne vous la jouerai pas à la Donald Whittaker en vous disant que j'ai trouvé Dieu. Je mourais d'envie de boire. Rester sobre était un sacrifice, mais un sacrifice que j'étais plus qu'heureux de faire pour ma famille.

Vicious donna un coup de coude à Jaime et hocha le menton en direction de Knight et Daria.

— Si ça, ce n'est pas marquer son territoire, je ne sais pas ce que c'est. Ta fille va avoir des problèmes. Je garderais un œil sur elle, si j'étais toi.

— Ce ne sont que des gamins. Ça s'appelle jouer.

— *Jouer*, répéta Vicious. Tu as joué au même jeu avec Mel, si ma mémoire est bonne. Sauf que c'était une vraie bite et que ce n'est pas sur le front que tu la lui as mise.

Sa remarque lui valut un coup de poing dans l'épaule. Je fis tourner mon alliance autour de mon annulaire en regardant les enfants courir autour de nous.

— Knight !

Il leva la tête, un feutre noir serré dans son petit poing.

Merde.

Ça ne ressemblait pas à un feutre. *Ça ressemblait à un marqueur.*

— Viens ici, s'il te plaît.

Je hochai la tête en direction du coin qu'on occupe avec Jaime, Vicious et Trent. Luna était agrippée à la jambe de son père. Vêtue d'un haut noir, d'un jean noir et d'une paire de Converse noires, elle observait tout ce qui se passait autour d'elle, ses yeux gris-vert emplis de curiosité. Elle ne lâchait jamais son père.

Knight nous rejoignit à pas nonchalants, en balançant théâtralement les bras. On fêtait ses quatre ans aujourd'hui et tous ses petits copains d'école étaient là. Trent était préposé aux steaks et aux hamburgers, il y avait un stand à hot-dog près de l'immense piscine, sans oublier un clown, un magicien et une machine à barbe à papa. Mon fils méritait le meilleur.

J'en avais conscience, c'était le mien alors je n'étais pas objectif, bla-bla-bla, mais ce gamin n'était vraiment pas comme les autres. Avec ma femme, on l'avait su à la minute où on avait posé les yeux sur lui.

— Il est né le 18 août, nous avait dit la femme de l'agence d'adoption en faisant glisser une photo de lui sur son bureau trois ans plus tôt.

On était venus la voir tout de suite après notre mariage express à Las Vegas. Ma femme et moi avions échangé un regard stupéfait avant d'éclater de rire. C'était la date de la première nuit où on avait couché ensemble. Le 18 août. Le destin avait un sacré sens de l'humour.

Knight n'avait peut-être pas mes gènes, mais il me ressemblait comme deux gouttes d'eau. Il avait les cheveux bruns et les yeux vert jade. Et il était deux fois plus grand que le reste des enfants de son âge. Enfin, à l'exception de Vaughn, le fils de Vicious et Emilia.

Knight[1] (ma femme l'avait appelé comme ça parce qu'elle trouvait qu'il était sans peur et sans reproche) était devant moi, et attendait l'inévitable Inquisition espagnole. Je m'agenouillai pour être au même niveau que lui.

— Qu'est-ce que tu as fait à Daria ?

Daria avait deux ans de plus que lui. Ça aurait dû être elle la patronne, et pas le contraire. Nos enfants perpétuaient la tradition, apparemment : les garçons étaient des petits mâles alpha fauteurs de troubles et les petites filles se battaient avec eux jusqu'à succomber à leur charme.

— Je lui ai fait un tatouage, répond-il d'une voix neutre.

Il me regarda droit dans les yeux, avec un air de « Et qu'est-ce que tu comptes faire ? »

1. *Knight* signifie « chevalier » en anglais.

Je corrigeai :

— Tu as dessiné sur son front. Pourquoi tu as fait ça ?

— Elle m'a demandé de la tatouer.

Merde. Regarder *Ink Master, le meilleur tatoueur* avec lui quand sa mère a le dos tourné, c'était terminé.

— Et qu'est-ce que tu as tat… dessiné sur son front, exactement ?

Ne dis pas « Une bite. » Ne dis pas « Une bite. » Ne dis pas « Une bite. »

— Un vaisseau spatial, déclara-t-il.

Il se tourna et appela Daria, qui franchit en courant les quelques mètres qui nous séparaient. Knight commença à expliquer son chef-d'œuvre en suivant les contours du dessin sur le front de Daria du bout de son index.

— Là, c'est le réservoir externe, dit-il en montrant le gland.

Est-ce que je vous avais dit qu'il voulait devenir astronaute et qu'il adorait l'espace, comme moi ?

— Et ça, c'est l'orbiteur, continua-t-il en indiquant les boules.

— Et qu'est-ce qui sort du réservoir externe, exactement ? s'enquit Jaime avec raideur.

J'essayais de ne pas pouffer de rire. Knight lui répondit en écarquillant les yeux.

— Des balles, voyons. Plein de balles.

Ouf. Il n'a pas dit « Du sperme. »

Je pris doucement le visage de mon fils entre mes mains.

— Écoute-moi attentivement, Knight, d'accord ? On ne dessine pas sur les gens. Et *surtout pas* des vaisseaux spatiaux.

Jaime était un ami, mais je n'étais pas certain d'avoir envie que d'autres pères viennent frapper à ma porte pour se plaindre que mon fils dessinait des bites sur leurs petites filles.

— Compris, affirma-t-il en hochant la tête. Pas de vaisseaux spatiaux.

— Et pas de tatouage tout court. Pourquoi tu ne joues pas un peu avec Vaughn ?

— Parce que je le déteste, répondit-il simplement.

La nouvelle génération marchait sur nos traces, ça ne faisait pas de doute. Je lui ébouriffai les cheveux et l'embrassai sur le front.

— Va voir si maman va bien.

— Oui, papa.

— Et donne-moi le marqueur.

Jaime attira Daria contre sa jambe.

— Ma chérie, tu veux bien faire une promesse à papa ?

— Oui.

— Plus jamais tu ne parles ou joues avec Knight.

Elle leva les yeux au ciel et partit rejoindre ma mère, qui s'occupait de la machine de barbe à papa. On éclata de rire avec Jaime et Vicious.

Trent retourna la viande sur la grille du barbecue en secouant la tête.

— C'est qui, toute cette foule ? Je ne connais pas la moitié des gens qui sont là, dis-je en montrant les invités.

Maintenant qu'on habitait tous à Todos Santos, qui plus est dans le même quartier, on se voyait tous les jours. Vivre loin les uns des autres avait un peu trop ressemblé à la mort. On en avait tous pris conscience après ce qui était arrivé à Rosie.

— Tu as invité la plupart de nos collègues, me répondit Jaime avec un haussement d'épaules.

— Vraiment ?

Je me grattai la tête. Je n'avais pas le souvenir d'avoir fait ça.

— Enfin, c'est ta femme qui les a invités sur les conseils d'Em, intervint Vic. Pour faire marcher le réseau ou une connerie dans le genre. Tiens, regardez un peu qui est là. Notre nouvel associé est passé nous dire bonjour.

Il hocha la tête en direction d'un invité que je reconnaissais sans peine, cette fois. Il venait de faire la couverture du *Wall Street Journal*. Jordan Van Der Zee. La bonne cinquantaine qui tirait vers les soixante-dix. On aurait dit le jumeau diabolique de Poutine. Il avait acheté cinquante pour cent de nos actions deux ans auparavant, et on avait partagé le reste entre nous quatre.

Avec ce contrat de plusieurs millions de dollars, on s'était retrouvés avec plus d'argent qu'on n'aurait pu en dépenser pendant cette vie et les prochaines, mais moins de pouvoir au sein de Fiscal Heights Holdings. Maintenant, on avait le temps de profiter de nos familles. Tous ensemble. Van Der Zee avait nommé de nouveaux directeurs pour les bureaux de Chicago, Londres et New York, mais ça ne nous avait pas perturbés plus que ça. On avait sauvé notre âme en signant ce contrat. Et maintenant, Sue avait un nouveau patron qu'elle pouvait appeler Monsieur Je-Ne-Sais-Pas-Quoi.

— Enfoiré de raciste, marmonna Trent entre ses dents.

On tourna la tête vers lui à l'unisson. Il ne jurait jamais devant Luna. Il se baissa, embrassa sa fille et lui murmura :

— Désolé, ma chérie. Papa a dit un vilain mot. Je ne recommencerai pas.

Elle ne hocha pas la tête. Elle ne répondit pas. Elle se contenta de le fixer avec une expression indéchiffrable.

— Tu développes ? demanda Vicious.

— Disons que j'ai eu un petit incident avec lui. Il est raciste comme pas possible.

Une étincelle de colère brilla dans son regard.

— Dire que je ne l'aime pas serait un put…

Il regarda à nouveau Luna et s'éclaircit la gorge.

— Un sacré euphémisme, termina-t-il.

— On n'est pas obligés de lui payer une bière. Mais peut-être qu'il s'est comporté comme un co… chon uniquement dans le but de se comporter comme un cochon. Ça a l'air d'être son style.

Décidément, moi aussi, j'avais du mal à parler sans jurer toutes les deux phrases.

Soudain, quelqu'un attira mon attention :

— C'est sa fille avec lui ?

J'espérais sérieusement que oui, autrement, on était à la limite de la pédophilie. C'était difficile de ne pas remarquer la fille qui l'accompagnait, parce qu'il ne la lâchait pas d'une semelle. Il la tenait fermement par le bras et lui parlait comme à un chien. Elle devait avoir dix-huit ou dix-neuf ans. De longs cheveux blonds entouraient son visage d'une pâleur fantomatique, elle avait deux anneaux dans le nez. Et même si elle ne voulait sans doute pas que son père le sache, à chaque fois qu'elle tentait de dégager son bras, son T-shirt se soulevait et laissait apparaître un tatouage. Et pas un petit.

— Edie Van Der Zee, confirma Vicious. Pauvre gamine.

Jaime éclata de rire.

— Pauvre, ça ne risque pas. Et vu comment elle est bien foutue, j'imagine que son père essaie juste de s'assurer qu'elle ne se fait pas harceler par tous les pervers avec qui on travaille.

On fronça tous les sourcils.

— Tu plaisantes ? Elle a l'air d'avoir douze ans, dit Trent d'un air horrifié.

Ça faisait trois ans que Val s'était tirée, et il n'avait jamais tenté de récupérer son titre de roi des coups d'un soir. Les femmes ne l'intéressaient absolument pas. À croire que son sang s'était transformé en glace.

— Arrête. Elle doit bien avoir vingt ou vingt-deux ans, le contredit Jaime. L'âge où c'est légal mais encore tabou. Une combinaison mortelle. Le danger est mon parfum préféré.

Vicious fit claquer sa langue d'un air désapprobateur.

— Elle vient d'avoir dix-huit ans. Je le sais parce que son père a racheté mon ancienne voiture pour la lui offrir pour son anniversaire. Bref, on peut savoir ce qui ne va pas chez toi, bordel ? demanda-t-il en donnant un coup de poing dans l'épaule de Jaime. Le juste milieu, ça ne te dit rien ? Il faut qu'elles soient soit super jeunes, soit super vieilles, c'est ça ?

— Va te faire foutre. Ma femme n'est pas vieille.

— Elle n'est peut-être pas vieille mais elle est *là*, lui rappela Trent.

On se tourna tous vers Mel, qui discutait un peu plus loin et qui était très enceinte.

— Alors tu ferais peut-être mieux d'arrêter de baver sur une ado, continua Trent. Et pendant que vous y êtes, arrêtez de jurer devant ma fille.

— Merde. Désolé, Luna, dit Vicious.

Jaime rit et je secouai la tête. Nos enfants allaient jurer comme des charretiers en grandissant.

— Elle n'a pas l'air d'avoir plus de seize ans, reprit Trent.

Et pourtant, il ne la quittait pas des yeux. Je ne savais pas trop quoi en penser. D'un côté, c'était bon signe, qu'une femme attire enfin son attention. D'un autre, ce n'était vraiment pas la bonne personne. Comme toujours.

— Et c'est pour ça que tu la fixes comme ça ?

Il me fusilla du regard et détourna la tête pour se concentrer sur le burger qu'il était en train de préparer pour sa fille.

— On était en train de parler de son âge, je me suis contenté de donner mon pu… humble avis.

— Donner ton humble avis, ou imaginer comment tu pourrais humblement lui donner autre chose ?

Jaime nous interrompit.

— Ça devient vraiment glauque. Tu m'en fais un aussi ? demanda-t-il en montrant le hamburger.

Mon père s'approcha de nous, un verre de punch sans alcool à la main. Tout de monde lui tapa dans le dos. Quand il arriva à mon niveau, je lui ouvris les bras. Je lui ouvris mon cœur. Je lui ouvris ma vie.

Je parlais comme une chochotte mais c'était la vérité.

Trois ans auparavant, j'avais passé un mois et demi à l'hôpital, à m'occuper de ma petite amie mourante.

Trois ans auparavant, elle m'était revenue.

Trois ans auparavant, un soir où j'avais été sûr qu'elle allait mourir, j'avais été réveillé au beau milieu de la nuit par les bips des appareils. Comme toutes les nuits, j'étais blotti contre elle, avec une main sur son cœur (je ne faisais confiance à aucune machine). Et cette nuit-là, je m'étais rendu compte que sa peau était de nouveau tiède, au lieu d'être glacée. Ma Rachel m'était revenue. Ça m'avait pris plus de dix ans, mais Jacob avait enfin eu la sœur qu'il voulait plus que tout.

J'adorais mes amis mais ils ne comprenaient pas. Ils ne *me* comprenaient pas. Je devais tout faire en accéléré pour vraiment profiter de la vie. C'était pour ça que Rosie et moi nous étions enfuis quatre jours après sa sortie de l'hôpital. C'était pour ça que je ne pouvais pas me permettre d'être rancunier vis-à-vis de mon père et ma mère. C'était pour ça que j'avais laissé tout le négatif derrière moi pour faire de la place au positif, même si ça avait créé des failles dans mon armure d'enfoiré présomptueux.

— Knight essaie d'allumer un feu en frottant deux cailloux à côté de la fontaine, prévint mon père. Vaughn l'aide.

Vicious sourit de toutes ses dents.

— Et tu dis que nos gamins ne se supportent pas, dit-il en me donnant un coup d'épaule. Ils s'adorent, au contraire. Surtout quand il s'agit de faire des conneries.

— Quel âge elle a, déjà ? demanda soudain Trent.

— Dix-huit ans, répéta Vicious. Et tu en as trente-trois, au cas où ça aussi, tu l'aurais oublié.

— Je suis au courant, enfoiré.

— Alors arrête de la fixer comme ça, abruti.

— Surveillez votre langage, les garçons, ordonna mon père.

Aussitôt, ils baissèrent la tête d'un air contrit. Même à trente-trois ans, c'était toujours aussi efficace.

Trent détourna le regard en souriant. Son premier vrai sourire depuis trois ans. Il tapota le sommet de la tête de Luna tandis qu'elle démolissait son hamburger. Je me demandai si elle avait compris notre conversation. Son médecin affirmait qu'elle n'avait aucun problème de retard mental. Elle était aussi développée que les enfants de son âge.

Simplement, elle ne parlait pas. À personne. Jamais.

Elle était muette comme une carpe.

— Je vais m'assurer qu'ils ne mettent pas le feu à la maison.

Je montrai la fontaine, près des bancs en pierre où on s'asseyait chaque soir pour regarder les étoiles. C'était là que j'avais dit à Rosie que je l'aimais, qu'elle était la seule, et qu'elle le resterait, qu'importe quand elle me quitterait. C'était la vérité. Si ses poumons la lâchaient demain, je raccrocherai mon tablier. Je serai là pour mon fils (mes fils, bientôt) et je les élèverai du mieux que je peux, mais la fête serait finie pour moi.

— Knight ! Vaughn !

Je me dirigeai vers eux à grands pas. Ils relevèrent brusquement la tête et eurent tous les deux l'air salement coupable. J'agitai mon index dans leur direction avant qu'ils ne fassent une bêtise.

— Arrêtez d'essayer de mettre le feu. Vous savez les problèmes que vous allez avoir si vous faites des trucs comme ça à l'âge de quatre ans ?

— Les mêmes que ceux que tu as eus, j'imagine, plaisanta mon père derrière moi.

On revint vers la maison (trois hommes, trois générations), accompagnés de Vaughn, et j'emmenai les garçons là où je pouvais les surveiller, dans la salle de jeux qu'on avait aménagée pour Knight et son petit frère.

— Tu es allé voir maman, Knight ?

— Oui. Elle a dit qu'elle allait bien. Elle a aussi dit qu'elle m'aimait plus que toi.

Je plissai les yeux.

— Je parie qu'elle n'a pas dit ça.

— Si.

— Mon c… œil.

Je m'éclaircis la gorge et Knight bondit sur place avant de taper dans la main de Vaughn.

— Je t'avais bien dit que je réussirais à lui faire dire un gros mot ! Je suis trop fort.

Il l'était. Et moi, j'étais béni.

Heureux.

Vivant.

Grâce à *elle.*

Rosie

Qu'est-ce qui te fait te sentir vivante ?

Ma famille. Ma maison. Mes hommes. Mon ventre. *J'étais en vie et mon psy avait raison : je vais vivre éternellement.*

***

— Dean, arrête.

— Quoi ?

— Je déteste quand tu fais ça.

— Qu'est-ce que je fais ?

— Tu chantes la chanson « Super sperme ».

Il rit doucement. Je levai les yeux au ciel et me mis sur le dos avec précaution. Je menais une grossesse à haut risque qui faisait que je ne sortais pas souvent de la maison. Je voyais le médecin tous les deux jours. Mon corps n'était pas conçu pour porter une autre personne, et, même si j'avais bien plus d'appétit qu'avant, mes poumons avaient du mal à fonctionner pour deux.

On avait pensé que c'était impossible et pourtant… C'était arrivé. J'étais tombée enceinte. Et j'étais tombée enceinte parce que…

— Superrrrr sperrrrrme, chantait Dean d'une voix aiguë.

Il sortit de la salle de bains attenante à notre chambre, une serviette autour de la taille et les cheveux en bataille, sexy à mourir. Non pas que j'en profitais ces derniers temps… Ça faisait huit mois que je me gavais de porno soft et de livres érotiques, car le Dr Bernstein nous avait interdit de faire quoi que ce soit jusqu'à ce que j'accouche. Et c'était vraiment dommage car, avec la grossesse, j'avais les hormones en ébullition en permanence.

Dean continuait à chanter. Entre le rythme et les paroles, Justin Timberlake n'avait qu'à bien se tenir.

— Papa, tu as *encore* dit un gros mot ! cria Knight avec ravissement depuis sa chambre.

Il était 22 heures. Qu'est-ce qu'il faisait encore debout à cette heure-ci ?

— C'est trop bien. Vaughn va me devoir une tonne de bonbons.

Parfois, j'avais l'impression que Dean n'essayait même pas de ne pas jurer devant Knight. Mais je ne lui en voulais pas. C'était dans sa nature, et si ça posait un problème aux gens… eh bien, ils pouvaient aller se faire foutre.

Il ne l'avait jamais dit clairement (et il ne l'admettra sans doute jamais) mais je savais qu'une des raisons qui l'avaient poussé à vendre toutes ces actions à Jordan Van Der Zee était qu'il voulait passer davantage de temps avec nous.

On ne savait pas de quoi demain serait fait, mais je savais que mes garçons seraient entre de bonnes mains. Celles de l'homme qui m'avait mise enceinte alors qu'il y avait 0,0001 pour cent de chance que je sois en mesure de procréer. Il avait essayé, et il avait réussi. Et comme il n'était pas porteur du gène responsable de la maladie, mon fils serait fort et en bonne santé. Comme lui.

— Mets un dollar dans la tirelire pour moi, cria Dean à Knight. Je te rembourserai demain.

— D'accord, mais je prends douze pour cent d'intérêt ! répondit Knight.

Dean pouffa de rire.

— Tu es sûre que je ne suis pas son père biologique ? me demanda-t-il en me faisant son fameux regard.

Vous savez, le regard qui m'excitait en un clin d'œil et qui me donnait envie de demander à son côté sombre de me donner la fessée.

— Il aurait du mal à te ressembler davantage.

Il me rejoignit, caressa mon gros ventre et s'assit à côté de moi.

— Sirius ?

— Oui, planète Terre ?

— Pourquoi est-ce que tu brilles autant ? C'est difficile de dormir à côté de toi.

Je pris sa main et embrassai sa paume en souriant.

— Tu es tellement mignon que j'en ai presque la nausée.

— Ce que j'essaie de te dire, en réalité, c'est que tu ronfles depuis deux mois et que je suis vraiment claqué.

— Ne t'en fais pas, ça va passer. Bientôt, mes ronflements seront remplacés par les cris d'un bébé qui va pleurer toutes les nuits pendant les deux prochaines années.

Il m'embrassa sur le front, puis sur le ventre, puis entre mes seins gonflés en faisant un drôle de bruit. Je l'aimais. Je l'aimais tellement que je ne savais pas pourquoi j'étais restée là sans rien faire pendant des années, à laisser ma sœur se jeter dans ses bras au lieu de lui dire qu'il était à moi.

Parce qu'il l'avait toujours été.

Tout entier.

Avec ses bons et ses mauvais côtés, avec sa joie et sa peine.

Et moi aussi, j'avais toujours été à lui.

Nina était morte quelques semaines après ma sortie de l'hôpital, trois ans plus tôt. Overdose. Dans la ferme où elle vivait en Alabama, avec son mari à ses côtés. J'avais été là quand Dean s'était effondré et qu'il avait enfin admis qu'il ne s'en fichait pas. Qu'il l'aimait et qu'il avait toujours voulu qu'elle s'occupe de lui comme une mère. J'avais été là pour ramasser les morceaux de son cœur brisé.

Lev signifiait « cœur » en hébreu. C'était comme ça qu'on allait appeler notre fils.

Je remerciais la vie absolument tous les jours.

Lorsque j'embrassais Knight pour lui dire bonne nuit. Lorsque je regardais Dean par la fenêtre quand il essayait de mettre en route l'arrosage et qu'il donnait des coups de pied frustrés dans le gazon avant de se rappeler que l'arrosage était automatique. Lorsqu'on brunchait avec Millie en regardant jouer les enfants.

— Je viens de me rendre compte d'un truc, dit soudain Dean.

Il se pencha pour m'embrasser sur la bouche et la sensation m'étourdit aussitôt. Mais impossible d'aller plus loin, et pas juste à cause de ma grossesse : Knight avait la mauvaise habitude de rentrer dans notre chambre sans frapper pour négocier l'heure à laquelle il pouvait aller se coucher. Il devenait très doué à ce petit jeu. Encore deux ans et il pourrait sûrement donner des leçons à son père.

— Quoi ?

— Bébé LeBlanc va avoir un *bébé*. Et c'est le mien. Je t'aime. J'aime ton visage.

Il m'embrassa sur le nez.

— J'aime tes seins.

Il embrassa mon téton et le mordit doucement à travers mon débardeur.

— J'aime l'enfant que tu portes pour nous.

Il embrassa mon ventre et murmura dans mon nombril :

— Oui, je t'aime, mon petit pote.

Il m'embrassa entre les cuisses.

— J'adore quand on fait l'amour, aussi. D'ailleurs, j'ai décidé de stocker mon sperme en attendant nos grandes retrouvailles, alors méfie-toi, tu risques de retomber enceinte direct. J'adore même tes pieds, ajouta-t-il en embrassant mes orteils.

J'inspirai profondément. Je n'avais pas besoin d'inhalateur. Je l'avais, lui.

— Et je me suis rendu compte d'un autre truc, aussi.

Il remonta et vint se placer au-dessus de moi. Il avait les bras contractés et, en voyant ses muscles, j'eus du mal à me concentrer sur le reste de la conversation. Soudain, la température de la chambre était un peu trop élevée à mon goût.

— Quoi ?

— Jacob a enfin eu Rachel. Et elle lui donne un enfant. Ils vivront heureux jusqu'à la fin des temps. C'est dans la Bible, Bébé LeBlanc. Tu ne peux pas contester ce que dit la Bible.

J'éclatai de rire.

— Je t'aime.

— Je t'aime aussi, me répondit-il.

— Je vous aime ! s'exclama Knight en s'engouffrant dans la chambre.

Il sauta sur le lit, se glissa entre nous deux et caressa mon ventre.

— Nous aussi, on t'aime.

Dean mit également sa main sur mon ventre, de façon à ce qu'on touchât tous les trois Lev.

Et que faisait Lev ? Il faisait ce que faisaient les Hot Heroes. Il gâchait la magie de l'instant.

— Mon Dieu…

— Oui, ma chérie, je suis un dieu, mais notre fils est là. Il va falloir attendre.

— Non, Dean. Je suis en train de perdre les eaux.

— Oh.

Je le tenais, mon bonheur éternel. Au moins à cet instant.

Le moment présent était l'éternité, du moins pour moi.

Je n'étais pas une Rose en train de faner. J'étais en pleine floraison.

Grâce à *lui.*

Playlist

Hold Me Down, de Halsey
Guys My Age, de Hey Violet
Drops of Jupiter, de Train
Immortals, de Fall Out Boy
Mad About You, de Hooverphonic
Breathe Me, de Sia

Remerciements

Tout d'abord, je tiens à remercier l'équipe éditoriale. Angela Marshall Smith, Elaine York, Bex Harper, Ellie McLove et Paige Smith, chacune de vous a donné un petit morceau d'elle-même pour ce livre, et ça se voit. Merci à chacune (vous ne récupérerez jamais le morceau, au fait).

À Letitia Hasser pour la superbe couverture. Merci de savoir toujours exactement de quoi j'ai envie et de réussir à le concrétiser, tu es tout simplement géniale. Stacey Blac, merci pour le superbe formatage artistique. Mon livre est beau grâce à vous.

À Sunny Borek. Je ne sais même pas comment l'appeler. Bêta lectrice ? Manager ? Sœur jumelle cachée ? Sûrement un peu tout ça à la fois. Je lui dois tout, et pourtant je sais qu'elle n'attend jamais rien en retour.

À mes bêta lectrices : Paige Jennifer, Ilanit Adani, Ava Harrison, Ella Fox et Amy Halter. Je ne sais pas ce que j'aurais fait sans vos conseils.

À mon « crew » : Kristina Lindsey, Julia Lis, Becca Szurken, Lin Tahel Cohen, Sher Mason, Ilor Tsabar, Ofa T Booklover, Sonal Dutt, Vanessa Serrano, Josephine McDonnell, Tanaka Kangara, Sabrina Shalalashvilli, Brittany Danielle Christina, Avivit Egev, Shiri Karni, Jessica Meade, Galit Hadar Shmaryaoo, Sheena Taylor, Bernadett Lankovits et Amanda Suderland. Les filles, vous faites partie intégrante de ma vie et de mon succès. Je vous aime de tout mon cœur.

À mon agent, Kimberly Brower, qui a pris la série et s'est assurée qu'absolument tout le monde était au courant de son existence. Tu es la meilleure et j'ai vraiment de la chance de t'avoir.

Au groupe de lecture Sassy Sparrows : vous illuminez ma journée lorsque je m'enferme pour écrire et que vous me faites un petit coucou. Merci pour les mêmes, les photos sulfureuses, et tous les moments passés à rire. Et surtout, merci pour votre soutien constant.

À tous les blogueurs qui partagent mon travail et aident à faire connaître mes livres : je vous vois. Je vous vois et je suis reconnaissante chaque jour de tout ce que vous faites. Vous êtes la vraie force derrière cette industrie indépendante. Ne l'oubliez jamais.

À mes lecteurs : je dis toujours la même chose mais c'est la stricte vérité. Je ne suis rien sans vous. Vous m'aidez à réaliser mon rêve chaque jour. Merci pour votre temps, vos efforts, et pour toutes les fois où vous parlez de mes livres. N'hésitez pas à laisser un commentaire honnête (qu'il soit positif ou négatif) après avoir lu ce titre.

Avec tout mon amour,

L.J.

SÉRIE SINNERS

de L.J. Shen

Ils sont beaux, il sont dangereux.

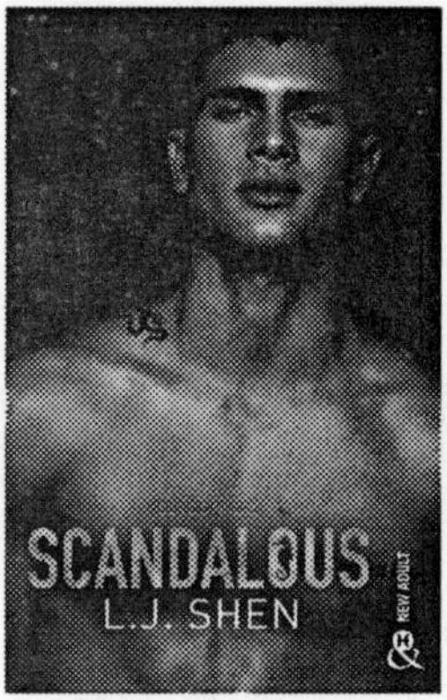

Composé et édité par HarperCollins France.

Achevé d'imprimer en mars 2018.

BRODARD & TAUPIN

La Flèche
Dépôt légal : avril 2018.

Pour limiter l'empreinte environnementale de ses livres, HarperCollins France s'engage à n'utiliser que du papier fabriqué à partir de bois provenant de forêts gérées durablement et de manière responsable.

Imprimé en France